Marcel Proust

A la recherche du temps perdu

VII

Albertine disparue

Gallimard

« Mademoiselle Albertine est partie! » Comme la souffrance va plus loin en psychologie que la psychologie! Il y a un instant, en train de m'analyser, j'avais cru que cette séparation sans s'être revus était justement ce que je désirais, et, comparant la médiocrité des plaisirs que me donnait Albertine à la richesse des désirs qu'elle me privait de réaliser (et auxquels la certitude de sa présence chez moi, pression de mon atmosphère morale, avait permis d'occuper le premier plan dans mon âme, mais qui à la première nouvelle qu'Albertine était partie ne pouvaient même plus entrer en concurrence avec elle, car ils s'étaient aussitôt évanouis), je m'étais trouvé subtil, j'avais conclu que je ne voulais plus la voir, que je ne l'aimais plus. Mais ces mots : « Mademoiselle Albertine est partie » venaient de produire dans mon cœur une souffrance telle que je sentais que je ne pourrais pas y résister plus longtemps ; il fallait la faire cesser immédiatement ; tendre pour moi-même comme ma mère pour ma grand'mère mourante, je me disais, avec cette même bonne volonté qu'on a de ne pas laisser souffrir ce qu'on aime : « Aie une seconde de patience, on va te trouver un remède, sois tranquille, on ne va pas te

laisser souffrir comme cela. » Et, devinant confusément
que, si tout à l'heure, quand je n'avais pas encore
sonné, le départ d'Albertine avait pu me paraître
indifférent, même désirable, c'est que je le croyais
impossible, ce fut dans cet ordre d'idées que mon
instinct de conservation chercha, pour les mettre
sur ma blessure ouverte, les premiers calmants : « Tout
cela n'a aucune importance parce que je vais la faire
revenir tout de suite. Je vais examiner les moyens,
mais de toutes façons elle sera ici ce soir. Par conséquent inutile de se tracasser. » « Tout cela n'a aucune
importance », je ne m'étais pas contenté de me le
dire, j'avais tâché d'en donner l'impression à Françoise en ne laissant pas paraître devant elle ma souffrance, parce que, même au moment où je l'éprouvais
avec une telle violence, mon amour n'oubliait pas
qu'il lui importait de sembler un amour heureux, un
amour partagé, surtout aux yeux de Françoise qui
n'aimait pas Albertine et avait toujours douté de sa
sincérité.

Oui, tout à l'heure, avant l'arrivée de Françoise,
j'avais cru que je n'aimais plus Albertine, j'avais cru
ne rien laisser de côté, en exact analyste ; j'avais cru
bien connaître le fond de mon cœur. Mais notre
intelligence, si lucide soit-elle, ne peut apercevoir les
éléments qui le composent et qui restent insoup-
çonnés tant que, de l'état volatil où ils subsistent la
plupart du temps, un phénomène capable de les isoler
ne leur a pas fait subir un commencement de solidi-
fication. Je m'étais trompé en croyant voir clair dans
mon cœur. Mais cette connaissance, que ne m'auraient
pas donnée les plus fines perceptions de l'esprit, venait
de m'être apportée, dure, éclatante, étrange, comme
un sel cristallisé, par la brusque réaction de la douleur.

J'avais une telle habitude d'avoir Albertine auprès de moi, et je voyais soudain un nouveau visage de l'Habitude. Jusqu'ici je l'avais considérée surtout comme un pouvoir annihilateur qui supprime l'originalité et jusqu'à la conscience des perceptions ; maintenant je la voyais comme une divinité redoutable, si rivée à nous, son visage insignifiant si incrusté dans notre cœur, que si elle se détache, si elle se détourne de nous, cette déité que nous ne distinguions presque pas, nous inflige des souffrances plus terribles qu'aucune et qu'alors elle est aussi cruelle que la mort.

Le plus pressé était de lire sa lettre, puisque je voulais aviser aux moyens de la faire revenir. Je les sentais en ma possession, parce que, comme l'avenir est ce qui n'existe encore que dans notre pensée, il nous semble encore modifiable par l'intervention *in extremis* de notre volonté. Mais en même temps je me rappelais que j'avais vu agir sur lui d'autres forces que la mienne et contre lesquelles, plus de temps m'eût-il été donné, je n'aurais rien pu. A quoi sert que l'heure n'ait pas sonné encore, si nous ne pouvons rien sur ce qui s'y produira ? Quand Albertine était à la maison, j'étais bien décidé à garder l'initiative de notre séparation. Et puis elle était partie. J'ouvris la lettre d'Albertine. Elle était ainsi conçue :

« Mon ami, pardonnez-moi de ne pas avoir osé vous dire de vive voix les quelques mots qui vont suivre, mais je suis si lâche, j'ai toujours eu si peur devant vous, que, même en me forçant, je n'ai pas eu le courage de le faire. Voici ce que j'aurais dû vous dire : Entre nous, la vie est devenue impossible, vous avez d'ailleurs vu par votre algarade de l'autre soir qu'il y avait quelque chose de changé dans nos rapports. Ce qui a pu s'arranger cette nuit-là deviendrait irréparable dans quelques jours. Il vaut donc mieux, puisque nous avons eu la chance de nous réconcilier, nous quitter bons amis ; c'est pourquoi, mon chéri, je vous envoie ce mot, et je vous prie d'être assez bon pour me pardonner si je vous fais un peu de chagrin, en pensant à l'immense que j'aurai. Mon cher grand, je ne veux pas devenir votre ennemie, il me sera déjà assez dur de vous devenir peu à peu, et bien vite, indifférente ; aussi, ma décision étant irrévocable, avant de vous faire remettre cette lettre par Françoise, je lui aurai demandé mes malles. Adieu, je vous laisse le meilleur de moi-même. Albertine. »

Tout cela ne signifie rien, me dis-je, c'est même meilleur que je ne pensais, car comme elle ne pense rien de tout cela, elle ne l'a évidemment écrit que pour frapper un grand coup, afin que je prenne peur. Il faut aviser au plus pressé, c'est qu'Albertine soit rentrée ce soir. Il est triste de penser que les Bontemps sont des gens véreux qui se servent de leur nièce pour m'extorquer de l'argent. Mais qu'importe ? Dussé-je, pour qu'Albertine soit ici ce soir, donner la moitié de ma fortune à Mme Bontemps, il nous restera assez, à Albertine et à moi, pour vivre agréablement. Et en même temps je calculais si j'aurais le temps d'aller ce matin commander le yacht et la Rolls Royce qu'elle désirait, ne songeant même plus, toute hésitation ayant disparu, que j'avais pu trouver peu sage de les lui donner. Même si l'adhésion de Mme Bontemps ne suffit pas, si Albertine ne veut pas obéir à sa tante et pose comme condition de son retour qu'elle aura

désormais sa pleine indépendance, eh bien! quelque
chagrin que cela me fasse, je la lui laisserai ; elle
sortira seule, comme elle voudra ; il faut savoir
consentir des sacrifices, si douloureux qu'ils soient,
pour la chose à laquelle on tient le plus et qui, malgré
ce que je croyais ce matin d'après mes raisonnements
exacts et absurdes, est qu'Albertine vive ici. Puis-je
dire, du reste, que lui laisser cette liberté m'eût été
tout à fait douloureux ? Je mentirais. Souvent déjà
j'avais senti que la souffrance de la laisser libre de
faire le mal loin de moi était peut-être moindre encore
que ce genre de tristesse qu'il m'arrivait d'éprouver
à la sentir s'ennuyer avec moi, chez moi. Sans doute,
au moment même où elle m'eût demandé à partir
quelque part, la laisser faire, avec l'idée qu'il y avait
des orgies organisées, m'eût été atroce. Mais lui dire :
« prenez notre bateau, ou le train, partez pour un
mois dans tel pays que je ne connais pas, où je ne
saurai rien de ce que vous ferez », cela m'avait souvent
plu par l'idée que, par comparaison, loin de moi, elle
me préférerait, et serait heureuse au retour. D'ailleurs,
elle-même le désire sûrement, elle n'exige nullement
cette liberté à laquelle d'ailleurs, en offrant chaque
jour à Albertine des plaisirs nouveaux, j'arriverais
aisément à obtenir, jour par jour, quelque limitation.
Non, ce qu'Albertine a voulu, c'est que je ne fusse
plus insupportable avec elle, et surtout — comme
autrefois Odette avec Swann — que je me décide à
l'épouser. Une fois épousée, son indépendance, elle n'y
tiendra pas ; nous resterons tous les deux ici, si heureux !
Sans doute, c'était renoncer à Venise. Mais que les villes
les plus désirées — et, encore bien plus que Venise,
la duchesse de Guermantes, le théâtre — deviennent
pâles, indifférentes, mortes, quand nous sommes liés

à un autre cœur par un lien si douloureux qu'il nous empêche de nous éloigner! Albertine a d'ailleurs parfaitement raison dans cette question de mariage. Maman elle-même trouvait tous ces retards ridicules. L'épouser, c'est ce que j'aurais dû faire depuis longtemps, c'est ce qu'il faudra que je fasse, c'est cela qui lui a fait écrire sa lettre dont elle ne pense pas un mot ; c'est pour faire réussir cela qu'elle a renoncé pour quelques heures à ce qu'elle doit désirer autant que je désire qu'elle le fasse : revenir ici. Oui, c'est cela qu'elle a voulu, c'est cela l'intention de son acte, me disait ma raison compatissante ; mais je sentais qu'en me le disant ma raison se plaçait toujours dans la même hypothèse qu'elle avait adoptée depuis le début. Or, je sentais bien que c'était l'autre hypothèse qui n'avait jamais cessé d'être vérifié. Sans doute, cette deuxième hypothèse n'aurait jamais été assez hardie pour formuler expressément qu'Albertine eût pu être liée avec Mlle Vinteuil et son amie. Et pourtant, quand j'avais été submergé par l'envahissement de cette nouvelle terrible, au moment où nous entrions en gare d'Incarville, c'était la seconde hypothèse qui s'était trouvée vérifiée. Celle-ci n'avait ensuite conçu jamais qu'Albertine pût me quitter d'elle-même, de cette façon, sans me prévenir et me donner le temps de l'en empêcher. Mais tout de même, si, après le nouveau bond immense que la vie venait de me faire faire, la réalité qui s'imposait à moi m'était aussi nouvelle que celle en face de quoi nous mettent la découverte d'un physicien, les enquêtes d'un juge d'instruction ou les trouvailles d'un historien sur les dessous d'un crime ou d'une révolution, cette réalité dépassait les chétives prévisions de ma deuxième hypothèse, mais pourtant les accomplissait. Cette deuxième hypothèse n'était pas celle de l'intelligence, et la peur panique que j'avais eue le soir où Albertine ne m'avait pas embrassé, la nuit où j'avais entendu le bruit de la fenêtre, cette peur n'était pas raisonnée. Mais — et la suite le montrera davantage, comme bien des épisodes ont pu déjà l'indiquer — de ce que l'intelligence n'est pas l'instrument le plus subtil, le plus puissant, le plus approprié pour saisir le vrai, ce n'est qu'une raison de plus pour commencer par l'intelligence et non par un intuitivisme de l'inconscient, par une foi aux pressentiments toute faite. C'est la vie qui, peu à peu, cas par cas, nous permet de remarquer que ce qui est le plus important pour notre cœur, ou pour notre esprit, ne nous est pas appris par le raisonnement, mais par des puissances autres. Et alors, c'est l'intelligence elle-même qui, se rendant compte de leur supériorité, abdique, par raisonnement, devant elles, et accepte de devenir leur collaboratrice et leur servante. Foi expérimentale. Le malheur imprévu avec lequel je me trouvais aux prises, il me semblait l'avoir lui aussi (comme l'amitié d'Albertine avec deux lesbiennes) déjà connu pour l'avoir lu dans tant de signes où (malgré les affirmations contraires de ma raison, s'appuyant sur les dires d'Albertine elle-même) j'avais discerné la lassitude, l'horreur qu'elle avait de vivre ainsi en esclave ; que de fois ces signes, je les avais crus écrits, comme avec de l'encre invisible, à l'envers des prunelles tristes et soumises d'Albertine, de ses joues brusquement enflammées par une inexplicable rougeur, dans le bruit de la fenêtre qui s'était brusquement ouverte! Sans doute, je n'avais pas osé les interpréter jusqu'au bout et former expressément l'idée de son départ

subit. Je n'avais pensé, d'une âme équilibrée par la
présence d'Albertine, qu'à un départ arrangé par
moi à une date indéterminée, c'est-à-dire situé dans
un temps inexistant ; par conséquent j'avais eu seulement l'illusion de penser à un départ, comme les
gens se figurent qu'ils ne craignent pas la mort quand
ils y pensent pendant qu'ils sont bien portants, et ne
font en réalité qu'introduire une idée purement négative au sein d'une bonne santé que l'approche de la
mort précisément altérerait. D'ailleurs l'idée du
départ d'Albertine voulu par elle-même eût pu me
venir mille fois à l'esprit, le plus clairement, le plus
nettement du monde, que je n'aurais pas soupçonné
davantage ce que serait relativement à moi, c'est-à-dire
en réalité, ce départ, quelle chose originale, atroce,
inconnue, quel mal entièrement nouveau. A ce départ,
si je l'eusse prévu, j'aurais pu songer sans trêve pendant
des années, sans que, mises bout à bout, toutes ces
pensées eussent eu le plus faible rapport, non seulement d'intensité mais de ressemblance, avec l'inima-
ginable enfer dont Françoise m'avait levé le voile
en me disant : « Mademoiselle Albertine est partie. »
Pour se représenter une situation inconnue l'imagination emprunte des éléments connus et, à cause de cela,
ne se la représente pas. Mais la sensibilité, même la
plus physique, reçoit, comme le sillon de la foudre, la
signature originale et longtemps indélébile de l'événement nouveau. Et j'osais à peine me dire que, si
j'avais prévu ce départ, j'aurais peut-être été incapable
de me le représenter dans son horreur, mais, même
Albertine me l'annonçant, moi la menaçant, la sup-
pliant, de l'empêcher. Que le désir de Venise était
loin de moi maintenant ! Comme autrefois à Combray,
celui de connaître Mme de Guermantes, quand venait

l'heure où je ne tenais plus qu'à une seule chose, avoir maman dans ma chambre. Et c'était bien en effet toutes les inquiétudes éprouvées depuis mon enfance qui, à l'appel de l'angoisse nouvelle, avaient accouru la renforcer, s'amalgamer à elle en une masse homogène qui m'étouffait.

Certes, ce coup physique au cœur que donne une telle séparation et qui, par cette terrible puissance d'enregistrement qu'a le corps, fait de la douleur quelque chose de contemporain à toutes les époques de notre vie où nous avons souffert, — certes, ce coup au cœur sur lequel spécule peut-être un peu (tant on se soucie peu de la douleur des autres) celle qui désire donner au regret son maximum d'intensité, soit que la femme n'esquissant qu'un faux départ veuille seulement demander des conditions meilleures, soit que, partant pour toujours — pour toujours! — elle désire frapper, ou pour se venger, ou pour continuer d'être aimée, ou (dans l'intérêt de la qualité du souvenir qu'elle laissera) pour briser violemment ce réseau de lassitudes, d'indifférences, qu'elle avait senti se tisser, — certes, ce coup au cœur, on s'était promis de l'éviter, on s'était dit qu'on se quitterait bien. Mais il est infiniment rare qu'on se quitte bien, car si on était bien on ne se quitterait pas. Et puis la femme avec qui on se montre le plus indifférent sent tout de même obscurément qu'en se fatigant d'elle, en vertu d'une même habitude, on s'est attaché de plus en plus à elle, et elle songe que l'un des éléments essentiels de se quitter bien est de partir en prévenant l'autre. Or elle a peur, en prévenant, d'empêcher. Toute femme sent que, plus son pouvoir sur un homme est grand, le seul moyen de s'en aller, c'est de fuir. Fugitive parce que reine, c'est ainsi. Certes, il y a un intervalle inouï entre cette lassitude qu'elle inspirait il y a un instant et, parce qu'elle est partie, ce furieux besoin de la ravoir. Mais à cela, en dehors de celles données au cours de cet ouvrage et d'autres qui le seront plus loin, il y a des raisons. D'abord le départ a lieu souvent dans le moment où l'indifférence — réelle ou crue — est la plus grande, au point extrême de l'oscillation du pendule. La femme se dit : « Non, cela ne peut plus durer ainsi », justement parce que l'homme ne parle que de la quitter, ou y pense ; et c'est elle qui quitte. Alors, le pendule revenant à son autre point extrême, l'intervalle est le plus grand. En une seconde il revient à ce point ; encore une fois, en dehors de toutes les raisons données, c'est si naturel! Le cœur bat ; et d'ailleurs la femme qui est partie n'est plus la même que celle qui était là. Sa vie auprès de nous, trop connue, voit tout d'un coup s'ajouter à elle les vies auxquelles elle va inévitablement se mêler, et c'est peut-être pour se mêler à elles qu'elle nous a quitté. De sorte que cette richesse nouvelle de la vie de la femme en allée rétro-agit sur la femme qui était auprès de nous et peut-être préméditait son départ. A la série des faits psycho-logiques que nous pouvons déduire et qui font partie de sa vie avec nous, de notre lassitude trop marquée pour elle, de notre jalousie aussi (et qui fait que les hommes qui ont été quittés par plusieurs femmes l'ont été presque toujours de la même manière à cause de leur caractère et de réactions toujours iden-tiques qu'on peut calculer : chacun a sa manière propre d'être trahi, comme il a sa manière de s'en-rhumer), à cette série, pas trop mystérieuse pour nous, correspondait sans doute une série de faits que nous avons ignorés. Elle devait depuis quelque temps entre-

tenir des relations écrites, ou verbales, par messagers,
avec tel homme, ou telle femme, attendre tel signal
que nous avons peut-être donné nous-même sans le
savoir en lui disant : « M. X... est venu hier pour me
voir », si elle avait convenu avec M. X... que la veille
du jour où elle devrait rejoindre M. X..., celui-ci
viendrait me voir. Que d'hypothèses possibles! Possibles seulement. Je construisais si bien la vérité,
mais dans le possible seulement, qu'ayant un jour
ouvert par erreur une lettre pour une de mes maîtresses, lettre écrite en style convenu et qui disait :
« Attends toujours signe pour aller chez le marquis
de Saint-Loup, prévenez demain par coup de téléphone », je reconstituai une sorte de fuite projetée ;
le nom du marquis de Saint-Loup n'était là que pour
signifier autre chose, car ma maîtresse ne connaissait
pas Saint-Loup, mais m'avait entendu parler de lui,
et d'ailleurs, la signature était une espèce de surnom,
sans aucune forme de langage. Or la lettre n'était pas
adressée à ma maîtresse, mais à une personne de la
maison qui portait un nom différent mais qu'on avait
mal lu. La lettre n'était pas en signes convenus mais
en mauvais français parce qu'elle était d'une Américaine, effectivement amie de Saint-Loup comme
celui-ci me l'apprit. Et la façon étrange dont cette
Américaine formait certaines lettres avait donné
l'aspect d'un surnom à un nom parfaitement réel
mais étranger. Je m'étais donc, ce jour-là, trompé
du tout au tout dans mes soupçons. Mais l'armature
intellectuelle qui chez moi avait relié ces faits, tous
faux, était elle-même la forme si juste, si inflexible
de la vérité que quand, trois mois plus tard, ma maîtresse (qui alors songeait à passer toute sa vie avec
moi) m'avait quitté, ç'avait été d'une façon absolu-

ment identique à celle que j'avais imaginée la première
fois. Une lettre vint, ayant les mêmes particularités
que j'avais faussement attribuées à la première lettre,
mais cette fois-ci ayant bien le sens du signal, etc.

Ce malheur était le plus grand de toute ma vie. Et
malgré tout, la souffrance qu'il me causait était peut-
être dépassée encore par la curiosité de connaître
les causes de ce malheur : qui Albertine avait désiré,
retrouvé. Mais les sources de ces grands événements
sont comme celles des fleuves, nous avons beau
parcourir la surface de la terre, nous ne les trouvons
pas. Albertine avait-elle ainsi prémédité depuis
longtemps sa fuite ? Je n'ai pas dit (parce qu'alors
cela m'avait paru seulement du maniérisme et de la
mauvaise humeur, ce qu'on appelait pour Françoise
« faire la tête ») que du jour où elle avait cessé de
m'embrasser, elle avait eu un air de porter le diable
en terre, toute droite, figée, avec une voix triste
dans les plus simples choses, lente en ses mouvements,
ne souriant plus jamais. Je ne peux pas dire qu'aucun
fait prouvât aucune connivence avec le dehors.
Françoise me raconta bien ensuite qu'étant entrée
l'avant-veille du départ dans sa chambre, elle n'y
avait trouvé personne, les rideaux fermés, mais
senti à l'odeur de l'air et au bruit que la fenêtre
était ouverte. Et, en effet, elle avait trouvé Albertine
sur le balcon. Mais on ne voit pas avec qui elle eût pu
de là, correspondre, et d'ailleurs les rideaux fermés
sur la fenêtre ouverte s'expliquaient sans doute parce
qu'elle savait que je craignais les courants d'air et que
même si les rideaux m'en protégeaient peu, ils eussent
empêché Françoise de voir du couloir que les volets
étaient ouverts aussi tôt. Non, je ne vois rien, sinon
un petit fait qui prouve seulement que, la veille, elle

savait qu'elle allait partir. La veille, en effet, elle prit
dans ma chambre sans que je m'en aperçusse une
grande quantité de papier et de toile d'emballage
qui s'y trouvait, et à l'aide desquels elle emballa ses
innombrables peignoirs et sauts de lit toute la nuit,
afin de partir le matin. C'est le seul fait, ce fut tout.
Je ne peux pas attacher d'importance à ce qu'elle me
rendit presque de force ce soir-là mille francs qu'elle
me devait, cela n'a rien de spécial, car elle était d'un
scrupule extrême dans les choses d'argent.

Oui, elle prit le papier d'emballage la veille, mais
ce n'était pas de la veille seulement qu'elle savait
qu'elle partirait! Car ce n'est pas le chagrin qui la fit
partir, mais la résolution prise de partir, de renoncer
à la vie qu'elle avait rêvée, qui lui donna cet air
chagrin. Chagrin, presque solennellement froid avec
moi, sauf le dernier soir, où, après être restée chez
moi plus tard qu'elle ne voulait — ce qui m'étonnait
d'elle qui voulait toujours prolonger —, elle me dit
de la porte : « Adieu, petit, adieu, petit. » Mais je n'y
pris pas garde au moment. Françoise m'a dit que le
lendemain matin, quand elle lui dit qu'elle partait
(mais, du reste, c'est explicable aussi par la fatigue,
car elle ne s'était pas déshabillée et avait passé toute
la nuit à emballer, sauf les affaires qu'elle avait à
demander à Françoise et qui n'étaient pas dans sa chambre et son cabinet de toilette), elle était encore tellement
triste, tellement plus droite, tellement plus figée que
les jours précédents, que Françoise crut, quand elle
lui dit : « Adieu, Françoise », qu'elle allait tomber.
Quand on apprend ces choses-là, on comprend que
la femme qui vous plaisait tellement moins maintenant
que toutes celles qu'on rencontre si facilement dans
les plus simples promenades, à qui on en voulait de

les sacrifier pour elle, soit au contraire celle qu'on
préférerait mille fois. Car la question ne se pose plus
entre un certain plaisir — devenu par l'usage, et
peut-être par la médiocrité de l'objet, presque nul —
et d'autres plaisirs, ceux-là tentants, ravissants, mais
entre ces plaisirs-là et quelque chose de bien plus fort
qu'eux, la pitié pour la douleur.

En me promettant à moi-même qu'Albertine serait
ici ce soir, j'avais couru au plus pressé et pansé d'une
croyance nouvelle l'arrachement de celle avec laquelle
j'avais vécu jusqu'ici. Mais si rapidement qu'eût agi
mon instinct de conservation, j'étais, quand Françoise
m'avait parlé, resté une seconde sans secours, et
j'avais beau savoir maintenant qu'Albertine serait
là ce soir, la douleur que j'avais ressentie pendant
l'instant où je ne m'étais pas encore appris à moi-
même ce retour (l'instant qui avait suivi les mots :
« Mademoiselle Albertine a demandé ses malles, Mademoiselle Albertine est partie »), cette douleur renaissait
d'elle-même en moi, pareille à ce qu'elle avait été,
c'est-à-dire comme si j'avais ignoré encore le prochain
retour d'Albertine. D'ailleurs il fallait qu'elle revînt,
mais d'elle-même. Dans toutes les hypothèses, avoir
l'air de faire faire une démarche, de la prier de revenir
irait à l'encontre du but. Certes je n'avais plus la
force de renoncer à elle comme je l'avais eue pour
Gilberte. Plus même que revoir Albertine, ce que je
voulais c'était mettre fin à l'angoisse physique que
mon cœur, plus mal portant que jadis, ne pouvait
plus tolérer. Puis, à force de m'habituer à ne pas
vouloir, qu'il s'agît de travail ou d'autre chose, j'étais
devenu plus lâche. Mais surtout cette angoisse était
incomparablement plus forte pour bien des raisons
dont la plus importante n'était peut-être pas que je

n'avais jamais goûté de plaisir sensuel avec Mme de
Guermantes et avec Gilberte, mais que ne les voyant
pas chaque jour, à toute heure, n'en ayant pas la possibilité et par conséquent pas le besoin, il y avait en
moins, dans mon amour pour elles, la force immense
de l'Habitude. Peut-être, maintenant que mon cœur,
incapable de vouloir, et de supporter de son plein
gré la souffrance, ne trouvait qu'une seule solution
possible, le retour à tout prix d'Albertine, peut-être
la solution opposée (le renoncement volontaire, la
résignation progressive) m'eût-elle paru une solution
de roman, invraisemblable dans la vie, si je n'avais
moi-même autrefois opté pour celle-là quand il s'était
agi de Gilberte. Je savais donc que cette autre solution
pouvait être acceptée aussi, et par un seul homme, car
j'étais resté à peu près le même. Seulement le temps
avait joué son rôle, le temps qui m'avait vieilli, le
temps aussi qui avait mis Albertine perpétuellement
auprès de moi quand nous menions notre vie commune. Mais du moins, sans renoncer à elle, ce qui
me restait de ce que j'avais éprouvé pour Gilberte,
c'était la fierté de ne pas vouloir être à Albertine un
jouet dégoûtant en lui faisant demander de revenir,
je voulais qu'elle revînt sans que j'eusse l'air d'y tenir.
Je me levai pour ne pas perdre de temps, mais la
souffrance m'arrêta : c'était la première fois que je me
levais depuis qu'elle était partie. Pourtant il fallait
vite m'habiller afin d'aller m'informer chez la concierge
d'Albertine.

La souffrance, prolongement d'un choc moral
imposé, aspire à changer de forme ; on espère la
volatiliser en faisant des projets, en demandant des
renseignements ; on veut qu'elle passe par ses innombrables métamorphoses, cela demande moins de

courage que de garder sa souffrance franche ; ce lit
paraît si étroit, si dur, si froid, où l'on se couche avec
sa douleur. Je me remis donc sur mes jambes ; je
n'avançais dans la chambre qu'avec une prudence
infinie, je me plaçais de façon à ne pas apercevoir la
chaise d'Albertine, le pianola sur les pédales duquel
elle appuyait ses mules d'or, un seul des objets dont
elle avait usé et qui tous, dans le langage particulier
que leur avaient enseigné mes souvenirs, semblaient
vouloir me donner une traduction, une version différente, m'annoncer une seconde fois la nouvelle, de
son départ. Mais, sans les regarder, je les voyais : mes
forces m'abandonnèrent, je tombai assis dans un de
ces fauteuils de satin bleu dont, il y a une heure, dans
le clair-obscur de la chambre anesthésiée par un rayon
de jour, le glacis m'avait fait faire des rêves passionnément caressés alors, si loin de moi maintenant.
Hélas ! je ne m'y étais jamais assis, avant cette minute,
que quand Albertine était encore là. Aussi je ne pus
y rester, je me levai ; et ainsi, à chaque instant, il y
avait quelqu'un des innombrables et humbles « moi »
qui nous composent qui était ignorant encore du
départ d'Albertine et à qui il fallait le notifier ; il
fallait — ce qui était plus cruel que s'ils avaient été
des étrangers et n'avaient pas emprunté ma sensibilité
pour souffrir — annoncer le malheur qui venait
d'arriver à tous ces êtres, à tous ces « moi » qui ne le
savaient pas encore ; il fallait que chacun d'eux à son
tour entendît pour la première fois ces mots : « Albertine a demandé ses malles » (ces malles en forme de
cercueil que j'avais vu charger à Balbec à côté de
celles de ma mère), « Albertine est partie ». A chacun
j'avais à apprendre mon chagrin, le chagrin qui n'est
nullement une conclusion pessimiste librement tirée

d'un ensemble de circonstances funestes, mais la reviviscence intermittente et involontaire d'une impression spécifique, venue du dehors et que nous n'avons pas choisie. Il y avait quelques-uns de ces « moi » que je n'avais pas revus depuis assez longtemps. Par exemple (je n'avais pas songé que c'était le jour du coiffeur), le « moi » que j'étais quand je me faisais couper les cheveux. J'avais oublié ce moi-là, son arrivée fit éclater mes sanglots, comme à un enterrement celle d'un vieux serviteur retraité qui a connu celle qui vient de mourir. Puis je me rappelai tout d'un coup que, depuis huit jours, j'avais par moments été pris de peurs paniques que je ne m'étais pas avouées. A ces moments-là je discutais pourtant en me disant : « Inutile, n'est-ce pas, d'envisager l'hypothèse où elle partirait brusquement. C'est absurde. Si je la confiais à un homme sensé et intelligent (et je l'aurais fait pour me tranquilliser, si la jalousie ne m'eût empêché de faire des confidences), il m'aurait sûrement dit : « Mais vous êtes fou. C'est impossible. » (Et, en effet, nous n'avions pas eu une seule querelle.) On part pour un motif. On le dit. On vous donne le droit de répondre. On ne part pas comme cela. Non, c'est un enfantillage. C'est la seule hypothèse absurde. » Et pourtant, tous les jours, en la retrouvant là le matin quand je sonnais, j'avais poussé un immense soupir de soulagement. Et quand Françoise m'avait remis la lettre d'Albertine, j'avais tout de suite été sûr qu'il s'agissait de la chose qui ne pouvait pas être, de ce départ en quelque sorte perçu plusieurs jours d'avance, malgré les raisons logiques d'être rassuré. Je m'étais dit, presque avec une satisfaction de perspicacité dans mon désespoir, comme un assassin qui sait ne pouvoir être découvert mais qui a peur et qui tout d'un coup voit le nom de sa victime écrit en tête d'un dossier chez le juge d'instruction qui l'a fait mander...

Tout mon espoir était qu'Albertine fût partie en Touraine, chez sa tante où en somme elle était assez surveillée et ne pourrait faire grand'chose jusqu'à ce que je l'en ramenasse. Ma pire crainte avait été qu'elle fût restée à Paris, partie à Amsterdam ou à Montjouvain, c'est-à-dire qu'elle se fût échappée pour se consacrer à quelque intrigue dont les préliminaires m'avaient échappé. Mais, en réalité, en me disant Paris, Amsterdam, Montjouvain, c'est-à-dire plusieurs lieux, je pensais à des lieux qui n'étaient que possibles ; aussi, quand la concierge d'Albertine répondit qu'elle était partie pour la Touraine, cette résidence que je croyais désirer me sembla la plus affreuse de toutes, parce que celle-là était réelle et que pour la première fois, torturé par la certitude du présent et l'incertitude de l'avenir, je me représentais Albertine commençant une vie qu'elle avait voulue séparée de moi, peut-être pour longtemps, peut-être pour toujours, et où elle réaliserait cet inconnu qui autrefois m'avait si souvent troublé, alors que pourtant j'avais le bonheur de posséder, de caresser ce qui en était le dehors, ce doux visage impénétrable et capté *.

* Devant la porte d'Albertine je trouvai une petite fille pauvre qui me regardait avec de grands yeux et qui avait l'air si bon que je lui demandai si elle ne voulait pas venir chez moi, comme j'eusse fait d'un chien au regard fidèle. Elle en eut l'air content. A la maison je la berçai quelque temps sur mes genoux, mais bientôt sa présence, en me faisant trop sentir l'absence d'Albertine, me fut insupportable. Et je la priai de s'en aller, après lui avoir remis un billet de cinq cents francs. Et pourtant, bientôt après, la pensée

C'était cet inconnu qui faisait le fond de mon amour. Pour Albertine elle-même, elle n'existait guère en moi que sous la forme de son nom, qui, sauf quelques rares répits au réveil, venait s'inscrire dans mon cerveau et ne cessait plus de le faire. Si j'avais pensé tout haut, je l'aurais répété sans cesse et mon verbiage eût été aussi monotone, aussi limité que si j'eusse été changé en oiseau, en un oiseau pareil à celui de la fable dont le cri redisait sans fin le nom de celle qu'homme, il avait aimée. On se le dit et, comme on le tait, il semble qu'on l'écrive en soi, qu'il laisse sa trace dans le cerveau et que celui-ci doive finir par être, comme un mur où quelqu'un s'est amusé à crayonner, entièrement recouvert par le nom mille fois récrit de celle qu'on aime. On le récrit tout le temps dans sa pensée tant qu'on est heureux, plus encore quand on est malheureux. Et de redire ce nom qui ne nous donne rien de plus que ce qu'on sait déjà, on éprouve le besoin sans cesse renaissant, mais à la longue, une fatigue. Au plaisir charnel je ne pensais même pas en ce moment ; je ne voyais même pas devant ma pensée l'image de cette Albertine, cause pourtant d'un tel bouleversement dans mon être, je n'apercevais pas son corps, et si j'avais voulu isoler l'idée qui était liée — car il y en a bien toujours quelqu'une — à ma souffrance, ç'aurait été alternativement, d'une part le doute sur les dispositions dans lesquelles elle était partie, avec ou sans esprit de retour, d'autre part les moyens de la ramener. Peut-

d'avoir quelque autre petite fille près de moi, de ne jamais être seul sans le secours d'une présence innocente, fut le seul rêve qui me permît de supporter l'idée que peut-être Albertine resterait quelque temps sans revenir.

être y a-t-il un symbole et une vérité dans la place
infime tenue dans notre anxiété par celle à qui nous
la rapportons. C'est qu'en effet sa personne même y
est pour peu de chose ; pour presque tout, le processus
d'émotions, d'angoisses que tels hasards nous ont
fait jadis éprouver à propos d'elle et que l'habitude
a attachées à elle. Ce qui le prouve bien, c'est (plus
encore que l'ennui qu'on éprouve dans le bonheur)
combien voir ou ne pas voir cette même personne,
être estimé ou non d'elle, l'avoir ou non à notre disposition, nous paraîtra quelque chose d'indifférent
quand nous n'aurons plus à nous poser le problème
(si oiseux que nous ne nous le poserons même plus)
que relativement à la personne elle-même — le processus d'émotions et d'angoisses étant oublié, au
moins en tant que se rattachant à elle, car il a pu se
développer à nouveau, mais tranféré à une autre.
Avant cela, quand il était encore attaché à elle, nous
croyions que notre bonheur dépendait de sa personne :
il dépendait seulement de la terminaison de notre
anxiété. Notre inconscient était donc plus clairvoyant
que nous-même à ce moment-là, en faisant si petite
la figure de la femme aimée, figure que nous avions
même peut-être oubliée, que nous pouvions connaître
mal et croire médiocre, dans l'effroyable drame où de la
retrouver pour ne plus l'attendre pouvait dépendre
jusqu'à notre vie elle-même. Proportions minuscules
de la figure de la femme, effet logique et nécessaire
de la façon dont l'amour se développe, claire allégorie
de la nature subjective de cet amour.

L'esprit dans lequel elle était partie était semblable
sans doute à celui des peuples qui font préparer par
une démonstration de leur armée l'œuvre de leur
diplomatie. Elle n'avait dû partir que pour obtenir

de moi de meilleures conditions, plus de liberté, de luxe. Dans ce cas, celui qui l'eût emporté de nous deux, c'eût été moi, si j'eusse eu la force d'attendre, d'attendre le moment où, voyant qu'elle n'obtenait rien, elle fût revenue d'elle-même. Mais si aux cartes, à la guerre, où il importe seulement de gagner, on peut résister au bluff, les conditions ne sont point les mêmes que font l'amour et la jalousie, sans parler de la souffrance. Si pour attendre, pour « durer », je laissais Albertine rester loin de moi plusieurs jours, plusieurs semaines peut-être, je ruinais ce qui avait été mon but pendant plus d'une année — ne pas la laisser libre une heure. Toutes mes précautions se trouvaient devenues inutiles, si je lui laissais le temps, la facilité de me tromper tant qu'elle voudrait ; et si, à la fin, elle se rendait, je ne pourrais plus oublier le temps où elle avait été seule, et, même l'emportant à la fin, tout de même dans le passé, c'est-à-dire irréparablement, je serais le vaincu.

Quant aux moyens de ramener Albertine, ils avaient d'autant plus de chance de réussir que l'hypothèse où elle ne serait partie que dans l'espoir d'être rappelée avec de meilleures conditions, paraîtrait plus plausible. Et, sans doute, pour les gens qui ne croyaient pas à la sincérité d'Albertine, certainement pour Françoise par exemple, cette hypothèse l'était. Mais pour ma raison, à qui la seule explication de certaines mauvaises humeurs, de certaines attitudes avait paru, avant que je sache rien, le projet formé par elle d'un départ définitif, il était difficile de croire que, maintenant que ce départ s'était produit, il n'était qu'une simulation. Je dis pour ma raison, non pour moi. L'hypothèse simulation me devenait d'autant plus nécessaire qu'elle était plus improbable, et gagnait en force ce

qu'elle perdait en vraisemblance. Quand on se voit
au bord de l'abîme et qu'il semble que Dieu vous ait
abandonné, on n'hésite plus à attendre de lui un
miracle *.

M'étant donné à moi-même l'affirmation que, quoi
que je dusse faire, Albertine serait de retour à la

* Je reconnais que dans tout cela je fus le plus
apathique quoique le plus douloureux des policiers.
Mais la fuite d'Albertine ne m'avait pas rendu les
qualités que l'habitude de la faire surveiller par d'autres
m'avait enlevées. Je ne pensais qu'à une chose :
charger un autre de cette recherche. Cet autre fut
Saint-Loup, qui consentit. L'anxiété de tant de jours
remise à un autre me donna de la joie et je me tré-
moussai, sûr du succès, les mains redevenues brusquement sèches comme autrefois et n'ayant plus cette
sueur dont Françoise m'avait mouillé en me disant :
« Mademoiselle Albertine est partie. »
    On se souvient que quand je résolus de vivre avec
Albertine et même de l'épouser, c'était pour la garder,
savoir ce qu'elle faisait, l'empêcher de reprendre
ses habitudes avec Mlle Vinteuil. Ç'avait été, dans le
déchirement atroce de sa révélation à Balbec, quand
elle m'avait dit comme une chose toute naturelle et
que je réussis, bien que ce fût le plus grand chagrin
que j'eusse encore éprouvé dans ma vie, à sembler
trouver toute naturelle, la chose que dans mes pires
suppositions je n'aurais jamais été assez audacieux
pour imaginer. (C'est étonnant comme la jalousie,
qui passe son temps à faire des petites suppositions
dans le faux, a peu d'imagination quand il s'agit de
découvrir le vrai.) Or cet amour, né surtout d'un
besoin d'empêcher Albertine de faire le mal, cet amour
avait gardé dans la suite la trace de son origine. Être
avec elle m'importait peu, pour peu que je pusse
empêcher « l'être de fuite » d'aller ici ou là. Pour l'en
empêcher je m'en étais remis aux yeux, à la compagnie
de ceux qui allaient avec elle et, pour peu qu'ils me
fissent le soir un bon petit rapport bien rassurant,
mes inquiétudes s'évanouissaient en bonne humeur.

maison le soir même, j'avais suspendu la douleur que
Françoise m'avait causée en me disant qu'Albertine
était partie (parce qu'alors mon être pris de court
avait cru un instant que ce départ était définitif). Mais
après une interruption, quand, d'un élan de sa vie
indépendante, la souffrance initiale revenait spontanément en moi, elle était toujours aussi atroce parce
qu'antérieure à la promesse consolatrice que je m'étais
faite de ramener le soir même Albertine. Cette phrase
qui l'eût calmée, ma souffrance l'ignorait. Pour mettre
en œuvre les moyens d'amener ce retour, une fois
encore, non pas qu'une telle attitude m'eût jamais
très bien réussi, mais parce que je l'avais toujours
prise depuis que j'aimais Albertine, j'étais condamné
à faire comme si je ne l'aimais pas, ne souffrais pas de
son départ, j'étais condamné à continuer de lui mentir.
Je pourrais être d'autant plus énergique dans les
moyens de la faire revenir que personnellement j'aurais
l'air d'avoir renoncé à elle. Je me proposais d'écrire
à Albertine une lettre d'adieux où je considérerais
son départ comme définitif, tandis que j'enverrais
Saint-Loup exercer sur Mme Bontemps, et comme à
mon insu, la pression la plus brutale pour qu'Albertine revienne au plus vite. Sans doute j'avais expérimenté avec Gilberte le danger des lettres d'une
indifférence qui, feinte d'abord, finit par devenir
vraie. Et cette expérience aurait dû m'empêcher
d'écrire à Albertine des lettres du même caractère
que celles que j'avais écrites à Gilberte. Mais ce qu'on
appelle expérience n'est que la révélation à nos
propres yeux d'un trait de notre caractère, qui
naturellement reparaît, et reparaît d'autant plus
fortement que nous l'avons déjà mis en lumière pour
nous-même une fois, de sorte que le mouvement

spontané qui nous avait guidé la première fois se
trouve renforcé par toutes les suggestions du souvenir.
Le plagiat humain auquel il est le plus difficile d'échapper, pour les individus (et même pour les peuples qui
persévèrent dans leurs fautes et vont les aggravant),
c'est le plagiat de soi-même.

Saint-Loup, que je savais à Paris, fut mandé par
moi à l'instant même, accourut, rapide et efficace
comme il était jadis à Doncières, et consentit à partir
aussitôt pour la Touraine. Je lui soumis la combinaison suivante. Il devait descendre à Châtellerault,
se faire indiquer la maison de Mme Bontemps, attendre
qu'Albertine fût sortie car elle aurait pu le reconnaître. « Mais la jeune fille dont tu parles me connaît
donc ? » me dit-il. Je lui dis que je ne le croyais pas.
Le projet de cette démarche me remplit d'une joie
infinie. Elle était pourtant en contradiction absolue
avec ce que je m'étais promis au début : m'arranger
à ne pas avoir l'air de faire chercher Albertine ; et
cela en aurait l'air inévitablement. Mais elle avait sur
« ce qu'il aurait fallu » l'avantage inestimable qu'elle
me permettait de me dire que quelqu'un envoyé
par moi allait voir Albertine, sans doute la ramener.
Et si j'avais su voir clair dans mon cœur au début,
c'est cette solution cachée dans l'ombre et que je
trouvais déplorable, que j'aurais pu prévoir qui
prendrait le pas sur les solutions de patience, et que
j'étais décidé à vouloir, par manque de volonté.
Comme Saint-Loup avait déjà l'air un peu surpris
qu'une jeune fille eût habité chez moi tout un hiver
sans que je lui en eusse rien dit, comme d'autre part
il m'avait souvent reparlé de la jeune fille de Balbec
et que je ne lui avais jamais répondu : « Mais elle
habite ici », il eût pu être froissé de mon manque de

confiance. Il est vrai que peut-être Mme Bontemps
lui parlerait de Balbec. Mais j'étais trop impatient
de son départ, de son arrivée, pour vouloir, pour
pouvoir penser aux conséquences possibles de ce
voyage. Quant à ce qu'il reconnût Albertine (qu'il
avait d'ailleurs systématiquement évité de regarder
quand il l'avait rencontrée à Doncières), elle avait,
au dire de tous, tellement changé et grossi que ce
n'était guère probable. Il me demanda si je n'avais
pas un portrait d'Albertine. Je répondis d'abord que
non, pour qu'il n'eût pas, d'après ma photographie,
faite à peu près du temps de Balbec, le loisir de
reconnaître Albertine, que pourtant il n'avait qu'entrevue dans le wagon. Mais je réfléchis que sur la
dernière elle serait déjà aussi différente de l'Albertine
de Balbec que l'était maintenant l'Albertine vivante,
et qu'il ne la reconnaîtrait pas plus sur la photographie
que dans la réalité. Pendant que je la lui cherchais,
il me passait doucement la main sur le front, en
manière de me consoler. J'étais ému de la peine que
la douleur qu'il devinait en moi lui causait. D'abord
il avait beau s'être séparé de Rachel, ce qu'il avait
éprouvé alors n'était pas encore si lointain qu'il n'eût
une sympathie, une pitié particulière pour ce genre
de souffrances, comme on se sent plus voisin de
quelqu'un qui a la même maladie que vous. Puis il
avait tant d'affection pour moi que la pensée de mes
souffrances lui était insupportable. Aussi en concevait-il
pour celle qui me les causait un mélange de rancune
et d'admiration. Il se figurait que j'étais un être si
supérieur qu'il pensait que, pour que je fusse soumis
à une autre créature, il fallait que celle-là fût tout à
fait extraordinaire. Je pensais bien qu'il trouverait
la photographie d'Albertine jolie, mais comme tou^t

de même je ne m'imaginais pas qu'elle produirait
sur lui l'impression d'Hélène sur les vieillards troyens,
tout en cherchant je disais modestement : « Oh! tu
sais, ne te fais pas d'idées, d'abord la photo est mauvaise, et puis elle n'est pas étonnante, ce n'est pas une
beauté, elle est surtout bien gentille. — Oh! si, elle
doit être merveilleuse », dit-il avec un enthousiasme
naïf et sincère en cherchant à se représenter l'être
qui pouvait me jeter dans un désespoir et une agitation pareils. « Je lui en veux de te faire mal, mais aussi
c'était bien à supposer qu'un être artiste jusqu'au
bout des ongles comme toi, toi qui aimes en tout la
beauté et d'un tel amour, tu étais prédestiné à souffrir
plus qu'un autre quand tu la rencontrerais dans une
femme. » Enfin je venais de trouver la photographie.
« Elle est sûrement merveilleuse », continuait à dire
Robert, qui n'avait pas vu que je lui tendais la photographie. Soudain il l'aperçut, il la tint un instant dans
ses mains. Sa figure exprimait une stupéfaction qui
allait jusqu'à la stupidité. « C'est ça, la jeune fille que
tu aimes ? » finit-il par me dire d'un ton où l'étonnement était maté par la crainte de me fâcher. Il ne
fit aucune observation, il avait pris l'air raisonnable,
prudent, forcément un peu dédaigneux qu'on a
devant un malade — eût-il été jusque-là un homme
remarquable et votre ami — mais qui n'est plus rien
de tout cela, car, frappé de folie furieuse, il vous parle
d'un être céleste qui lui est apparu et continue à le
voir à l'endroit où vous, homme sain, vous n'apercevez
qu'un édredon. Je compris tout de suite l'étonnement
de Robert, et que c'était celui où m'avait jeté la vue
de sa maîtresse, avec la seule différence que j'avais
trouvé en elle une femme que je connaissais déjà,
tandis que lui croyait n'avoir jamais vu Albertine.

Mais sans doute la différence entre ce que nous voyions
l'un et l'autre d'une même personne était aussi grande.
Le temps était loin où j'avais bien petitement commencé à Balbec par ajouter aux sensations visuelles
quand je regardais Albertine, des sensations de saveur,
d'odeur, de toucher. Depuis, des sensations plus
profondes, plus douces, plus indéfinissables s'y
étaient ajoutées, puis des sensations douloureuses.
Bref Albertine n'était, comme une pierre autour de
laquelle il a neigé, que le centre générateur d'une
immense construction qui passait par le plan de mon
cœur. Robert, pour qui était invisible toute cette
stratification de sensations, ne saisissait qu'un résidu
qu'elle m'empêchait au contraire d'apercevoir. Ce qui
avait décontenancé Robert quand il avait aperçu la
photographie d'Albertine était non le saisissement des
vieillards troyens voyant passer Hélène et disant :

Notre mal ne vaut pas un seul de ses regards,

mais celui exactement inverse et qui fait dire : « Comment, c'est pour ça qu'il a pu se faire tant de bile,
tant de chagrin, faire tant de folies! » Il faut bien
avouer que ce genre de réaction à la vue de la personne
qui a causé les souffrances, bouleversé la vie, quelquefois amené la mort, de quelqu'un que nous aimons,
est infiniment plus fréquent que celui des vieillards
troyens, et pour tout dire, l'habituel. Ce n'est pas
seulement parce que l'amour est individuel, ni parce
que, quand nous ne le ressentons pas, le trouver
évitable et philosopher sur la folie des autres nous est
naturel. Non, c'est que, quand il est arrivé au degré
où il cause de tels maux, la construction des sensations
interposées entre le visage de la femme et les yeux de
l'amant (l'énorme œuf douloureux qui l'engaine

3

et le dissimule autant qu'une couche de neige une
fontaine) est déjà poussée assez loin pour que le point
où s'arrêtent les regards de l'amant, le point où il
rencontre son plaisir et ses souffrances, soit aussi
loin du point où les autres le voient qu'est loin le
soleil véritable de l'endroit où sa lumière condensée
nous le fait apercevoir dans le ciel. Et de plus, pendant
ce temps, sous la chrysalide de douleurs et de tendresses qui rend invisibles à l'amant les pires métamorphoses de l'être aimé, le visage a eu le temps de
vieillir et de changer. De sorte que, si le visage que
l'amant a vu la première fois est fort loin de celui qu'il
voit depuis qu'il aime et souffre, il est, en sens inverse,
tout aussi loin de celui que peut voir maintenant le
spectateur indifférent. (Qu'aurait-ce été si, au lieu
de la photographie de celle qui était une jeune fille,
Robert avait vu la photographie d'une vieille maîtresse ?) Et même nous n'avons pas besoin de voir
pour la première fois celle qui a causé tant de ravages
pour avoir cet étonnement. Souvent nous la connaissions comme mon grand-oncle Adolphe connaissait
Odette. Alors la différence d'optique s'étend non
seulement à l'aspect physique, mais au caractère,
à l'importance individuelle. Il y a beaucoup de chances
pour que la femme qui fait souffrir celui qui l'aime
ait toujours été bonne fille avec quelqu'un qui ne se
souciait pas d'elle, comme Odette, si cruelle pour
Swann, avait été la prévenante « dame en rose » de mon
grand-oncle Adolphe, ou bien que l'être dont chaque
décision est supputée d'avance, avec autant de crainte
que celle d'une divinité, par celui qui l'aime, appa-
raisse comme une personne sans conséquence, trop
heureuse de faire tout ce qu'on veut, aux yeux de
celui qui ne l'aime pas, comme la maîtresse de Saint-

Loup pour moi qui ne voyais en elle que cette « Rachel quand du Seigneur » qu'on m'avait tant de fois proposée. Je me rappelais, la première fois que je l'avais vue avec Saint-Loup, ma stupéfaction à la pensée qu'on pût être torturé de ne pas savoir ce qu'une telle femme avait fait tel soir, ce qu'elle avait pu dire tout bas à quelqu'un, pourquoi elle avait eu un désir de rupture. Or, je sentais que, tout ce passé, mais d'Albertine, et vers lequel chaque fibre de mon cœur, de ma vie, se dirigeait avec une souffrance vibratile et maladroite, devait paraître tout aussi insignifiant à Saint-Loup, me le deviendrait peut-être un jour à moi-même ; que je passerais peut-être peu à peu, touchant l'insignifiance ou la gravité du passé d'Albertine, de l'état d'esprit que j'avais en ce moment à celui qu'avait Saint-Loup, car je ne me faisais pas d'illusions sur ce que Saint-Loup pouvait penser, sur ce que tout autre que l'amant peut penser. Et je n'en souffrais pas trop. Laissons les jolies femmes aux hommes sans imagination. Je me rappelais cette tragique explication de tant de vies qu'est un portrait génial et pas ressemblant comme celui d'Odette par Elstir et qui est moins le portrait d'une amante que du déformant amour. Il n'y manquait — ce que tant de portraits ont — que d'être à la fois d'un grand peintre et d'un amant (et encore disait-on qu'Elstir l'avait été d'Odette). Cette dissemblance, toute la vie d'un amant, d'un amant dont personne ne comprend les folies, toute la vie d'un Swann la prouvent. Mais que l'amant se double d'un peintre comme Elstir et alors le mot de l'énigme est proféré, vous avez enfin sous les yeux ces lèvres que le vulgaire n'a jamais aperçues dans cette femme, ce nez que personne ne lui a connu, cette allure insoupçonnée. Le portrait

dit : « Ce que j'ai aimé, ce qui m'a fait souffrir, ce que
j'ai sans cesse vu, c'est ceci. » Par une gymnastique
inverse, moi qui avais essayé par la pensée d'ajouter
à Rachel tout ce que Saint-Loup lui avait ajouté de
lui-même, j'essayais d'ôter mon apport cardiaque
et mental dans la composition d'Albertine et de me la
représenter telle qu'elle devait apparaître à Saint-
Loup, comme à moi Rachel. Mais quelle importance
cela a-t-il ? Ces différences-là, quand même nous les
verrions nous-même, y ajouterions-nous foi ? Quand
autrefois, à Balbec, Albertine m'attendait sous les
arcades d'Incarville et sautait dans ma voiture, non
seulement elle n'avait pas encore « épaissi », mais à la
suite d'excès d'exercice elle avait trop fondu ; maigre,
enlaidie par un vilain chapeau qui ne laissait dépasser
qu'un petit bout de vilain nez et voir de côté des
joues blanches comme des vers blancs, je retrouvais
bien peu d'elle, assez cependant pour qu'au saut
qu'elle faisait dans ma voiture je susse que c'était
elle, qu'elle avait été exacte au rendez-vous et n'était
pas allée ailleurs ; et cela suffit ; ce qu'on aime est
trop dans le passé, consiste trop dans le temps perdu
ensemble pour qu'on ait besoin de toute la femme ; on
veut seulement être sûr que c'est elle, ne pas se
tromper sur l'identité, autrement importante que la
beauté pour ceux qui aiment ; les joues peuvent se
creuser, le corps s'amaigrir, même pour ceux qui ont
été d'abord le plus orgueilleux, aux yeux des autres,
de leur domination sur une beauté, ce petit bout de
museau, ce signe où se résume la personnalité permanente d'une femme, cet extrait algébrique, cette
constante, cela suffit pour qu'un homme attendu dans
le plus grand monde, et qui l'aimait, ne puisse disposer
d'une seule de ses soirées parce qu'il passe son temps

à peigner et à dépeigner jusqu'à l'heure de s'endormir la femme qu'il aime, ou simplement à rester auprès d'elle, pour être avec elle, ou pour qu'elle soit avec lui, ou seulement pour qu'elle ne soit pas avec d'autres.

— Tu es sûr, me dit-il, que je puisse offrir comme cela à cette femme trente mille francs pour le comité électoral de son mari ? Elle est malhonnête à ce point-là ? Si tu ne te trompes pas, trois mille francs suffiraient. — Non, je t'en prie, n'économise pas pour une chose qui me tient tant à cœur. Tu dois dire ceci, où il y a du reste une part de vérité : « Mon ami avait demandé ces trente mille francs à un parent pour le comité de l'oncle de sa fiancée. C'est à cause de cette raison de fiançailles qu'on les lui avait donnés. Et il m'avait prié de vous les porter pour qu'Albertine n'en sût rien. Et puis voici qu'Albertine le quitte. Il ne sait plus que faire. Il est obligé de rendre les trente mille francs s'il n'épouse pas Albertine. Et s'il l'épouse, il faudrait qu'au moins pour la forme elle revînt immédiatement, parce que cela ferait trop mauvais effet si la fugue se prolongeait. » Tu crois que c'est inventé exprès ? — Mais non, me répondit Saint-Loup par bonté, par discrétion et puis parce qu'il savait que les circonstances sont souvent plus bizarres qu'on ne croit.

Après tout, il n'y avait aucune impossibilité à ce que dans cette histoire des trente mille francs il y eût, comme je le lui disais, une grande part de vérité. C'était possible, mais ce n'était pas vrai et cette part de vérité était justement un mensonge. Mais nous nous mentions, Robert et moi, comme dans tous les entretiens où un ami désire sincèrement aider son ami en proie à un désespoir d'amour. L'ami conseil, appui, consolateur, peut plaindre la détresse de l'autre, non la ressentir, et meilleur il est pour lui, plus il ment. Et l'autre lui avoue ce qui est nécessaire pour être aidé, mais, justement peut-être pour être aidé, cache bien des choses. Et l'heureux est tout de même celui qui prend de la peine, qui fait un voyage, qui remplit une mission, mais qui n'a pas de souffrance intérieure. J'étais en ce moment celui qu'avait été Robert à Doncières quand il s'était cru quitté par Rachel. « Enfin, comme tu voudras ; si j'ai une avanie, je l'accepte d'avance pour toi. Et puis cela a beau me paraître un peu drôle, ce marché si peu voilé, je sais bien que dans notre monde, il y a des duchesses, et même des plus bigotes, qui feraient pour trente mille francs des choses plus difficiles que de dire à leur nièce de ne pas rester en Touraine. Enfin je suis doublement content de te rendre service, puisqu'il faut cela pour que tu consentes à me voir. Si je me marie, ajouta-t-il, est-ce que nous ne nous verrons pas davantage, est-ce que tu ne feras pas un peu de ma maison la tienne ?... » Il s'arrêta tout à coup, ayant pensé, supposai-je alors, que, si moi aussi je me mariais, Albertine ne pourrait pas être pour sa femme une relation intime. Et je me rappelai ce que les Cambremer m'avaient dit de son mariage probable avec la fille du prince de Guermantes.

L'indicateur consulté, il vit qu'il ne pourrait partir que le soir. Françoise me demanda : « Faut-il ôter du cabinet de travail le lit de Mlle Albertine ? — Au contraire, dis-je, il faut le faire. » J'espérais qu'elle reviendrait d'un jour à l'autre et je ne voulais même pas que Françoise pût supposer qu'il y avait doute. Il fallait que le départ d'Albertine eût l'air d'une chose convenue entre nous, qui n'impliquait nullement qu'elle m'aimât moins. Mais Françoise me regarda

avec un air, sinon d'incrédulité, du moins de doute.
Elle aussi avait ses deux hypothèses. Ses narines
se dilataient, elle flairait la brouille, elle devait la
sentir depuis longtemps. Et si elle n'en était pas
absolument sûre, c'est peut-être seulement parce que,
comme moi, elle se défiait de croire entièrement ce
qui lui aurait fait trop de plaisir.

Saint-Loup devait être à peine dans le train que
je me croisai dans mon antichambre avec Bloch que
je n'avais pas entendu sonner, de sorte que force me
fut de le recevoir un instant. Il m'avait dernièrement
rencontré avec Albertine (qu'il connaissait de Balbec)
un jour où elle était de mauvaise humeur. « J'ai dîné
avec M. Bontemps, me dit-il, et comme j'ai une
certaine influence sur lui, je lui ai dit que je m'étais
attristé que sa nièce ne fût pas plus gentille avec toi,
qu'il fallait qu'il lui adressât des prières en ce sens. »
J'étouffais de colère : ces prières et ces plaintes
détruisaient tout l'effet de la démarche de Saint-
Loup et me mettaient directement en cause auprès
d'Albertine que j'avais l'air d'implorer. Pour comble
de malheur Françoise restée dans l'antichambre
entendait tout cela. Je fis tous les reproches possibles
à Bloch, lui disant que je ne l'avais nullement chargé
d'une telle commission, et que du reste le fait était
faux. Bloch à partir de ce moment-là ne cessa plus
de sourire, moins, je crois, de joie que de gêne de
m'avoir contrarié. Il s'étonnait en riant de soulever
une telle colère. Peut-être le disait-il pour ôter à mes
yeux de l'importance à son indiscrète démarche,
peut-être parce qu'il était d'un caractère lâche et
vivant gaîment et paresseusement dans les mensonges,
comme les méduses à fleur d'eau, peut-être parce que,
même eût-il été d'une autre race d'hommes, les

autres, ne pouvant jamais se placer au même point
de vue que nous, ne comprennent pas l'importance
du mal que leurs paroles dites au hasard peuvent nous
faire. Je venais de le mettre à la porte, ne trouvant
aucun remède à apporter à ce qu'il avait fait, quand
on sonna de nouveau et Françoise me remit une
convocation chez le chef de la Sûreté. Les parents de
la petite fille que j'avais amenée une heure chez
moi avaient voulu déposer contre moi une plainte
en détournement de mineure. Il y a des moments de
la vie où une sorte de beauté naît de la multiplicité
des ennuis qui nous assaillent, entrecroisés comme
des motifs wagnériens, de la notion aussi, émergente
alors, que les événements ne sont pas situés dans
l'ensemble des reflets peints dans le pauvre petit
miroir que porte devant elle l'intelligence et qu'elle
appelle l'avenir, qu'ils sont en dehors et surgissent
aussi brusquement que quelqu'un qui vient constater
un flagrant délit. Déjà, laissé à lui-même, un événement se modifie, soit que l'échec nous l'amplifie ou
que la satisfaction le réduise. Mais il est rarement
seul. Les sentiments excités par chacun se contrarient,
et c'est, dans une certaine mesure, comme je l'éprouvai
en allant chez le chef de la Sûreté, un révulsif au moins
momentané et assez agissant des tristesses sentimen-
tales que la peur.

Je trouvai à la Sûreté les parents qui m'insultèrent,
me rendirent en me disant : « Nous ne mangeons pas
de ce pain-là » les cinq cents francs que je ne voulais
pas reprendre, et le chef de la Sûreté qui, se proposant
comme inimitable exemple la facilité des présidents
d'assises à « reparties », prélevait un mot de chaque
phrase que je disais, mot qui lui servait à en faire une
spirituelle et accablante réponse. De mon innocence

dans le fait il ne fut même pas question, car c'est la
seule hypothèse que personne ne voulut admettre un
instant. Néanmoins les difficultés de l'inculpation
firent que je m'en tirai avec ce savon, extrêmement
violent, tant que les parents furent là. Mais dès qu'ils
furent partis, le chef de la Sûreté, qui aimait les
petites filles, changea de ton et, me réprimandant
comme un compère : « Une autre fois, il faut être plus
adroit. Dame, on ne fait pas des levages aussi brusquement que ça, ou ça rate. D'ailleurs vous trouverez
partout des petites filles mieux que celle-là et pour
bien moins cher. La somme était follement exagérée. »
Je sentais tellement qu'il ne me comprendrait pas,
si j'essayais de lui expliquer la vérité, que je profitai
sans mot dire de la permission qu'il me donna de me
retirer. Tous les passants, jusqu'à ce que je fusse
rentré, me parurent des inspecteurs chargés d'épier
mes faits et gestes. Mais ce leitmotiv-là, de même que
celui de la colère contre Bloch, s'éteignirent pour ne
plus laisser place qu'à celui du départ d'Albertine.

Or celui-là reprenait, mais sur un mode presque
joyeux depuis que Saint-Loup était parti. Depuis
qu'il s'était chargé d'aller voir Mme Bontemps, le
poids de l'affaire ne reposait plus sur mon esprit
surmené, mais sur Saint-Loup. Une allégresse m'avait
même soulevé au moment de son départ, parce que
j'avais pris une décision : « J'ai répondu du tac au
tac. » Et mes souffrances avaient été dispersées. Je
croyais que c'était pour avoir agi, je le croyais de
bonne foi, car on ne sait jamais ce qui se cache dans
notre âme. Au fond, ce qui me rendait heureux, ce
n'était pas de m'être déchargé de mes indécisions
sur Saint-Loup, comme je le croyais. Je ne me trompais pas du reste absolument ; le spécifique pour

guérir un événement malheureux (les trois quarts
des événements le sont) c'est une décision ; car elle
a pour effet, par un brusque renversement de nos
pensées, d'interrompre le flux de celles qui viennent
de l'événement passé et dont elles prolongent la
vibration, de le briser par un flux inverse de pensées
inverses, venu du dehors, de l'avenir. Mais ces
pensées nouvelles nous sont surtout bienfaisantes
(et c'était le cas pour celles qui m'assiégeaient en ce
moment) quand du fond de cet avenir c'est une
espérance qu'elles nous apportent. Ce qui au fond me
rendait si heureux, c'était la certitude secrète que, la
mission de Saint-Loup ne pouvant échouer, Albertine
ne pouvait manquer de revenir. Je le compris ; car
n'ayant pas reçu dès le premier jour de réponse de
Saint-Loup, je recommençai à souffrir. Ma décision,
ma remise à lui de mes pleins pouvoirs n'étaient donc
pas la cause de ma joie qui sans cela eût duré, mais le
« La réussite est sûre » que j'avais pensé quand je
disais « Advienne que pourra ». Et la pensée, éveillée
par son retard, qu'en effet autre chose que la réussite
pouvait advenir, m'était si odieuse que j'avais perdu
ma gaîté. C'est en réalité notre prévision, notre
espérance d'événements heureux qui nous gonfle
d'une joie que nous attribuons à d'autres causes et
qui cesse pour nous laisser retomber dans le chagrin,
si nous ne sommes plus si assurés que ce que nous
désirons se réalisera. C'est toujours une invisible
croyance qui soutient l'édifice de notre monde sensitif,
et privé de quoi il chancelle. Nous avons vu qu'elle
faisait pour nous la valeur ou la nullité des êtres,
l'ivresse ou l'ennui de les voir. Elle fait de même la
possibilité de supporter un chagrin qui nous semble
médiocre simplement parce que nous sommes per-

suadés qu'il va y être mis fin, ou son brusque agran-
dissement jusqu'à ce qu'une présence vaille autant,
parfois même plus que notre vie.

Une chose, du reste, acheva de rendre ma douleur
au cœur aussi aiguë qu'elle avait été la première
minute et qu'il faut bien avouer qu'elle n'était plus.
Ce fut de relire une phrase de la lettre d'Albertine.
Nous avons beau aimer les êtres, la souffrance de les
perdre, quand dans l'isolement nous ne sommes plus
qu'en face d'elle à qui notre esprit donne dans une
certaine mesure la forme qu'il veut, cette souffrance
est supportable et différente de celle moins humaine
moins nôtre, — aussi imprévue et bizarre qu'un
accident dans le monde moral et dans la région du
cœur, — qui a pour cause moins directement les êtres
eux-mêmes que la façon dont nous avons appris que
nous ne les verrions plus. Albertine, je pouvais
penser à elle, en pleurant doucement, en acceptant
de ne pas plus la voir ce soir qu'hier ; mais relire
« ma décision est irrévocable », c'était autre chose,
c'était comme prendre un médicament dangereux,
qui m'eût donné une crise cardiaque à laquelle on
peut ne pas survivre. Il y a dans les choses, dans les
événements, dans les lettres de rupture, un péril
particulier qui amplifie et dénature la douleur même
que les êtres peuvent nous causer. Mais cette souffrance dura peu. J'étais malgré tout si sûr du succès
de l'habileté de Saint-Loup, le retour d'Albertine
me parut une chose si certaine, que je me demandai
si j'avais eu raison de le souhaiter. Pourtant je m'en
réjouissais. Malheureusement, pour moi qui croyais
l'affaire de la Sûreté finie, Françoise vint m'annoncer
qu'un inspecteur était venu s'informer si je n'avais
pas l'habitude d'avoir des jeunes filles chez moi,

que le concierge, croyant qu'on parlait d'Albertine,
avait répondu que si, et que, depuis ce moment, la maison semblait surveillée. Dès lors il me serait à jamais
impossible de faire venir une petite fille dans mes
chagrins pour me consoler, ou d'avoir la honte devant
elle qu'un inspecteur surgît et qu'elle me prît pour
un malfaiteur. Et du même coup je compris combien
on vit plus pour certains rêves qu'on ne croit, car
cette impossibilité de bercer jamais une petite fille
me parût ôter à la vie toute valeur à jamais, mais de
plus je compris combien il est compréhensible que
les gens aisément refusent la fortune et risquent la
mort, alors qu'on se figure que l'intérêt et la peur de
mourir mènent le monde. Car si j'avais pensé que
même une petite fille inconnue pût avoir, par l'arrivée
d'un homme de la police, une idée honteuse de moi,
combien j'aurais mieux aimé me tuer! Il n'y avait
même pas de comparaison possible entre les deux
souffrances. Or dans la vie les gens ne réfléchissent
jamais que ceux à qui ils offrent de l'argent, qu'ils
menacent de mort, peuvent avoir une maîtresse, ou
même simplement un camarade, à l'estime de qui ils
tiennent, même si ce n'est pas à la leur propre. Mais
tout à coup, par une confusion dont je ne m'avisai
pas (je ne songeai pas en effet qu'Albertine, étant
majeure, pouvait habiter chez moi et même être ma
maîtresse), il me sembla que le détournement de
mineures pouvait s'appliquer aussi à Albertine. Alors
la vie me parut barrée de tous les côtés. Et en pensant
que je n'avais pas vécu chastement avec elle, je trouvai,
dans la punition qui m'était infligée pour avoir bercé
une petite fille inconnue, cette relation qui existe
presque toujours dans les châtiments humains et qui
fait qu'il n'y a presque jamais ni condamnation juste,

ni erreur judiciaire, mais une espèce d'harmonie entre l'idée fausse que se fait le juge d'un acte innocent et les faits coupables qu'il a ignorés. Mais alors, en pensant que le retour d'Albertine pouvait amener pour moi une condamnation infamante qui me dégraderait à ses yeux et peut-être lui ferait à elle-même un tort qu'elle ne me pardonnerait pas, je cessai de souhaiter ce retour, il m'épouvanta. J'aurais voulu lui télégraphier de ne pas revenir. Et aussitôt, noyant tout le reste, le désir passionné qu'elle revînt m'envahit. C'est qu'ayant envisagé un instant la possibilité de lui dire de ne pas revenir et de vivre sans elle, tout d'un coup je me sentis au contraire prêt à sacrifier tous les voyages, tous les plaisirs, tous les travaux, pour qu'Albertine revînt!

Ah! combien mon amour pour Albertine, dont j'avais cru que je pourrais prévoir le destin d'après celui que j'avais eu pour Gilberte, s'était développé en parfait contraste avec ce dernier! Combien rester sans la voir m'était impossible! Et pour chaque acte, même le plus minime, mais qui baignait auparavant dans l'atmosphère heureuse qu'était la présence d'Albertine, il me fallait chaque fois, à nouveaux frais, avec la même douleur, recommencer l'apprentissage de la séparation. Puis la concurrence des autres formes de la vie rejetait dans l'ombre cette nouvelle douleur, et pendant ces jours-là, qui furent les premiers du printemps, j'eus même, en attendant que Saint-Loup pût voir Mme Bontemps, à imaginer Venise et de belles femmes inconnues, quelques moments de calme agréable. Dès que je m'en aperçus, je sentis en moi une terreur panique. Ce calme que je venais de goûter, c'était la première apparition de cette grande force intermittente, qui allait lutter

en moi contre la douleur, contre l'amour, et finirait
par en avoir raison. Ce dont je venais d'avoir l'avant-
goût et d'apprendre le présage, c'était pour un instant
seulement ce qui plus tard serait chez moi un état
permanent, une vie où je ne pourrais plus souffrir
pour Albertine, où je ne l'aimerais plus. Et mon
amour qui venait de reconnaître le seul ennemi par
lequel il pût être vaincu, l'oubli, se mit à frémir,
comme un lion qui dans la cage où on l'a enfermé
a aperçu tout d'un coup le serpent python qui le
dévorera.

Je pensais tout le temps à Albertine, et jamais
Françoise en entrant dans ma chambre ne me disait
assez vite : « Il n'y a pas de lettres », pour abréger
l'angoisse. Mais de temps en temps je parvenais,
en faisant passer tel ou tel courant d'idées au travers
de mon chagrin, à renouveler, à aérer un peu l'atmosphère viciée de mon cœur. Mais le soir, si je parvenais
à m'endormir, alors c'était comme si le souvenir
d'Albertine avait été le médicament qui m'avait
procuré le sommeil, et dont l'influence, en cessant,
m'éveillerait. Je pensais tout le temps à Albertine en
dormant. C'était un sommeil spécial à elle qu'elle me
donnait et où du reste je n'aurais plus été libre, comme
pendant la veille, de penser à autre chose. Le sommeil,
son souvenir c'étaient les deux substances mêlées
qu'on nous fait prendre à la fois pour dormir. Réveillé,
du reste, ma souffrance allait en augmentant chaque
jour au lieu de diminuer. Non que l'oubli n'accomplît
son œuvre, mais là même il favorisait l'idéalisation
de l'image regrettée, et par là l'assimilation de ma
souffrance initiale à d'autres souffrances analogues
qui la renforçaient. Encore cette image était-elle
supportable. Mais si tout d'un coup je pensais à sa

chambre, à sa chambre où le lit restait vide, à son piano, à son automobile, je perdais toute force, je fermais les yeux, j'inclinais ma tête sur l'épaule gauche comme ceux qui vont défaillir. Le bruit des portes me faisait presque aussi mal parce que ce n'était pas elle qui les ouvrait. Quand il put y avoir un télégramme de Saint-Loup, je n'osai pas demander : « Est-ce qu'il y a un télégramme ? » Il en vint un enfin mais qui ne faisait que tout reculer, me disant : « Ces dames sont parties pour trois jours. »

Sans doute, si j'avais supporté les quatre jours qu'il y avait déjà depuis qu'elle était partie, c'était parce que je me disais : « Ce n'est qu'une affaire de temps, avant la fin de la semaine elle sera là. » Mais cette raison n'empêchait pas que pour mon cœur, pour mon corps, l'acte à accomplir était le même : vivre sans elle, rentrer chez moi sans la trouver, passer devant la porte de sa chambre (l'ouvrir, je n'avais pas encore le courage) en sachant qu'elle n'y était pas, me coucher sans lui avoir dit bonsoir, voilà des choses que mon cœur avait dû accomplir dans leur terrible intégralité et tout de même que si je n'avais pas dû revoir Albertine. Or qu'il l'eût accompli déjà quatre fois prouvait qu'il était maintenant capable de continuer à l'accomplir. Et bientôt peut-être la raison qui m'aidait à continuer ainsi à vivre — le prochain retour d'Albertine —, je cesserais d'en avoir besoin (je pourrais me dire : « Elle ne reviendra jamais », et vivre tout de même comme j'avais déjà fait pendant quatre jours) comme un blessé qui a repris l'habitude de la marche et peut se passer de ses béquilles. Sans doute le soir en rentrant je trouvais encore, m'ôtant la respiration, m'étouffant du vide de la solitude, les souvenirs,

juxtaposés en une interminable série, de tous les
soirs où Albertine m'attendait ; mais déjà je trouvais
aussi le souvenir de la veille, de l'avant-veille et
des deux soirs précédents, c'est-à-dire le souvenir
des quatre soirs écoulés depuis le départ d'Albertine,
pendant lesquels j'étais resté sans elle, seul, où
cependant j'avais vécu, quatre soirs déjà faisant
une bande de souvenirs bien mince à côté de l'autre,
mais que chaque jour qui s'écoulerait allait peut-être
étoffer.

Je ne dirai pas la lettre de déclaration que je
reçus à ce moment-là d'une nièce de Mme de Guermantes, qui passait pour la plus jolie jeune fille de
Paris, et la démarche que fit auprès de moi le duc
de Guermantes de la part des parents résignés pour
le bonheur de leur fille à l'inégalité du parti, à une
semblable mésalliance. De tels incidents qui pourraient être sensibles à l'amour-propre sont trop
douloureux quand on aime. On aurait le désir et
on n'aurait pas l'indélicatesse de les faire connaître
à celle qui porte sur nous un jugement moins favorable, qui ne serait du reste pas modifié si elle apprenait qu'on peut être l'objet d'un tout différent. Ce
que m'écrivait la nièce du duc n'eût pu qu'impa-
tienter Albertine.

Depuis le moment où j'étais éveillé et où je repre-
nais mon chagrin à l'endroit où j'en étais resté avant
de m'endormir, comme un livre un instant fermé
et qui ne me quitterait plus jusqu'au soir, ce ne
pouvait jamais être qu'à une pensée concernant
Albertine que venaient se raccorder pour moi toutes
sensations, qu'elles me vinssent du dehors ou du
dedans. On sonnait : c'est une lettre d'elle, c'est
elle-même peut-être! Si je me sentais bien portant,

pas trop malheureux, je n'étais plus jaloux, je n'avais
plus de griefs contre elle, j'aurais voulu vite la revoir,
l'embrasser, passer gaîment toute ma vie avec elle.
Lui télégraphier : « Venez vite » me semblait devenu
une chose toute simple comme si mon humeur
nouvelle avait changé non pas seulement mes dispositions, mais les choses hors de moi, les avait rendues
plus faciles. Si j'étais d'humeur sombre, toutes mes
colères contre elle renaissaient, je n'avais plus envie
de l'embrasser, je sentais l'impossibilité d'être
jamais heureux par elle, je ne voulais plus que lui
faire du mal et l'empêcher d'appartenir aux autres.
Mais de ces deux humeurs opposées le résultat était
identique, il fallait qu'elle revînt au plus tôt. Et
pourtant, quelque joie que pût me donner au moment
même ce retour, je sentais que bientôt les mêmes
difficultés se présenteraient et que la recherche du
bonheur dans la satisfaction du désir moral était
aussi naïve que l'entreprise d'atteindre l'horizon
en marchant devant soi. Plus le désir avance, plus la
possession véritable s'éloigne. De sorte que si le
bonheur, ou du moins l'absence de souffrances,
peut être trouvé, ce n'est pas la satisfaction, mais la
réduction progressive, l'extinction finale du désir
qu'il faut chercher. On cherche à voir ce qu'on aime,
on devrait chercher à ne pas le voir, l'oubli seul
finit par amener l'extinction du désir. Et j'imagine
que si un écrivain émettait des vérités de ce genre,
il dédierait le livre qui les contiendrait à une femme
dont il se plairait ainsi à se rapprocher, lui disant :
« Ce livre est le tien. » Et ainsi, disant des vérités
dans son livre, il mentirait dans sa dédicace, car
il ne tiendra à ce que le livre soit à cette femme que
comme à cette pierre qui vient d'elle et qui ne lui

sera chère qu'autant qu'il aimera la femme. Les
liens entre un être et nous n'existent que dans notre
pensée. La mémoire en s'affaiblissant les relâche,
et, malgré l'illusion dont nous voudrions être dupes
et dont, par amour, par amitié, par politesse, par
respect humain, par devoir, nous dupons les autres,
nous existons seuls. L'homme est l'être qui ne peut
sortir de soi, qui ne connaît les autres qu'en soi, et,
en disant le contraire, ment. Et j'aurais eu si peur,
si on avait été capable de le faire, qu'on m'ôtât ce
besoin d'elle, cet amour d'elle, que je me persuadais
qu'il était précieux pour ma vie. Pouvoir entendre
prononcer sans charme et sans souffrance les noms
des stations par où le train passait pour aller en Touraine m'eût semblé une diminution de moi-même
(simplement au fond parce que cela eût prouvé
qu'Albertine me devenait indifférente). Il était bien,
me disais-je, qu'en me demandant sans cesse ce
qu'elle pouvait faire, penser, vouloir à chaque
instant, si elle comptait, si elle allait revenir, je
tinsse ouverte cette porte de communication que
l'amour avait pratiquée en moi, et sentisse la vie
d'une autre submerger, par des écluses ouvertes,
le réservoir qui n'aurait pas voulu redevenir stagnant.

Bientôt, le silence de Saint-Loup se prolongeant,
une anxiété secondaire — l'attente d'un télégramme,
d'un téléphonage de Saint-Loup — masqua la première, l'inquiétude du résultat, savoir si Albertine
reviendrait. Épier chaque bruit dans l'attente du
télégramme me devenait si intolérable qu'il me
semblait que, quel qu'il fût, l'arrivée de ce télégramme, qui était la seule chose à laquelle je pensais
maintenant, mettrait fin à mes souffrances. Mais,
quand j'eus reçu enfin un télégramme de Robert

où il me disait qu'il avait vu Mme Bontemps, mais, malgré toutes ses précautions, avait été vu par Albertine, que cela avait fait tout manquer, j'éclatai de fureur et de désespoir, car c'était là ce que j'avais voulu avant tout éviter. Connu d'Albertine, le voyage de Saint-Loup me donnait un air de tenir à elle qui ne pouvait que l'empêcher de revenir et dont l'horreur d'ailleurs était tout ce que j'avais gardé de la fierté que mon amour avait au temps de Gilberte et qu'il avait perdue. Je maudissais Robert, puis me dis que, si ce moyen avait échoué, j'en prendrais un autre. Puisque l'homme peut agir sur le monde extérieur, comment, en faisant jouer la ruse, l'intelligence, l'intérêt, l'affection, n'arriverais-je pas à supprimer cette chose atroce : l'absence d'Albertine ? On croit que selon son désir on changera autour de soi les choses, on le croit parce que, hors de là, on ne voit aucune solution favorable. On ne pense pas à celle qui se produit le plus souvent et qui est favorable aussi : nous n'arrivons pas à changer les choses selon notre désir, mais peu à peu notre désir change. La situation que nous espérions changer parce qu'elle nous était insupportable, nous devient indifférente. Nous n'avons pas pu surmonter l'obstacle, comme nous le voulions absolument, mais la vie nous l'a fait tourner, dépasser, et c'est à peine alors si en nous retournant vers le lointain du passé nous pouvons l'apercevoir, tant il est devenu imperceptible.

J'entendis à l'étage au-dessus du nôtre des airs de *Manon* joués par une voisine. J'appliquais leurs paroles, que je connaissais, à Albertine et à moi, et je fus rempli d'un sentiment si profond que je me mis à pleurer. C'était :

Hélas, l'oiseau qui fuit ce qu'il croit l'esclavage,
Le plus souvent la nuit
D'un vol désespéré revient battre au vitrage,

et la mort de Manon :

Manon, réponds-moi donc, seul amour de mon âme,
Je n'ai su qu'aujourd'hui la bonté de ton cœur.

Puisque Manon revenait à Des Grieux, il me semblait que j'étais pour Albertine le seul amour de sa vie. Hélas, il est probable que si elle avait entendu en ce moment le même air, ce n'eût pas été moi qu'elle eût chéri sous le nom de Des Grieux, et, si elle en avait eu seulement l'idée, mon souvenir l'eût empêchée de s'attendrir en écoutant cette musique qui rentrait pourtant bien, quoique mieux écrite et plus fine, dans le genre de celle qu'elle aimait.

Pour moi je n'eus pas le courage de m'abandonner à la douceur de penser qu'Albertine m'appelait « seul amour de mon âme » et avait reconnu qu'elle s'était méprise sur ce qu'elle « avait cru l'esclavage ». Je savais qu'on ne peut lire un roman sans donner à l'héroïne les traits de celle qu'on aime. Mais la fin du livre a beau être heureuse, notre amour n'a pas fait un pas de plus et, quand nous l'avons fermé, celle que nous aimons et qui est enfin venue à nous dans le roman, ne nous aime pas davantage dans la vie.

Furieux, je télégraphiai à Saint-Loup de revenir au plus vite à Paris, pour éviter au moins l'apparence de mettre une insistance aggravante dans une démarche que j'aurais tant voulu cacher. Mais, avant même qu'il fût revenu selon mes instructions, c'est d'Albertine elle-même que je reçus ce télégramme :

« Mon ami, vous avez envoyé votre ami Saint-

Loup à ma tante, ce qui était insensé. Mon cher ami,
si vous aviez besoin de moi, pourquoi ne pas m'avoir
écrit directement ? J'aurais été trop heureuse de
revenir ; ne recommencez plus ces démarches
absurdes. »

« J'aurais été trop heureuse de revenir! » Si elle
disait cela, c'est donc qu'elle regrettait d'être partie,
qu'elle ne cherchait qu'un prétexte pour revenir.
Donc je n'avais qu'à faire ce qu'elle me disait, à
lui écrire que j'avais besoin d'elle, et elle reviendrait.
J'allais donc la revoir, elle, l'Albertine de Balbec
(car, depuis son départ, elle l'était redevenue pour
moi ; comme un coquillage auquel on ne fait plus
attention quand on l'a toujours sur sa commode,
une fois qu'on s'en est séparé pour le donner ou
l'ayant perdu et qu'on pense à lui, ce qu'on ne faisait
plus, elle me rappelait toute la beauté joyeuse des
montagnes bleues de la mer). Et ce n'est pas seulement
elle qui était devenue un être d'imagination c'est-à-
dire désirable, mais la vie avec elle qui était devenue
une vie imaginaire c'est-à-dire affranchie de toutes
difficultés, de sorte que je me disais : « Comme nous
allons être heureux! » Mais, du moment que j'avais
l'assurance de ce retour, il ne fallait pas avoir l'air
de le hâter, mais au contraire effacer le mauvais
effet de la démarche de Saint-Loup que je pourrais
toujours plus tard désavouer en disant qu'il avait
agi de lui-même, parce qu'il avait toujours été partisan
de ce mariage.

Cependant, je relisais sa lettre et j'étais tout de
même déçu du peu qu'il y a d'une personne dans une
lettre. Sans doute les caractères tracés expriment
notre pensée, ce que font aussi nos traits ; c'est
toujours en présence d'une pensée que nous nous

trouvons. Mais, tout de même, dans la personne
la pensée ne nous apparaît qu'après s'être diffusée
dans cette corolle du visage épanouie comme un
nymphéa. Cela la modifie tout de même beaucoup.
Et c'est peut-être une des causes de nos perpétuelles
déceptions en amour que ces perpétuelles déviations
qui font que, à l'attente de l'être idéal que nous
aimons, chaque rendez-vous nous apporte une
personne de chair qui contient déjà si peu de notre
rêve. Et puis, quand nous réclamons quelque chose
de cette personne, nous recevons d'elle une lettre
où même de la personne il reste très peu, comme dans
les lettres de l'algèbre il ne reste plus la détermination
des chiffres de l'arithmétique, lesquels déjà ne
contiennent plus les qualités des fruits ou des fleurs
additionnés. Et pourtant, « amour », « être aimé »,
ses lettres, c'est peut-être tout de même des traduc-
tions (si insatisfaisant qu'il soit de passer de l'une à
l'autre) de la même réalité, puisque la lettre ne nous
semble insuffisante qu'en la lisant, mais que nous
suons mort et passion tant qu'elle n'arrive pas, et
qu'elle suffit à calmer notre angoisse, sinon à remplir
avec ses petits signes noirs notre désir qui sent qu'il
n'y a là tout de même que l'équivalence d'une parole,
d'un sourire, d'un baiser, non ces choses mêmes.

J'écrivis à Albertine :

« Mon amie, j'allais justement vous écrire, et je
vous remercie de me dire que, si j'avais eu besoin de
vous, vous seriez accourue ; c'est bien de votre part
de comprendre d'une façon aussi élevée le dévouement
à un ancien ami, et mon estime pour vous ne peut
qu'en être accrue. Mais non, je ne vous l'avais pas
demandé, et ne vous le demanderai pas ; nous revoir,

au moins d'ici bien longtemps, ne vous serait peut-
être pas pénible, jeune fille insensible. A moi, que
vous avez cru parfois si indifférent, cela le serait
beaucoup. La vie nous a séparés. Vous avez pris
une décision que je crois très sage et que vous avez
prise au moment voulu, avec un pressentiment
merveilleux, car vous êtes partie le lendemain du
jour où je venais de recevoir l'assentiment de ma
mère de demander votre main. Je vous l'aurais dit
à mon réveil, quand j'ai eu sa lettre (en même temps
que la vôtre!). Peut-être auriez-vous eu peur de me
faire de la peine en partant là-dessus. Et nous aurions
peut-être lié nos vies pour ce qui aurait été pour
nous, qui sait, le malheur. Si cela avait dû être, soyez
bénie pour votre sagesse. Nous en perdrions tout le
fruit en nous revoyant. Ce n'est pas que ce ne serait
pas pour moi une tentation. Mais je n'ai pas grand
mérite à y résister. Vous savez l'être inconstant que
je suis et comme j'oublie vite. Ainsi je ne suis pas
bien à plaindre. Vous me l'avez dit souvent, je suis
surtout un homme d'habitudes. Celles que je commence à prendre sans vous ne sont pas encore bien
fortes. Évidemment, en ce moment, celles que
j'avais avec vous et que votre départ a troublées
sont encore les plus fortes. Elles ne le seront plus
bien longtemps. Même, à cause de cela, j'avais
pensé à profiter de ces quelques derniers jours où
nous voir ne serait pas encore pour moi ce qu'il
serait dans une quinzaine, plus tôt peut-être, un...
(pardonnez-moi ma franchise) un dérangement, —
j'avais pensé à en profiter avant l'oubli final, pour
régler avec vous de petites questions matérielles
où vous auriez pu, bonne et charmante amie, rendre
service à celui qui s'est cru cinq minutes votre

fiancé. Comme je ne doutais pas de l'approbation de
ma mère, comme d'autre part je désirais que nous
ayons chacun toute cette liberté dont vous m'aviez
trop gentiment et abondamment fait un sacrifice
qui se pouvait admettre pour une vie en commun
de quelques semaines, mais qui serait devenu aussi
odieux à vous qu'à moi maintenant que nous devions
passer toute notre vie ensemble (cela me fait presque
de la peine en vous écrivant de penser que cela a
failli être, qu'il s'en est fallu de quelques secondes),
j'avais pensé à organiser notre existence de la façon
la plus indépendante possible, et pour commencer
j'avais voulu que vous eussiez ce yacht où vous
auriez pu voyager pendant que, trop souffrant,
je vous eusse attendue au port ; j'avais écrit à Elstir
pour lui demander conseil, comme vous aimez son
goût. Et pour la terre, j'aurais voulu que vous eussiez
votre automobile à vous, rien qu'à vous, dans laquelle
vous sortiriez, voyageriez, à votre fantaisie. Le
yacht était déjà presque prêt, il s'appelle, selon
votre désir exprimé à Balbec, *le Cygne*. Et, me rappelant que vous préfériez à toutes les autres les voitures
Rolls, j'en avais commandé une. Or, maintenant
que nous ne nous verrons plus jamais, comme je
n'espère pas de vous faire accepter le bateau ni la
voiture devenus inutiles, pour moi ils ne pourraient
servir à rien. J'avais donc pensé — comme je les
avais commandés à un intermédiaire mais en donnant
votre nom — que vous pourriez peut-être en les
décommandant, vous, m'éviter ce yacht et cette
voiture inutiles. Mais pour cela et pour bien d'autres
choses il aurait fallu causer. Or je trouve que tant
que je serai susceptible de vous réaimer, ce qui ne
durera plus longtemps, il serait fou, pour un bateau

à voiles et une Rolls Royce, de nous voir et de jouer
le bonheur de votre vie, puisque vous estimez qu'il
est de vivre loin de moi. Non, je préfère garder
la Rolls et même le yacht. Et comme je ne me servirai
pas d'eux et qu'ils ont chance de rester toujours,
l'un au port, ancré, désarmé, l'autre à l'écurie, je
ferai graver sur le... du yacht (mon Dieu, je n'ose
pas mettre un nom de pièce inexact et commettre
une hérésie qui vous choquerait) ces vers de Mallarmé
que vous aimiez... Vous vous rappelez, c'est la poésie
qui commence par : *Le vierge, le vivace et le bel
aujourd'hui.* Hélas, aujourd'hui n'est plus ni vierge,
ni beau. Mais ceux qui, comme moi, savent qu'ils
en feront bien vite un « demain » supportable, ne
sont guère supportables. Quant à la Rolls, elle eût
mérité plutôt ces autres vers du même poète, que
vous disiez ne pas pouvoir comprendre :

> *Tonnerre et rubis aux moyeux*
> *Dis si je ne suis pas joyeux*
> *De voir dans l'air que ce feu troue*

> *Flamber les royaumes épars*
> *Comme mourir pourpre la roue*
> *Du seul vespéral de mes chars.*

« Adieu pour toujours, ma petite Albertine, et
merci encore de la bonne promenade que nous
fîmes ensemble la veille de notre séparation. J'en
garde un bien bon souvenir.

« P.-S. — Je ne réponds pas à ce que vous me
dites de prétendues propositions que Saint-Loup
(que je ne crois d'ailleurs nullement en Touraine)
aurait faites à votre tante. C'est du Sherlock Holmes.
Quelle idée vous faites-vous de moi ? »

Sans doute, de même que j'avais dit autrefois à
Albertine : « Je ne vous aime pas » pour qu'elle
m'aimât, « J'oublie quand je ne vois pas les gens »
pour qu'elle me vît très souvent, « J'ai décidé de
vous quitter » pour prévenir toute idée de séparation,
— maintenant c'était parce que je voulais absolument
qu'elle revînt dans les huit jours que je lui disais :
« Adieu pour toujours » ; c'est parce que je voulais
la revoir que je lui disais : « Je trouverais dangereux
de vous voir » ; c'est parce que vivre séparé d'elle me
semblait pire que la mort que je lui écrivais : « Vous
avez eu raison, nous serions malheureux ensemble. »
Hélas, cette lettre feinte, en l'écrivant pour avoir
l'air de ne pas tenir à elle (seule fierté qui restât
de mon ancien amour pour Gilberte dans mon amour
pour Albertine) et aussi pour la douceur de dire
certaines choses qui ne pouvaient émouvoir que
moi et non elle, j'aurais dû d'abord prévoir qu'il
était possible qu'elle eût pour effet une réponse
négative, c'est-à-dire consacrant ce que je disais ;
qu'il était même probable que ce serait, car, Albertine eût-elle été moins intelligente qu'elle n'était,
ce que je disais, elle n'eût pas douté un instant que
c'était faux. Sans s'arrêter aux intentions que j'énon-
çais dans cette lettre, le seul fait que je l'écrivisse,
n'eût-il même pas succédé à la démarche de Saint-
Loup, suffisait pour lui prouver que je désirais
qu'elle revînt et pour lui conseiller de me laisser
m'enferrer dans l'hameçon de plus en plus. Puis,
après avoir prévu la possibilité d'une réponse négative, j'aurais dû toujours prévoir que brusquement
cette réponse me rendrait dans sa plus extrême
vivacité mon amour pour Albertine. Et j'aurais dû,
toujours avant d'envoyer ma lettre, me demander si,

au cas où Albertine répondrait sur le même ton et ne
voudrait pas revenir, je serais assez maître de ma
douleur pour me forcer à rester silencieux, à ne pas
lui télégraphier : « Revenez » ou lui envoyer quelque
autre émissaire, ce qui, après lui avoir écrit que nous
ne nous reverrions pas, était lui montrer avec la
dernière évidence que je ne pouvais me passer
d'elle, et aboutirait à ce qu'elle refusât plus énergi-
quement encore, à ce que, ne pouvant plus supporter
mon angoisse, je partisse chez elle, qui sait ? peut-
être sans même être reçu. Et sans doute c'eût été,
après trois énormes maladresses, la pire de toutes,
après laquelle il n'y avait plus qu'à me tuer devant
sa maison. Mais la manière désastreuse dont est
construit l'univers psycho-pathologique veut que
l'acte maladroit, l'acte qu'il faudrait avant tout
éviter, soit justement l'acte calmant, l'acte qui,
ouvrant pour nous, jusqu'à ce que nous en sachions
le résultat, de nouvelles perspectives d'espérance,
nous débarrasse momentanément de la douleur
intolérable que le refus a fait naître en nous. De
sorte que, quand la douleur est trop forte, nous nous
précipitons dans la maladresse qui consiste à écrire,
à faire prier par quelqu'un, à aller voir, à prouver
qu'on ne peut se passer de celle qu'on aime.

Mais je ne prévis rien de tout cela. Le résultat de
cette lettre me paraissait être au contraire de faire
revenir Albertine au plus vite. Aussi, en pensant à
ce résultat, avais-je eu une grande douceur à écrire
la lettre. Mais en même temps je n'avais cessé en
écrivant de pleurer ; d'abord un peu de la même
manière que le jour où j'avais joué la fausse séparation,
parce que, ces mots me représentant l'idée qu'ils
m'exprimaient quoiqu'ils tendissent à un but contraire

(prononcés mensongèrement pour ne pas, par fierté, avouer que j'aimais), portaient en eux leur tristesse, mais aussi parce que je sentais que cette idée avait de la vérité.

Le résultat de cette lettre me paraissant certain, je regrettai de l'avoir envoyée. Car, en me représentant le retour en somme si aisé d'Albertine, brusquement toutes les raisons qui rendaient notre mariage une chose mauvaise pour moi, revinrent avec toute leur force. J'espérais qu'elle refuserait de revenir. J'étais en train de calculer que ma liberté, tout l'avenir de ma vie étaient suspendus à son refus ; que j'avais fait une folie d'écrire ; que j'aurais dû reprendre ma lettre hélas partie, quand Françoise, en me donnant aussi le journal qu'elle venait de monter, me la rapporta. Elle ne savait pas avec combien de timbres elle devait l'affranchir. Mais aussitôt je changeai d'avis ; je souhaitais qu'Albertine ne revînt pas, mais je voulais que cette décision vînt d'elle pour mettre fin à mon anxiété, et je voulus rendre la lettre à Françoise. J'ouvris le journal. Il annonçait la mort de la Berma. Alors je me souvins des deux façons différentes dont j'avais écouté *Phèdre*, et ce fut maintenant d'une troisième que je pensai à la scène de la déclaration. Il me semblait que ce que je m'étais si souvent récité à moi-même et que j'avais écouté au théâtre, c'était l'énoncé des lois que je devais expérimenter dans ma vie. Il y a dans notre âme des choses auxquelles nous ne savons pas combien nous tenons. Ou bien, si nous vivons sans elles, c'est parce que nous remettons de jour en jour, par peur d'échouer, ou de souffrir, d'entrer en leur possession. C'est ce qui m'était arrivé pour Gilberte, quand j'avais cru renoncer à elle. Qu'avant le moment où

nous sommes tout à fait détachés de ces choses,
moment bien postérieur à celui où nous nous en
croyons détachés, par exemple que la jeune fille
se fiance, nous sommes fous, nous ne pouvons plus
supporter la vie qui nous paraissait si mélancolique-
ment calme. Ou bien, si la chose est en notre possession, nous croyons qu'elle nous est à charge, que nous
nous en déferions volontiers ; c'est ce qui m'était
arrivé pour Albertine. Mais que, par un départ,
l'être indifférent nous soit retiré, et nous ne pouvons
plus vivre. Or l' « argument » de *Phèdre* ne réunissait-il
pas ces deux cas ? Hippolyte va partir. Phèdre qui
jusque-là a pris soin de s'offrir à son inimitié, par
scrupule dit-elle (ou plutôt lui faire dire le poète), plutôt parce qu'elle ne voit pas à quoi elle arriverait et
qu'elle ne se sent pas aimée, Phèdre n'y tient plus.
Elle vient lui avouer son amour, et c'est la scène que
je m'étais si souvent récitée :

> *On dit qu'un prompt départ vous éloigne de nous.*

Sans doute cette raison du départ d'Hippolyte est
accessoire, peut-on penser, à côté de celle de la mort
de Thésée. Et de même quand, quelques vers plus
loin, Phèdre fait un instant semblant d'avoir été mal
comprise :

> *... Aurais-je perdu tout le soin de ma gloire,*

on peut croire que c'est parce qu'Hippolyte a repoussé
sa déclaration :

> *Madame, oubliez-vous*
> *Que Thésée est mon père, et qu'il est votre époux ?*

Mais il n'aurait pas eu cette indignation, que, devant
le bonheur atteint, Phèdre aurait pu avoir le même

sentiment qu'il valait peu de chose. Mais dès qu'elle
voit qu'il n'est pas atteint, qu'Hippolyte croit avoir
mal compris et s'excuse, alors, comme moi venant
de rendre à Françoise ma lettre, elle veut que le
refus vienne de lui, elle veut pousser jusqu'au bout
sa chance :

> *Ah! cruel, tu m'as trop entendue.*

Et il n'y a pas jusqu'aux duretés qu'on m'avait
racontées de Swann envers Odette, ou de moi à
l'égard d'Albertine, duretés qui substituèrent à
l'amour antérieur un nouveau, fait de pitié, d'attendrissement, de besoin d'effusion et qui ne faisait que
varier le premier, qui ne se trouvent aussi dans cette
scène :

> *Tu me haïssais plus, je ne t'aimais pas moins.*
> *Tes malheurs te prêtaient encor de nouveaux charmes.*

La preuve que le « soin de sa gloire » n'est pas ce à
quoi tient le plus Phèdre, c'est qu'elle pardonnerait à
Hippolyte et s'arracherait aux conseils d'Œnone, si
elle n'apprenait à ce moment qu'Hippolyte aime
Aricie. Tant la jalousie, qui en amour équivaut à la
perte de tout bonheur, est plus sensible que la perte
de la réputation. C'est alors qu'elle laisse Œnone
(qui n'est que le nom de la pire partie d'elle-même)
calomnier Hippolyte sans se charger « du soin de le
défendre » et envoie ainsi celui qui ne veut pas d'elle
à un destin dont les calamités ne la consolent d'ailleurs nullement elle-même, puisque sa mort volontaire suit de près la mort d'Hippolyte. C'est du moins
ainsi, en réduisant la part de tous les scrupules « jan-
sénistes », comme eût dit Bergotte, que Racine a
donnés à Phèdre pour la faire paraître moins coupable,

que m'apparaissait cette scène, sorte de prophétie
des épisodes amoureux de ma propre existence. Ces
réflexions n'avaient d'ailleurs rien changé à ma détermination, et je rendis ma lettre à Françoise pour
qu'elle la mît enfin à la poste, et avoir fait auprès
d'Albertine cette tentative qui me paraissait indispensable depuis que j'avais appris qu'elle ne s'était
pas effectuée. Et sans doute, nous avons tort de croire
que l'accomplissement de notre désir soit peu de
chose, puisque, dès que nous croyons qu'il peut ne
pas l'être, nous y tenons de nouveau, et ne trouvons
qu'il ne valait pas la peine de le poursuivre que quand
nous sommes bien sûrs de ne le manquer pas. Et
pourtant on a raison aussi. Car si cet accomplissement,
si le bonheur ne paraissent petits que par la certitude,
cependant ils sont quelque chose d'instable d'où ne
peuvent sortir que des chagrins. Et les chagrins
seront d'autant plus forts que le désir aura été plus
complètement accompli, plus impossibles à supporter
que le bonheur aura été, contre la loi de nature,
quelque temps prolongé, qu'il aura reçu la consé-
cration de l'habitude. Dans un autre sens aussi, les
deux tendances, dans l'espèce celle qui me faisait
tenir à ce que ma lettre partît, et, quand je la croyais
partie, à le regretter, ont l'une et l'autre en elles leur
vérité. Pour la première, il est trop compréhensible
que nous courions après notre bonheur — ou notre
malheur — et qu'en même temps nous souhaitions
de placer devant nous, par cette action nouvelle
qui va commencer à dérouler ses conséquences, une
attente qui ne nous laisse pas dans le désespoir
absolu, en un mot que nous cherchions à faire passer
par d'autres formes que nous nous imaginons devoir
nous être moins cruelles le mal dont nous souffrons.

Mais l'autre tendance n'est pas moins importante, car, née de la croyance au succès de notre entreprise, elle est tout simplement le commencement, le commencement anticipé, de la désillusion que nous éprouverions bientôt en présence de la satisfaction du désir, le regret d'avoir fixé pour nous, aux dépens des autres qui se trouvent exclues, cette forme du bonheur.

Je rendis la lettre à Françoise en lui disant d'aller vite la mettre à la poste. Dès que ma lettre fut partie, je conçus de nouveau le retour d'Albertine comme imminent. Il ne laissait pas de mettre dans ma pensée de gracieuses images qui neutralisaient bien un peu par leur douceur les dangers que je voyais à ce retour. La douceur, perdue depuis si longtemps, de l'avoir auprès de moi m'enivrait.

Le temps passe, et peu à peu tout ce qu'on disait par mensonge devient vrai, je l'avais trop expérimenté avec Gilberte ; l'indifférence que j'avais feinte quand je ne cessais de sangloter avait fini par se réaliser ; peu à peu la vie, comme je le disais à Gilberte en une formule mensongère et qui rétrospectivement était devenue vraie, la vie nous avait séparés. Je me le rappelais, je me disais : « Si Albertine laisse passer quelques mois, mes mensonges deviendront une vérité. Et maintenant que le plus dur est passé, ne serait-il pas à souhaiter qu'elle laissât passer ce mois ? Si elle revient, je renoncerai à la vie véritable que certes je ne suis pas en état de goûter encore, mais qui progressivement pourra commencer à présenter pour moi des charmes tandis que le souvenir d'Albertine ira en s'affaiblissant *. »

* Je ne dis pas que l'oubli ne commençait pas à faire son œuvre. Mais un des effets de l'oubli était précisé-

Depuis qu'Albertine était partie, bien souvent, quand il me semblait qu'on ne pouvait pas voir que j'avais pleuré, je sonnais Françoise et je lui disais : « Il faudra voir si Mademoiselle Albertine n'a rien oublié. Pensez à faire sa chambre pour qu'elle soit bien en état quand elle viendra. » Ou simplement : « Justement, l'autre jour, Mademoiselle Albertine me disait, tenez justement la veille de son départ... » Je voulais diminuer chez Françoise le détestable plaisir que lui causait le départ d'Albertine en lui faisant entrevoir qu'il serait court ; je voulais aussi montrer à Françoise que je ne craignais pas de parler de ce départ, le montrer — comme font certains généraux qui appellent des reculs forcés une retraite stratégique et conforme à un plan préparé — comme voulu, comme constituant un épisode dont je cachais momentanément la vraie signification, nullement comme la fin de mon amitié avec Albertine. En la nommant sans cesse, je voulais enfin faire rentrer, comme un peu d'air, quelque chose d'elle dans cette chambre où son départ avait fait le vide et où je ne respirais plus. Puis on cherche à diminuer les proportions de sa douleur en la faisant entrer dans le

ment de faire que beaucoup des aspects déplaisants d'Albertine, des heures ennuyeuses que je passais avec elle, ne se représentaient plus à ma mémoire, donc d'être des motifs à désirer qu'elle ne fût plus là comme je le souhaitais quand elle y était encore, et de me donner d'elle une image sommaire, embellie de tout ce que j'avais éprouvé d'amour pour d'autres. Sous cette forme particulière, l'oubli, qui pourtant travaillait à m'habituer à la séparation, me faisait, en me montrant Albertine plus douce, plus belle, souhaiter davantage son retour.

5

langage parlé entre la commande d'un costume et
des ordres pour le dîner.

En faisant la chambre d'Albertine, Françoise,
curieuse, ouvrit le tiroir d'une petite table en bois
de rose où mon amie mettait les objets intimes qu'elle
ne gardait pas pour dormir. « Oh! Monsieur, Mademoiselle Albertine a oublié de prendre ses bagues,
elles sont restées dans le tiroir. » Mon premier mouvement fut de dire : « Il faut les lui renvoyer. » Mais
cela avait l'air de ne pas être certain qu'elle reviendrait.
« Bien, répondis-je après un instant de silence, cela
ne vaut guère la peine pour le peu de temps qu'elle
doit être absente. Donnez-les-moi, je verrai. » Françoise me les remit avec une certaine méfiance. Elle
détestait Albertine, mais, me jugeant d'après elle-
même, elle se figurait qu'on ne pouvait me remettre
une lettre écrite par mon amie sans craindre que je
l'ouvrisse. Je pris les bagues. « Que Monsieur y fasse
attention de ne pas les perdre, dit Françoise, on peut
dire qu'elles sont belles! Je ne sais pas qui les lui a
données, si c'est Monsieur ou un autre, mais je sais
bien que c'est quelqu'un de riche et qui a du goût! —
Ce n'est pas moi, répondis-je à Françoise, et d'ailleurs ce n'est pas de la même personne que viennent
les deux, l'une lui a été donnée par sa tante et elle a
acheté l'autre. — Pas de la même personne! s'écria
Françoise, Monsieur veut rire, elles sont pareilles,
sauf le rubis qu'on a ajouté sur l'une, il y a le même
aigle sur les deux, les mêmes initiales à l'intérieur... »
Je ne sais pas si Françoise sentait le mal qu'elle me
faisait, mais elle commença à ébaucher un sourire
qui ne quitta plus ses lèvres. « Comment, le même
aigle? Vous êtes folle. Sur celle qui n'a pas de rubis
il y a bien un aigle, mais sur l'autre c'est une espèce de

tête d'homme qui est ciselée. — Une tête d'homme ?
où Monsieur a vu ça ? Rien qu'avec mes lorgnons
j'ai tout de suite vu que c'était une des ailes de l'aigle ;
que Monsieur prenne sa loupe, il verra l'autre aile
sur l'autre côté, la tête et le bec au milieu. On voit
chaque plume. Ah ! c'est un beau travail. » L'anxieux
besoin de savoir si Albertine m'avait menti me fit
oublier que j'aurais dû garder quelque dignité envers
Françoise et lui refuser le plaisir méchant qu'elle
avait, sinon à me torturer, du moins à nuire à mon
amie. Je haletais tandis que Françoise allait chercher
ma loupe, je la pris, je demandai à Françoise de me
montrer l'aigle sur la bague au rubis, elle n'eut pas
de peine à me faire reconnaître les ailes, stylisées de
la même façon que dans l'autre bague, le relief de
chaque plume, la tête. Elle me fit remarquer aussi
des inscriptions semblables, auxquelles, il est vrai,
d'autres étaient jointes dans la bague au rubis. Et à
l'intérieur des deux le chiffre d'Albertine. « Mais
cela m'étonne que Monsieur ait eu besoin de tout
cela pour voir que c'était la même bague, me dit
Françoise. Même sans les regarder de près, on sent
bien la même façon, la même manière de plisser l'or,
la même forme. Rien qu'à les apercevoir j'aurais juré
qu'elles venaient du même endroit. Ça se reconnaît
comme la cuisine d'une bonne cuisinière. » Et en effet,
à sa curiosité de domestique attisée par la haine et
habituée à noter des détails avec une effrayante
précision, s'était joint, pour l'aider dans cette ex-
pertise, ce goût qu'elle avait, ce même goût, en effet,
qu'elle montrait dans la cuisine et qu'avivait peut-être,
comme je m'en étais aperçu en partant pour Balbec
dans sa manière de s'habiller, sa coquetterie de
femme qui a été jolie, qui a regardé les bijoux et les

toilettes des autres. Je me serais trompé de boîte
de médicament et, au lieu de prendre quelques cachets
de véronal un jour où je sentais que j'avais bu trop
de tasses de thé, j'aurais pris autant de cachets de
caféine, que mon cœur n'eût pas pu battre plus violemment. Je demandai à Françoise de sortir de la
chambre. J'aurais voulu voir Albertine immédiatement. A l'horreur de son mensonge, à la jalousie pour
l'inconnu, s'ajoutait la douleur qu'elle se fût laissé
ainsi faire des cadeaux. Je lui en faisais plus, il est
vrai, mais une femme que nous entretenons ne nous
semble pas une femme entretenue tant que nous ne
savons pas qu'elle l'est par d'autres. Et pourtant,
puisque je n'avais cessé de dépenser pour elle tant
d'argent, je l'avais prise malgré cette bassesse morale ;
cette bassesse je l'avais maintenue en elle, je l'avais
peut-être accrue, peut-être créée. Puis, comme nous
avons le don d'inventer des contes pour bercer notre
douleur, comme nous arrivons, quand nous mourons
de faim, à nous persuader qu'un inconnu va nous
laisser une fortune de cent millions, j'imaginai
Albertine dans mes bras, m'expliquant d'un mot que
c'était à cause de la ressemblance de la fabrication
qu'elle avait acheté l'autre bague, que c'était elle qui
y avait fait mettre ses initiales. Mais cette explication
était encore fragile, elle n'avait pas encore eu le temps
d'enfoncer dans mon esprit ses racines bienfaisantes,
et ma douleur ne pouvait être si vite apaisée. Et je
songeais que tant d'hommes qui disent aux autres
que leur maîtresse est bien gentille, souffrent de pareilles tortures. C'est ainsi qu'ils mentent aux autres et à eux-mêmes. Ils ne mentent pas tout à fait ;
ils ont avec cette femme des heures vraiment douces ;
mais tout ce que cette gentillesse qu'elles ont pour

eux devant leurs amis et qui leur permet de se glorifier, et tout ce que cette gentillesse qu'elles ont
seules avec leur amant et qui lui permet de les bénir,
recouvrent d'heures inconnues où l'amant a souffert,
douté, fait partout d'inutiles recherches pour savoir
la vérité! C'est à de telles souffrances qu'est liée
la douceur d'aimer, de s'enchanter des propos les
plus insignifiants d'une femme, qu'on sait insignifiants, mais qu'on parfume de son odeur. En ce moment, je ne pouvais plus me délecter à respirer par
le souvenir celle d'Albertine. Atterré, les deux bagues
à la main, je regardais cet aigle impitoyable dont le
bec me tenaillait le cœur, dont les ailes aux plumes
en relief avaient emporté la confiance que je gardais
dans mon amie, et sous les serres duquel mon esprit
meurtri ne pouvait pas échapper un instant aux
questions posées sans cesse relativement à cet inconnu
dont l'aigle symbolisait sans doute le nom sans pourtant me le laisser lire, qu'elle avait aimé sans doute
autrefois, et qu'elle avait revu sans doute il n'y avait
pas longtemps, puisque c'est le jour si doux, si
familial, de la promenade ensemble au Bois, que
j'avais vu pour la première fois la seconde bague, celle
où l'aigle avait l'air de tremper son bec dans la nappe
de sang clair du rubis.

Du reste si, du matin au soir, je ne cessais de souffrir du départ d'Albertine, cela ne signifie pas que
je ne pensais qu'à elle. D'une part, son charme
ayant depuis longtemps gagné de proche en proche
des objets qui finissaient par en être très éloignés,
mais n'étaient pas moins électrisés par la même
émotion qu'elle me donnait, si quelque chose me
faisait penser à Incarville, ou aux Verdurin, ou à un
nouveau rôle de Léa, un flux de souffrance venait

me frapper. D'autre part, moi-même, ce que j'appelais penser à Albertine, c'était penser aux moyens de
la faire revenir, de la rejoindre, de savoir ce qu'elle
faisait. De sorte que si, pendant ces heures de martyre incessant, un graphique avait pu représenter
les images qui accompagnaient ma souffrance, on
eût aperçu celles de la gare d'Orsay, des billets de
banque offerts à Mme Bontemps, de Saint-Loup
penché sur le pupitre incliné d'un bureau de télégraphe où il remplissait une formule de dépêche
pour moi, jamais l'image d'Albertine. De même que,
dans tout le cours de notre vie, notre égoïsme voit
tout le temps devant lui les buts précieux pour notre
moi, mais ne regarde jamais ce *Je* lui-même qui ne
cesse de les considérer, de même le désir qui dirige nos
actes descend vers eux, mais ne remonte pas à soi, soit
que, trop utilitaire, il se précipite dans l'action et dédaigne la connaissance, soit recherche de l'avenir pour
corriger les déceptions du présent, soit que la paresse
de l'esprit le pousse à glisser sur la pente aisée de
l'imagination plutôt qu'à remonter la pente abrupte
de l'introspection *. En réalité, dans ces heures de

---

* J'allais acheter avec les automobiles le plus beau
yacht qui existât alors. Il était à vendre, mais si cher
qu'on ne trouvait pas d'acheteur. D'ailleurs, une
fois acheté, à supposer même que nous ne fissions que
des croisières de quatre mois, il coûterait plus de deux
cent mille francs par an d'entretien. C'était sur un
pied de plus d'un demi-million annuel que nous allions
vivre. Pourrais-je le soutenir plus de sept ou huit ans ?
Mais qu'importe, quand je n'aurais plus que cinquante
mille francs de rente, je pourrais les laisser à Albertine
et me tuer. C'est la décision que je pris. Elle me fit
penser à *moi*. Or, comme le moi vit incessamment
en pensant une quantité de choses, qu'il n'est que la
pensée de ces choses, quand par hasard au lieu d'avoir

crise où nous jouerions toute notre vie, au fur et à
mesure que l'être dont elle dépend révèle mieux
l'immensité de la place qu'il occupe pour nous, en
ne laissant rien dans le monde qui ne soit bouleversé
par lui, proportionnellement l'image de cet être dé-
croît jusqu'à ne plus être perceptible. En toutes
choses nous trouvons l'effet de sa présence par
l'émotion que nous ressentons ; lui-même, lui, la
cause, nous ne le trouvons nulle part. Je fus, pendant
ces jours-là si incapable de me représenter Albertine
que j'aurais presque pu croire que je ne l'aimais pas,
comme ma mère, dans les moments de désespoir où
elle fut incapable de se représenter jamais ma
grand'mère (sauf une fois dans la rencontre fortuite

devant lui ces choses, il pense tout d'un coup à soi-
même, il ne trouve qu'un appareil vide, quelque chose
qu'il ne connaît pas, auquel pour lui donner quelque
réalité il ajoute le souvenir d'une figure aperçue dans
la glace. Ce drôle de sourire, ces moustaches inégales,
c'est cela qui disparaîtra de la surface de la terre.
Quand je me tuerais dans cinq ans, ce serait fini
pour moi de pouvoir penser toutes ces choses qui
défilaient sans cesse dans mon esprit. Je ne serais plus
sur la surface de la terre et je n'y reviendrais jamais,
ma pensée s'arrêterait pour toujours. Et mon moi me
parut encore plus nul, de le voir déjà comme quelque
chose qui n'existe plus. Comment pourrait-il être
difficile de sacrifier à celle vers laquelle notre pensée
est constamment tendue (celle que nous aimons),
de lui sacrifier cet autre être auquel nous ne pensons
jamais : nous-même ? Aussi cette pensée de ma mort
me parut par là, comme la notion de mon moi, singulière ; elle ne me fut nullement désagréable. Tout
d'un coup je la trouvai affreusement triste ; c'est parce
qu'ayant pensé que si je ne pouvais disposer de plus
d'argent, c'est parce que mes parents vivaient, je
pensai soudain à ma mère. Et je ne pus supporter
l'idée de ce qu'elle souffrirait après ma mort.

d'un rêve dont elle sentit tellement le prix, quoique
endormie, qu'elle s'efforça, avec ce qui lui restait
de forces dans le sommeil, de le faire durer), aurait
pu s'accuser et s'accusait en effet de ne pas regretter
sa mère dont la mort la tuait, mais dont les traits se
dérobaient à son souvenir.

Pourquoi eussé-je cru qu'Albertine n'aimait pas
les femmes ? Parce qu'elle avait dit, surtout les derniers temps, ne pas les aimer ; mais notre vie ne repo-
sait-elle pas sur un perpétuel mensonge ? Jamais elle
ne m'avait dit une fois : « Pourquoi est-ce que je ne
peux pas sortir librement ? pourquoi demandez-vous
aux autres ce que je fais ? » Mais c'était en effet une
vie trop singulière pour qu'elle ne me l'eût pas demandé si elle n'avait pas compris pourquoi. Et à mon
silence sur les causes de sa claustration n'était-il pas
compréhensible que correspondît de sa part un même
et constant silence sur ses perpétuels désirs, ses souvenirs innombrables, ses innombrables désirs et espérances ? Françoise avait l'air de savoir que je mentais
quand je faisais allusion au prochain retour d'Albertine. Et sa croyance semblait fondée sur un peu plus
que sur cette vérité qui guidait d'habitude notre
domestique, que les maîtres n'aiment pas à être
humiliés vis-à-vis de leurs serviteurs et ne leur font
connaître de la réalité que ce qui ne s'écarte pas trop
d'une fiction flatteuse, propre à entretenir le respect.
Cette fois-ci, la croyance de Françoise avait l'air fondée sur autre chose, comme si elle eût elle-même
éveillé, entretenu la méfiance dans l'esprit d'Albertine, surexcité sa colère, bref l'eût poussée au point
où Françoise aurait pu prédire comme inévitable
le départ de mon amie. Si c'était vrai, ma version
d'un départ momentané, connu et approuvé par moi,

n'avait pu rencontrer qu'incrédulité chez Françoise.
Mais l'idée qu'elle se faisait de la nature intéressée
d'Albertine, l'exagération avec laquelle, dans sa haine,
elle grossissait le « profit » qu'Albertine était censée
tirer de moi pouvaient dans une certaine mesure
faire échec à sa certitude. Aussi quand devant elle
je faisais allusion, comme à une chose toute naturelle,
au retour prochain d'Albertine, Françoise regardait-
elle ma figure (de la même façon que, quand le
maître d'hôtel pour l'ennuyer lui lisait, en changeant
les mots, une nouvelle politique qu'elle hésitait à croire,
par exemple la fermeture des églises et la déportation
des curés, Françoise, même du bout de la cuisine et
sans pouvoir lire, regardait instinctivement et avide-
ment le journal), comme si elle eût pu voir si c'était
vraiment écrit, si je n'inventais pas.

Mais quand elle vit qu'après avoir écrit une longue
lettre je cherchais l'adresse exacte de Mᵐᵉ Bontemps,
cet effroi jusque-là si vague qu'Albertine revînt
grandit chez Françoise. Il se doubla d'une véritable
consternation quand, le lendemain matin, Françoise
dut me remettre dans mon courrier une lettre sur
l'enveloppe de laquelle elle avait reconnu l'écriture
d'Albertine. Elle se demandait si le départ d'Albertine n'avait pas été une simple comédie, supposition
qui la désolait doublement, comme assurant définitivement pour l'avenir la vie d'Albertine à la maison
et comme constituant pour moi en tant que j'étais le
maître de Françoise, c'est-à-dire pour elle-même,
l'humiliation d'avoir été joué par Albertine. Quelque
impatience que j'eusse de lire la lettre de celle-ci, je ne
pus m'empêcher de considérer un instant les yeux
de Françoise d'où tous les espoirs s'étaient enfuis,
en induisant de ce présage l'imminence du retour

d'Albertine, comme un amateur de sports d'hiver
conclut avec joie que les froids sont proches en voyant
le départ des hirondelles. Enfin Françoise partit, et
quand je me fus assuré qu'elle avait refermé la porte,
j'ouvris sans bruit, pour n'avoir pas l'air anxieux, la
lettre que voici :

« Mon ami, merci de toutes les bonnes choses que
vous me dites, je suis à vos ordres pour décommander
la Rolls si vous croyez que j'y puisse quelque chose, et
je le crois. Vous n'avez qu'à m'écrire le nom de votre
intermédiaire. Vous vous laisseriez monter le coup
par ces gens qui ne cherchent qu'une chose, c'est à
vendre ; et que feriez-vous d'une auto, vous qui ne
sortez jamais ? Je suis très touchée que vous ayez
gardé un bon souvenir de notre dernière promenade.
Croyez que de mon côté je n'oublierai pas cette
promenade deux fois crépusculaire (puisque la nuit
venait et que nous allions nous quitter) et qu'elle
ne s'effacera de mon esprit qu'avec la nuit complète. »

Je sentis bien que cette dernière phrase n'était
qu'une phrase et qu'Albertine n'avait pas pu garder
pour jusqu'à sa mort un si doux souvenir de cette
promenade où elle n'avait certainement eu aucun
plaisir puisqu'elle était impatiente de me quitter.
Mais j'admirai aussi comme la cycliste, la golfeuse de
Balbec, qui n'avait rien lu qu'*Esther* avant de me
connaître, était douée et combien j'avais eu raison
de trouver qu'elle s'était chez moi enrichie de qualités nouvelles qui la faisaient différente et plus complète. Et ainsi, la phrase que je lui avais dite à Balbec :
« Je crois que mon amitié vous serait précieuse, que
je suis justement la personne qui pourrait vous apporter ce qui vous manque » — je lui avais mis comme

dédicace sur une photographie : « avec la certitude
d'être providentiel », — cette phrase, que je disais
sans y croire et uniquement pour lui faire trouver
bénéfice à me voir et passer sur l'ennui qu'elle y pouvait trouver, cette phrase se trouvait elle aussi avoir
été vraie ; comme en somme, quand je lui avais dit
que je ne voulais pas la voir par peur de l'aimer.
J'avais dit cela parce qu'au contraire je savais que
dans la fréquentation constante mon amour s'amor-
tissait et que la séparation l'exaltait ; mais en réalité
la fréquentation constante avait fait naître un besoin
d'elle infiniment plus fort que l'amour des premiers
temps de Balbec, de sorte que cette phrase-là aussi
s'était trouvée vraie.

Mais en somme la lettre d'Albertine n'avançait
en rien les choses. Elle ne me parlait que d'écrire
à l'intermédiaire. Il fallait sortir de cette situation,
brusquer les choses, et j'eus l'idée suivante. Je fis
immédiatement porter à Andrée une lettre où je lui
disais qu'Albertine était chez sa tante, que je me
sentais bien seul, qu'elle me ferait un immense plaisir
en venant s'installer chez moi pour quelques jours et
que je ne voulais faire aucune cachotterie que je la
priais d'en avertir Albertine. En même temps j'écrivis à Albertine comme si je n'avais pas encore reçu
sa lettre :

« Mon amie, pardonnez-moi ce que vous compren-
drez si bien, je déteste tant les cachotteries que j'ai
voulu que vous fussiez avertie par elle et par moi.
J'ai pris, à vous avoir si doucement chez moi, la
mauvaise habitude de ne pas être seul. Puisque nous
avons décidé que vous ne reviendriez pas, j'ai pensé
que la personne qui vous remplacerait le mieux, parce

que c'est celle qui me changerait le moins, qui vous
rappellerait le plus, c'était Andrée, et je lui ai demandé
de venir. Pour que tout cela n'eût pas l'air trop brusque, je ne lui ai parlé que de quelques jours, mais entre
nous je pense bien que cette fois-ci c'est une chose
de toujours. Ne croyez-vous pas que j'aie raison ?
Vous savez que votre petit groupe de jeunes filles
de Balbec a toujours été la cellule sociale qui a exercé
sur moi le plus grand prestige, auquel j'ai été le plus
heureux d'être un jour agrégé. Sans doute, c'est ce
prestige qui se fait encore sentir. Puisque la fatalité
de nos caractères et la malchance de la vie a voulu
que ma petite Albertine ne pût pas être ma femme, je
crois que j'aurai tout de même une femme — moins
charmante qu'elle, mais à qui des conformités plus
grandes de nature permettront peut-être d'être plus
heureuse avec moi — dans Andrée. »

Mais après avoir fait partir cette lettre, le soupçon
me vint tout à coup que, quand Albertine m'avait
écrit : « J'aurais été trop heureuse de revenir si vous
me l'aviez écrit directement », elle ne me l'avait dit
que parce que je ne le lui avais pas écrit directement
et que, si je l'avais fait, elle ne serait pas revenue
tout de même, qu'elle serait contente de savoir
Andrée chez moi, puis ma femme, pourvu qu'elle,
Albertine, fût libre, parce qu'elle pouvait maintenant,
depuis déjà huit jours, se livrer à ses vices, détruisant
les précautions de chaque heure que j'avais prises
pendant plus de six mois à Paris et qui se trouvaient
devenues inutiles puisque pendant ces huit jours
elle avait dû faire ce que minute par minute j'avais
empêché. Je me disais que probablement elle usait
mal, là-bas, de sa liberté, et sans doute cette idée que

je formais me semblait triste mais restait générale, ne me montrant rien de particulier, et, par le nombre indéfini des amantes possibles qu'elle me faisait supposer, ne me laissant m'arrêter à aucune, entraînait mon esprit dans une sorte de mouvement perpétuel non exempt de douleur, mais d'une douleur qui par le défaut d'image concrète était supportable. Mais elle cessa de le demeurer et devint atroce quand Saint-Loup arriva.

Mais avant de dire pourquoi les paroles qu'il me dit me rendirent si malheureux, je dois relater un incident qui se place immédiatement avant sa visite et dont le souvenir me troubla ensuite tellement qu'il affaiblit, sinon l'impression pénible que me produisit ma conversation avec Saint-Loup, du moins la portée pratique de cette conversation. Cet incident consista en ceci. Brûlant d'impatience de voir Saint-Loup, je l'attendais (ce que je n'aurais pu faire si ma mère avait été là, car c'est ce qu'elle détestait le plus au monde après « parler par la fenêtre ») sur l'escalier, quand j'entendis les paroles suivantes : « Comment! vous ne savez pas faire renvoyer quelqu'un qui vous déplaît ? Ce n'est pas difficile. Vous n'avez, par exemple, qu'à cacher les choses qu'il faut qu'il apporte ; alors, au moment où ses patrons sont pressés, l'appellent, il ne trouve rien, il perd la tête ; ma tante vous dira, furieuse après lui : « Mais qu'est-ce qu'il fait ? » Quand il arrivera, en retard, tout le monde sera en fureur et il n'aura pas ce qu'il faut. Au bout de quatre ou cinq fois vous pouvez être sûr qu'il sera renvoyé, surtout si vous avez soin de salir en cachette ce qu'il doit apporter de propre, et mille autres trucs comme cela. » Je restais muet de stupéfaction, car ces paroles machiavéliques et cruelles étaient prononcées

par la voix de Saint-Loup. Or je l'avais toujours
considéré comme un être si bon, si pitoyable aux
malheureux, que cela me faisait l'effet comme s'il
récitait un rôle de Satan ; mais ce ne pouvait être
en son nom qu'il parlait. « Mais il faut bien que chacun gagne sa vie », dit son interlocuteur que j'aperçus
alors et qui était un des valets de pied de la duchesse
de Guermantes. « Qu'est-ce que ça vous fiche du
moment que vous serez bien ? répondit méchamment
Saint-Loup. Vous aurez en plus le plaisir d'avoir
un souffre-douleur. Vous pouvez très bien renverser
des encriers sur sa livrée au moment où il viendra
servir un grand dîner, enfin ne pas lui laisser une
minute de repos, qu'il finisse par préférer s'en aller.
Du reste, moi je pousserai à la roue, je dirai à ma tante
que j'admire votre patience de servir avec un lour-
daud pareil et aussi mal tenu. » Je me montrai, Saint-
Loup vint à moi, mais ma confiance en lui était
ébranlée depuis que je venais de l'entendre tellement
différent de ce que je le connaissais. Et je me demandais si quelqu'un qui était capable d'agir aussi cruellement envers un malheureux n'avait pas joué le rôle
d'un traître vis-à-vis de moi, dans sa mission auprès
de Mme Bontemps. Cette réflexion servit surtout à
ne pas me faire considérer son insuccès comme une
preuve que je ne pouvais pas réussir, une fois qu'il
m'eut quitté. Mais pendant qu'il fut auprès de moi,
c'était pourtant au Saint-Loup d'autrefois, et surtout
à l'ami qui venait de quitter Mme Bontemps, que je
pensais. Il me dit d'abord : « Tu trouves que j'aurais
dû te téléphoner davantage, mais on disait toujours
que tu n'étais pas libre. » Mais où ma souffrance devint
insupportable, ce fut quand il me dit : « Pour commencer par où ma dernière dépêche t'a laissé, après

avoir passé par une espèce de hangar, j'entrai dans la
maison, et au bout d'un long couloir on me fit entrer
dans un salon. » A ces mots de hangar, de couloir,
de salon, et avant même qu'ils eussent fini d'être prononcés, mon cœur fut bouleversé avec plus de rapidité
que n'eût mis un courant électrique, car la force qui
fait le plus de fois le tour de la terre en une seconde,
ce n'est pas l'électricité, c'est la douleur. Comme je
les répétai, renouvelant le choc à plaisir, ces mots de
hangar, de couloir, de salon, quand Saint-Loup
fut parti! Dans un hangar, on peut se cacher avec
une amie. Et dans ce salon, qui sait ce qu'Albertine
faisait quand sa tante n'était pas là? Eh quoi? Je
m'étais donc représenté la maison où habitait Albertine comme ne pouvant posséder ni hangar, ni salon?
Non; je ne me l'étais pas représentée du tout, ou
comme un lieu vague. J'avais souffert une première
fois quand s'était individualisé géographiquement
le lieu où elle était, quand j'avais appris qu'au lieu
d'être dans deux ou trois endroits possibles, elle
était en Touraine; ces mots de sa concierge avaient
marqué dans mon cœur comme sur une carte la
place où il fallait enfin souffrir. Mais, une fois habitué
à cette idée qu'elle était dans une maison de Touraine,
je n'avais pas vu la maison; jamais ne m'était venue
à l'imagination cette affreuse idée de salon, de hangar,
de couloir, qui me semblaient maintenant, face à moi
sur la rétine de Saint-Loup qui avait les vues, ces
pièces dans lesquelles Albertine allait, passait, vivait,
ces pièces-là en particulier et non une infinité de
pièces possibles qui s'étaient détruites l'une l'autre.
Avec les mots de hangar, de couloir, de salon, ma folie
m'apparut d'avoir laissé Albertine huit jours dans ce
lieu maudit dont l'*existence* (et non la simple possibi-

lité) venait de m'être révélée. Hélas! quand Saint-
Loup me dit aussi que dans ce salon il avait entendu
chanter à tue-tête d'une chambre voisine et que
c'était Albertine qui chantait, je compris avec désespoir qu'Albertine, débarrassée enfin de moi, était
heureuse! Elle avait reconquis sa liberté. Et moi qui
pensais qu'elle allait venir prendre la place d'Andrée!
Ma douleur se changea en colère contre Saint-Loup.
« C'est tout ce que je t'avais demandé d'éviter, qu'elle
sût que tu venais. — Si tu crois que c'était facile! On
m'avait assuré qu'elle n'était pas là. Oh! je sais bien
que tu n'es pas content de moi, je l'ai bien senti dans
tes dépêches. Mais tu n'es pas juste, j'ai faitce que
j'ai pu. » Lâchée de nouveau, ayant quitté la cage
d'où, chez moi, je restais des jours entiers sans la
faire venir dans ma chambre, elle avait repris pour moi
toute sa valeur, elle était redevenue celle que tout le
monde suivait, l'oiseau merveilleux des premiers jours.

— Enfin résumons-nous. Pour la question argent,
je ne sais que te dire, j'ai parlé à une femme qui m'a
paru si délicate que je craignais de la froisser. Or,
elle n'a pas fait ouf quand j'ai parlé de l'argent.
Même, un peu plus tard, elle m'a dit qu'elle était
touchée de voir que nous nous comprenions si bien.
Pourtant tout ce qu'elle a dit ensuite était si délicat,
si élevé, qu'il me semblait impossible qu'elle eût dit
pour l'argent que je lui offrais : « Nous nous compre-
nons si bien », car au fond j'agissais en mufle. — Mais
peut-être n'a-t-elle pas compris, elle n'a peut-être
pas entendu, tu aurais dû le lui répéter, car c'est
cela sûrement qui aurait fait tout réussir. — Mais
comment veux-tu qu'elle n'ait pas entendu ? Je le
lui ai dit comme je te parle là, elle n'est ni sourde,
ni folle. — Et elle n'a fait aucune réflexion ? — Au-

cune. — Tu aurais dû lui redire une fois. — Comment voulais-tu que je lui redise ? Dès qu'en entrant j'eus vu l'air qu'elle avait, je me suis dit que tu t'étais trompé, que tu me faisais faire une immense gaffe, et c'était terriblement difficile de lui offrir cet argent ainsi. Je l'ai fait pourtant pour t'obéir, persuadé qu'elle allait me faire mettre dehors. — Mais elle ne l'a pas fait. Donc, ou elle n'avait pas entendu et il fallait recommencer, ou vous pouviez continuer sur ce sujet. — Tu dis : « Elle n'avait pas entendu » parce que tu es ici, mais je te répète, si tu avais assisté à notre conversation, il n'y avait aucun bruit, je l'ai dit brutalement, il n'est pas possible qu'elle n'ait pas compris. — Mais enfin elle est bien persuadée que j'ai toujours voulu épouser sa nièce ? — Non, ça, si tu veux mon avis, elle ne croyait pas que tu eusses du tout l'intention d'épouser. Elle m'a dit que tu avais dit toi-même à sa nièce que tu voulais la quitter. Je ne sais même pas si maintenant elle est bien persuadée que tu veuilles épouser.

Ceci me rassurait un peu en me montrant que j'étais moins humilié, donc plus capable d'être encore aimé, plus libre de faire une démarche décisive. Pourtant j'étais tourmenté. « Je suis ennuyé parce que je vois que tu n'es pas content. — Si, je suis touché, reconnaissant de ta gentillesse, mais il me semble que tu aurais pu... — J'ai fait de mon mieux. Un autre n'eût pu faire davantage ni même autant. Essaie d'un autre. — Mais non justement, si j'avais su je ne t'aurais pas envoyé, mais ta démarche avortée m'empêche d'en faire une autre. » Je lui faisais des reproches : il avait cherché à me rendre service et n'avait pas réussi. Saint-Loup en s'en allant avait croisé des jeunes filles qui entraient. J'avais déjà fait

6

souvent la supposition qu'Albertine connaissait des
jeunes filles dans le pays, c'est la première fois que
j'en ressentais la torture. Il faut vraiment croire que
la nature a donné à notre esprit de sécréter un
contre-poison naturel qui annihile les suppositions
que nous faisons à la fois sans trêve et sans danger ;
mais rien ne m'immunisait contre ces jeunes filles
que Saint-Loup avait rencontrées. Mais tous ces
détails, n'était-ce pas justement ce que j'avais cherché à obtenir de chacun sur Albertine ? n'était-ce pas
moi qui, pour les connaître plus précisément, avais
demandé à Saint-Loup, rappelé par son colonel, de
passer coûte que coûte chez moi ? n'était-ce donc
pas moi qui les avais souhaités, moi, ou plutôt
ma douleur affamée, avide de croître et de se nour-
rir d'eux ? Enfin Saint-Loup m'avait dit avoir eu
la bonne surprise de rencontrer tout près de là, seule
figure de connaissance et qui lui avait rappelé le
passé, une ancienne amie de Rachel, une jolie actrice
qui villégiaturait dans le voisinage. Et le nom de cette
actrice suffit pour que je me dise : « C'est peut-être
avec celle-là » ; cela suffisait pour que je visse, dans les
bras mêmes d'une femme que je ne connaissais pas,
Albertine souriante et rouge de plaisir. Et au fond,
pourquoi cela n'eût-il pas été ? M'étais-je fait faute
de penser à des femmes depuis que je connaissais
Albertine ? Le soir où j'avais été pour la première fois
chez la princesse de Guermantes, quand j'étais
rentré, n'était-ce pas beaucoup moins en pensant à
cette dernière qu'à la jeune fille dont Saint-Loup
m'avait parlé et qui allait dans les maisons de passe,
et à la femme de chambre de Mme Putbus ? N'est-ce
pas pour cette dernière que j'étais retourné à Balbec ?
Plus récemment, j'avais bien eu envie d'aller à

Venise, pourquoi Albertine n'eût-elle pas eu envie d'aller en Touraine ? Seulement, au fond, je m'en apercevais maintenant, je ne l'aurais pas quittée, je ne serais pas allé à Venise. Même au fond de moi-même, tout en me disant : « Je la quitterai bientôt », je savais que je ne la quitterais plus, tout aussi bien que je savais que je ne me mettrais plus à travailler, ni à vivre d'une vie hygiénique, enfin tout ce que chaque jour je me promettais pour le lendemain. Seulement, quoi que je crusse au fond, j'avais trouvé plus habile de la laisser vivre sous la menace d'une perpétuelle séparation. Et sans doute, grâce à ma détestable habileté, je l'avais trop bien convaincue. En tous cas, maintenant cela ne pouvait pas durer ainsi, je ne pouvais pas la laisser en Touraine avec ces jeunes filles, avec cette actrice ; je ne pouvais supporter la pensée de cette vie qui m'échappait. J'attendrais sa réponse à ma lettre : si elle faisait le mal, hélas ! un jour de plus ou de moins ne faisait rien (et peut-être je me le disais parce que, n'ayant plus l'habitude de me faire rendre compte de chacune de ses minutes, dont une seule où elle eût été libre m'eût affolé, ma jalousie n'avait plus la même division du temps). Mais aussitôt sa réponse reçue, si elle ne revenait pas j'irais la chercher ; de gré ou de force je l'arracherais à ses amies. D'ailleurs ne valait-il pas mieux que j'y allasse moi-même, maintenant que j'avais découvert la méchanceté, jusqu'ici insoupçonnée de moi, de Saint-Loup ? Qui sait s'il n'avait pas organisé tout un complot pour me séparer d'Albertine ?

Est-ce parce que j'avais changé, est-ce parce que je n'avais pu supposer alors que des causes naturelles m'amèneraient un jour à cette situation exceptionnelle, mais comme j'aurais menti maintenant si je lui avais écrit, comme je le lui disais à Paris, que je souhaitais qu'il ne lui arrivât aucun accident! Ah! s'il lui en était arrivé un, au lieu que ma vie fût à jamais empoisonnée par cette jalousie incessante, aussitôt j'eusse retrouvé sinon le bonheur, du moins le calme par la suppression de la souffrance.

La suppression de la souffrance? Ai-je pu jamais vraiment le croire, croire que la mort ne fait que biffer ce qui existe et laisser le reste en état, qu'elle enlève la douleur dans le cœur de celui pour qui l'existence de l'autre n'est plus qu'une cause de douleurs, qu'elle enlève la douleur et n'y met rien à la place? La suppression de la douleur! Parcourant les faits divers des journaux, je regrettais de ne pas avoir le courage de former le même souhait que Swann. Si Albertine avait pu être victime d'un accident, vivante j'aurais eu un prétexte pour courir auprès d'elle, morte j'eusse retrouvé, comme disait Swann, la liberté de vivre. Je le croyais? Il l'avait cru, cet homme si fin et qui croyait se bien connaître. Comme on sait peu ce qu'on a dans le cœur! Comme, un peu plus tard, s'il avait été encore vivant, j'aurais pu lui apprendre que son souhait, autant que criminel, était absurde, que la mort de celle qu'il aimait ne l'eût délivré de rien!

Je laissai toute fierté vis-à-vis d'Albertine, je lui envoyai un télégramme désespéré lui demandant de revenir à n'importe quelles conditions, qu'elle ferait tout ce qu'elle voudrait, que je demandais seulement à l'embrasser une minute trois fois par semaine avant qu'elle se couche. Et elle eût dit : une fois seulement, que j'eusse accepté une fois.

Elle ne revint jamais. Mon télégramme venait de partir que j'en reçus un. Il était de Mme Bontemps.

Le monde n'est pas créé une fois pour toutes pour
chacun de nous. Il s'y ajoute au cours de la vie des
choses que nous ne soupçonnions pas. Ah! ce ne fut
pas la suppression de la souffrance que produisirent
en moi les deux premières lignes du télégramme :
« Mon pauvre ami, notre petite Albertine n'est plus,
pardonnez-moi de vous dire cette chose affreuse,
vous qui l'aimiez tant. Elle a été jetée par son cheval
contre un arbre pendant une promenade. Tous nos
efforts n'ont pu la ranimer. Que ne suis-je morte à sa
place! » Non, pas la suppression de la souffrance, mais
une souffrance inconnue, celle d'apprendre qu'elle
ne reviendrait pas. Mais ne m'étais-je pas dit plusieurs
fois qu'elle ne reviendrait peut-être pas ? Je me
l'étais dit, en effet, mais je m'apercevais maintenant
que pas un instant je ne l'avais cru. Comme j'avais
besoin de sa présence, de ses baisers pour supporter
le mal que me faisaient mes soupçons, j'avais pris
depuis Balbec l'habitude d'être toujours avec elle.
Même quand elle était sortie, quand j'étais seul, je
l'embrassais encore. J'avais continué depuis qu'elle
était en Touraine. J'avais moins besoin de sa fidélité
que de son retour. Et si ma raison pouvait impuné-
ment le mettre quelquefois en doute, mon imagination ne cessait pas un instant de me le représenter.
Instinctivement je passai ma main sur mon cou, sur
mes lèvres qui se voyaient embrassés par elle depuis
qu'elle était partie, et qui ne le seraient jamais plus ;
je passai ma main sur eux, comme maman m'avait
caressé à la mort de ma grand'mère en me disant :
« Mon pauvre petit, ta grand'mère qui t'aimait tant
ne t'embrassera plus. » Toute ma vie à venir se trouvait arrachée de mon cœur. Ma vie à venir ? Je n'avais
donc pas pensé quelquefois à la vivre sans Albertine ?

Mais non! Depuis longtemps je lui avais donc voué toutes les minutes de ma vie jusqu'à ma mort? Mais bien sûr! Cet avenir indissoluble d'elle, je n'avais pas su l'apercevoir, mais maintenant qu'il venait d'être descellé, je sentais la place qu'il tenait dans mon cœur béant. Françoise qui ne savait encore rien entra dans ma chambre; d'un air furieux, je lui criai : « Qu'est-ce qu'il y a? » Alors (il y a quelquefois des mots qui mettent une réalité différente à la même place que celle qui est près de nous, ils nous étourdissent tout autant qu'un vertige) : « Monsieur n'a pas besoin d'avoir l'air fâché. Il va être au contraire bien content. Ce sont deux lettres de mademoiselle Albertine. »

Je sentis, après, que j'avais dû avoir les yeux de quelqu'un dont l'esprit perd l'équilibre. Je ne fus même pas heureux, ni incrédule. J'étais comme quelqu'un qui voit la même place de sa chambre occupée par un canapé et par une grotte. Rien ne lui paraissant plus réel, il tombe par terre. Les deux lettres d'Albertine avaient dû être écrites peu de temps avant la promenade où elle était morte. La première disait :

« Mon ami, je vous remercie de la preuve de confiance que vous me donnez en me disant votre intention de faire venir Andrée chez vous. Je suis sûre qu'elle acceptera avec joie et je crois que ce sera très heureux pour elle. Douée comme elle est, elle saura profiter de la compagnie d'un homme tel que vous et de l'admirable influence que vous savez prendre sur un être. Je crois que vous avez eu là une idée d'où peut naître autant de bien pour elle que pour vous. Aussi, si elle faisait l'ombre d'une difficulté (ce que je ne crois pas), télégraphiez-moi, je me charge d'agir sur elle. »

La seconde était datée d'un jour plus tard. En réalité, elle avait dû les écrire à peu d'instants l'une de l'autre, peut-être ensemble, et antidater la première. Car tout le temps j'avais imaginé dans l'absurde ses intentions qui n'avaient été que de revenir auprès de moi et que quelqu'un de désintéressé dans la chose, un homme sans imagination, le négociateur d'un traité de paix, le marchand qui examine une transaction, eussent mieux jugées que moi. Elle ne contenait que ces mots :

« Serait-il trop tard pour que je revienne chez vous ? Si vous n'avez pas encore écrit à Andrée, consentiriez-vous à me reprendre ? Je m'inclinerai devant votre décision, je vous supplie de ne pas tarder à me la faire connaître, vous pensez avec quelle impatience je l'attends. Si c'était que je revienne, je prendrais le train immédiatement. De tout cœur à vous, Albertine. »

Pour que la mort d'Albertine eût pu supprimer mes souffrances, il eût fallu que le choc l'eût tuée non seulement en Touraine, mais en moi. Jamais elle n'y avait été plus vivante. Pour entrer en nous, un être a été obligé de prendre la forme, de se plier au cadre du temps ; ne nous apparaissant que par minutes successives, il n'a jamais pu nous livrer de lui qu'un seul aspect à la fois, nous débiter de lui qu'une seule photographie. Grande faiblesse sans doute pour un être, de consister en une simple collection de moments ; grande force aussi ; il relève de la mémoire, et la mémoire d'un moment n'est pas instruite de tout ce qui s'est passé depuis ; ce moment qu'elle a enregistré dure encore, vit encore, et avec lui l'être qui s'y profilait. Et puis cet émiettement ne fait pas

seulement vivre la morte, il la multiplie. Pour me
consoler, ce n'est pas une, c'est d'innombrables
Albertine que j'aurais dû oublier. Quand j'étais arrivé
à supporter le chagrin d'avoir perdu celle-ci, c'était
à recommencer avec une autre, avec cent autres.

Alors ma vie fut entièrement changée. Ce qui en
avait fait, et non à cause d'Albertine, parallèlement
à elle, quand j'étais seul, la douceur, c'était justement,
à l'appel de moments identiques, la perpétuelle
renaissance de moments anciens. Par le bruit de la
pluie m'était rendue l'odeur des lilas de Combray ;
par la mobilité du soleil sur le balcon, les pigeons
des Champs-Élysées ; par l'assourdissement des bruits
dans la chaleur de la matinée, la fraîcheur des cerises ;
le désir de la Bretagne ou de Venise par le bruit du
vent et le retour de Pâques. L'été venait, les jours
étaient longs, il faisait chaud. C'était le temps où de
grand matin élèves et professeurs vont dans les jardins
publics préparer les derniers concours sous les arbres,
pour recueillir la seule goutte de fraîcheur que laisse
tomber un ciel moins enflammé que dans l'ardeur du
jour, mais déjà aussi stérilement pur. De ma chambre
obscure, avec un pouvoir d'évocation égal à celui d'autrefois mais qui ne me donnait plus que de la souffrance, je sentais que dehors, dans la pesanteur de
l'air, le soleil déclinant mettait sur la verticalité des
maisons, des églises, un fauve badigeon. Et si Françoise en revenant dérangeait sans le vouloir les plis des
grands rideaux, j'étouffais un cri à la déchirure que
venait de faire en moi ce rayon de soleil ancien qui
m'avait fait paraître belle la façade neuve de Bricque-
ville l'Orgueilleuse, quand Albertine m'avait dit :
« Elle est restaurée. » Ne sachant comment expliquer
mon soupir à Françoise, je lui disais : « Ah ! j'ai soif. »

Elle sortait, rentrait, mais je me détournais violemment, sous la décharge douloureuse d'un des mille souvenirs invisibles qui à tout moment éclataient autour de moi dans l'ombre : je venais de voir qu'elle avait apporté du cidre et des cerises, ce cidre et ces cerises qu'un garçon de ferme nous avait apportés dans la voiture, à Balbec, espèces sous lesquelles j'aurais communié le plus parfaitement, jadis, avec l'arc-en-ciel des salles à manger obscures par les jours brûlants. Alors je pensai pour la première fois à la ferme des Écorres, et je me dis que, certains jours où Albertine me disait à Balbec ne pas être libre, être obligée de sortir avec sa tante, elle était peut-être avec telle de ses amies dans une ferme où elle savait que je n'avais pas mes habitudes et où pendant qu'à tout hasard je m'attardais à Marie-Antoinette où on m'avait dit : « Nous ne l'avons pas vue aujourd'hui », elle usait avec son amie des mêmes mots qu'avec moi quand nous sortions tous les deux : « Il n'aura pas l'idée de nous chercher ici et comme cela nous ne serons pas dérangées. » Je disais à Françoise de refermer les rideaux pour ne plus voir ce rayon de soleil. Mais il continuait à filtrer, aussi corrosif, dans ma mémoire. « Elle ne me plaît pas, elle est restaurée, mais nous irons à Saint-Martin-le-Vêtu, après-demain à... » Demain, après-demain, c'était un avenir de vie commune, peut-être pour toujours, qui commence, mon cœur s'élance vers lui, mais il n'est plus là, Albertine est morte.

Je demandais l'heure à Françoise. Six heures. Enfin, Dieu merci, allait disparaître cette lourde chaleur dont autrefois je me plaignais avec Albertine, et que nous aimions tant. La journée prenait fin. Mais qu'est-ce que j'y gagnais ? La fraîcheur du soir

se levait, c'était le coucher du soleil ; dans ma mémoire
au bout d'une route que nous prenions ensemble
pour rentrer, j'apercevais, plus loin que le dernier
village, comme une station distante, inaccessible
pour le soir même où nous nous arrêterions à Balbec,
toujours ensemble. Ensemble alors, maintenant il
fallait s'arrêter court devant ce même abîme, elle
était morte. Ce n'était plus assez de fermer les rideaux,
je tâchais de boucher les yeux et les oreilles de ma
mémoire, pour ne pas revoir cette bande orangée
du couchant, pour ne pas entendre ces invisibles
oiseaux qui se répondaient d'un arbre à l'autre de
chaque côté de moi qu'embrassait alors si tendrement
celle qui maintenant était morte. Je tâchais d'éviter
ces sensations que donnent l'humidité des feuilles
dans le soir, la montée et la descente des routes
en dos d'âne. Mais déjà ces sensations m'avaient
ressaisi, ramené assez loin du moment actuel, afin
qu'eût tout le recul, tout l'élan nécessaire pour me
frapper de nouveau, l'idée qu'Albertine était morte.
Ah ! jamais je n'entrerais plus dans une forêt, je ne me
promènerais plus entre des arbres. Mais les grandes
plaines me seraient-elles moins cruelles ? Que de fois
j'avais traversé pour aller chercher Albertine, que de
fois j'avais repris, au retour avec elle, la grande
plaine de Cricqueville, tantôt par des temps brumeux où l'inondation du brouillard nous donnait
l'illusion d'être entourés d'un lac immense, tantôt
par des soirs limpides où le clair de lune, dématéria-
lisant la terre, la faisant paraître à deux pas céleste,
comme elle n'est, pendant le jour, que dans les lointains, enfermait les champs, les bois, avec le firmament
auquel il les avait assimilés, dans l'agate arborisée
d'un seul azur !

Françoise devait être heureuse de la mort d'Albertine, et il faut lui rendre la justice que par une sorte
de convenance et de tact elle ne simulait pas la tristesse.
Mais les lois non écrites de son antique Code et sa
tradition de paysanne médiévale qui pleure comme
aux chansons de geste étaient plus anciennes que sa
haine d'Albertine et même d'Eulalie. Aussi une de ces
fins d'après-midi-là, comme je ne cachais pas assez
rapidement ma souffrance, elle aperçut mes larmes,
servie par son instinct d'ancienne petite paysanne qui
autrefois lui faisait capturer et faire souffrir les animaux, n'éprouver que de la gaîté à étrangler les
poulets et à faire cuire vivants les homards, et quand
j'étais malade, à observer, comme les blessures qu'elle
eût infligées à une chouette, ma mauvaise mine
qu'elle annonçait ensuite sur un ton funèbre et comme
un présage de malheur. Mais son « coutumier » de
Combray ne lui permettait pas de prendre légèrement
les larmes, le chagrin, choses qu'elle jugeait comme
aussi funestes que d'ôter sa flanelle ou de manger à
contre-cœur. « Oh! non, Monsieur, il ne faut pas
pleurer comme cela, cela vous ferait du mal! » Et, en
voulant arrêter mes larmes, elle avait l'air aussi inquiet
que si c'eût été des flots de sang. Malheureusement je
pris un air froid qui coupa court aux effusions qu'elle
espérait et qui du reste eussent peut-être été sincères.
Il en était peut-être pour elle d'Albertine comme
d'Eulalie, et maintenant que mon amie ne pouvait
plus tirer de moi aucun profit, Françoise avait-elle
cessé de la haïr. Elle tint à me montrer pourtant
qu'elle se rendait bien compte que je pleurais et que,
suivant le funeste exemple des miens, je ne voulais
pas « faire voir ». « Il ne faut pas pleurer, Monsieur »,
me dit-elle d'un ton cette fois plus calme, et plutôt

pour me montrer sa clairvoyance que pour me témoigner sa pitié. Et elle ajouta : « Ça devait arriver, elle
était trop heureuse, la pauvre, elle n'a pas su connaître
son bonheur. »

Que le jour est lent à mourir par ces soirs démesurés
de l'été! Un pâle fantôme de la maison d'en face
continuait indéfiniment à aquareller sur le ciel sa
blancheur persistante. Enfin il faisait nuit dans l'appartement, je me cognais aux meubles de l'antichambre,
mais dans la porte de l'escalier, au milieu du noir que
je croyais total, la partie vitrée était translucide et
bleue, d'un bleu de fleur, d'un bleu d'aile d'insecte,
d'un bleu qui m'eût semblé beau si je n'avais senti
qu'il était un dernier reflet, coupant comme un acier,
un coup suprême que dans sa cruauté infatigable me
portait encore le jour.

L'obscurité complète finissait pourtant par venir,
mais alors il suffisait d'une étoile vue à côté de l'arbre
de la cour pour me rappeler nos départs en voiture
après le dîner, pour les bois de Chantepie, tapissés
par le clair de lune. Et même dans les rues, il m'arrivait d'isoler sur le dos d'un banc, de recueillir la
pureté naturelle d'un rayon de lune au milieu des
lumières artificielles de Paris, de Paris sur lequel il
faisait régner, en faisant rentrer un instant pour mon
imagination la ville dans la nature, avec le silence infini
des champs évoqués, le souvenir douloureux des promenades que j'y avais faites avec Albertine. Ah! quand
la nuit finirait-elle? Mais à la première fraîcheur de
l'aube, je frissonnais car celle-ci avait ramené en moi
la douceur de cet été où de Balbec à Incarville, d'Incarville à Balbec, nous nous étions tant de fois recon-
duits l'un l'autre jusqu'au petit jour. Je n'avais plus
qu'un espoir pour l'avenir — espoir bien plus déchi-

rant qu'une crainte, — c'était d'oublier Albertine.
Je savais que je l'oublierais un jour, j'avais bien oublié
Gilberte, Mme de Guermantes, j'avais bien oublié
ma grand'mère. Et c'est notre plus juste et plus cruel
châtiment de l'oubli si total, paisible comme ceux des
cimetières, par quoi nous nous sommes détachés
de ceux que nous n'aimons plus, que nous entre-
voyions ce même oubli comme inévitable à l'égard
de ceux que nous aimons encore. A vrai dire nous
savons qu'il est un état non douloureux, un état
d'indifférence. Mais ne pouvant penser à la fois à ce
que j'étais et à ce que je serais, je pensais avec désespoir à tout ce tégument de caresses, de baisers, de
sommeils amis, dont il faudrait bientôt me laisser
dépouiller pour jamais. L'élan de ces souvenirs si
tendres, venant se briser contre l'idée qu'elle était
morte, m'oppressait par l'entrechoc de flux si con-
trariés que je ne pouvais rester immobile ; je me
levais, mais tout d'un coup je m'arrêtais, terrassé ; le
même petit jour que je voyais au moment où je venais
de quitter Albertine, encore radieux et chaud de ses
baisers, venait tirer au-dessus des rideaux sa lame
maintenant sinistre dont la blancheur froide, impla-
cable et compacte me donnait comme un coup de
couteau.

Bientôt les bruits de la rue allaient commencer, per-
mettant de lire à l'échelle qualitative de leurs sonorités
le degré de la chaleur sans cesse accrue où ils retenti-
raient. Mais dans cette chaleur qui quelques heures
plus tard s'imbiberait de l'odeur des cerises, ce que
je trouvais (comme dans un remède que le remplace-
ment d'une des parties composantes par une autre
suffit pour rendre, d'un euphorique et d'un excitatif
qu'il était, un déprimant), ce n'était plus le désir des

femmes mais l'angoisse du départ d'Albertine.
D'ailleurs le souvenir de tous mes désirs était aussi
imprégné d'elle, et de souffrance, que le souvenir des
plaisirs. Cette Venise où j'avais cru que sa présence
me serait importune (sans doute parce que je sentais
confusément qu'elle m'y serait nécessaire), maintenant qu'albertine n'était plus, j'aimais mieux n'y pas
aller. Albertine m'avait semblé un obstacle interposé
entre moi et toutes choses, parce qu'elle était pour
moi leur contenant et que c'est d'elle, comme d'un
vase, que je pouvais les recevoir. Maintenant que ce
vase était détruit, je ne me sentais plus le courage
de les saisir, et il n'y en avait plus une seule dont je
ne me détournasse, abattu, préférant n'y pas goûter.
De sorte que ma séparation d'avec elle n'ouvrait
nullement pour moi le champ des plaisirs possibles
que j'avais cru m'être fermé par sa présence. D'ailleurs
l'obstacle que sa présence avait peut-être été, en effet,
pour moi à voyager, à jouir de la vie, m'avait seulement, comme il arrive toujours, masqué les autres
obstacles, qui reparaissaient intacts maintenant que
celui-là avait disparu. C'est de cette façon qu'autrefois, quand quelque visite aimable m'empêchait de
travailler, si le lendemain je restais seul je ne travaillais
pas davantage. Qu'une maladie, un duel, un cheval
emporté, nous fassent voir la mort de près, nous
aurions joui richement de la vie, de la volupté,
de pays inconnus dont nous allons être privés. Et une
fois le danger passé, ce que nous retrouvons, c'est la
même vie morne où rien de tout cela n'existait pour
nous.

Sans doute ces nuits si courtes durent peu. L'hiver
finirait par revenir, où je n'aurais plus à craindre le
souvenir des promenades avec elle jusqu'à l'aube

trop tôt levée. Mais les premières gelées ne me rapporteraient-elles pas, conservé dans leur glace, le
germe de mes premiers désirs, quand à minuit je la
faisais chercher, que le temps me semblait si long
jusqu'à son coup de sonnette, jusqu'à son coup de
sonnette que je pourrais maintenant attendre éter-
nellement en vain ? Ne me rapporteraient-elles pas le
germe de mes premières inquiétudes, quand deux fois
je crus qu'elle ne viendrait pas ? Dans ce temps-là je
ne la voyais que rarement ; mais même ces intervalles
qu'il y avait alors entre ses visites qui faisaient surgir
Albertine, au bout de plusieurs semaines, du sein
d'une vie inconnue que je n'essayais pas de posséder,
assuraient mon calme en empêchant les velléités sans
cesse interrompues de ma jalousie de se conglomérer,
de faire bloc dans mon cœur. Ces intervalles, autant
qu'ils eussent pu être apaisants dans ce temps-là,
autant, rétrospectivement, ils étaient empreints de
souffrance depuis que ce qu'elle avait pu faire d'inconnu pendant leur durée avait cessé de m'être indifférent, et surtout maintenant qu'aucune visite d'elle
ne viendrait plus jamais ; de sorte que ces soirs de
janvier où elle venait, et qui par là m'avaient été si
doux, me souffleraient maintenant dans leur bise aigre
une inquiétude que je ne connaissais pas alors, et
me rapporteraient, mais devenu pernicieux, le premier
germe de mon amour, conservé dans leur gelée. Et
en pensant que je verrais recommencer ce temps
froid qui, depuis Gilberte et mes jeux aux Champs-
Élysées, m'avaient toujours paru si triste ; quand je
pensais que reviendraient des soirs pareils à ce soir,
à ce soir de neige où j'avais vainement, toute une partie
de la nuit, attendu Albertine, alors, comme un malade se plaçant, lui, au point de vue du corps, pour

sa poitrine, moi, moralement, à ces moments-là, ce que je redoutais encore le plus, pour mon chagrin, pour mon cœur, c'était le retour des grands froids, et je me disais que ce qu'il y aurait de plus dur à passer ce serait peut-être l'hiver.

Lié qu'il était à toutes les saisons, pour que je perdisse le souvenir d'Albertine, il aurait fallu que je les oubliasse toutes, quitte à recommencer à les connaître, comme un vieillard frappé d'hémiplégie et qui rapprend à lire ; il aurait fallu que je renonçasse tout l'univers. Seule, me disais-je, une véritable mort de moi-même serait capable (mais elle est impossible) de me consoler de la sienne. Je ne songeais pas que la mort de soi-même n'est ni impossible, ni extraordinaire ; elle se consomme à notre insu, au besoin contre notre gré, chaque jour. Et je souffrirais de la répétition de toutes sortes de journées que non seulement la nature, mais des circonstances factices, un ordre plus conventionnel introduisent dans une saison. Bientôt reviendrait la date où j'étais allé à Balbec, l'autre été, et où mon amour, qui n'était pas encore inséparable de la jalousie et qui ne s'inquiétait pas de ce qu'Albertine faisait toute la journée, devait subir tant d'évolutions, avant de devenir celui, si différent, des derniers temps, que cette année finale où avait commencé de changer et où s'était terminée la destinée d'Albertine, m'apparaissait remplie, diverse, vaste comme un siècle. Puis ce serait le souvenir de jours plus tardifs, mais dans des années antérieures, les dimanches de mauvais temps, où pourtant tout le monde était sorti, dans le vide de l'après-midi, où le bruit du vent et de la pluie m'eût invité jadis à rester à faire le « philosophe sous les toits » ; avec quelle anxiété je verrais approcher l'heure où Albertine, si peu attendue, était venue me voir, m'avait caressé pour la première fois, s'interrompant pour Françoise qui avait apporté la lampe, en ce temps deux fois mort où c'était Albertine qui était curieuse de moi, où ma tendresse pour elle pouvait légitimement avoir tant d'espérance! Même, à une saison plus avancée, ces soirs glorieux où les offices, les pensionnats entr'ouverts comme des chapelles, baignés d'une poussière dorée, laissent la rue se couronner de ces demi-déesses qui, causant non loin de nous avec leurs pareilles, nous donnent la fièvre de pénétrer dans leur existence mythologique, ne me rappelaient plus que la tendresse d'Albertine qui, à côté de moi, m'était un empêchement à m'approcher d'elles.

D'ailleurs, au souvenir des heures même purement naturelles s'ajouterait forcément le paysage moral qui en fait quelque chose d'unique. Quand j'entendrais plus tard le cornet à bouquin du chevrier, par un premier beau temps, presque italien, le même jour mélangerait tour à tour à sa lumière l'anxiété de savoir Albertine au Trocadéro, peut-être avec Léa et les deux jeunes filles, puis la douceur familiale et domestique, presque comme d'une épouse qui me semblait alors embarrassante et que Françoise allait me ramener. Ce message téléphonique de Françoise qui m'avait transmis l'hommage obéissant d'Albertine revenant avec elle, j'avais cru qu'il m'enorgueillissait. Je m'étais trompé. S'il m'avait enivré, c'est parce qu'il m'avait fait sentir que celle que j'aimais était bien à moi, ne vivait que pour moi et, même à distance, sans que j'eusse besoin de m'occuper d'elle, me considérait comme son époux et son maître, revenant sur un signe de moi. Et ainsi ce message téléphonique avait été une parcelle de douceur, ve-

nant de loin, émise de ce quartier du Trocadéro où
il se trouvait y avoir pour moi des sources de bonheur
dirigeant vers moi d'apaisantes molécules, des bau-
mes calmants, me rendant enfin une si douce liberté
d'esprit que je n'avais plus eu — me livrant sans la
restriction d'un seul souci à la musique de Wagner —
qu'à attendre l'arrivée certaine d'Albertine, sans
fièvre, avec un manque entier d'impatience où je
n'avais pas su reconnaître le bonheur. Et ce bonheur
qu'elle revînt, qu'elle m'obéît et m'appartînt, la cause
en était dans l'amour, non dans l'orgueil. Il m'eût été
bien égal maintenant d'avoir à mes ordres cinquante
femmes revenant sur un signe de moi, non pas du
Trocadéro mais des Indes. Mais, ce jour-là, en sentant
Albertine qui, tandis que j'étais seul dans ma chambre
à faire de la musique, venait docilement vers moi,
j'avais respiré, disséminée comme un poudroiement
dans le soleil, une de ces substances qui, comme
d'autres sont salutaires au corps, font du bien à
l'âme. Puis ç'avait été, une demi-heure après, l'arrivée
d'Albertine, puis la promenade avec Albertine, arrivée
et promenade que j'avais crues ennuyeuses parce
qu'elles étaient pour moi accompagnées de certitude,
mais qui, à cause de cette certitude même, avaient,
à partir du moment où Françoise m'avait téléphoné
qu'elle la ramenait, coulé un calme d'or dans les
heures qui avaient suivi, en avaient fait comme une
seconde journée bien différente de la première, parce
qu'elle avait un dessous moral tout autre, un dessous
moral qui en faisait une journée originale, qui venait
s'ajouter à la variété de celles que j'avais connues
jusque-là, et que je n'eusse jamais imaginée — comme
nous ne pourrions imaginer le repos d'un jour d'été
si de tels jours n'existaient pas dans la série de ceux

que nous avons vécus ; une journée dont je ne pouvais
pas dire absolument que je me la rappelais, car à ce
calme j'ajoutais maintenant une souffrance que je
n'avais pas ressentie alors. Mais bien plus tard, quand
je retraversai peu à peu, en sens inverse, les temps
par lesquels j'avais passé avant d'aimer tant Albertine,
quand mon cœur cicatrisé put se séparer sans souffrance d'Albertine morte, alors, quand je pus me rappeler enfin sans souffrance ce jour où Albertine avait
été faire des courses avec Françoise au lieu de rester
au Trocadéro, je me rappelai avec plaisir ce jour appar-
tenant à une saison morale que je n'avais pas connue
jusqu'alors ; je me le rappelai enfin exactement sans
plus y ajouter de souffrance et au contraire comme
on se rappelle certains jours d'été qu'on a trouvés
trop chauds quand on les a vécus, et dont, après coup
seulement, on extrait le titre sans alliage d'or fixe et
d'indestructible azur.

De sorte que ces quelques années n'imposaient pas
seulement au souvenir d'Albertine, qui les rendait
si douloureuses, les couleurs successives, les moda-
lités différentes, la cendre de leurs saisons ou de leurs
heures, des fins d'après-midi de juin aux soirs
d'hiver, des clairs de lune sur la mer à l'aube en rentrant à la maison, de la neige de Paris aux feuilles
mortes de Saint-Cloud, mais encore de l'idée parti-
lière que je me faisais successivement d'Albertine,
de l'aspect physique sous lequel je me la représentais
à chacun de ces moments, de la fréquence plus ou
moins grande avec laquelle je la voyais cette saison-là,
laquelle s'en trouvait comme plus dispersée ou plus
compacte, des anxiétés qu'elle avait pu m'y causer
par l'attente, du charme que j'avais à tel moment
pour elle, d'espoirs formés, puis perdus ; tout cela

modifiait le caractère de ma tristesse rétrospective
tout autant que les impressions de lumière ou de
parfums qui lui étaient associées, et complétait
chacune des années solaires que j'avais vécues et qui,
rien qu'avec leurs printemps, leurs automnes, leurs
hivers, étaient déjà si tristes à cause du souvenir
inséparable d'elle, la doublait d'une sorte d'année
sentimentale où les heures n'étaient pas définies par
la position du soleil mais par l'attente d'un rendez-
vous ; où la longueur des jours ou les progrès de la
température, étaient mesurés par l'essor de mes espérances, le progrès de notre intimité, la transformation
progressive de son visage, les voyages qu'elle avait
faits, la fréquence et le style des lettres qu'elle
m'avait adressées dans l'absence, sa précipitation
plus ou moins grande à me voir au retour. Et enfin,
ces changements de temps, ces jours différents,
s'ils me rendaient chacun une autre Albertine, ce
n'était pas seulement par l'évocation des moments
semblables. Mais l'on se rappelle que toujours,
avant même que j'aimasse, chacune avait fait de moi
un homme différent, ayant d'autres désirs parce qu'il
avait d'autres perceptions et qui, de n'avoir rêvé que
tempêtes et falaises la veille, si le jour indiscret du
printemps avait glissé une odeur de roses dans la
clôture mal jointe de son sommeil entre-bâillé,
s'éveillait en partance pour l'Italie. Même dans mon
amour l'état changeant de mon atmosphère morale, la
pression modifiée de mes croyances n'avaient-ils pas,
tel jour, diminué la visibilité de mon propre amour,
ne l'avaient-ils pas, tel jour, indéfiniment étendue, tel
jour embellie jusqu'au sourire, tel jour contractée jusqu'à l'orage ? On n'est que par ce qu'on possède, on
ne possède que ce qui vous est réellement présent, et

tant de nos souvenirs, de nos humeurs, de nos idées partent faire des voyages loin de nous-même, où nous les perdons de vue! Alors nous ne pouvons plus les faire entrer en ligne de compte dans ce total qui est notre être. Mais ils ont des chemins secrets pour rentrer en nous. Et certains soirs, m'étant endormi sans presque plus regretter Albertine — on ne peut regretter que ce qu'on se rappelle — au réveil je trouvais toute une flotte de souvenirs qui étaient venus croiser en moi dans ma plus claire conscience, que je distinguais à merveille. Alors je pleurais ce que je voyais si bien et qui la veille n'était pour moi que néant. Le nom d'Albertine, sa mort avaient changé de sens ; ses trahisons avaient soudain repris toute leur importance.

Comment m'a-t-elle paru morte, quand maintenant pour penser à elle je n'avais à ma disposition que les mêmes images dont, quand elle était vivante, je revoyais l'une ou l'autre ? Tour à tour rapide et penchée sur sa bicyclette, comme elle était les jours de pluie en filant sur sa roue mythologique, ou bien, les soirs où nous avions emporté du champagne dans les bois de Chantepie, la voix provocante, changée, avec cette chaleur blême rougissant seulement aux pommettes que, la distinguant mal dans l'obscurité de la voiture, j'approchais du clair de lune et que j'essayais maintenant en vain de me rappeler, de revoir, dans l'obscurité qui ne finirait plus. De sorte que ce qu'il m'eût fallu anéantir en moi, ce n'était pas une seule, mais d'innombrables Albertine. Chacune était attachée à un moment, à la date duquel je me trouvais replacé quand je revoyais cette Albertine. Et ces moments du passé ne sont pas immobiles ; ils gardent dans notre mémoire le mouvement qui

les entraînait vers l'avenir, — vers un avenir devenu
lui-même le passé, — nous y entraînant nous-même.
Jamais je n'avais caressé l'Albertine encaoutchoutée
des jours de pluie, je voulais lui demander d'ôter
cette armure, ce serait connaître avec elle l'amour
des camps, la fraternité du voyage. Mais ce n'était
plus possible, elle était morte. Jamais non plus,
par peur de la dépraver, je n'avais fait semblant de
comprendre, les soirs où elle semblait m'offrir des
plaisirs que, sans cela, elle n'eût peut-être pas de-
mandés à d'autres, et qui excitaient maintenant en
moi un désir furieux. Je ne les aurais pas éprouvés
semblables auprès d'une autre, mais celle qui me les
aurait donnés, je pouvais courir le monde sans la
rencontrer, puisque Albertine était morte. Il semblait
que je dusse choisir entre deux faits, décider quel
était le vrai, tant celui de la mort d'Albertine —
venu pour moi d'une réalité que je n'avais pas connue,
sa vie en Touraine — était en contradiction avec
toutes mes pensées relatives à elle, mes désirs, mes
regrets, mon attendrissement, ma fureur, ma jalousie.
Une telle richesse de souvenirs empruntés au réper-
toire de sa vie, une telle profusion de sentiments
évoquant, impliquant sa vie, semblaient rendre incroyable qu'Albertine fût morte. Une telle profusion de sentiments, car ma mémoire en conservant
ma tendresse lui laissait toute sa variété. Ce n'était
pas Albertine seule qui n'était qu'une succession
de moments, c'était aussi moi-même. Mon amour
pour elle n'était pas simple : à la curiosité de l'inconnu
s'était ajouté un désir sensuel, et à un sentiment
d'une douceur presque familiale, tantôt l'indifférence,
tantôt une furieuse jalousie. Je n'étais pas un seul
homme, mais le défilé d'une armée composite où il y

avait des passionnés, des indifférents, des jaloux —
des jaloux dont pas un n'était jaloux de la même
femme. Et sans doute ce serait de là qu'un jour
viendrait la guérison que je ne souhaiterais pas.
Dans une foule, les éléments peuvent un par un,
sans qu'on s'en aperçoive, être remplacés par d'autres que d'autres encore éliminent, si bien qu'à la
fin un changement s'est accompli qui ne se pourrait
concevoir si l'on était un. La complexité de mon
amour, de ma personne, multipliait, diversifiait mes
souffrances. Pourtant elles pouvaient se ranger toujours sous les deux groupes dont l'alternance avait
fait toute la vie de mon amour pour Albertine, tour à
tour livré à la confiance et au soupçon jaloux.

Si j'avais peine à penser qu'Albertine, si vivante en
moi (portant comme je faisais le double harnais du
présent et du passé), était morte, peut-être était-il
aussi contradictoire que ce soupçon de fautes dont
Albertine, aujourd'hui dépouillée de la chair qui en
avait joui, de l'âme qui avait pu les désirer, n'était
plus capable ni responsable, excitât en moi une telle
souffrance, que j'aurais seulement bénie si j'avais
pu y voir le gage de la réalité morale d'une personne
matériellement inexistante, au lieu du reflet, destiné à
s'éteindre lui-même, d'impressions qu'elle m'avait
autrefois causées. Une femme qui ne pouvait plus
éprouver de plaisirs avec d'autres n'aurait plus dû
exciter ma jalousie, si seulement ma tendresse avait
pu se mettre à jour. Mais c'est ce qui était impossible,
puisqu'elle ne pouvait trouver son objet, Albertine,
que dans des souvenirs où celle-ci était vivante.
Puisque rien qu'en pensant à elle, je la ressuscitais,
ses trahisons ne pouvaient jamais être celles d'une
morte, l'instant où elle les avait commises devenant

l'instant actuel, non pas seulement pour Albertine
mais pour celui de mes moi subitement évoqué qui
la contemplait. De sorte qu'aucun anachronisme ne
pouvait jamais séparer le couple indissoluble où à
chaque coupable nouvelle s'appariait aussitôt un
jaloux lamentable et toujours contemporain. Je l'avais,
les derniers mois, tenue enfermée dans ma maison.
Mais dans mon imagination maintenant, Albertine
était libre ; elle usait mal de cette liberté, elle se
prostituait aux unes, aux autres. Jadis je songeais
sans cesse à l'avenir incertain qui était déployé
devant nous, j'essayais d'y lire. Et maintenant ce qui
était en avant de moi comme un double de l'avenir
(aussi préoccupant qu'un avenir puisqu'il était aussi
incertain, aussi difficile à déchiffrer, aussi mystérieux,
plus cruel encore parce que je n'avais pas comme
pour l'avenir la possibilité, ou l'illusion, d'agir sur
lui, et aussi parce qu'il se déroulerait aussi long que
ma vie elle-même, sans que ma compagne fût là pour
calmer les souffrances qu'il me causait), ce n'était
plus l'Avenir d'Albertine, c'était son Passé. Son
Passé ? C'est mal dire puisque pour la jalousie il n'est
ni passé ni avenir et que ce qu'elle imagine est toujours le Présent.

Les changements de l'atmosphère en provoquent
d'autres dans l'homme intérieur, réveillent des moi
oubliés, contrarient l'assoupissement de l'habitude,
redonnent de la force à tels souvenirs, à telles souffrances. Combien plus encore pour moi si ce temps
nouveau qu'il faisait me rappelait celui par lequel
Albertine était, à Balbec, sous la pluie menaçante,
par exemple, allée faire, Dieu sait pourquoi, de
grandes promenades, dans le maillot collant de son
caoutchouc ! Si elle avait vécu, sans doute aujour-

d'hui, par ce temps si semblable, partirait-elle faire
en Touraine une excursion analogue. Puisqu'elle
ne le pouvait plus, je n'aurais pas dû souffrir de cette
idée ; mais, comme aux amputés, le moindre changement de temps renouvelait mes douleurs dans le
membre qui n'existait plus.

Tout d'un coup c'était un souvenir que je n'avais
pas revu depuis bien longtemps, car il était resté
dissous dans la fluide et invisible étendue de ma
mémoire, qui se cristallisait. Ainsi il y avait plusieurs
années, comme on parlait de son peignoir de douche,
Albertine avait rougi. A cette époque-là je n'étais pas
jaloux d'elle. Mais depuis j'avais voulu lui demander si elle pouvait se rappeler cette conversation
et me dire pourquoi elle avait rougi. Cela m'avait
d'autant plus préoccupé qu'on m'avait dit que les
deux jeunes filles amies de Léa allaient à cet établissement balnéaire de l'hôtel et, disait-on, pas seulement pour prendre des douches. Mais par peur de
fâcher Albertine, ou attendant une époque meilleure,
j'avais toujours remis de lui en parler, puis je n'y
avais plus pensé. Et tout d'un coup, quelque temps
après la mort d'Albertine, j'aperçus ce souvenir,
empreint de ce caractère à la fois irritant et solennel
qu'ont les énigmes laissées à jamais insolubles par
la mort du seul être qui eût pu les éclaircir. Ne pourrais-je pas du moins tâcher de savoir si Albertine
n'avait jamais ou rien fait de mal ou seulement paru
suspecte dans cet établissement de douches ? En
envoyant quelqu'un à Balbec, j'y arriverais peut-être.
Elle vivante, je n'eusse sans doute pu rien apprendre.
Mais les langues se délient étrangement et racontent
facilement une faute quand on n'a plus à craindre la
rancune de la coupable. Comme la constitution de

l'imagination, restée rudimentaire, simpliste (n'ayant pas passé par les innombrables transformations qui remédient aux modèles primitifs des inventions humaines, à peine reconnaissables, qu'il s'agisse de baromètre, de ballon, de téléphone, etc., dans leurs perfectionnements ultérieurs), ne nous permet de voir que fort peu de choses à la fois, ce souvenir de l'établissement de douches occupait tout le champ de ma vision intérieure.

Parfois je me heurtais, dans les rues obscures du sommeil, à un de ces mauvais rêves qui ne sont pas bien graves pour une première raison, c'est que la tristesse qu'ils engendrent ne se prolonge guère qu'une heure après le réveil, pareille à ces malaises que cause une manière d'endormir artificielle; pour une autre raison aussi, c'est qu'on ne les rencontre que très rarement, à peine tous les deux ou trois ans. Encore reste-t-il incertain qu'on les ait déjà rencontrés — et qu'ils n'aient pas plutôt cet aspect de ne pas être vus pour la première fois que projette sur eux une illusion, une subdivision (car dédoublement ne serait pas assez dire). Sans doute, puisque j'avais des doutes sur la vie, sur la mort d'Albertine, j'aurais dû depuis bien longtemps me livrer à des enquêtes. Mais la même fatigue, la même lâcheté qui m'avaient fait me soumettre à Albertine quand elle était là, m'empêchaient de rien entreprendre depuis que je ne la voyais plus. En pourtant, de la faiblesse traînée pendant des années un éclair d'énergie surgit parfois. Je me décidai à cette enquête au moins, toute partielle.

On eût dit qu'il n'y avait rien eu d'autre dans toute la vie d'Albertine. Je me demandais qui je pourrais bien envoyer tenter une enquête sur place, à Balbec. Aimé me parut bien choisi. Outre qu'il connaissait admirablement les lieux, il appartenait à cette catégorie de gens du peuple soucieux de leur intérêt, fidèles à ceux qu'ils servent, indifférents à toute espèce de morale et dont (car ils se montrent, si nous les payons bien, dans leur obéissance à notre volonté, aussi incapables d'indiscrétion, de mollesse ou d'improbité que dépourvus de scrupules) nous disons : « Ce sont de braves gens. » En ceux-là nous pouvons avoir une confiance absolue. Quand Aimé fut parti, je pensai combien il eût mieux valu que ce qu'il allait essayer d'apprendre là-bas, je pusse le demander maintenant à Albertine elle-même. Et aussitôt l'idée de cette question que j'aurais voulu, qu'il me semblait que j'allais lui poser, ayant amené Albertine à mon côté, non grâce à un effort de résurrection mais comme par le hasard d'une de ces rencontres qui, comme dans les photographies qui ne sont pas « posées », dans les instantanés, laissent toujours la personne plus vivante, en même temps que j'imaginais notre conversation, j'en sentais l'impossibilité ; je venais d'aborder par une nouvelle face cette idée qu'Albertine était morte, Albertine qui m'inspirait cette tendresse qu'on a pour les absentes dont la vue ne vient pas rectifier l'image embellie, inspirant aussi la tristesse que cette absence fût éternelle et que la pauvre petite fût privée à jamais de la douceur de la vie. Et aussitôt, par un brusque déplacement, de la torture de la jalousie je passais au désespoir de la séparation.

Ce qui remplissait mon cœur maintenant c'était, au lieu de haineux soupçons, le souvenir attendri des heures de tendresse confiante passées avec la sœur que sa mort m'avait réellement fait perdre, puisque mon

chagrin se rapportait, non à ce qu'Albertine avait été
pour moi, mais à ce que mon cœur, désireux de participer aux émotions les plus générales de l'amour,
m'avait peu à peu persuadé qu'elle était ; alors je
me rendais compte que cette vie qui m'avait tant
ennuyé (du moins je le croyais) avait, au contraire,
été délicieuse ; aux moindres moments passés à parler avec elle de choses même insignifiantes, je sentais
maintenant qu'était ajoutée, amalgamée une volupté
qui alors n'avait, il est vrai, pas été perçue par moi,
mais était déjà cause que, ces moments-là, je les avais
toujours si persévéramment recherchés et à l'exclu-
sion de tout le reste ; les moindres incidents que je
m'en rappelais, un mouvement qu'elle avait fait
en voiture auprès de moi, ou pour s'asseoir à table
en face de moi dans sa chambre, propageaient dans
mon âme un remous de douceur et de tristesse qui
de proche en proche la gagnait tout entière.

Cette chambre où nous dînions ne m'avait jamais
paru jolie, je disais seulement qu'elle l'était à Albertine
pour que mon amie fût contente d'y vivre. Maintenant,
les rideaux, les sièges, les livres avaient cessé de
m'être indifférents. L'art n'est pas seul à mettre
du charme et du mystère dans les choses les plus
insignifiantes ; ce même pouvoir de les mettre en
rapport intime avec nous, est dévolu aussi à la douleur.
Au moment même je n'avais prêté aucune attention
à ce dîner que nous avions fait ensemble au retour du
Bois, avant que j'allasse chez les Verdurin, et vers la
beauté, la grave douceur duquel je tournais maintenant des yeux pleins de larmes. Une impression
de l'amour est hors de proportion avec les autres
impressions de la vie, mais ce n'est pas perdue
au milieu d'elles qu'on peut s'en rendre compte.

Ce n'est pas d'en bas, dans le tumulte de la rue et
la cohue des maisons avoisinantes, c'est quand on
s'est éloigné que, des pentes d'un coteau voisin,
à une distance où toute la ville a disparu ou ne forme
plus au ras de terre qu'un amas confus, on peut,
dans le recueillement de la solitude et du soir, évaluer,
unique, persistante et pure, la hauteur d'une cathé-
drale. Je tâchais d'embrasser l'image d'Albertine
à travers mes larmes en pensant à toutes les choses
sérieuses et justes qu'elle avait dites ce soir-là.

Un matin, je crus voir la forme oblongue d'une
colline dans le brouillard, sentir la chaleur d'une
tasse de chocolat, pendant que m'étreignait horri-
blement le cœur ce souvenir de l'après-midi où
Albertine était venue me voir et où je l'avais embrassée
pour la première fois : c'est que je venais d'entendre
le hoquet du calorifère à eau qu'on venait de rallumer.
Et je jetai avec colère une invitation que Françoise
m'apporta de Mme Verdurin. Combien l'impression
que j'avais eue en allant dîner pour la première fois
à la Raspelière, que la mort ne frappe pas tous les
êtres au même âge, s'imposait à moi avec plus de
force maintenant qu'Albertine était morte, si jeune,
et que Brichot continuait à dîner chez Mme Verdurin
qui recevait toujours et recevrait peut-être pendant
beaucoup d'années encore! Aussitôt ce nom de
Brichot me rappela la fin de cette soirée où il m'avait
reconduit, où j'avais vu d'en bas la lumière de la
lampe d'Albertine. J'y avais déjà repensé d'autres
fois, mais je n'avais pas abordé ce souvenir par le
même côté. Car, si nos souvenirs sont bien à nous,
c'est à la façon de ces propriétés qui ont de petites
portes cachées que nous-même souvent ne connaissons pas et que quelqu'un du voisinage nous ouvre,

si bien que par un côté du moins où cela ne nous était pas encore arrivé, nous nous trouvons rentré chez nous. Alors, en pensant au vide que je trouverais maintenant en rentrant chez moi, que je ne verrais plus d'en bas la chambre d'Albertine d'où la lumière s'était éteinte à jamais, je compris combien, ce soir où en quittant Brichot, j'avais cru éprouver de l'ennui, du regret de ne pouvoir aller me promener et faire l'amour ailleurs, je compris combien je m'étais trompé, et que c'était seulement parce que, le trésor dont les reflets venaient d'en haut jusqu'à moi, je m'en croyais la possession entièrement assurée, que j'avais négligé d'en calculer la valeur, ce qui faisait qu'il me paraissait forcément inférieur à des plaisirs, si petits qu'ils fussent, mais que, cherchant à les imaginer, j'évaluais. Je compris que cette vie que j'avais menée à Paris dans un chez-moi qui était son chez-elle, c'était justement la réalisation de cette paix profonde que j'avais rêvée et crue impossible le soir où elle avait couché sous le même toit que moi, au Grand Hôtel de Balbec.

La conversation que j'avais eue avec Albertine en rentrant du Bois avant cette dernière soirée Verdurin, je ne me fusse pas consolé qu'elle n'eût pas eu lieu, cette conversation qui avait un peu mêlé Albertine à la vie de mon intelligence et, en certaines parcelles, nous avait faits identiques l'un à l'autre. Car sans doute son intelligence, sa gentillesse pour moi, si j'y revenais avec attendrissement, ce n'est pas qu'elles eussent été plus grandes que celles d'autres personnes que j'avais connues; Mᵐᵉ de Cambremer ne m'avait-elle pas dit à Balbec : « Comment! vous pourriez passer vos journées avec Elstir qui est un homme de génie et vous les passez avec

votre cousine! » L'intelligence d'Albertine me
plaisait parce que, par association, elle éveillait
en moi ce que j'appelais sa douceur, comme nous
appelons douceur d'un fruit une certaine sensation
qui n'est que dans notre palais. Et de fait, quand je
pensais à l'intelligence d'Albertine, mes lèvres
s'avançaient instinctivement et goûtaient un souvenir
dont j'aimais mieux que la réalité me fût extérieure
et consistât dans la supériorité objective d'un être.
Il est certain que j'avais connu des personnes d'intelligence plus grande. Mais l'infini de l'amour,
ou son égoïsme, fait que les êtres que nous aimons
sont ceux dont la physionomie intellectuelle et
morale est pour nous le moins objectivement définie,
nous les retouchons sans cesse au gré de nos désirs
et de nos craintes, nous ne les séparons pas de nous,
ils ne sont qu'un lieu immense et vague où extérioriser
nos tendresses. Nous n'avons pas de notre propre
corps, où affluent perpétuellement tant de malaises
et de plaisirs, une silhouette aussi nette que celle d'un
arbre ou d'une maison ou d'un passant. Et ç'avait
peut-être été mon tort de ne pas chercher davantage
à connaître Albertine en elle-même. De même qu'au
point de vue de son charme, je n'avais longtemps
considéré que les positions différentes qu'elle occupait dans mon souvenir dans le plan des années,
et que j'avais été surpris de voir qu'elle s'était spontanément enrichie de modifications qui ne tenaient
pas qu'à la différence des perspectives, de même
j'aurais dû chercher à comprendre son caractère
comme celui d'une personne quelconque et peut-être,
m'expliquant alors pourquoi elle s'obstinait à me
cacher son secret, j'aurais évité de prolonger, entre
cet acharnement étrange et mon invariable pressen-

timent, ce conflit qui avait amené la mort d'Albertine.
Et j'avais alors, avec une grande pitié d'elle, la honte
de lui survivre. Il me semblait, en effet, dans les
heures où je souffrais le moins, que je bénéficiais
en quelque sorte de sa mort, car une femme est
d'une plus grande utilité pour notre vie, si elle y est,
au lieu d'un élément de bonheur, un instrument
de chagrin, et il n'y en a pas une seule dont la possession soit aussi précieuse que celle des vérités qu'elle
nous découvre en nous faisant souffrir. Dans ces
moments-là, rapprochant la mort de ma grand'mère
et celle d'Albertine, il me semblait que ma vie était
souillée d'un double assassinat que seule la lâcheté
du monde pouvait me pardonner. J'avais rêvé d'être
compris, de ne pas être méconnu par elle, croyant
que c'était pour le grand bonheur d'être compris,
de ne pas être méconnu, alors que tant d'autres
eussent mieux pu le faire. On désire être compris
parce qu'on désire être aimé, et on désire être aimé
parce qu'on aime. La compréhension des autres est
indifférente et leur amour importun. Ma joie d'avoir
possédé un peu de l'intelligence d'Albertine et de
son cœur ne venait pas de leur valeur intrinsèque,
mais de ce que cette possession était un degré de
plus dans la possession totale d'Albertine, possession
qui avait été mon but et ma chimère depuis le premier
jour où je l'avais vue. Quand nous parlons de la
« gentillesse » d'une femme, nous ne faisons peut-
être que projeter hors de nous le plaisir que nous
éprouvons à la voir, comme les enfants quand ils
disent : « Mon cher petit lit, mon cher petit oreiller,
mes chères petites aubépines. » Ce qui explique,
par ailleurs, que les hommes ne disent jamais d'une
femme qui ne les trompe pas : « Elle est si gentille »,

et le disent si souvent d'une femme par qui ils sont trompés.

Mme de Cambremer trouvait avec raison que le charme spirituel d'Elstir était plus grand. Mais nous ne pouvons pas juger de la même façon celui d'une personne qui est, comme toutes les autres, extérieure à nous, peinte à l'horizon de notre pensée, et celui d'une personne qui, par suite d'une erreur de localisation consécutive à certains accidents mais tenace, s'est logée dans notre propre corps, au point que nous demander rétrospectivement si elle n'a pas regardé une femme un certain jour dans le couloir d'un petit chemin de fer maritime nous fait éprouver les mêmes souffrances qu'un chirurgien qui chercherait une balle dans notre cœur. Un simple croissant, mais que nous mangeons, nous fait éprouver plus de plaisir que tous les ortolans, lapereaux et bartavelles qui furent servis à Louis XV, et la pointe de l'herbe qui à quelques centimètres frémit devant notre œil, tandis que nous sommes couchés sur la montagne, peut nous cacher la vertigineuse aiguille d'un sommet si celui-ci est distant de plusieurs lieues.

D'ailleurs notre tort n'est pas de priser l'intelligence, la gentillesse d'une femme que nous aimons, si petites que soient celles-ci. Notre tort est de rester indifférent à la gentillesse, à l'intelligence des autres. Le mensonge ne recommence à nous causer l'indignation, et la bonté la reconnaissance qu'ils devraient toujours exciter en nous, que s'ils viennent d'une femme que nous aimons, et le désir physique a ce merveilleux pouvoir de rendre son prix à l'intelligence et des bases solides à la vie morale. Jamais je ne retrouverais cette chose divine : un être avec qui je

pusse causer de tout, à qui je pusse me confier. Me
confier ? Mais d'autres êtres ne me montraient-ils
pas plus de confiance qu'Albertine ? Avec d'autres
n'avais-je pas des causeries plus étendues ? C'est
que la confiance, la conversation, choses médiocres,
qu'importe qu'elles soient plus ou moins imparfaites,
si s'y mêle seulement l'amour, qui seul est divin ?
Je revoyais Albertine s'asseyant à son pianola, rose
sous ses cheveux noirs ; je sentais, sur mes lèvres
qu'elle essayait d'écarter, sa langue, sa langue maternelle, incomestible, nourricière et sainte, dont la
flamme et la rosée secrètes faisaient que, même quand
Albertine la faisait seulement glisser à la surface de
mon cou, de mon ventre, ces caresses superficielles
mais en quelque sorte faites par l'intérieur de sa
chair, extériorisé comme une étoffe qui montrerait
sa doublure, prenaient, même dans les attouchements
les plus externes, comme la mystérieuse douceur
d'une pénétration

Tous ces instants si doux que rien ne me rendrait
jamais, je ne peux même pas dire que ce que me
faisait éprouver leur perte fût du désespoir. Pour
être désespéré, cette vie qui ne pourra plus être que
malheureuse, il faut encore y tenir. J'étais désespéré
à Balbec quand j'avais vu se lever le jour et que
j'avais compris que plus un seul ne pourrait être
heureux pour moi. J'étais resté aussi égoïste depuis
lors, mais le moi auquel j'étais attaché maintenant,
le moi qui constituait ces vives réserves qui mettent
en jeu l'instinct de conservation, ce moi n'était plus
dans la vie ; quand je pensais à mes forces, à ma
puissance vitale, à ce que j'avais de meilleur, je
pensais à certain trésor que j'avais possédé (que
j'avais été seul à posséder puisque les autres ne

pouvaient connaître exactement le sentiment, caché
en moi, qu'il m'avait inspiré) et que personne ne
pouvait plus m'enlever puisque je ne le possédais
plus. Et à vrai dire je ne l'avais jamais possédé que
parce que j'avais voulu me figurer que je le possédais.
Je n'avais pas commis seulement l'imprudence, en
regardant Albertine avec mes lèvres et en le logeant
dans mon cœur, de le faire vivre au dedans de moi,
ni cette autre imprudence de mêler un amour familial au plaisir des sens. J'avais voulu aussi me persuader
que nos rapports étaient l'amour, que nous prati-
quions mutuellement les rapports appelés amour,
parce qu'elle me donnait docilement les baisers
que je lui donnais. Et pour avoir pris l'habitude
de le croire, je n'avais pas perdu seulement une
femme que j'aimais, mais une femme qui m'aimait,
ma sœur, mon enfant, ma tendre maîtresse. Et en
somme j'avais eu un bonheur et un malheur que
Swann n'avait pas connus, car justement, tout le
temps qu'il avait aimé Odette et en avait été si
jaloux, il l'avait à peine vue, pouvant si difficilement,
à certains jours où elle le décommandait au dernier
moment, aller chez elle. Mais après il l'avait eue à
lui, sa femme, et jusqu'à ce qu'il mourût. Moi, au
contraire, tandis que j'étais si jaloux d'Albertine,
plus heureux que Swann, je l'avais eue chez moi.
J'avais réalisé en vérité ce que Swann avait rêvé si
souvent et qu'il n'avait réalisé matériellement que
quand cela lui était indifférent. Mais enfin Albertine,
je ne l'avais pas gardée comme il avait gardé Odette.
Elle s'était enfuie, elle était morte. Car jamais rien
ne se répète exactement, et les existences les plus
analogues, et que grâce à la parenté des caractères
et à la similitude des circonstances on peut choisir

pour les présenter comme symétriques l'une à
l'autre, restent en bien des points opposées. Et
certes la principale opposition (l'art) n'était pas
manifestée encore.

En perdant la vie je n'aurais pas perdu grand'-
chose ; je n'aurais plus perdu qu'une forme vide,
le cadre vide d'un chef-d'œuvre. Indifférent à ce
que je pouvais désormais y faire entrer, mais heureux
et fier de penser à ce qu'il avait contenu, je m'appuyais
au souvenir de ces heures si douces, et ce soutien
moral me communiquait un bien-être que l'approche
même de la mort n'aurait pas rompu. Comme elle
accourait vite me voir à Balbec quand je la faisais
chercher, se retardant seulement à verser de l'odeur
dans ses cheveux pour me plaire! Ces images de
Balbec et de Paris que j'aimais ainsi à revoir, c'étaient
les pages encore si récentes, et si vite tournées, de
sa courte vie. Tout cela qui n'était pour moi que
souvenir avait été pour elle action, action précipitée,
comme celle d'une tragédie, vers une mort rapide.
Car les êtres ont un développement en nous, mais
un autre hors de nous (je l'avais bien senti dans ces
soirs où je remarquais en Albertine un enrichissement
de qualités qui ne tenait pas qu'à ma mémoire) et
qui ne laissent pas d'avoir des réactions l'un sur
l'autre. J'avais eu beau, en cherchant à connaître
Albertine, puis à la posséder tout entière, n'obéir
qu'au besoin de réduire par l'expérience à des éléments mesquinement semblables à ceux de notre
moi, le mystère de tout être, de tout pays que l'imagination nous a fait paraître différent, et de pousser
chacune de nos joies profondes vers sa propre destruction : je ne l'avais pu sans influer à mon tour sur la
vie d'Albertine. Peut-être ma fortune, les perspec-

tives d'un brillant mariage l'avaient attirée ; ma
jalousie l'avait retenue ; sa bonté, ou son intelligence,
ou le sentiment de sa culpabilité, ou les adresses de
sa ruse, lui avaient fait accepter, et m'avaient amené
à rendre de plus en plus dure une captivité forgée
simplement par le développement interne de mon
travail mental, mais qui n'en avait pas moins eu sur
la vie d'Albertine des contre-coups, destinés eux-
mêmes à poser par choc en retour des problèmes
nouveaux et de plus en plus douloureux à ma psychologie, puisque de ma prison elle s'était évadée pour
aller se tuer sur un cheval que sans moi elle n'eût
pas possédé, et me laissant, même morte, des soupçons dont la vérification, si elle devait venir, me serait
peut-être plus cruelle que la découverte, à Balbec,
qu'Albertine avait connu Mlle Vinteuil, puisque
Albertine ne serait plus là pour m'apaiser. Si bien
que cette longue plainte de l'âme qui croit vivre
enfermée en elle-même n'est un monologue qu'en
apparence, puisque les échos de la réalité la font
dévier, et que telle vie est comme un essai de psychologie subjective spontanément poursuivi, mais qui
fournit à quelque distance son « action » au roman,
purement réaliste, d'une autre existence, et duquel
à leur tour les péripéties viennent infléchir la courbe
et changer la direction de l'essai psychologique.
Comme l'engrenage avait été serré, comme l'évolution
de notre amour avait été rapide, et, malgré quelques
retardements, interruptions et hésitations du début,
comme dans certaines nouvelles de Balzac ou quelques ballades de Schumann, le dénouement rapide!
C'est dans le cours de cette dernière année, longue
pour moi comme un siècle — tant Albertine avait
changé de positions par rapport à ma pensée depuis

Balbec jusqu'à son départ de Paris, et aussi, indépen-
damment de moi et souvent à mon insu, changé
en soi-même — qu'il fallait placer toute cette bonne
vie de tendresse qui avait si peu duré et qui pourtant
m'apparaissait avec une plénitude, presque une
immensité, à jamais impossible et pourtant qui
m'était indispensable. Indispensable sans avoir peut-
être été en soi et tout d'abord quelque chose de
nécessaire, puisque je n'aurais pas connu Albertine
si je n'avais pas lu dans un traité d'archéologie la
description de l'église de Balbec ; si Swann, en me
disant que cette église était presque persane, n'avait
pas orienté mes désirs vers le normand byzantin ;
si une société de palaces, en construisant à Balbec
un hôtel hygiénique et confortable, n'avait pas décidé
mes parents à exaucer mon souhait et à m'envoyer
à Balbec. Certes, en ce Balbec depuis si longtemps
désiré, je n'avais pas trouvé l'église persane que je
rêvais, ni les brouillards éternels. Le beau train
d'une heure trente-cinq lui-même n'avait pas répondu
à ce que je m'en figurais. Mais, en échange de ce
que l'imagination laisse attendre et que nous nous
donnons inutilement tant de peine pour essayer
de découvrir, la vie nous donne quelque chose que
nous étions bien loin d'imaginer. Qui m'eût dit à
Combray, quand j'attendais le bonsoir de ma mère
avec tant de tristesse, que ces anxiétés guériraient,
puis renaîtraient un jour non pour ma mère, mais
pour une jeune fille qui ne serait d'abord, sur l'horizon
de la mer, qu'une fleur que mes yeux seraient chaque
jour sollicités de venir regarder, mais une fleur
pensante et dans l'esprit de qui je souhaitais si
puérilement de tenir une grande place, que je souffrais qu'elle ignorât que je connaissais Mme de Ville-

parisis? Oui, c'est le bonsoir, le baiser d'une telle
étrangère pour lequel, au bout de quelques années,
je devais souffrir autant qu'enfant quand ma mère
ne devait pas venir me voir. Or cette Albertine si
nécessaire, de l'amour de qui mon âme était maintenant presque uniquement composée, si Swann
ne m'avait pas parlé de Balbec je ne l'aurais jamais
connue. Sa vie eût peut-être été plus longue, la
mienne aurait été dépourvue de ce qui en faisait
maintenant le martyre. Et ainsi il me semblait que
par ma tendresse uniquement égoïste j'avais laissé
mourir Albertine comme j'avais assassiné ma grand'-
mère. Même plus tard, même l'ayant déjà connue à
Balbec, j'aurais pu ne pas l'aimer comme je fis
ensuite. Car, quand je renonçais à Gilberte et savais
que je pourrais aimer un jour une autre femme,
j'osais à peine avoir un doute si, en tous cas pour le
passé, je n'eusse pu aimer que Gilberte. Or, pour
Albertine je n'avais même plus de doute, j'étais sûr
que ç'aurait pu ne pas être elle que j'eusse aimée,
que c'eût pu être une autre. Il eût suffi pour cela
que Mme de Stermaria, le soir où je devais dîner
avec elle dans l'île du Bois, ne se fût pas décomman-
dée. Il était encore temps alors, et c'eût été pour
Mme de Stermaria que se fût exercée cette activité de
l'imagination qui nous fait extraire d'une femme
une telle notion de l'individuel qu'elle nous paraît
unique en soi et pour nous prédestinée et nécessaire.
Tout au plus, en me plaçant à un point de vue presque
physiologique, pouvais-je dire que j'aurais pu avoir
ce même amour exclusif pour une autre femme,
mais non pour toute autre femme. Car Albertine,
grosse et brune, ne ressemblait pas à Gilberte,
élancée et rousse, mais pourtant elles avaient la

même étoffe de santé, et dans les mêmes joues
sensuelles toutes les deux un regard dont on saisissait difficilement la signification. C'étaient de ces
femmes que n'auraient pas regardées des hommes
qui de leur côté auraient fait des folies pour d'autres
qui ne me « disaient rien ». Je pouvais presque croire
que la personnalité sensuelle et volontaire de Gilberte
avait émigré dans le corps d'Albertine, un peu différent il est vrai, mais présentant, maintenant que j'y
réfléchissais après coup, des analogies profondes.
Un homme a presque toujours la même manière
de s'enrhumer, de tomber malade, c'est-à-dire qu'il
lui faut pour cela un certain concours de circonstances ; il est naturel que, quand il devient amoureux,
ce soit à propos d'un certain genre de femmes,
genre d'ailleurs très étendu. Les premiers regards
d'Albertine qui m'avaient fait rêver n'étaient pas
absolument différents des premiers regards de
Gilberte. Je pouvais presque croire que l'obscure
personnalité, la sensualité, la nature volontaire et
rusée de Gilberte étaient revenues me tenter, incarnées cette fois dans le corps d'Albertine, tout autre
et non pourtant sans analogies. Pour Albertine,
grâce à une vie toute différente ensemble et où
n'avait pu se glisser, dans un bloc de pensées où une
douloureuse préoccupation maintenait une cohésion
permanente, aucune fissure de distraction et d'oubli,
son corps vivant n'avait point, comme celui de
Gilberte, cessé un jour d'être celui où je trouvais
ce que je reconnaissais après coup être pour moi
(et qui n'eût pas été pour d'autres) les attraits féminins. Mais elle était morte. Je l'oublierais. Qui sait
si alors les mêmes qualités de sang riche, de rêverie
inquiète ne reviendraient pas un jour jeter le trouble

en moi ? Mais incarnées cette fois en quelle forme
féminine, je ne pouvais le prévoir. A l'aide de Gilberte
j'aurais pu aussi peu me figurer Albertine, et que je
l'aimerais, que le souvenir de la sonate de Vinteuil ne
m'eût permis de me figurer son septuor. Bien plus,
même les premières fois où j'avais vu Albertine,
j'avais pu croire que c'était d'autres que j'aimerais.
D'ailleurs, elle eût même pu me paraître, si je l'avais
connue une année plus tôt, aussi terne qu'un ciel gris
où l'aurore n'est pas levée. Si j'avais changé à son
égard, elle-même avait changé aussi, et la jeune
fille qui était venue vers mon lit le jour où j'avais
écrit à Mme de Stermaria n'était plus la même que
j'avais connue à Balbec, soit simple explosion de la
femme qui apparaît au moment de la puberté, soit
par suite de circonstances que je n'ai jamais pu
connaître. En tous cas, même si celle que j'aimerais
un jour devait dans une certaine mesure lui ressembler,
c'est-à-dire si mon choix d'une femme n'était pas
entièrement libre, cela faisait tout de même que,
dirigé d'une façon peut-être nécessaire, il l'était sur
quelque chose de plus vaste qu'un individu, sur un
genre de femmes, et cela, en ôtant toute nécessité
à mon amour pour Albertine, suffisait à mon désir.
La femme dont nous avons le visage devant nous
plus constamment que la lumière elle-même, puisque
même les yeux fermés nous ne cessons pas un instant
de chérir ses beaux yeux, son beau nez, d'arranger
tous les moyens pour les revoir, cette femme unique,
nous savons bien que c'eût été une autre qui l'eût
été pour nous, si nous avions été dans une autre
ville que celle où nous l'avons rencontrée, si nous
nous étions promené dans d'autres quartiers, si
nous avions fréquenté un autre salon. Unique,

croyons-nous ? elle est innombrable. Et pourtant
elle est compacte, indestructible devant nos yeux
qui l'aiment, irremplaçable pendant très longtemps
par une autre. C'est que cette femme n'a fait que
susciter, par des sortes d'appels magiques, mille
éléments de tendresse existant en nous à l'état fragmentaire et qu'elle a assemblés, unis, effaçant toute
lacune entre eux, c'est nous-même qui en lui donnant
ses traits avons fourni toute la matière solide de la
personne aimée. De là vient que, même si nous ne
sommes qu'un entre mille pour elle et peut-être
le dernier de tous, pour nous elle est la seule et vers
qui tend toute notre vie. Certes même j'avais bien
senti que cet amour n'était pas nécessaire, non
seulement parce qu'il eût pu se former avec Mme de
Stermaria, mais même sans cela, en le connaissant
lui-même, en le retrouvant trop pareil à ce qu'il
avait été pour d'autres, et aussi en le sentant plus
vaste qu'Albertine, l'enveloppant, ne la connaissant
pas, comme une marée autour d'un mince brisant.
Mais, peu à peu, à force de vivre avec Albertine,
les chaînes que j'avais forgées moi-même, je ne
pouvais plus m'en dégager ; l'habitude d'associer
la personne d'Albertine au sentiment qu'elle n'avait
pas inspiré me faisait pourtant croire qu'il était
spécial à elle, comme l'habitude donne à la simple
association d'idées entre deux phénomènes, à ce que
prétend une certaine école philosophique, la force,
la nécessité illusoires d'une loi de causalité. J'avais
cru que mes relations, ma fortune me dispenseraient
de souffrir, et peut-être trop efficacement puisque
cela me semblait me dispenser de sentir, d'aimer,
d'imaginer ; j'enviais une pauvre fille de campagne
à qui l'absence de relations, même de télégraphe,

donne de longs mois de rêve après un chagrin qu'elle
ne peut artificiellement endormir. Or je me rendais
compte maintenant que si j'avais vu, pour Mme de
Guermantes comblée de tout ce qui pouvait rendre
infinie la distance entre elle et moi, cette distance
brusquement supprimée par l'opinion, l'idée, pour
qui les avantages sociaux ne sont que matière inerte
et transformable, d'une façon semblable, quoique
inverse, mes relations, ma fortune, tous les moyens
matériels dont tant ma situation que la civilisation
de mon époque me faisaient profiter, n'avaient fait
que reculer l'échéance de la lutte corps à corps avec
la volonté contraire, inflexible d'Albertine, sur
laquelle aucune pression n'avait agi, comme dans
ces guerres modernes où les préparations de l'artil-
lerie, la formidable portée des engins, ne font que
retarder le moment où l'homme se jette sur l'homme
et où c'est le cœur le plus fort qui a le dessus. Sans
doute j'avais pu échanger des dépêches, des communications téléphoniques avec Saint-Loup, être en
rapports constants avec le bureau de Tours, mais
leur attente n'avait-elle pas été inutile, leur résultat
nul ? Et les filles de la campagne, sans avantages
sociaux, sans relations, ou les humains avant ces
perfectionnements de civilisation ne souffrent-ils
pas moins, parce qu'on désire moins, parce qu'on
regrette moins ce qu'on a toujours su inaccessible
et qui est resté à cause de cela comme irréel ? On
désire plus la personne qui va se donner, l'espérance
anticipe la possession ; le regret est un amplificateur
du désir. Le refus de Mme de Stermaria de venir
dîner à l'île du Bois est ce qui avait empêché que
ce fût elle que j'aimasse. Cela eût pu suffire aussi
à me la faire aimer, si ensuite je l'avais revue à temps.

Aussitôt que j'avais su qu'elle ne viendrait pas,
envisageant l'hypothèse invraisemblable — et qui
s'était réalisée — que peut-être, quelqu'un étant
jaloux d'elle et l'éloignant des autres, je ne la reverrais
jamais, j'avais tant souffert que j'aurais tout donné
pour la voir, et c'est une des plus grandes angoisses
que j'eusse connues que l'arrivée de Saint-Loup
avait apaisée. Or, à partir d'un certain âge nos
amours, nos maîtresses sont filles de notre angoisse ;
notre passé et les lésions physiques où il s'est inscrit,
déterminent notre avenir. Pour Albertine en particulier, qu'il ne fût pas nécessaire que ce fût elle que
j'aimasse était, même sans ces amours voisines,
inscrit dans l'histoire de mon amour pour elle,
c'est-à-dire pour elle et ses amies. Car ce n'était
même pas un amour comme celui pour Gilberte,
mais créé par division entre plusieurs jeunes filles.
Que ce fût à cause d'elle et parce qu'elles me paraissaient quelque chose d'analogue à elle que je me
fusse plu avec ses amies, il était possible. Toujours
est-il que, pendant bien longtemps, l'hésitation entre
toutes fut possible, mon choix se promenait de
l'une à l'autre, et quand je croyais préférer celle-ci,
il suffisait que celle-là me laissât attendre, refusât
de me voir, pour que j'eusse pour elle un commencement d'amour. Bien des fois il eût pu se faire
qu'Andrée devant venir me voir à Balbec, si j'avais
mensongèrement préparé de lui dire pour ne pas
avoir l'air de tenir à elle : « Hélas! si seulement
vous étiez venue il y a quelques jours! Maintenant
j'en aime une autre, mais cela ne fait rien, vous
pourrez me consoler », un peu avant la visite d'Andrée,
Albertine me manquait de parole, mon cœur ne
cessait plus de battre, je croyais ne jamais la revoir

et c'était elle que j'aimais. Et quand Andrée venait,
c'était véridiquement que je lui disais (comme je
le lui dis à Paris, après que j'eus appris qu'Albertine
avait connu Mlle Vinteuil) ce qu'elle pouvait croire
dit exprès, sans sincérité, ce qui aurait été dit en
effet aussi et dans les mêmes termes, si j'avais été
heureux la veille avec Albertine : « Hélas, si vous
étiez venue plus tôt, maintenant j'en aime une autre. »
Encore dans ce cas d'Andrée remplacée par Albertine quand j'avais appris que celle-ci avait connu
Mlle Vinteuil, l'amour avait été alternatif et par
conséquent, en somme, il n'y en avait eu qu'un à
la fois. Mais il s'était produit tels cas auparavant
où je m'étais à demi brouillé avec deux des filles.
Celle qui ferait les premiers pas me rendrait le calme,
c'est l'autre que j'aimerais si elle restait brouillée,
ce qui ne veut pas dire que ce n'est pas avec la première que je me lierais définitivement, car elle me
consolerait — bien qu'inefficacement — de la dureté
de la seconde, de la seconde que je finirais par oublier
si elle ne revenait plus. Or il arrivait que, persuadé
que l'une ou l'autre au moins allait revenir à moi,
aucune des deux pendant quelque temps ne le
faisait. Mon angoisse était donc double, et double
mon amour, me réservant de cesser d'aimer celle
qui reviendrait, mais souffrant jusque-là par toutes
les deux. C'est le lot d'un certain âge, qui peut venir
très tôt, qu'on est rendu moins amoureux par un
être que par un abandon, où de cet être on finit
par ne plus savoir qu'une chose, sa figure étant
obscurcie, son âme inexistante, votre préférence
toute récente et inexpliquée : c'est qu'on aurait
besoin pour ne plus souffrir qu'il vous fît dire :
« Me recevriez-vous ? » Ma séparation d'avec Alber-

tine, le jour où Françoise m'avait dit : « Mademoiselle Albertine est partie », était comme une allégorie
bien affaiblie de tant d'autres séparations. Car bien
souvent, pour que nous découvrions que nous sommes amoureux, peut-être même pour que nous le
devenions, il faut qu'arrive le jour de la séparation.

Dans ces cas, où c'est une attente vaine, un mot
de refus qui fixe un choix, l'imagination fouettée
par la souffrance va si vite dans son travail, fabrique
avec une rapidité si folle un amour à peine commencé
et qui restait informe, destiné à rester à l'état d'ébau-
che depuis des mois, que par instants l'intelligence,
qui n'a pu rattraper le cœur, s'étonne, s'écrie :
« Mais tu es fou, dans quelles pensées nouvelles
vis-tu si douloureusement ? Tout cela n'est pas
la vie réelle. » Et, en effet, à ce moment-là, si on
n'était pas relancé par l'infidèle, de bonnes distrac-
tions qui vous calmeraient physiquement le cœur
suffiraient pour faire avorter l'amour. En tous cas,
si cette vie avec Albertine n'était pas, dans son
essence, nécessaire, elle m'était devenue indispensable. J'avais tremblé quand j'avais aimé Mme de
Guermantes parce que je me disais qu'avec ses trop
grands moyens de séduction, non seulement de
beauté mais de situation, de richesse, elle serait
trop libre d'être à trop de gens, que j'aurais trop peu
de prise sur elle. Albertine étant pauvre, obscure,
devait être désireuse de m'épouser. Et pourtant
je n'avais pas pu la posséder pour moi seul. Que ce
soit les conditions sociales, les prévisions de la
sagesse, en vérité, on n'a pas de prises sur la vie
d'un autre être.

Pourquoi ne m'avait-elle pas dit : « J'ai ces goûts » ?
J'aurais cédé, je lui aurais permis de les satisfaire.

Dans un roman que j'avais lu il y avait une femme qu'aucune objurgation de l'homme qui l'aimait ne pouvait décider à parler. En le lisant j'avais trouvé cette situation absurde ; j'aurais, moi, me disais-je, forcé la femme à parler d'abord, ensuite nous nous serions entendus. A quoi bon ces malheurs inutiles ? Mais je voyais maintenant que nous ne sommes pas libres de ne pas nous les forger et que nous avons beau connaître notre volonté, les autres êtres ne lui obéissent pas.

Et pourtant ces douloureuses, ces inéluctables vérités qui nous dominaient et pour lesquelles nous étions aveugles, vérité de nos sentiments, vérité de notre destin, combien de fois sans le savoir, sans le vouloir, nous les avions dites en des paroles crues sans doute mensongères par nous mais auxquelles l'événement avait donné après coup leur valeur prophétique. Je me rappelais bien des mots que l'un et l'autre nous avions prononcés sans savoir alors la vérité qu'ils contenaient, même que nous avions dits en croyant nous jouer la comédie et dont la fausseté était bien mince, bien peu intéressante, toute confinée dans notre pitoyable insincérité, auprès de ce qu'ils contenaient à notre insu. Mensonges, erreurs, en deçà de la réalité profonde que nous n'apercevions pas, vérité au delà, vérité de nos caractères dont les lois essentielles nous échappaient et demandent le Temps pour se révéler, vérité de nos destins aussi. J'avais cru mentir quand je lui avais dit, à Balbec : « Plus je vous verrai, plus je vous aimerai (et pourtant c'était cette intimité de tous les instants qui, par le moyen de la jalousie, m'avait tant attaché à elle), je sens que je pourrais être utile à votre esprit » ; à Paris : « Tâchez d'être prudente. Pensez,

s'il vous arrivait un accident je ne m'en consolerais
pas » (et elle : « Mais il peut m'arriver un accident ») ;
à Paris, le soir où j'avais fait semblant de vouloir
la quitter : « Laissez-moi vous regarder encore puisque
bientôt je ne vous verrai plus, et que ce sera pour
jamais » ; et elle, quand ce même soir elle avait
regardé autour d'elle : « Dire que je ne verrai plus
cette chambre, ces livres, ce pianola, toute cette
maison, je ne peux pas le croire et pourtant c'est
vrai » ; dans ses dernières lettres enfin, quand elle
avait écrit (probablement en se disant « je fais du
chiqué ») : « Je vous laisse le meilleur de moi-même »
(et n'était-ce pas en effet maintenant à la fidélité,
aux forces, fragiles hélas aussi, de ma mémoire,
qu'étaient confiées son intelligence, sa bonté, sa
beauté ?) et : « Cet instant, deux fois crépusculaire
puisque le jour tombait et que nous allions nous
quitter, ne s'effacera de mon esprit que quand il
sera envahi par la nuit complète » (cette phrase
écrite la veille du jour où, en effet, son esprit avait
été envahi par la nuit complète et où, dans ces dernières lueurs si rapides mais que l'anxiété du moment
divise jusqu'à l'infini, elle avait peut-être bien revu
notre dernière promenade, et dans cet instant où
tout nous abandonne et où on se crée une foi, comme
les athées deviennent chrétiens sur le champ de
bataille, elle avait peut-être appelé au secours l'ami
si souvent maudit mais si respecté par elle, qui
lui-même — car toutes les religions se ressemblent
— avait la cruauté de souhaiter qu'elle eût eu aussi
le temps de se reconnaître, de lui donner sa dernière
pensée, de se confesser enfin à lui, de mourir en
lui).

Mais à quoi bon, puisque si même, alors, elle avait

eu le temps de se reconnaître, nous n'avions compris l'un et l'autre où était notre bonheur, ce que nous aurions dû faire, que quand, que parce que ce bonheur n'était plus possible, que cela nous ne pouvions plus le faire, soit que, tant que les choses sont possibles, on les diffère, soit qu'elles ne puissent prendre cette puissance d'attraits et cette apparente aisance de réalisation que quand, projetées dans le vide idéal de l'imagination, elles sont soustraites à la submersion alourdissante, enlaidissante du milieu vital ? L'idée qu'on mourra est plus cruelle que mourir, mais moins que l'idée qu'un autre est mort, que, redevenue plane après avoir englouti un être, s'étend, sans même un remous à cette place-là, une réalité d'où cet être est exclu, où n'existe plus aucun vouloir, aucune connaissance et de laquelle il est aussi difficile de remonter à l'idée que cet être a vécu, qu'il est difficile, du souvenir encore tout récent de sa vie, de penser qu'il est assimilable aux images sans consistance, aux souvenirs laissés par les personnages d'un roman qu'on a lu.

Du moins j'étais heureux qu'avant de mourir elle m'eût écrit cette lettre, et surtout envoyé la dernière dépêche qui me prouvait qu'elle fût revenue si elle eût vécu. Il me semblait que c'était non seulement plus doux, mais plus beau aussi, que l'événement eût été incomplet sans ce télégramme, eût eu moins figure d'art et de destin. En réalité, il l'eût eue tout autant s'il eût été autre ; car tout événement est comme un moule d'une forme particulière, et, quel qu'il soit, il impose à la série des faits qu'il est venu interrompre et semble conclure, un dessin que nous croyons le seul possible parce que nous ne connaissons pas celui qui eût pu lui être substitué.

Pourquoi ne m'avait-elle pas dit : « J'ai ces goûts » ?
J'aurais cédé, je lui aurais permis de les satisfaire,
en ce moment je l'embrasserais encore. Quelle
tristesse d'avoir à me rappeler qu'elle m'avait ainsi
menti en me jurant, trois jours avant de me quitter,
qu'elle n'avait jamais eu avec l'amie de M¹¹ᵉ Vinteuil
ces relations qu'au moment où Albertine me le
jurait sa rougeur avait confessées ! Pauvre petite,
elle avait eu du moins l'honnêteté de ne pas vouloir
jurer que le plaisir de revoir M¹¹ᵉ Vinteuil et son amie
n'entrait pour rien dans son désir d'aller ce jour-là
chez les Verdurin. Pourquoi n'était-elle pas allée
jusqu'au bout de son aveu ? Peut-être du reste était-ce
un peu ma faute si elle n'avait jamais, malgré
toutes mes prières qui venaient se briser à sa déné-
gation, voulu me dire : « J'ai ces goûts. » C'était
peut-être un peu ma faute parce qu'à Balbec, le
jour où après la visite de Mᵐᵉ de Cambremer j'avais
eu ma première explication avec Albertine et où
j'étais si loin de croire qu'elle pût avoir en tous cas
autre chose qu'une amitié trop passionnée avec
Andrée, j'avais exprimé avec trop de violence mon
dégoût pour ce genre de mœurs, je les avais condam-
nées d'une façon trop catégorique. Je ne pouvais
me rappeler si Albertine avait rougi quand j'avais
naïvement proclamé mon horreur de cela, je ne
pouvais me le rappeler, car ce n'est souvent que
longtemps après que nous voudrions bien savoir
quelle attitude eut une personne à un moment où
nous n'y fîmes nullement attention et qui, plus tard,
quand nous repensons à notre conversation, éclair-
cirait une difficulté poignante. Mais dans notre
mémoire il y a une lacune, il n'y a pas trace de cela.
Et bien souvent nous n'avons pas fait assez attention,

au moment même, aux choses qui pouvaient déjà
nous paraître importantes, nous n'avons pas bien
entendu une phrase, nous n'avons pas noté un geste,
ou bien nous les avons oubliés. Et quand plus tard,
avides de découvrir une vérité, nous remontons
de déduction en déduction, feuilletant notre mémoire
comme un recueil de témoignages, quand nous
arrivons à cette phrase, à ce geste, impossible de
nous rappeler, nous recommençons vingt fois le
même trajet, mais inutilement, mais le chemin ne
va pas plus loin. Avait-elle rougi ? Je ne sais si elle
avait rougi, mais elle n'avait pas pu ne pas entendre,
et le souvenir de ces paroles l'avait plus tard arrêtée
quand peut-être elle avait été sur le point de se
confesser à moi. Et maintenant elle n'était plus nulle
part, j'aurais pu parcourir la terre d'un pôle à l'autre
sans rencontrer Albertine ; la réalité, qui s'était
refermée sur elle, était redevenue unie, avait effacé
jusqu'à la trace de l'être qui avait coulé à fond. Elle
n'était plus qu'un nom, comme cette Mme de Charlus
dont disaient avec indifférence : « Elle était délicieuse » ceux qui l'avaient connue. Mais je ne pouvais
pas concevoir plus d'un instant l'existence de cette
réalité dont Albertine n'avait pas conscience, car
en moi mon amie existait trop, en moi où tous les
sentiments, toutes les pensées se rapportaient à sa vie.
Peut-être, si elle l'avait su, eût-elle été touchée de
voir que son ami ne l'oubliait pas, maintenant que
sa vie à elle était finie, et elle eût été sensible à des
choses qui auparavant l'eussent laissée indifférente.
Mais comme on voudrait s'abstenir d'infidélités, si
secrètes fussent-elles, tant on craint que celle qu'on
aime ne s'en abstienne pas, j'étais effrayé de penser
que, si les morts vivent quelque part, ma grand'mère

connaissait aussi bien mon oubli qu'Albertine mon
souvenir. Et, tout compte fait, même pour une même
morte, est-on sûr que la joie qu'on aurait d'apprendre
qu'elle sait certaines choses balancerait l'effroi de
penser qu'elle les sait *toutes ?* et, si sanglant que soit
le sacrifice, ne renoncerions-nous pas quelquefois
à garder après leur mort ceux que nous avons aimés,
comme amis, de peur de les avoir aussi pour juges ?

Mes curiosités jalouses de ce qu'avait pu faire
Albertine étaient infinies. J'achetai combien de
femmes qui ne m'apprirent rien. Si ces curiosités
étaient si vivaces, c'est que l'être ne meurt pas tout
de suite pour nous, il reste baigné d'une espèce
d'aura de vie qui n'a rien d'une immortalité véritable mais qui fait qu'il continue à occuper nos
pensées de la même manière que quand il vivait.
Il est comme en voyage. C'est une survie très païenne.
Inversement, quand on a cessé d'aimer, les curiosités
que l'être excite meurent avant que lui-même soit
mort. Ainsi je n'eusse plus fait un pas pour savoir
avec qui Gilberte se promenait un certain soir dans
les Champs-Élysées. Or je sentais bien que ces
curiosités étaient absolument pareilles, sans valeur
en elles-mêmes, sans possibilité de durer. Mais je
continuais à tout sacrifier à la cruelle satisfaction
de ces curiosités passagères, bien que je susse d'a-
vance que ma séparation forcée d'avec Albertine,
du fait de sa mort, me conduirait à la même indifférence qu'avait fait ma séparation volontaire d'avec
Gilberte. C'est ce qui me fit notamment envoyer
Aimé à Balbec, car je sentais que sur place il appren-
drait bien des choses.

Si elle avait pu savoir ce qui allait arriver, elle
serait restée auprès de moi. Mais cela revenait à dire

qu'une fois qu'elle se fût vue morte, elle eût mieux aimé, auprès de moi, rester en vie. Par la contradiction même qu'elle impliquait, une telle supposition était absurde. Mais elle n'était pas inoffensive, car en imaginant combien Albertine, si elle pouvait savoir, si elle pouvait rétrospectivement comprendre, serait heureuse de revenir auprès de moi, je l'y voyais, je voulais l'embrasser, et hélas c'était impossible, elle ne reviendrait jamais, elle était morte.

Mon imagination la cherchait dans le ciel, par les soirs où nous l'avions regardé encore ensemble ; au delà de ce clair de lune qu'elle aimait, je tâchais de hausser jusqu'à elle ma tendresse pour qu'elle lui fût une consolation de ne plus vivre, et cet amour pour un être devenu si lointain était comme une religion, mes pensées montaient vers elle comme des prières. Le désir est bien fort, il engendre la croyance ; j'avais cru qu'Albertine ne partirait pas parce que je le désirais ; parce que je le désirais je crus qu'elle n'était pas morte ; je me mis à lire des livres sur les tables tournantes, je commençai à croire possible l'immortalité de l'âme. Mais elle ne me suffisait pas. Il fallait qu'après ma mort je la retrouvasse avec son corps, comme si l'éternité ressemblait à la vie. Que dis-je « à la vie » ? J'étais plus exigeant encore. J'aurais voulu ne pas être à tout jamais privé par la mort des plaisirs que pourtant elle n'est pas seule à nous ôter. Car sans elle ils auraient fini par s'émousser, ils avaient déjà commencé de l'être par l'action de l'habitude ancienne, des nouvelles curiosités. Puis, dans la vie, Albertine, même physiquement, eût peu à peu changé, jour par jour je me serais adapté à ce changement. Mais mon souvenir, n'évoquant d'elle que des moments

demandait de la revoir telle qu'elle n'aurait déjà
plus été si elle avait vécu ; ce qu'il voulait c'était
un miracle qui satisfît aux limites naturelles et
arbitraires de la mémoire, qui ne peut sortir du
passé. Pourtant cette créature vivante, je l'imaginais
avec la naïveté des théologiens antiques, m'accordant
les explications, non pas même qu'elle eût pu me
donner mais, par une contradiction dernière, celles
qu'elle m'avait toujours refusées pendant sa vie.
Et ainsi, sa mort étant une espèce de rêve, mon amour
lui semblerait un bonheur inespéré ; je ne retenais
de la mort que la commodité et l'optimisme d'un
dénouement qui simplifie, qui arrange tout.

Quelquefois ce n'était pas si loin, ce n'était pas dans
un autre monde que j'imaginais notre réunion.
De même qu'autrefois, quand je ne connaissais
Gilberte que pour jouer avec elle aux Champs-
Élysées, le soir à la maison je me figurais que j'allais
recevoir une lettre d'elle où elle m'avouerait son
amour, qu'elle allait entrer, une même force de désir,
ne s'embarrassant pas plus des lois physiques qui
le contrariaient que la première fois (au sujet de
Gilberte où, en somme, il n'avait pas eu tort puisqu'il
avait eu le dernier mot), me faisait penser maintenant
que j'allais recevoir un mot d'Albertine, m'apprenant
qu'elle avait bien eu un accident de cheval, mais
pour des raisons romanesques (et comme en somme
il est quelquefois arrivé pour des personnages qu'on
a crus longtemps morts) n'avait pas voulu que
j'apprisse qu'elle avait guéri et, maintenant repen-
tante, demandait à venir vivre pour toujours avec
moi. Et — me faisant très bien comprendre ce que
peuvent être certaines folies douces de personnes
qui par ailleurs semblent raisonnables — je sentais

coexister en moi la certitude qu'elle était morte et l'espoir incessant de la voir entrer.

Je n'avais pas encore reçu de nouvelles d'Aimé qui pourtant devait être arrivé à Balbec. Sans doute mon enquête portait sur un point secondaire et bien arbitrairement choisi. Si la vie d'Albertine avait été vraiment coupable, elle avait dû contenir bien des choses autrement importantes, auxquelles le hasard ne m'avait pas permis de penser comme il avait fait pour cette conversation sur le peignoir et pour la rougeur d'Albertine. Mais précisément ces choses n'existaient pas pour moi puisque je ne les voyais pas. Mais c'était tout à fait arbitrairement que j'avais fait un sort à cette journée-là, que, plusieurs années après, je tâchais de la reconstituer. Si Albertine avait aimé les femmes, il y avait des milliers d'autres journées de sa vie dont je ne connaissais pas l'emploi et qui pouvaient être aussi intéressantes pour moi à connaître ; j'aurais pu envoyer Aimé dans bien d'autres endroits de Balbec, dans bien d'autres villes que Balbec. Mais précisément ces journées-là, parce que je n'en savais pas l'emploi, elles ne se représentaient pas à mon imagination, elles n'y avaient pas d'existence. Les choses, les êtres ne commençaient à exister pour moi que quand ils prenaient dans mon imagination une existence individuelle. S'il y en avait des milliers d'autres pareils, ils devenaient pour moi représentatifs du reste. Si j'avais désiré depuis longtemps savoir, en fait de soupçons à l'égard d'Albertine, ce qu'il en était pour la douche, c'est de la même manière que, en fait de désirs de femmes, et quoique je susse qu'il y avait un grand nombre de jeunes filles et de femmes de chambre qui pussent les valoir et dont le

hasard aurait tout aussi bien pu me faire entendre
parler, je voulais connaître — puisque c'était celles-
là dont Saint-Loup m'avait parlé, celles-là qui
existaient individuellement pour moi — la jeune
fille qui allait dans les maisons de passe et la femme
de chambre de Mme Putbus. Les difficultés que ma
santé, mon indécision, ma « procrastination », comme
disait Saint-Loup, mettaient à réaliser n'importe
quoi, m'avaient fait remettre de jour en jour, de mois
en mois, d'année en année, l'éclaircissement de
certains soupçons comme l'accomplissement de
certains désirs. Mais je les gardais dans ma mémoire
en me promettant de ne pas oublier d'en connaître
la réalité, parce que seuls ils m'obsédaient (puisque
les autres n'avaient pas de forme à mes yeux, n'existaient pas), et aussi parce que le hasard même qui
les avait choisis au milieu de la réalité m'était un
garant que c'était bien en eux, avec un peu de la
réalité, de la vie véritable et convoitée, que j'entrerais
en contact. Et puis, un seul petit fait, s'il est bien
choisi, ne suffit-il pas à l'expérimentateur pour
décider d'une loi générale qui fera connaître la vérité
sur des milliers de faits analogues? Albertine avait
beau n'exister dans ma mémoire, comme elle m'était
successivement apparue au cours de la vie, que comme
des fractions de temps, ma pensée, rétablissant en
elle l'unité, en refaisait un être, et c'est sur cet être
que je voulais porter un jugement général, savoir
si elle m'avait menti, si elle aimait les femmes, si
c'est pour en fréquenter librement qu'elle m'avait
quitté. Ce que dirait la doucheuse pourrait peut-être
trancher à jamais mes doutes sur les mœurs d'Albertine.

Mes doutes! Hélas, j'avais cru qu'il me serait

indifférent, même agréable de ne plus voir Albertine, jusqu'à ce que son départ m'eût révélé mon erreur. De même sa mort m'avait appris combien je me trompais en croyant souhaiter quelquefois sa mort et supposer qu'elle serait ma délivrance. Ce fut de même que, quand je reçus la lettre d'Aimé, je compris que, si je n'avais pas jusque-là souffert trop cruellement de mes doutes sur la vertu d'Albertine, c'est qu'en réalité ce n'était nullement des doutes. Mon bonheur, ma vie avaient besoin qu'Albertine fût vertueuse, ils avaient posé une fois pour toutes qu'elle l'était. Muni de cette croyance préservatrice, je pouvais sans danger laisser mon esprit jouer tristement avec des suppositions auxquelles il donnait une forme mais n'ajoutait pas foi. Je me disais : « Elle aime peut-être les femmes », comme on se dit : « Je peux mourir ce soir » ; on se le dit, mais on ne le croit pas, on fait des projets pour le lendemain. C'est ce qui explique que, me croyant à tort incertain si Albertine aimait ou non les femmes, et que par conséquent un fait coupable à l'actif d'Albertine ne m'apporterait rien que je n'eusse souvent envisagé, j'aie pu éprouver devant les images, insignifiantes pour d'autres, que m'évoquait la lettre d'Aimé, une souffrance inattendue, la plus cruelle que j'eusse ressentie encore, et qui forma avec ces images, avec l'image, hélas! d'Albertine elle-même, une sorte de précipité comme on dit en chimie, où tout était indivisible et dont le texte de la lettre d'Aimé, que je sépare d'une façon toute conventionnelle, ne peut donner aucunement l'idée, puisque chacun des mots qui la composent était aussitôt transformé, coloré à jamais par la souffrance qu'il venait d'exciter.

« Monsieur,

« Monsieur voudra bien me pardonner si je n'ai pas plus tôt écrit à Monsieur. La personne que Monsieur m'avait chargé de voir s'était absentée pour deux jours et, désireux de répondre à la confiance que Monsieur avait mise en moi, je ne voulais pas revenir les mains vides. Je viens de causer enfin avec cette personne qui se rappelle très bien (Mlle A.) *.

« D'après elle la chose que supposait Monsieur est absolument certaine. D'abord c'était elle qui soignait Mlle Albertine chaque fois que celle-ci venait aux bains. Mlle A. venait très souvent prendre sa douche avec une grande femme plus âgée qu'elle, toujours habillée en gris, et que la doucheuse sans savoir son nom connaissait pour l'avoir vue souvent rechercher des jeunes filles. Mais elle ne faisait plus attention aux autres depuis qu'elle connaissai (Mlle A.). Elle et Mlle A. s'enfermaient toujours dans la cabine, restaient très longtemps, et la dame en gris donnait au moins dix francs de pourboire à la personne avec qui j'ai causé. Comme m'a dit cette personne, vous pensez bien que si elles n'avaient

* Aimé, qui avait un certain commencement de culture, voulait mettre « Mlle A. » en italique ou entre guillemets. Mais quand il voulait mettre des guillemets il traçait une parenthèse, et quand il voulait mettre quelque chose entre parenthèses il le mettait entre guillemets. C'est ainsi que Françoise disait que quelqu'un restait dans ma rue pour dire qu'il y demeurait, et qu'on pouvait demeurer deux minutes pour rester, les fautes des gens du peuple consistant seulement très souvent à interchanger — comme a fait d'ailleurs la langue française — des termes qui au cours des siècles ont pris réciproquement la place l'un de l'autre.

fait qu'enfiler des perles elles ne m'auraient pas donné
dix francs de pourboire. Mlle A. venait aussi
quelquefois avec une femme très noire de peau,
qui avait un face-à-main. Mais (Mlle A.) venait le
plus souvent avec des jeunes filles plus jeunes qu'elle,
surtout une très rousse. Sauf la dame en gris, les
personnes que Mlle A. avait l'habitude d'amener
n'étaient pas de Balbec et devaient même souvent
venir d'assez loin. Elles n'entraient jamais ensemble,
mais Mlle A. entrait, me disait de laisser la porte de
la cabine ouverte, qu'elle attendait une amie, et la
personne avec qui j'ai parlé savait ce que cela voulait
dire. Cette personne n'a pu me donner d'autres
détails ne se rappelant pas très bien " ce qui est
facile à comprendre après si longtemps. " Du reste
cette personne ne cherchait pas à savoir, parce qu'elle
est très discrète et que c'était son intérêt car Mlle A.
lui faisait gagner gros. Elle a été très sincèrement
touchée d'apprendre qu'elle était morte. Il est vrai
que si jeune c'est un grand malheur pour elle et pour
les siens. J'attends les ordres de Monsieur pour
savoir si je peux quitter Balbec où je ne crois pas que
j'apprendrai rien davantage. Je remercie encore
Monsieur du petit voyage que Monsieur m'a ainsi
procuré et qui m'a été très agréable d'autant plus que
le temps est on ne peut plus favorable. La saison
s'annonce bien pour cette année. On espère que
Monsieur viendra faire cet été une petite apparission.

« Je ne vois plus rien d'intéressant à dire à Monsieur », etc.

Pour comprendre à quelle profondeur ces mots
entraient en moi, il faut se rappeler que les questions
que je me posais à l'égard d'Albertine n'étaient pas

des questions accessoires, indifférentes, des questions
de détail, les seules en réalité que nous nous posions
à l'égard de tous les êtres qui ne sont pas nous, ce
qui nous permet de cheminer, revêtus d'une pensée
imperméable, au milieu de la souffrance, du mensonge,
du vice et de la mort. Non, pour Albertine c'était
une question d'essence : En son fond qu'était-elle ?
A quoi pensait-elle ? Qu'aimait-elle ? Me mentait-
elle ? Ma vie avec elle a-t-elle été aussi lamentable
que celle de Swann avec Odette ? Aussi ce qu'atteignait
la réponse d'Aimé, bien qu'elle ne fût pas une réponse générale, mais particulière — et justement à
cause de cela — c'était bien, en Albertine, en moi,
les profondeurs.

Enfin je voyais devant moi, dans cette arrivée
d'Albertine à la douche par la petite rue avec la dame
en gris, un fragment de ce passé qui ne me semblait
pas moins mystérieux, moins effroyable que je ne le
redoutais quand je l'imaginais enfermé dans le souvenir, dans le regard d'Albertine. Sans doute, tout
autre que moi eût pu trouver insignifiants ces détails
auxquels l'impossibilité où j'étais, maintenant qu'Albertine était morte, de les faire réfuter par elle
conférait l'équivalent d'une sorte de probabilité. Il est
même probable que pour Albertine, même s'ils avaient
été vrais, si elle les avait avoués, ses propres fautes
(que sa conscience les eût trouvées innocentes ou
blâmables, que sa sensualité les eût trouvées délicieuses ou assez fades) eussent été dépourvues de
cette inexprimable impression d'horreur dont je
ne les séparais pas. Moi-même, à l'aide de mon
amour des femmes et quoiqu'elles ne dussent pas
avoir été pour Albertine la même chose, je pouvais un
peu imaginer ce qu'elle éprouvait. Et certes c'était

déjà un commencement de souffrance que de me la
représenter désirant comme j'avais si souvent désiré,
me mentant comme je lui avais si souvent menti,
préoccupée par telle ou telle jeune fille, faisant des
frais pour elle, comme moi pour Mlle de Stermaria,
pour tant d'autres, pour les paysannes que je ren-
contrais dans la campagne. Oui, tous mes désirs
m'aidaient dans une certaine mesure à comprendre
les siens ; c'était déjà une grande souffrance où tous
les désirs, plus ils avaient été vifs, étaient changés en
tourments d'autant plus cruels ; comme si dans cette
algèbre de la sensibilité ils reparaissaient avec le
même coefficient, mais avec le signe moins au lieu
du signe plus. Mais pour Albertine, autant que je
pouvais en juger par moi-même, ses fautes, quelque
volonté qu'elle eût eu de me les cacher — ce qui me
faisait supposer qu'elle se jugeait coupable ou avait
peur de me faire de la peine — ses fautes, parce
qu'elle les avait préparées à sa guise dans la claire
lumière de l'imagination où se joue le désir, lui
paraissaient tout de même des choses de même
nature que le reste de la vie, des plaisirs pour elle
qu'elle n'avait pas eu le courage de se refuser, des
peines pour moi qu'elle avait cherché à éviter de me
faire en me les cachant, mais des plaisirs et des peines
qui pouvaient figurer au milieu des autres plaisirs et
peines de la vie. Mais moi, c'est du dehors, sans que je
fusse prévenu, sans que je pusse moi-même élaborer
les images, c'est de la lettre d'Aimé que m'étaient
venues ces images d'Albertine arrivant à la douche
et préparant son pourboire *.

* Tout de même je l'aimais davantage maintenant ;
elle était loin ; la présence, en écartant de nous la seule

Sans doute c'est parce que dans cette arrivée silencieuse et délibérée d'Albertine avec la femme en gris, je lisais le rendez-vous qu'elles avaient pris, cette convention de venir faire l'amour dans un cabinet de douches, qui impliquait une expérience de la corruption, l'organisation bien dissimulée de toute une double existence, c'est parce que ces images m'apportaient la terrible nouvelle de la culpabilité d'Albertine qu'elles m'avaient immédiatement causé une douleur physique dont elles ne se sépareraient plus. Mais aussitôt, la douleur avait réagi sur elles ; un fait objectif, une image, est différent selon l'état intérieur avec lequel on l'aborde. Et la douleur est un aussi puissant modificateur de la réalité qu'est l'ivresse. Combinée avec ces images, la souffrance en avait fait aussitôt quelque chose d'absolument différent de ce que peuvent être pour toute autre personne une dame en gris, un pourboire, une douche, la rue où avait lieu l'arrivée délibérée d'Albertine avec la dame en gris : échappée sur une vie de mensonges et de fautes telle que je ne l'avais jamais conçue ; ma souffrance les avait immédiatement altérées en leur matière même, je ne les voyais pas dans la lumière qui éclaire les spectacles de la terre, c'était le fragment d'un autre monde, d'une planète inconnue et maudite, une vue de l'Enfer. L'Enfer c'était tout ce Balbec, tous ces pays avoisinants d'où, d'après la lettre d'Aimé, elle faisait venir souvent les filles plus jeunes qu'elle amenait à la douche. Ce mystère que j'avais jadis imaginé dans le pays de Balbec et qui s'y était dissipé quand j'y

réalité, celle qu'on pense, adoucit les souffrances, et l'absence les ranime, avec l'amour.

avais vécu, que j'avais ensuite espéré ressaisir en connaissant Albertine parce que, quand je la voyais passer sur la plage, quand j'étais assez fou pour désirer qu'elle ne fût pas vertueuse, je pensais qu'elle devait l'incarner, comme maintenant tout ce qui touchait à Balbec s'en imprégnait affreusement! Les noms de ces stations, Apollonville..., devenus si familiers, si tranquillisants, quand je les entendais le soir en revenant de chez les Verdurin, maintenant que je pensais qu'Albertine avait habité l'une, s'était promenée jusqu'à l'autre, avait pu souvent aller en bicyclette à la troisième, ils excitaient en moi une anxiété plus cruelle que la première fois, où je les voyais avec tant de trouble du petit chemin de fer d'intérêt local, avec ma grand'mère, avant d'arriver à Balbec que je ne connaissais pas encore.

C'est un des pouvoirs de la jalousie de nous découvrir combien la réalité des faits extérieurs et les sentiments de l'âme sont quelque chose d'inconnu qui prête à mille suppositions. Nous croyons savoir exactement les choses, et ce que pensent les gens, pour la simple raison que nous ne nous en soucions pas. Mais dès que nous avons le désir de savoir, comme a le jaloux, alors c'est un vertigineux kaléidoscope où nous ne distinguons plus rien. Albertine m'avait-elle trompé, avec qui, dans quelle maison, quel jour, celui où elle m'avait dit telle chose, où je me rappelais que j'avais dans la journée dit ceci ou cela, je n'en savais rien. Je ne savais pas davantage quels étaient ses sentiments pour moi, s'ils étaient inspirés par l'intérêt, par la tendresse. Et tout d'un coup je me rappelais tel incident insignifiant, par exemple qu'Albertine avait voulu aller à Saint-Martin-le-Vêtu, disant que ce nom l'inté-

ressait, et peut-être simplement parce qu'elle avait
fait la connaissance de quelque paysanne qui était
là-bas. Mais ce n'était rien qu'Aimé m'eût appris cela
par la doucheuse, puisque Albertine devait éter-
nellement ignorer qu'il me l'avait appris, le besoin de
savoir ayant toujours été surpassé, dans mon amour
pour Albertine, par le besoin de lui montrer que je
savais ; car cela faisait tomber entre nous la séparation
d'illusions différentes, tout en n'ayant jamais eu
pour résultat de me faire aimer d'elle davantage, au
contraire. Or voici que depuis qu'elle était morte, le
second de ces besoins était amalgamé à l'effet du
premier : me représenter l'entretien où j'aurais
voulu lui faire part de ce que j'avais appris, aussi
vivement que l'entretien où je lui aurais demandé
ce que je ne savais pas ; c'est-à-dire la voir, près de
moi, l'entendre me répondant avec bonté, voir ses
joues redevenir grosses, ses yeux perdre leur malice et
prendre de la tristesse, c'est-à-dire encore l'aimer
et oublier la fureur de ma jalousie dans le désespoir
de mon isolement. Le douloureux mystère de cette
impossibilité de jamais lui faire savoir ce que j'avais
appris et d'établir nos rapports sur la vérité de ce que
je venais seulement de découvrir (et que je n'avais
peut-être pu découvrir que parce qu'elle était morte)
substituait sa tristesse au mystère plus douloureux
de sa conduite. Quoi ? Avoir tant désiré qu'Albertine
sût que j'avais appris l'histoire de la salle de douches
Albertine qui n'était plus rien ! C'était là encore une
des conséquences de cette impossibilité où nous
sommes, quand nous avons à raisonner sur la mort, de
nous représenter autre chose que la vie. Albertine
n'était plus rien ; mais pour moi, c'était la personne
qui m'avait caché qu'elle eût des rendez-vous avec

des femmes à Balbec, qui s'imaginait avoir réussi à
me le faire ignorer. Quand nous raisonnons sur ce
qui se passera après notre propre mort, n'est-ce pas
encore nous vivant que par erreur nous projetons
à ce moment-là ? Et est-il beaucoup plus ridicule en
somme de regretter qu'une femme qui n'est plus
rien ignore que nous avons appris ce qu'elle faisait
il y a six ans, que de désirer que de nous-même, qui
serons mort, le public parle encore avec faveur
dans un siècle ? S'il y a plus de fondement réel dans
la seconde que dans la première, les regrets de ma
jalousie rétrospective n'en procédaient pas moins de
la même erreur d'optique que chez les autres hommes
le désir de la gloire posthume. Pourtant cette impression de ce qu'il y avait de solennellement définitif
dans ma séparation d'avec Albertine, si elle s'était
substituée un moment à l'idée de ces fautes, ne
faisait qu'aggraver celles-ci en leur conférant un
caractère irrémédiable. Je me voyais perdu dans la
vie comme sur une plage illimitée où j'étais seul et
où, dans quelque sens que j'allasse, je ne la rencontrerais jamais.

Heureusement je trouvai fort à propos dans ma
mémoire — comme il y a toujours toute espèce de
choses, les unes dangereuses, les autres salutaires
dans ce fouillis où les souvenirs ne s'éclairent qu'un
à un — je découvris, comme un ouvrier l'objet qui
pourra servir à ce qu'il veut faire, une parole de ma
grand'mère. Elle m'avait dit à propos d'une histoire
invraisemblable que la doucheuse avait racontée à
Mme de Villeparisis : « C'est une femme qui doit
avoir la maladie du mensonge. » Ce souvenir me fut
d'un grand secours. Quelle portée pouvait avoir ce
qu'avait dit la doucheuse à Aimé ? D'autant plus qu'en

somme elle n'avait rien vu. On peut venir prendre
des douches avec des amies sans penser à mal pour
cela. Peut-être, pour se vanter, la doucheuse exagé-
rait-elle le pourboire. J'avais bien entendu Françoise
soutenir une fois que ma tante Léonie avait dit devant
elle qu'elle avait « un million à manger par mois »,
ce qui était de la folie ; une autre fois qu'elle avait
vu ma tante Léonie donner à Eulalie quatre billets de
mille francs, alors qu'un billet de cinquante francs
plié en quatre me paraissait déjà peu vraisemblable. Et
ainsi je cherchais, et je réussis peu à peu, à me défaire
de la douloureuse certitude que je m'étais donné tant
de mal à acquérir, ballotté que j'étais toujours entre
le désir de savoir et la peur de souffrir. Alors ma
tendresse put renaître, mais aussitôt, avec cette
tendresse, une tristesse d'être séparé d'Albertine,
durant laquelle j'étais peut-être encore plus malheureux qu'aux heures récentes où c'était par la jalousie
que j'étais torturé. Mais cette dernière renaquit
soudain en pensant à Balbec, à cause de l'image
soudain revue (qui jusque-là ne m'avait jamais fait
souffrir et me paraissait même une des plus inoffen-
sives de ma mémoire) de la salle à manger de Balbec
le soir, avec, de l'autre côté du vitrage, toute cette
population, entassée dans l'ombre comme devant le
vitrage lumineux d'un aquarium, regardant les étran-
ges êtres se déplacer dans la clarté, mais faisant se
frôler (je n'y avais jamais pensé) dans sa congloméra-
tion les pêcheuses et les filles du peuple contre
les petites bourgeoises jalouses de ce luxe, nouveau à
Balbec, ce luxe que, sinon la fortune, du moins
l'avarice et la tradition interdisaient à leurs parents,
petites bourgeoises parmi lesquelles il y avait sûrement presque chaque soir Albertine, que je ne

connaissais pas encore et qui sans doute levait là
quelque fillette qu'elle rejoignait quelques minutes
plus tard dans la nuit, sur le sable, ou bien dans une
cabine abandonnée, au pied de la falaise. Puis c'était
ma tristesse qui renaissait, je venais d'entendre
comme une condamnation à l'exil le bruit de l'ascenseur qui, au lieu de s'arrêter à mon étage, montait
au-dessus. Pourtant la seule personne dont j'eusse
pu souhaiter la visite ne viendrait plus jamais, elle
était morte. Et malgré cela, quand l'ascenseur
s'arrêtait à mon étage mon cœur battait, un instant
je me disais : « Si tout de même tout cela n'était qu'un
rêve ! C'est peut-être elle, elle va sonner, elle revient,
Françoise va entrer me dire avec plus d'effroi que
de colère, car elle est plus superstitieuse encore que
vindicative, et craindrait moins la vivante que ce
qu'elle croira peut-être un revenant : « Monsieur ne
devinera jamais qui est là. » J'essayais de ne penser à
rien, de prendre un journal. Mais la lecture m'était
insupportable de ces articles écrits par des gens qui
n'éprouvaient pas de réelle douleur. D'une chanson
insignifiante l'un disait : « C'est à *pleurer* » tandis
que moi je l'aurais écoutée avec tant d'allégresse si
Albertine avait vécu. Un autre, grand écrivain cependant, parce qu'il avait été acclamé à sa descente
d'un train, disait qu'il avait reçu là des témoignages
inoubliables, alors que moi, si maintenant je les avais
reçus, je n'y aurais même pas pensé un instant. Et
un troisième assurait que sans la fâcheuse politique
la vie de Paris serait « tout à fait délicieuse », alors
que je savais bien que même sans politique cette
vie ne pouvait m'être qu'atroce, et m'eût semblé
délicieuse, même avec la politique, si j'eusse retrouvé Albertine. Le chroniqueur cynégétique disait

(on était au mois de mai) : « Cette époque est vraiment douloureuse, disons mieux, sinistre, pour le
vrai chasseur, car il n'y a rien, absolument rien à
tirer », et le chroniqueur du « Salon » : « Devant
cette manière d'organiser une exposition on se sent
pris d'un immense découragement, d'une tristesse
infinie... » Si la force de ce que je sentais me faisait
paraître mensongères et pâles les expressions de ceux
qui n'avaient pas de vrais bonheurs ou malheurs, en
revanche les lignes les plus insignifiantes qui, de si
loin que ce fût, pouvaient se rattacher ou à la Normandie, ou à Nice, ou aux établissements hydro-
thérapiques, ou à la Berma, ou à la princesse de Guermantes, ou à l'amour, ou à l'absence, ou à l'infidélité,
remettaient brusquement devant moi, sans que
j'eusse eu le temps de me détourner, l'image d'Albertine, et je me remettais à pleurer. D'ailleurs,
d'habitude, ces journaux je ne pouvais même pas
les lire, car le simple geste de l'ouvrir me rappelait à
la fois que j'en accomplissais de semblables quand
Albertine vivait, et qu'elle ne vivait plus ; je le laissais retomber sans avoir la force de le déplier jusqu'au
bout. Chaque impression évoquait une impression
identique mais blessée parce qu'en avait été retran-
chée l'existence d'Albertine, de sorte que je n'avais
jamais le courage de vivre jusqu'au bout ces minutes
mutilées qui souffraient dans mon cœur. Même
quand peu à peu elle cessa d'être présente à ma
pensée et toute-puissante sur mon cœur, je souffrais
tout d'un coup s'il me fallait, comme au temps où
elle était là, entrer dans sa chambre, chercher de
la lumière, m'asseoir près du pianola. Divisée en
petits dieux familiers, elle habita longtemps la
flamme de la bougie, le bouton de la porte, le dossier

d'une chaise, et d'autres domaines plus immatériels, comme une nuit d'insomnie ou l'émoi qui me donnait la première visite d'une femme qui m'avait plu. Malgré cela, le peu de phrases que mes yeux lisaient dans une journée ou que ma pensée se rappelait avoir lues, excitait souvent en moi une jalousie cruelle. Pour cela elles avaient moins besoin de me fournir un argument valable de l'immoralité des femmes que de me rendre une impression ancienne liée à l'existence d'Albertine. Transportées alors dans un moment oublié dont l'habitude d'y penser n'avait pas pour moi émoussé la force, et où Albertine vivait encore, ses fautes prenaient quelque chose de plus voisin, de plus angoissant, de plus atroce. Alors je me redemandais s'il était certain que les révélations de la doucheuse fussent fausses. Une bonne manière de savoir la vérité serait d'envoyer Aimé à Nice, passer quelques jours dans le voisinage de la villa de Mme Bontemps. Si Albertine aimait les plaisirs qu'une femme prend avec les femmes, si c'est pour n'être pas plus longtemps privée d'eux qu'elle m'avait quitté, elle avait dû, aussitôt libre, essayer de s'y livrer et y réussir, dans un pays qu'elle connaissait et où elle n'aurait pas choisi de se retirer si elle n'avait pas pensé y trouver plus de facilités que chez moi. Sans doute il n'y avait rien d'extraordinaire à ce que la mort d'Albertine eût si peu changé mes préoccupations. Quand notre maîtresse est vivante, une grande partie des pensées qui forment ce que nous appelons notre amour nous viennent pendant les heures où elle n'est pas à côté de nous. Ainsi l'on prend l'habitude d'avoir pour objet de sa rêverie un être absent, et qui, même s'il ne le reste que quelques heures, pendant ces heures-là n'est qu'un

souvenir. Aussi la mort ne change-t-elle pas grand'-
chose. Quand Aimé revint, je lui demandai de
partir pour Nice, et ainsi non seulement par mes
pensées, mes tristesses, l'émoi qui me donnait un
nom relié, de si loin que ce fût, à un certain être,
mais encore par toutes mes actions, par les enquêtes
auxquelles je procédais, par l'emploi que je faisais de
mon argent, tout entier destiné à connaître les actions
d'Albertine, je peux dire que toute cette année-là
ma vie resta remplie par un amour, par une véritable
liaison. Et celle qui en était l'objet était une morte.
On dit quelquefois qu'il peut subsister quelque chose
d'un être après sa mort, si cet être était un artiste et
mit un peu de soi dans son œuvre. C'est peut-être de
la même manière qu'une sorte de bouture prélevée
sur un être, et greffée au cœur d'un autre, continue à y
poursuivre sa vie même quand l'être d'où elle avait
été détachée a péri.

Aimé alla loger à côté de la villa de Mme Bontemps ;
il fit la connaissance d'une femme de chambre, d'un
loueur de voitures chez qui Albertine allait souvent
en prendre une pour la journée. Ces gens n'avaient
rien remarqué. Dans une seconde lettre, Aimé me
disait avoir appris d'une petite blanchisseuse de la
ville qu'Albertine avait une manière particulière de
lui serrer le bras quand celle-ci lui rapportait le
linge. « Mais, disait-elle, cette demoiselle ne lui avait
jamais fait autre chose. » J'envoyai à Aimé l'argent
qui payait son voyage, qui payait le mal qu'il venait
de me faire pas sa lettre, et cependant je m'efforçais
de le guérir en me disant que c'était là une familiarité qui ne prouvait aucun désir vicieux, quand je
reçus un télégramme d'Aimé : « Ai appris les choses
les plus intéressantes. Ai plein de nouvelles pour

Monsieur. Lettre suit. » Le lendemain vint une lettre dont l'enveloppe suffit à me faire frémir ; j'avais reconnu qu'elle était d'Aimé, car chaque personne, même la plus humble, a sous sa dépendance ces petits êtres familiers, à la fois vivants et couchés dans une espèce d'engourdissement sur le papier, les caractères de son écriture que lui seul possède.

« D'abord la petite blanchisseuse n'a rien voulu me dire, elle assurait que Mᴵˡᵉ Albertine n'avait jamais fait que lui pincer le bras. Mais pour la faire parler je l'ai emmenée dîner, je l'ai fait boire. Alors elle m'a raconté que Mᴵˡᵉ Albertine la rencontrait souvent au bord de la mer, quand elle allait se baigner ; que Mᴵˡᵉ Albertine, qui avait l'habitude de se lever de grand matin pour aller se baigner, avait l'habitude de la retrouver au bord de la mer, à un endroit où les arbres sont si épais que personne ne peut vous voir, et d'ailleurs il n'y a personne qui peut vous voir à cette heure-là. Puis la blanchisseuse amenait ses petites amies et elles se baignaient, et après, comme il fait très chaud déjà là-bas et que ça tape dur même sous les arbres, restaient dans l'herbe à se sécher, à se caresser, à se chatouiller, à jouer. La petite blanchisseuse m'a avoué qu'elle aimait beaucoup à s'amuser avec ses petites amies, et que voyant Mᴵˡᵉ Albertine qui se frottait toujours contre elle dans son peignoir, elle le lui avait fait enlever et lui faisait des caresses avec sa langue le long du cou et des bras, même sur la plante des pieds que Mᴵˡᵉ Albertine lui tendait. La blanchisseuse se déshabillait aussi, et elles jouaient à se pousser dans l'eau ; ce soir-là elle ne m'a rien dit de plus. Mais tout dévoué à vos ordres et voulant faire n'importe quoi pour vous faire plaisir, j'ai emmené

coucher avec moi la petite blanchisseuse. Elle m'a
demandé si je voulais qu'elle me fît ce qu'elle faisait
à M¹¹ᵉ Albertine quand celle-ci ôtait son costume
de bain. Et elle m'a dit : (Si vous aviez vu comme
elle frétillait, cette demoiselle, elle me disait : (Ah!
tu me mets aux anges) et elle était si énervée qu'elle
ne pouvait s'empêcher de me mordre.) J'ai vu encore
la trace sur le bras de la petite blanchisseuse. Et je
comprends le plaisir de M¹¹ᵉ Albertine car cette
petite-là est vraiment très habile. »

J'avais bien souffert à Balbec quand Albertine
m'avait dit son amitié pour M¹¹ᵉ Vinteuil. Mais
Albertine était là pour me consoler. Puis quand, pour
avoir trop cherché à connaître les actions d'Albertine,
j'avais réussi à la faire partir de chez moi, quand
Françoise m'avait annoncé qu'elle n'était plus là et
que je m'étais trouvé seul, j'avais souffert davantage.
Mais du moins, l'Albertine que j'avais aimée restait
dans mon cœur. Maintenant, à sa place — pour ma
punition d'avoir poussé plus loin une curiosité à
laquelle, contrairement à ce que j'avais supposé, la
mort n'avait pas mis fin — ce que je trouvais c'était
une jeune fille différente, multipliant les mensonges et
les tromperies là où l'autre m'avait si doucement
rassuré en me jurant n'avoir jamais connu ces plaisirs que, dans l'ivresse de sa liberté reconquise, elle
était partie goûter jusqu'à la pâmoison, jusqu'à
mordre cette petite blanchisseuse qu'elle retrouvait
au soleil levant, sur le bord de la Loire, et à qui elle
disait : « Tu me mets aux anges. » Une Albertine
différente, non pas seulement dans le sens où nous
entendons le mot différent quand il s'agit des autres *.

* Quand M. de Charlus est triste aussi, nous disions
bien des phrases pareilles. Mais bien que dans le

Si les autres sont différents de ce que nous avons cru,
cette différence ne nous atteignant pas profondément,
et le pendule de l'intuition ne pouvant projeter hors
de lui qu'une oscillation égale à celle qu'il a exécutée
dans le sens intérieur, ce n'est que dans des régions
superficielles d'eux-mêmes que nous situons ces
différences. Autrefois, quand j'apprenais qu'une
femme aimait les femmes, elle ne me paraissait pas
pour cela une femme autre, d'une essence particulière.
Mais s'il s'agit d'une femme qu'on aime, pour se
débarrasser de la douleur qu'on éprouve à l'idée que
cela peut être, on cherche à savoir non seulement
ce qu'elle a fait, mais ce qu'elle ressentait en le faisant,
quelle idée elle avait de ce qu'elle faisait ; alors,
descendant de plus en plus avant, par la profondeur
de la douleur on atteint au mystère, à l'essence. Je
souffrais jusqu'au fond de moi-même, jusque dans
mon corps, dans mon cœur, bien plus que ne m'eût
fait souffrir la peur de perdre la vie, de cette curiosité à
laquelle collaboraient toutes les forces de mon intelligence et de mon inconscient ; et ainsi c'est dans les
profondeurs mêmes d'Albertine que je projetais
maintenant tout ce que j'apprenais d'elle. Et la
douleur qu'avait ainsi fait pénétrer en moi, à une telle
profondeur, la réalité du vice d'Albertine me rendit
bien plus tard un dernier office. Comme le mal que
j'avais fait à ma grand'mère, le mal que m'avait fait
Albertine fut un dernier lien entre elle et moi, et

même état d'esprit, nous ne pouvions pas nous consoler.
Car le chagrin est égoïste, et ne peut recevoir de remède
de ce qui ne le touche pas ; la peine de M. de Charlus
eût été causée par une femme qu'elle eût été aussi
éloignée de la mienne, du moment qu'elle n'eût pas
été causée par Albertine.

qui survécut même au souvenir, car, avec la conservation d'énergie que possède tout ce qui est physique,
la souffrance n'a même pas besoin des leçons de la
mémoire : ainsi un homme qui a oublié les belles
nuits passées au clair de lune dans les bois, souffre
encore des rhumatismes qu'il y a pris.

Ces goûts niés par elle et qu'elle avait, ces goûts
dont la découverte était venue à moi, non dans un
froid raisonnement, mais dans la brûlante souffrance
ressentie à la lecture de ces mots : « Tu me mets aux
anges », souffrance qui leur donnait une particularité
qualitative, ces goûts ne s'ajoutaient pas seulement à
l'image d'Albertine comme s'ajoute au bernard-
l'hermite la coquille nouvelle qu'il traîne après lui,
mais bien plutôt comme un sel qui entre en contact
avec un autre sel, en change la couleur, bien plus, par
une sorte de précipité, la nature. Quand la petite
blanchisseuse avait dû dire à ses petites amies :
« Imaginez-vous, je ne l'aurais pas cru, eh bien la
demoiselle, c'en est une aussi », pour moi ce n'était pas
seulement un vice d'abord insoupçonné d'elles
qu'elles ajoutaient à la personne d'Albertine, mais la
découverte qu'elle était une autre personne, une
personne comme elles, parlant la même langue, ce
qui, en la faisant compatriote d'autres, me la rendait
encore plus étrangère à moi, prouvait que ce que
j'avais eu d'elle, ce que je portais dans mon cœur,
ce n'était qu'un tout petit peu d'elle, et que le reste,
qui prenait tant d'extension de ne pas être seulement
cette chose déjà si mystérieusement importante, un
désir individuel, mais de lui être commune avec
d'autres, elle me l'avait toujours caché, elle m'en
avait tenu à l'écart, comme une femme qui m'eût
caché qu'elle était d'un pays ennemi et espionne,

bien plus traîtreusement même qu'une espionne,
car celle-ci ne trompe que sur sa nationalité, tandis
qu'Albertine c'était sur son humanité la plus profonde, sur ce qu'elle n'appartenait pas à l'humanité
commune, mais à une race étrange qui s'y mêle,
s'y cache et ne s'y fond jamais. J'avais justement vu
deux peintures d'Elstir où dans un paysage touffu il
y a des femmes nues. Dans l'une, l'une des jeunes
filles lève le pied comme Albertine devait faire quand
elle l'offrait à la blanchisseuse. De l'autre elle pousse
à l'eau l'autre jeune fille qui gaîment résiste, la cuisse
levée, son pied trempant à peine dans l'eau bleue. Je
me rappelais maintenant que la levée de la cuisse y
faisait le même méandre de cou de cygne avec l'angle
du genou, que faisait la chute de la cuisse d'Albertine
quand elle était à côté de moi sur le lit, et j'avais
voulu souvent lui dire qu'elle me rappelait ces peintures. Mais je ne l'avais pas fait pour ne pas éveiller
en elle l'image de corps nus de femmes. Maintenant
je la voyais à côté de la blanchisseuse et de ses amies, re-
composer le groupe que j'avais tant aimé quand
j'étais assis au milieu des amies d'Albertine à Balbec.
Et si j'avais été un amateur sensible à la seule beauté,
j'aurais reconnu qu'Albertine le recomposait mille fois
plus beau, maintenant que les éléments en étaient les
statues nues de déesses comme celles que les grands
sculpteurs éparpillaient à Versailles sous les bosquets
ou, dans les bassins, donnaient à laver et à polir aux
caresses du flot. Maintenant, à côté de la blanchisseuse, je la voyais jeune fille au bord de la mer bien
plus qu'elle n'avait été pour moi à Balbec : dans
leur double nudité de marbres féminins, au milieu des
touffeurs, des végétations et trempant dans l'eau
comme des bas reliefs nautiques. Me souvenant de

ce qu'elle était sur mon lit, je croyais voir sa cuisse
recourbée, je la voyais, c'était un col de cygne, il cherchait la bouche de l'autre jeune fille. Alors je ne
voyais même plus une cuisse, mais le col hardi d'un
cygne, comme celui qui dans une étude frémissante
cherche la bouche d'une Léda qu'on voit dans toute
la palpitation spécifique du plaisir féminin, parce
qu'il n'y a qu'un cygne, qu'elle semble plus seule,
de même qu'on découvre au téléphone les inflexions
d'une voix qu'on ne distingue pas tant qu'elle n'est
pas dissociée d'un visage où on objective son expression. Dans cette étude le plaisir, au lieu d'aller vers
la femme qui l'inspire et qui est absente, remplacée
par un cygne inerte, se concentre dans celle qui le
ressent. Par instants la communication était interrom-
pue entre mon cœur et ma mémoire. Ce qu'Albertine
avait fait avec la blanchisseuse ne m'était plus signifié
que par des abréviations quasi algébriques qui ne
me représentaient plus rien ; mais cent fois par
heure le courant interrompu était rétabli et mon
cœur était brûlé sans pitié par un feu d'enfer, tandis
que je voyais Albertine, ressuscitée par ma jalousie,
vraiment vivante, se raidir sous les caresses de la
petite blanchisseuse à qui elle disait : « Tu me mets
aux anges. »

Comme elle était vivante au moment où elle
commettait sa faute, c'est-à-dire au moment où
moi-même je me trouvais, il ne me suffisait pas de
savoir cette faute, j'aurais voulu qu'elle sût que je
savais. Aussi, si dans ces moments-là je regrettais de
penser que je ne la reverrais jamais, ce regret portait
la marque de ma jalousie et, tout différent du regret
déchirant des moments où je l'aimais, n'était que le
regret de ne pas pouvoir lui dire : « Tu croyais que

je ne saurais jamais ce que tu as fait après m'avoir quitté, eh bien je sais tout, la blanchisseuse au bord de la Loire, tu lui disais : Tu me mets aux anges, j'ai vu la morsure. » Sans doute je me disais : « Pourquoi me tourmenter ? Celle qui a eu du plaisir avec la blanchisseuse n'est plus rien, donc n'était pas une personne dont les actions gardent de la valeur. Elle ne se dit pas que je sais. Mais elle ne se dit pas non plus que je ne sais pas, puisqu'elle ne se dit rien. » Mais ce raisonnement me persuadait moins que la vue de son plaisir qui me ramenait au moment où elle l'avait éprouvé. Ce que nous sentons existe seul pour nous et nous le projetons dans le passé, dans l'avenir, sans nous laisser arrêter par les barrières fictives de la mort. Si mon regret qu'elle fût morte subissait dans ces moments-là l'influence de ma jalousie et prenait cette forme si particulière, cette influence s'étendit naturellement à mes rêves d'occultisme, d'immortalité qui n'étaient qu'un effort pour tâcher de réaliser ce que je désirais. Aussi, à ces moments-là, si j'avais pu réussir à l'évoquer en faisant tourner une table, comme Bergotte croyait que c'était possible, ou à la rencontrer dans l'autre vie, comme le pensait l'abbé X..., je ne l'aurais souhaité que pour lui dire : « Je sais pour la blanchisseuse. Tu disais : Tu me mets aux anges ; j'ai vu la morsure. »

Ce qui vint à mon secours contre cette image de la blanchisseuse, ce fut — certes quand elle eut un peu duré — cette image elle-même, parce que nous ne connaissons vraiment que ce qui est nouveau, ce qui introduit brusquement dans notre sensibilité un changement de ton qui nous frappe, ce à quoi l'habitude n'a pas encore substitué ses pâles fac-si-

milés. Mais ce fut surtout ce fractionnement d'Albertine en de nombreuses parts, en de nombreuses
Albertine, qui était son seul mode d'existence en
moi. Des moments revinrent où elle n'avait été que
bonne, ou intelligente, ou sérieuse, ou même aimant
plus que tout les sports. Et ce fractionnement,
n'était-il pas au fond juste qu'il me calmât ? Car s'il
n'était pas en lui quelque chose de réel, s'il tenait
à la forme successive des heures où elle m'était
apparue, forme qui restait celle de ma mémoire
comme la courbure des projections de ma lanterne
magique tenait à la courbure des verres colorés,
ne représentait-il pas à sa manière une vérité, bien
objective celle-là, que chacun de nous n'est pas
un, mais contient de nombreuses personnes qui
n'ont pas toutes la même valeur morale, et que, si
l'Albertine vicieuse avait existé, cela n'empêchait pas
qu'il y en eût d'autres, celle qui aimait à causer avec
moi de Saint-Simon dans sa chambre ; celle qui, le
soir où je lui avais dit qu'il fallait nous séparer, avait
dit si tristement : « Ce pianola, cette chambre, penser
que je ne reverrai jamais tout cela » et, quand elle
avait vu l'émotion que mon mensonge avait fini par
me communiquer, s'était écriée avec une pitié si
sincère : « Oh! non, tout plutôt que de vous faire de
la peine, c'est entendu, je ne chercherai pas à vous
revoir. » Alors je ne fus plus seul ; je sentis disparaître
cette cloison qui nous séparait. Du moment que cette
bonne Albertine était revenue, j'avais retrouvé la
seule personne à qui je pusse demander l'antidote des
souffrances qu'Albertine me causait. Certes je
désirais toujours lui parler de l'histoire de la blanchisseuse, mais ce n'était plus en manière de cruel
triomphe et pour lui montrer méchamment que je

la savais. Comme j'aurais fait si Albertine avait été
vivante, je lui demandai tendrement si l'histoire de
la blanchisseuse était vraie. Elle me jura que non,
qu'Aimé n'était pas très véridique et que, voulant
paraître avoir bien gagné l'argent que je lui avais
donné, il n'avait pas voulu revenir bredouille et avait
fait dire ce qu'il avait voulu à la blanchisseuse. Sans
doute Albertine n'avait cessé de me mentir. Pourtant, dans le flux et le reflux de ses contradictions,
je sentais qu'il y avait eu une certaine progression
à moi due. Qu'elle ne m'eût même pas fait au début
des confidences (peut-être, il est vrai, involontaires,
dans une phrase qui échappe) je n'en eusse pas juré :
je ne me rappelais plus. Et puis elle avait de si bizarres
façons d'appeler certaines choses, que cela pouvait
signifier cela ou non. Mais le sentiment qu'elle avait
eu de ma jalousie l'avait ensuite portée à rétracter
avec horreur ce qu'elle avait d'abord complaisamment
avoué. D'ailleurs Albertine n'avait même pas besoin
de me dire cela. Pour être persuadé de son innocence,
il me suffisait de l'embrasser, et je le pouvais maintenant qu'était tombée la cloison qui nous séparait,
pareille à celle, impalpable et résistante, qui après
une brouille s'élève entre deux amoureux et contre
laquelle se briseraient les baisers. Non, elle n'avait
besoin de rien me dire. Qu'elle eût fait ce qu'elle
eût voulu, la pauvre petite, il y avait des sentiments
en lesquels, par-dessus ce qui nous divisait, nous
pouvions nous unir. Si l'histoire était vraie, et si
Albertine m'avait caché ses goûts, c'était pour ne pas
me faire de chagrin. J'eus la douceur de l'entendre
dire à cette Albertine-là. D'ailleurs en avais-je
jamais connu une autre ? Les deux plus grandes
causes d'erreur dans ses rapports avec un autre être :

avoir, soi, bon cœur, ou bien, cet autre, l'aimer. On
aime sur un sourire, sur un regard, sur une épaule.
Cela suffit ; alors, dans les longues heures d'espérance ou de tristesse, on fabrique une personne, on
compose un caractère. Et quand plus tard on fréquente la personne aimée, on ne peut pas plus,
devant quelques cruelles réalités qu'on soit placé,
ôter ce caractère bon, cette nature de femme nous
aimant, à l'être qui a tel regard, telle épaule que nous
ne pouvons quand elle vieillit, à une personne que
nous connaissons depuis sa jeunesse, la lui ôter.
J'évoquai le beau regard bon et pitoyable de cette
Albertine-là, ses grosses joues, son cou aux larges
grains. C'était l'image d'une morte, mais, comme
cette morte vivait, il me fut aisé de faire immédiatement ce que j'eusse fait infailliblement si elle avait
été auprès de moi de son vivant (ce que je ferais
si je devais jamais la retrouver dans une autre vie),
je lui pardonnai.

Les instants que j'avais vécus auprès de cette
Albertine-là m'étaient si précieux que j'eusse voulu
n'en avoir laissé échapper aucun. Or parfois, comme
on rattrape les bribes d'une fortune dissipée, j'en
retrouvais qui avaient semblé perdus : en nouant
un foulard derrière mon cou au lieu de devant, je
me rappelai une promenade à laquelle je n'avais
jamais repensé et où, pour que l'air froid ne pût pas
venir sur ma gorge, Albertine me l'avait arrangé de
cette manière après m'avoir embrassé. Cette promenade si simple, restituée à ma mémoire par un
geste si humble, me fit le plaisir de ces objets intimes
ayant appartenu à une morte chérie, que nous rap-
porte sa vieille femme de chambre et qui ont tant de
prix pour nous ; mon chagrin s'en trouvait enrichi,

et d'autant plus que ce foulard, je n'y avais jamais
repensé. Tout comme l'avenir, ce n'est pas tout à la
fois, mais grain par grain qu'on goûte le passé.

D'ailleurs mon chagrin prenait tant de formes que
parfois je ne le reconnaissais plus ; je souhaitais d'avoir
un grand amour, je voulais chercher une personne
qui vivrait auprès de moi, cela me semblait le signe
que je n'aimais plus Albertine quand c'était   celui
que je l'aimais toujours ; car ce besoin d'éprouver
un grand amour n'était, tout autant que le désir
d'embrasser les grosses joues d'Albertine, qu'une
partie de mon regret. Et j'étais au fond heureux de
ne pas tomber amoureux d'une nouvelle femme ; je
me rendais compte que ce grand amour prolongé
pour Albertine était comme l'ombre du sentiment
que j'avais eu pour elle, en reproduisait les diverses
parties et obéissait aux mêmes lois que la réalité
sentimentale qu'il reflétait au delà de la mort. Car
je sentais bien que, si je pouvais entre mes pensées
pour Albertine mettre quelque intervalle, si j'en avais
mis trop je ne l'aurais plus aimée ; elle me fût par
cette coupure devenue indifférente, comme me
l'était maintenant ma grand'mère. Trop de temps
passé sans penser à elle eût rompu dans mon souvenir
la continuité qui est le principe même de la vie, qui
pourtant peut se ressaisir après un certain intervalle
de temps. N'en avait-il pas été ainsi de mon amour
pour Albertine quand elle vivait, lequel avait pu se
renouer après longtemps sans penser à elle ? Or mon
souvenir devait obéir aux mêmes lois, ne pas pouvoir
supporter de plus longs intervalles, car il ne faisait,
comme une aurore boréale, que refléter après la
mort d'Albertine le sentiment que j'avais eu pour
elle, il était comme l'ombre de mon amour. C'est

quand je l'aurais oubliée que je pourrais trouver plus
sage, plus heureux de vivre sans amour. Ainsi le
regret d'Albertine, parce que c'était lui qui faisait
naître en moi le besoin d'une sœur, le rendait inas-
souvissable. Et au fur et à mesure que mon regret
d'Albertine s'affaiblirait, le besoin d'une sœur, lequel
n'était qu'une forme inconsciente de ce regret,
deviendrait moins impérieux. Et pourtant ces deux
reliquats de mon amour ne suivirent pas dans leur
décroissance une marche également rapide. Il y
avait des heures où j'étais décidé à me marier, tant
le premier subissait une profonde éclipse, le second
au contraire gardant une grande force. Et en revanche,
plus tard mes souvenirs jaloux s'étant éteints, tout
d'un coup parfois une tendresse me remontait au
cœur pour Albertine, et alors, pensant à mes amours
pour d'autres femmes, je me disais qu'elle les aurait
compris, partagés, et son vice devenait comme une
cause d'amour. Parfois ma jalousie renaissait dans
des moments où je ne me souvenais plus d'Albertine,
bien que ce fût d'elle alors que je fusse jaloux. Je
croyais l'être d'Andrée à propos de qui on m'apprit
à ce moment-là une aventure qu'elle avait. Mais
Andrée n'était pour moi qu'un prête-nom, qu'un
chemin de raccord, qu'une prise de courant qui me
reliait indirectement à Albertine. C'est ainsi qu'en
rêve on donne un autre visage, un autre nom, à une
personne sur l'identité profonde de laquelle on ne se
trompe pas pourtant. En somme, malgré les flux et
les reflux qui contrariaient dans ces cas particuliers
cette loi générale, les sentiments que m'avait laissés
Albertine eurent plus de peine à mourir que le souvenir de leur cause première. Non seulement les sentiments, mais les sensations. Différent en cela de

Swann qui, lorsqu'il avait commencé à ne plus aimer Odette, n'avait même plus pu recréer en lui la sensation de son amour, je me sentais encore revivant un passé qui n'était plus que l'histoire d'un autre ; mon moi en quelque sorte mi-partie, tandis que son extrémité supérieure était déjà dure et refroidie, brûlait encore à sa base chaque fois qu'une étincelle y refaisait passer l'ancien courant, même quand depuis longtemps mon esprit avait cessé de concevoir Albertine. Et aucune image d'elle n'accompagnant les palpitations cruelles, les larmes qu'apportait à mes yeux un vent froid soufflant comme à Balbec sur les pommiers déjà roses, j'en arrivais à me demander si la renaissance de ma douleur n'était pas due à des causes toutes pathologiques et si ce que je prenais pour la reviviscence d'un souvenir et la dernière période d'un amour n'était pas plutôt le début d'une maladie de cœur.

Il y a dans certaines affections des accidents secondaires que le malade est trop porté à confondre avec la maladie elle-même. Quand ils cessent, il est étonné de se trouver moins éloigné de la guérison qu'il n'avait cru. Telle avait été la souffrance causée — la « complication » amenée — par les lettres d'Aimé relativement à l'établissement de douches et aux blanchisseuses. Mais un médecin de l'âme qui m'eût visité eût trouvé que pour le reste, mon chagrin lui-même allait mieux. Sans doute en moi, comme j'étais un homme, un de ces êtres amphibies qui sont simultanément plongés dans le passé et dans la réalité actuelle, il existait toujours une contradiction entre le souvenir vivant d'Albertine et la connaissance que j'avais de sa mort. Mais cette contradiction était en quelque sorte l'inverse de ce qu'elle était

autrefois. L'idée qu'Albertine était morte, cette idée
qui, les premiers temps, venait battre si furieusement
en moi l'idée qu'elle était vivante que j'étais obligé de
me sauver devant elle comme les enfants à l'arrivée
de la vague, cette idée de sa mort, à la faveur même de
ces assauts incessants, avait fini par conquérir en moi
la place qu'y occupait récemment encore l'idée
de sa vie. Sans que je m'en rendisse compte, c'était
maintenant cette idée de la mort d'Albertine — non
plus le souvenir présent de sa vie — qui faisait, pour
la plus grande partie, le fond de mes inconscientes
songeries, de sorte que si je les interrompais tout à
coup pour réfléchir sur moi-même, ce qui me causait
de l'étonnement, ce n'était pas comme les premiers
jours qu'Albertine si vivante en moi pût n'exister
plus sur la terre, pût être morte, mais qu'Albertine,
qui n'existait plus sur la terre, qui était morte, fût
restée si vivante en moi. Maçonné par la contiguïté
des souvenirs qui se suivent l'un l'autre, le noir
tunnel sous lequel ma pensée rêvassait depuis trop
longtemps pour qu'elle prît même plus garde à lui,
s'interrompait brusquement d'un intervalle de soleil,
berçant au loin un univers souriant et bleu où Albertine n'était plus qu'un souvenir indifférent et plein
de charme. Est-ce celle-là, me disais-je, qui est la
vraie, ou bien l'être qui, dans l'obscurité où je roulais
depuis si longtemps, me semblait la seule réalité ?
Le personnage que j'avais été il y a si peu de temps
encore et qui ne vivait que dans la perpétuelle attente
du moment où Albertine viendrait lui dire bonsoir
et l'embrasser, une sorte de multiplication de moi-
même me faisait paraître ce personnage comme
n'étant plus qu'une faible partie, à demi dépouillée,
de moi, et comme une fleur qui s'entr'ouvre j'éprou-

vais la fraîcheur rajeunissante d'une exfoliation. Au
reste ces brèves illuminations ne me faisaient peut-
être que mieux prendre conscience de mon amour
pour Albertine, comme il arrive pour toutes les idées
trop constantes, qui ont besoin d'une opposition
pour s'affirmer. Ceux qui ont vécu pendant la guerre
de 1870, par exemple, disent que l'idée de la guerre
avait fini par leur sembler naturelle, non pas parce
qu'ils ne pensaient pas assez à la guerre, mais y
pensaient toujours. Et pour comprendre combien
c'est un fait étrange et considérable que la guerre,
il fallait, quelque chose les arrachant à leur obsession
permanente, qu'ils oubliassent un instant que la
guerre régnait, se retrouvassent pareils à ce qu'ils
étaient quand on était en paix, jusqu'à ce que tout à
coup sur ce blanc momentané se détachât, enfin
distincte, la réalité monstrueuse que depuis longtemps
ils avaient cessé de voir, ne voyant pas autre chose
qu'elle.

Si encore ce retrait en moi des différents souvenirs
d'Albertine s'était au moins fait, non pas par échelons,
mais à la fois, également, de front, sur toute la ligne
de ma mémoire les souvenirs de ses trahisons s'éloignant en même temps que ceux de sa douceur,
l'oubli m'eût apporté de l'apaisement. Il n'en était
pas ainsi. Comme sur une plage où la marée descend
irrégulièrement, j'étais assailli par la morsure de tel
de mes soupçons quand déjà l'image de sa douce
présence était retirée trop loin de moi pour pouvoir
m'apporter son remède.

Pour les trahisons j'en avais souffert, parce qu'en
quelque année lointaine qu'elles eussent eu lieu,
pour moi elles n'étaient pas anciennes ; mais j'en
souffrais moins quand elles le devinrent, c'est-à-dire

quand je me les représentai moins vivement, car l'éloignement d'une chose est proportionné plutôt à la puissance visuelle de la mémoire qui regarde qu'à la distance réelle des jours écoulés, comme le souvenir d'un rêve de la dernière nuit qui peut nous paraître plus lointain, dans son imprécision et son effacement, qu'un événement qui date de plusieurs années. Mais, bien que l'idée de la mort d'Albertine fît des progrès en moi, le reflux de la sensation qu'elle était vivante, s'il ne les arrêtait pas, les contrecarrait cependant et empêchait qu'ils fussent réguliers. Et je me rends compte maintenant que pendant cette période-là (sans doute à cause de cet oubli des heures où elle avait été cloîtrée chez moi et qui, à force d'effacer chez moi la souffrance de fautes qui me semblaient presque indifférentes parce que je savais qu'elle ne les commettait pas, étaient devenues comme autant de preuves d'innocence), j'eus le martyre de vivre habituellement avec une idée tout aussi nouvelle que celle qu'Albertine était morte (jusque-là je partais toujours de l'idée qu'elle était vivante), avec une idée que j'aurais crue tout aussi impossible à supporter et qui, sans que je m'en aperçusse, formant peu à peu le fond de ma conscience, s'y substituait à l'idée qu'Albertine était innocente : c'était l'idée qu'elle était coupable. Quand je croyais douter d'elle, je croyais au contraire en elle ; de même je pris pour point de départ de mes autres idées la certitude — souvent démentie comme l'avait été l'idée contraire — la certitude de sa culpabilité, tout en m'imaginant que je doutais encore. Je dus souffrir beaucoup pendant cette période-là, mais je me rends compte qu'il fallait que ce fût ainsi. On ne guérit d'une souffrance qu'à

condition de l'éprouver pleinement. En protégeant
Albertine de tout contact, en me forgeant l'illusion
qu'elle était innocente, aussi bien que plus tard en
prenant pour base de mes raisonnements la pensée
qu'elle vivait, je ne faisais que retarder l'heure de la
guérison, parce que je retardais les longues heures,
qui devaient être préalables, des souffrances néces-
saires. Or sur ces idées de la culpabilité d'Albertine,
l'habitude, quand elle s'exercerait, le ferait suivant
les mêmes lois que j'avais déjà éprouvées au cours de
ma vie. De même que le nom de Guermantes avait
perdu la signification et le charme d'une route bordée
de nymphéas et du vitrail de Gilbert le Mauvais,
la présence d'Albertine ceux des vallonnements
bleus de la mer, les noms de Swann, du lift, de la
princesse de Guermantes et tant d'autres tout ce
qu'ils avaient signifié pour moi, ce charme et cette
signification laissant en moi un simple mot qu'ils
trouvaient assez grand pour vivre tout seul, comme
quelqu'un qui vient mettre en train son serviteur le
mettra au courant et après quelques semaines se
retire, de même l'idée douloureuse de la culpabilité
d'Albertine serait renvoyée hors de moi par l'habitude.
D'ailleurs d'ici là, comme une attaque faite de deux
côtés à la fois, dans cette action de l'habitude deux
alliés se prêteraient réciproquement main-forte. C'est
parce que cette idée de la culpabilité d'Albertine deviendrait pour moi une idée plus probable, plus
habituelle, qu'elle deviendrait moins douloureuse.
Mais d'autre part, parce qu'elle serait moins douloureuse, les objections faites à la certitude de cette
culpabilité et qui n'étaient inspirées à mon intelligence que par mon désir de ne pas trop souffrir
tomberaient une à une ; et chaque action précipitant

l'autre, je passerais assez rapidement de la certitude de l'innocence d'Albertine à la certitude de sa culpabilité. Il fallait que je vécusse avec l'idée de la mort d'Albertine, avec l'idée de ses fautes, pour que ces idées me devinssent habituelles, c'est-à-dire pour que je pusse oublier ces idées et enfin oublier Albertine elle-même.

Je n'en étais pas encore là. Tantôt c'était ma mémoire, rendue plus claire par une excitation intellectuelle — par exemple si j'étais en train de lire — qui renouvelait mon chagrin ; d'autres fois c'était au contraire mon chagrin, soulevé par exemple par l'angoisse d'un temps orageux, qui portait plus haut, plus près de la lumière, quelque souvenir de notre amour.

D'ailleurs ces reprises de mon amour pour Albertine morte pouvaient se produire après un intervalle d'indifférence semé d'autres curiosités, comme, après le long intervalle qui avait commencé après le baiser refusé de Balbec et pendant lequel je m'étais bien plus soucié de Mme de Guermantes, d'Andrée, de Mlle de Stermaria, il avait repris quand j'avais recommencé à la voir souvent. Or, même maintenant, des préoccupations différentes pouvaient réaliser une séparation — d'avec une morte, cette fois — où elle me devenait plus indifférente. Tout cela pour la même raison, qu'elle était une vivante pour moi. Et même plus tard, quand je l'aimais moins, cela resta pour moi pourtant un de ces désirs dont on se fatigue vite, mais qui reprennent quand on les a laissés reposer quelque temps. Je poursuivais une vivante, puis une autre, puis je revenais à ma morte. Souvent c'était dans les parties les plus obscures de moi-même, quand je ne pouvais plus me former aucune idée

nette d'Albertine, qu'un nom venait par hasard
exciter chez moi des réactions douloureuses que je ne
croyais plus possibles, commes ces mourants chez qui
le cerveau ne pense plus et dont on fait se contracter
un membre en y enfonçant une aiguille. Et pendant
de longues périodes, ces excitations se trouvaient
m'arriver si rarement que j'en venais à rechercher
de moi-même les occasions d'un chagrin, d'une crise
de jalousie, pour tâcher de me rattacher au passé, de
mieux me souvenir d'elle. Car, comme le regret d'une
femme n'est qu'un amour reviviscent et reste soumis
aux mêmes lois que lui, la puissance de mon regret
était accrue par les mêmes causes qui du vivant
d'Albertine eussent augmenté mon amour pour elle
et au premier rang desquelles avaient toujours
figuré la jalousie et la douleur. Mais le plus souvent
ces occasions — car une maladie, une guerre, peuvent
durer bien au delà de ce que la sagesse la plus pré-
voyante avait supputé — naissaient à mon insu et me
causaient des chocs si violents que je songeais bien
plus à me protéger contre la souffrance qu'à leur
demander un souvenir.

D'ailleurs un mot n'avait même pas besoin, comme
Chaumont, de se rapporter à un soupçon * pour
qu'il le réveillât, pour être le mot de passe, le magique
Sésame entr'ouvrant la porte d'un passé dont on ne
tenait plus compte parce qu'ayant assez de le voir,
à la lettre on ne le possédait plus ; on avait été diminué
de lui, on avait cru de par cette ablation sa propre

---

* (Et même une syllabe commune à deux noms
différents suffisait à ma mémoire — comme à un
électricien qui se contente du moindre corps bon
conducteur — pour rétablir le contact entre Albertine
et mon cœur.)

personnalité changée en sa forme, comme une figure
qui perdrait avec un angle un côté ; certaines phrases,
par exemple, où il y avait le nom d'une rue, d'une
route où Albertine avait pu se trouver, suffisaient
pour incarner une jalousie virtuelle, inexistante, à la
recherche d'un corps, d'une demeure, de quelque
fixation matérielle, de quelque réalisation particulière.

Souvent c'était tout simplement pendant mon
sommeil que, par ces « reprises », ces *da capo* du rêve
qui tournent d'un seul coup plusieurs pages de la
mémoire, plusieurs feuillets du calendrier me rame-
naient, me faisaient rétrograder à une impression
douloureuse mais ancienne, qui depuis longtemps
avait cédé la place à d'autres et qui redevenait présente. D'habitude elle s'accompagnait de toute une
mise en scène maladroite mais saisissante, qui, me
faisant illusion, mettait sous mes yeux, faisait entendre
à mes oreilles ce qui désormais datait de cette nuit-là.
D'ailleurs, dans l'histoire d'un amour et de ses luttes
contre l'oubli, le rêve ne tient-il pas une place plus
grande même que la veille, lui qui ne tient pas compte
des divisions infinitésimales du temps, supprime les
transitions, oppose les grands contrastes, défait en un
instant le travail de consolation si lentement tissé
pendant le jour et nous ménage, la nuit, une rencontre
avec celle que nous aurions fini par oublier à condition
toutefois de ne pas la revoir ? Car, quoi qu'on dise,
nous pouvons avoir parfaitement en rêve l'impression
que ce qui s'y passe est réel. Cela ne serait impossible
que pour des raisons tirées de notre expérience de la
veille, expérience qui à ce moment-là nous est cachée.
De sorte que cette vie invraisemblable nous semble
vraie. Parfois, par un défaut d'éclairage intérieur

lequel, vicieux, faisait manquer la pièce, mes souvenirs
bien mis en scène me donnant l'illusion de la vie, je
croyais vraiment avoir donné rendez-vous à Albertine, la retrouver ; mais alors je me sentais incapable
de marcher vers elle, de proférer les mots que je
voulais lui dire, de rallumer pour la voir le flambeau
qui s'était éteint : impossibilités qui étaient simplement dans mon rêve l'immobilité, le mutisme, la
cécité du dormeur, comme brusquement on voit dans
la lanterne magique une grande ombre qui devrait
être cachée, effacer la projection des personnages,
et qui est celle de la lanterne elle-même, ou celle de
l'opérateur. D'autres fois Albertine se trouvait dans
mon rêve, et voulait de nouveau me quitter, sans que
sa résolution parvînt à m'émouvoir. C'est que de ma
mémoire avait pu filtrer dans l'obscurité de mon
sommeil un rayon avertisseur, et ce qui, logé en
Albertine, ôtait à ses actes futurs, au départ qu'elle
annonçait, toute importance, c'était l'idée qu'elle
était morte. Mais souvent même plus clair, ce souvenir qu'Albertine était morte se combinait sans la
détruire avec la sensation qu'elle était vivante. Je
causais avec elle, pendant que je parlais ma grand'-
mère allait et venait dans le fond de la chambre. Une
partie de son menton était tombée en miettes comme
un marbre rongé, mais je ne trouvais à cela rien
d'extraordinaire. Je disais à Albertine que j'aurais
des questions à lui poser relativement à l'établissement
de douches de Balbec et à une certaine blanchisseuse de Touraine, mais je remettais cela à plus tard
puisque nous avions tout le temps et que rien ne
pressait plus. Elle me promettait qu'elle ne faisait
rien de mal et qu'elle avait seulement la veille embrassé
sur les lèvres Mlle Vinteuil. « Comment ? elle est

ici ? — Oui, il est même temps que je vous quitte,
car je dois aller la voir tout à l'heure. » Et comme
depuis qu'Albertine était morte je ne la tenais plus
prisonnière chez moi comme dans les derniers temps
de sa vie, sa visite à Mlle Vinteuil m'inquiétait. Je ne
voulais pas le laisser voir. Albertine me disait qu'elle
n'avait fait que l'embrasser, mais elle devait recommencer à mentir comme au temps où elle niait tout.
Tout à l'heure elle ne se contenterait probablement
pas d'embrasser Mlle Vinteuil. Sans doute à un
certain point de vue j'avais tort de m'en inquiéter
ainsi, puisque, à ce qu'on dit, les morts ne peuvent
rien sentir, rien faire. On le dit, mais cela n'empêchait
pas que ma grand'mère qui était morte continuait
pourtant à vivre depuis plusieurs années, et en ce
moment allait et venait dans la chambre. Et sans
doute, une fois que j'étais réveillé, cette idée d'une
morte qui continue à vivre aurait dû me devenir aussi
impossible à comprendre qu'elle me l'est à l'expliquer.
Mais je l'avais déjà formée tant de fois, au cours de ces
périodes passagères de folie que sont nos rêves, que
j'avais fini par me familiariser avec elle ; la mémoire
des rêves peut devenir durable, s'ils se répètent assez
souvent. Et j'imagine que, même s'il est aujourd'hui
guéri et revenu à la raison, cet homme doit comprendre
un peu mieux que les autres ce qu'il voulait dire au
cours d'une période pourtant révolue de sa vie mentale,
qui voulant expliquer à des visiteurs d'un hôpital
d'aliénés qu'il n'était pas lui-même déraisonnable,
malgré ce que prétendait le docteur, mettait en regard
de sa saine mentalité les folles chimères de chacun des
malades, concluant : « Ainsi celui-là qui a l'air pareil
à tout le monde, vous ne le croiriez pas fou, eh bien !
il l'est, il croit qu'il est Jésus-Christ, et cela ne peut

pas être, puisque Jésus-Christ c'est moi ! » Et longtemps après mon rêve fini, je restais tourmenté de ce
baiser qu'Albertine m'avait dit avoir donné en des
paroles que je croyais entendre encore. Et en effet
elles avaient dû passer bien près de mes oreilles
puisque c'était moi-même qui les avais prononcées.
Toute la journée je continuais à causer avec Albertine,
je l'interrogeais, je lui pardonnais, je réparais l'oubli
de choses que j'avais toujours voulu lui dire pendant
sa vie. Et tout d'un coup j'étais effrayé de penser
qu'à l'être évoqué par la mémoire, à qui s'adressaient
tous ces propos, aucune réalité ne correspondait
plus, qu'étaient détruites les différentes parties du
visage auxquelles la poussée continue de la volonté
de vivre, aujourd'hui anéantie, avait seule donné l'unité
d'une personne.

D'autres fois, sans que j'eusse rêvé, dès mon réveil
je sentais que le vent avait tourné en moi ; il soufflait
froid et continu d'une autre direction venue du fond
du passé, me rapportant la sonnerie d'heures loin-
taines, des sifflements de départ que je n'entendais
pas d'habitude. J'essayais de prendre un livre. Je
rouvrais un roman de Bergotte que j'avais particulièrement aimé. Les personnages sympathiques
m'y plaisaient beaucoup, et, bien vite repris par le
charme du livre, je me mis à souhaiter comme un
plaisir personnel que la femme méchante fût punie ;
mes yeux se mouillèrent quand le bonheur des
fiancés fut assuré. « Mais alors, m'écriai-je avec désespoir, de ce que j'attache tant d'importance à ce qu'a
pu faire Albertine je ne peux pas conclure que sa
personnalité est quelque chose de réel qui ne peut
être aboli, que je la retrouverai un jour pareille au
ciel, si j'appelle de tant de vœux, attends avec tant

d'impatience, accueille avec des larmes le succès
d'une personne qui n'a jamais existé que dans l'imagination de Bergotte, que je n'ai jamais vue, dont je
suis libre de me figurer à mon gré le visage! » D'ailleurs dans ce roman il y avait des jeunes filles sédui-
santes, des correspondances amoureuses, des allées
désertes où l'on se rencontre, cela me rappelait qu'on
peut aimer clandestinement, cela réveillait ma jalousie,
comme si Albertine avait encore pu se promener dans
des allées désertes. Et il y était aussi question d'un
homme qui revoit après cinquante ans une femme qu'il
a aimée jeune, ne la reconnaît pas, s'ennuie auprès
d'elle. Et cela me rappelait que l'amour ne dure pas
toujours et me bouleversait comme si j'étais destiné
à être séparé d'Albertine et à la retrouver avec indifférence dans mes vieux jours. Et si j'apercevais une
carte de France mes yeux effrayés s'arrangeaient à ne
pas rencontrer la Touraine pour que je ne fusse pas
jaloux, et, pour que je ne fusse pas malheureux, la
Normandie où étaient marqués au moins Balbec et
Doncières, entre lesquels je situais tous ces chemins
que nous avions couverts tant de fois ensemble. Au
milieu d'autres noms de villes ou de villages de
France, noms qui n'étaient que visibles ou audibles,
le nom de Tours, par exemple, semblait composé
différemment, non plus d'images immatérielles, mais
de substances vénéneuses qui agissaient de façon
immédiate sur mon cœur dont elles accéléraient et
rendaient douloureux les battements. Et si cette force
s'étendait jusqu'à certains noms, devenus par elle si
différents des autres, comment, en restant plus près
de moi, en me bornant à Albertine elle-même, pouvais-je m'étonner que cette force irrésistible sur
moi, et pour la production de laquelle n'importe

quelle autre femme eût pu servir, eût été le résultat
d'un enchevêtrement et de la mise en contact de
rêves, de désirs, d'habitudes, de tendresses, avec
l'interférence requise de souffrances et de plaisirs
alternés ? Et cela continuait sa mort, la mémoire
suffisant à entretenir la vie réelle, qui est mentale.
Je me rappelais Albertine descendant de wagon et me
disant qu'elle avait envie d'aller à Saint-Martin-le-
Vêtu, et je la revoyais aussi avant, avec son polo
abaissé sur ses joues ; je retrouvais des possibilités
de bonheur, vers lesquelles je m'élançais, me disant :
« Nous aurions pu aller ensemble jusqu'à Quimperlé,
jusqu'à Pont-Aven. » Il n'y avait pas une station près
de Balbec où je ne la revisse, de sorte que cette terre,
comme un pays mythologique conservé, me rendait
vivantes et cruelles les légendes les plus anciennes,
les plus charmantes, les plus effacées par ce qui avait
suivi de mon amour. Ah! quelle souffrance s'il me
fallait jamais coucher à nouveau dans ce lit de Balbec,
autour du cadre de cuivre duquel, comme autour d'un
pivot immuable, d'une barre fixe, s'était déplacée,
avait évolué ma vie, appuyant successivement à lui
de gaies conversations avec ma grand'mère, l'horreur
de sa mort, les douces caresses d'Albertine, la découverte de son vice, et maintenant une vie nouvelle où,
apercevant les bibliothèques vitrées où se reflétait
la mer, je savais qu'Albertine n'entrerait jamais plus!
N'était-il pas, cet hôtel de Balbec, comme cet unique
décor de maison de théâtres de province, où l'on joue
depuis des années les pièces les plus différentes, qui
a servi pour une comédie, pour une première tragédie,
pour une deuxième, pour une pièce purement poétique, cet hôtel qui remontait déjà assez loin dans mon
passé et toujours avec, entre ses murs, de nouvelles

époques de ma vie ? Que cette seule partie restât la
même, les murs, les bibliothèques, la glace, me faisait
mieux sentir que, dans le total, c'était le reste, c'était
moi-même qui avais changé, et me donnait ainsi
cette impression que n'ont pas les enfants qui croient
dans leur optimisme pessimiste, que les mystères
de la vie, de l'amour, de la mort, sont réservés, qu'ils
n'y participent pas, et qu'on s'aperçoit avec une
douloureuse fierté avoir fait corps au cours des années
avec votre propre vie.

J'essayais de prendre les journaux.

Aussi la lecture des journaux m'était-elle odieuse,
et de plus elle n'est pas inoffensive. En effet, en nous,
de chaque idée, comme d'un carrefour dans une forêt,
partent tant de routes différentes, qu'au moment où
je m'y attendais le moins je me trouvais devant un
nouveau souvenir. Le titre de la mélodie de Fauré,
le Secret, m'avait mené au *Secret du Roi* du duc de
Broglie, le nom de Broglie à celui de Chaumont. Ou
bien le mot de Vendredi Saint m'avait fait penser au
Golgotha, le Golgotha à l'étymologie de ce mot qui,
lui, paraît l'équivalent de *Calvus mons*, Chaumont.
Mais par quelque chemin que je fusse arrivé à Chaumont, à ce moment j'étais frappé d'un choc si cruel
que dès lors je pensais bien plus à me garer contre
la douleur qu'à lui demander des souvenirs. Quelques instants après le choc, l'intelligence qui, comme
le bruit du tonnerre, ne voyage pas aussi vite, m'en
apportait la raison. Chaumont m'avait fait penser
aux Buttes-Chaumont où Mme Bontemps m'avait dit
qu'Andrée allait souvent avec Albertine, tandis
qu'Albertine m'avait dit n'avoir jamais vu les Buttes-

Chaumont. A partir d'un certain âge nos souvenirs
sont tellement entre-croisés les uns sur les autres que
la chose à laquelle on pense, le livre qu'on lit n'a
presque plus d'importance. On a mis de soi-même
partout, tout est fécond, tout est dangereux, et on
peut faire d'aussi précieuses découvertes que dans
les *Pensées* de Pascal dans une réclame pour un savon.

Sans doute un fait comme celui des Buttes-Chaumont, qui à l'époque m'avait paru futile, était en lui-
même, contre Albertine, bien moins grave, moins
décisif que l'histoire de la doucheuse ou de la blanchisseuse. Mais d'abord, un souvenir qui vient fortui-
tement à nous trouve en nous une puissance intacte
d'imaginer, c'est-à-dire dans ce cas de souffrir, que
nous avons usée en partie quand c'est nous au contraire
qui avons volontairement appliqué notre esprit à
recréer un souvenir. Et puis ces derniers (la doucheuse,
la blanchisseuse), toujours présents quoique obscurcis
dans ma mémoire, comme ces meubles placés dans
la pénombre d'une galerie et auxquels, sans les distinguer, on évite pourtant de se cogner, je m'étais
habitué à eux. Au contraire il y avait longtemps que
je n'avais pensé aux Buttes-Chaumont, ou par exemple
au regard d'Albertine dans la glace du casino de
Balbec, ou au retard inexpliqué d'Albertine le soir
où je l'avais tant attendue après la soirée Guermantes,
toutes ces parties de sa vie qui restaient hors de mon
cœur et que j'aurais voulu connaître pour qu'elles
pussent s'assimiler, s'annexer à lui, y rejoindre les
souvenirs plus doux qu'y formait une Albertine
intérieure et vraiment possédée. Soulevant un coin
du voile lourd de l'habitude (l'habitude abêtissante
qui pendant tout le cours de notre vie nous cache
à peu près tout l'univers et dans une nuit profonde,

sous leur étiquette inchangée, substitue aux poisons
les plus dangereux ou les plus enivrants de la vie
quelque chose d'anodin qui ne procure pas de délices),
ils me revenaient comme au premier jour, avec cette
fraîche et perçante nouveauté d'une saison reparais-
sante, d'un changement dans la routine de nos heures,
qui, dans le domaine des plaisirs aussi, si nous mon-
tons en voiture par un premier beau jour de printemps
ou sortons de chez nous au lever du soleil, nous font
remarquer nos actions insignifiantes avec une exal-
tation lucide qui fait prévaloir cette intense minute
sur le total des jours antérieurs. Je me retrouvais au
sortir de la soirée chez la princesse de Guermantes,
attendant l'arrivée d'Albertine. Les jours anciens
recouvrent peu à peu ceux qui les ont précédés et
sont eux-mêmes ensevelis sous ceux qui les suivent.
Mais chaque jour ancien est resté déposé en nous
comme dans une bibliothèque immense où il y a, des
plus vieux livres, un exemplaire que sans doute
personne n'ira jamais demander. Pourtant que ce
jour ancien, traversant la translucidité des époques
suivantes, remonte à la surface et s'étende en nous
qu'il couvre tout entier, alors pendant un moment,
les noms reprennent leur ancienne signification, les
êtres leur ancien visage, nous notre âme d'alors, et
nous sentons, avec une souffrance vague mais devenue
supportable et qui ne durera pas, les problèmes
devenus depuis longtemps insolubles qui nous angois-
saient tant alors. Notre moi est fait de la superposition de nos états successifs. Mais cette superposition
n'est pas immuable comme la stratification d'une
montagne. Perpétuellement des soulèvements font
affleurer à la surface des couches anciennes. Je me
retrouvais après la soirée chez la princesse de Guer-

mantes, attendant l'arrivée d'Albertine. Qu'avait-elle
fait cette nuit-là? M'avait-elle trompé? Avec qui?
Les révélations d'Aimé, même si je les acceptais, ne
diminuaient en rien pour moi l'intérêt anxieux, désolé,
de cette question inattendue, comme si chaque Albertine différente, chaque souvenir nouveau, posait un
problème de jalousie particulier auquel les solutions
des autres ne pouvaient pas s'appliquer.

Mais je n'aurais pas voulu savoir seulement avec
quelle femme elle avait passé cette nuit-là, mais
quel plaisir particulier cela lui représentait, ce qui se
passait à ce moment-là en elle. Quelquefois, à Balbec,
Françoise était allée la chercher, m'avait dit l'avoir
trouvée penchée à sa fenêtre, l'air inquiet, chercheur,
comme si elle attendait quelqu'un. Mettons que
j'apprisse que la jeune fille attendue était Andrée, quel
était l'état d'esprit dans lequel Albertine l'attendait,
cet état d'esprit caché derrière le regard inquiet et
chercheur? Ce goût, quelle importance avait-il pour
Albertine, quelle place tenait-il dans ses préoccupations? Hélas, en me rappelant mes propres agitations
chaque fois que j'avais remarqué une jeune fille qui
me plaisait, quelquefois seulement quand j'avais
entendu parler d'elle sans l'avoir vue, mon souci de
me faire beau, d'être avantagé, mes sueurs froides,
je n'avais pour me torturer qu'à imaginer ce même
voluptueux émoi chez Albertine, comme grâce à
l'appareil dont, après la visite de certain praticien
lequel s'était montré sceptique devant la réalité de
son mal, ma tante Léonie avait souhaité l'invention,
et qui permettrait de faire éprouver au médecin, pour
qu'il se rendît mieux compte, toutes les souffrances
de son malade. Et déjà c'était assez pour me torturer,
pour me dire qu'à côté de cela des conversations

sérieuses avec moi sur Stendhal et Victor Hugo
avaient dû bien peu peser pour elle, pour sentir son
cœur attiré vers d'autres êtres, se détacher du mien,
s'incarner ailleurs. Mais l'importance même que ce
désir devait avoir pour elle et les réserves qui se
formaient autour de lui ne pouvaient pas me révéler
ce que, qualitativement, il était, bien plus, comment
elle le qualifiait quand elle s'en parlait à elle-même.
Dans la souffrance physique au moins nous n'avons
pas à choisir nous-même notre douleur. La maladie
la détermine et nous l'impose. Mais dans la jalousie
il nous faut essayer en quelque sorte des souffrances
de tout genre et de toute grandeur, avant de nous
arrêter à celle qui nous paraît pouvoir convenir. Et
quelle difficulté plus grande quand il s'agit d'une
souffrance comme celle-ci, celle de sentir celle qu'on
aimait éprouvant du plaisir avec des êtres différents
de nous, lui donnant des sensations que nous ne
sommes pas capables de lui donner, ou du moins
par leur configuration, leur image, leurs façons, lui
représentant tout autre chose que nous! Ah! qu'Albertine n'avait-elle aimé Saint-Loup! comme il me semble
que j'eusse moins souffert!

Certes nous ignorons la sensibilité particulière de
chaque être, mais d'habitude nous ne savons même
pas que nous l'ignorons, car cette sensibilité des
autres nous est indifférente. Pour ce qui concernait
Albertine, mon malheur ou mon bonheur eût dépendu
de ce qu'était cette sensibilité ; je savais bien qu'elle
m'était inconnue, et qu'elle me fût inconnue m'était
déjà une douleur. Les désirs, les plaisirs inconnus que
ressentait Albertine, une fois j'eus l'illusion de les
voir, une autre de les entendre. Les voir quand, quelque temps après la mort d'Albertine, Andrée vint

chez moi. Pour la première fois elle me sembla belle,
je me disais que ces cheveux presque crépus, ces yeux
sombres et cernés, c'était sans doute ce qu'Albertine
avait tant aimé, la matérialisation devant moi de ce
qu'elle portait dans sa rêverie amoureuse, de ce qu'elle
voyait par les regards anticipateurs du désir le jour
où elle avait voulu si précipitamment revenir de
Balbec. Comme une sombre fleur inconnue qui
m'était par delà le tombeau rapportée d'un être où je
n'avais pas su la découvrir, il me semblait, exhumation
inespérée d'une relique inestimable, voir devant moi
le Désir incarné d'Albertine qu'Andrée était pour
moi, comme Vénus était le désir de Jupiter. Andrée
regrettait Albertine, mais je sentis tout de suite que
son amie ne lui manquait pas. Éloignée de force de son
amie par la mort, elle semblait avoir pris aisément son
parti d'une séparation définitive que je n'eusse pas
osé lui demander quand Albertine était vivante, tant
j'aurais craint de ne pas arriver à obtenir le consentement d'Andrée. Elle semblait au contraire accepter
sans difficulté ce renoncement mais précisément au
moment où il ne pouvait plus me profiter. Andrée
m'abandonnait Albertine, mais morte, et ayant perdu
pour moi non seulement sa vie mais rétrospectivement
un peu de sa réalité, en voyant qu'elle n'était pas
indispensable, unique pour Andrée qui avait pu la
remplacer par d'autres.

Du vivant d'Albertine je n'eusse pas osé demander
à Andrée des confidences sur le caractère de leur
amitié entre elles et avec l'amie de M^{11e} Vinteuil,
n'étant pas certain, sur la fin, qu'Andrée ne répétât
pas à Albertine tout ce que je lui disais. Maintenant
un tel interrogatoire, même s'il devait être sans
résultat, serait au moins sans dangers. Je parlai à

Andrée, non sur un ton interrogatif mais comme si je
le savais de tout temps, peut-être par Albertine, du
goût qu'elle-même Andrée avait pour les femmes et de
ses propres relations avec Mlle Vinteuil. Elle avoua
tout cela sans aucune difficulté, en souriant. De cet
aveu je pouvais tirer de cruelles conséquences ;
d'abord parce qu'Andrée, si affectueuse et coquette
avec bien des jeunes gens à Balbec, n'aurait donné
lieu pour personne à la supposition d'habitudes qu'elle
ne niait nullement, de sorte que par voie d'analogie,
en découvrant cette Andrée nouvelle je pouvais
penser qu'Albertine les eût confessées avec la même
facilité à tout autre qu'à moi, qu'elle sentait jaloux.
Mais d'autre part, Andrée ayant été la meilleure amie
d'Albertine, et pour laquelle celle-ci était probablement revenue exprès de Balbec, maintenant qu'Andrée
avouait ces goûts, la conclusion qui devait s'imposer
à mon esprit était qu'Albertine et Andrée avaient
toujours eu des relations ensemble. Certes, comme, en
présence d'une personne étrangère, on n'ose pas
toujours prendre connaissance du présent qu'elle
vous remet et dont on ne défera l'enveloppe que quand
ce donataire sera parti, tant qu'Andrée fut là je ne
rentrai pas en moi-même pour y examiner la douleur
qu'elle m'apportait et que je sentais bien causer déjà
à mes serviteurs physiques, les nerfs, le cœur, de
grands troubles dont par bonne éducation je feignais
de ne pas m'apercevoir, causant au contraire le plus
gracieusement du monde avec la jeune fille que j'avais
pour hôte sans détourner mes regards vers ces incidents intérieurs. Il me fut particulièrement pénible
d'entendre Andrée me dire en parlant d'Albertine :
« Ah ! oui, elle aimait bien qu'on aille se promener
dans la vallée de Chevreuse. » A l'univers vague et

inexistant où se passaient les promenades d'Albertine
et d'Andrée, il me semblait que celle-ci venait, par
une création postérieure et diabolique, d'ajouter à
l'œuvre de Dieu une vallée maudite. Je sentais
qu'Andrée allait me dire tout ce qu'elle faisait avec
Albertine, et tout en essayant par politesse, par habileté, par amour-propre, peut-être par reconnaissance,
de me montrer de plus en plus affectueux, tandis que
l'espace que j'avais pu concéder encore à l'innocence
d'Albertine se rétrécissait de plus en plus, il me
semblait m'apercevoir que malgré mes efforts, je
gardais l'aspect figé d'un animal autour duquel un
cercle progressivement resserré est lentement décrit
par l'oiseau fascinateur, qui ne se presse pas parce
qu'il est sûr d'atteindre quand il le voudra la victime
qui ne lui échappera plus. Je la regardais pourtant,
et avec ce qui reste d'enjouement, de naturel et
d'assurance aux personnes qui veulent faire semblant
de ne pas craindre qu'on les hypnotise en les fixant,
je dis à Andrée cette phrase incidente : « Je ne vous
en avais jamais parlé de peur de vous fâcher, mais
maintenant qu'il nous est doux de parler d'elle, je
peux bien vous dire que je savais depuis bien longtemps les relations de ce genre que vous aviez avec
Albertine ; d'ailleurs, cela vous fera plaisir quoique
vous le sachiez déjà : Albertine vous adorait. » Je dis
à Andrée que c'eût été une grande curiosité pour moi
si elle avait voulu me laisser la voir (même simplement
en caresses qui ne la gênassent pas trop devant moi)
faire cela avec celles des amies d'Albertine qui avaient
ces goûts, et je nommai Rosemonde, Berthe, toutes
les amies d'Albertine, pour savoir. « Outre que pour
rien au monde je ne ferais ce que vous dites devant
vous, me répondit Andrée, je ne crois pas qu'aucune

de celles que vous dites ait ces goûts. » Me rapprochant
malgré moi du monstre qui m'attirait, je répondis :
« Comment! vous n'allez pas me faire croire que de
toute votre bande il n'y avait qu'Albertine avec qui
vous fissiez cela! — Mais je ne l'ai jamais fait avec
Albertine. — Voyons, ma petite Andrée, pourquoi
nier des choses que je sais depuis au moins trois ans ?
Je n'y trouve rien de mal, au contraire. Justement,
à propos du soir où elle voulait tant aller le lendemain
avec vous chez Mme Verdurin, vous vous souvenez
peut-être... » Avant que j'eusse continué ma phrase,
je vis dans les yeux d'Andrée, qu'il faisait pointus
comme ces pierres qu'à cause de cela les joailliers ont
de la peine à employer, passer un regard préoccupé,
comme ces têtes de privilégiés qui soulèvent un coin
du rideau avant qu'une pièce soit commencée et qui
se sauvent aussitôt pour ne pas être aperçus. Ce regard
inquiet disparut, tout était rentré dans l'ordre, mais
je sentais que tout ce que je verrais maintenant ne
serait plus qu'arrangé facticement pour moi. A ce
moment je m'aperçus dans la glace ; je fus frappé
d'une certaine ressemblance entre moi et Andrée.
Si je n'avais pas cessé depuis longtemps de raser ma
moustache et si je n'en avais eu qu'une ombre, cette
ressemblance eût été presque complète. C'était peut-
être en regardant, à Balbec, ma moustache qui repous-
sait à peine qu'Albertine avait subitement eu ce désir
impatient, furieux, de revenir à Paris. « Mais je ne
peux pourtant pas dire ce qui n'est pas vrai pour la
simple raison que vous ne le trouvez pas mal. Je vous
jure que je n'ai jamais rien fait avec Albertine et j'ai
la conviction qu'elle détestait ces choses-là. Les gens
qui vous ont dit cela vous ont menti, peut-être dans
un but intéressé », me dit-elle d'un air interrogateur

et méfiant. « Enfin soit, puisque vous ne voulez pas me le dire », répondis-je, préférant avoir l'air de ne pas vouloir donner une preuve que je ne possédais pas. Pourtant je prononçai vaguement et à tout hasard le nom des Buttes-Chaumont. « J'ai pu aller aux Buttes-Chaumont avec Albertine, mais est-ce un endroit qui a quelque chose de particulièrement mal ? » Je lui demandai si elle ne pourrait pas en parler à Gisèle qui à une certaine époque avait particulièrement connu Albertine. Mais Andrée me déclara qu'après une infamie que venait de lui faire dernièrement Gisèle, lui demander un service était la seule chose qu'elle refuserait toujours de faire pour moi. « Si vous la voyez, ajouta-t-elle, ne lui dites pas ce que je vous ai dit d'elle, inutile de m'en faire une ennemie. Elle sait ce que je pense d'elle, mais j'ai toujours mieux aimé éviter avec elle les brouilles violentes qui n'amènent que des raccommodements. Et puis elle est dangereuse. Mais vous comprenez que quand on a lu la lettre que j'ai eue il y a huit jours sous les yeux et où elle mentait avec une telle perfidie, rien, les plus belles actions du monde, ne peuvent effacer le souvenir de cela. » En somme, si, Andrée ayant ces goûts au point de ne s'en cacher nullement et Albertine ayant eu pour elle la grande affection que bien certainement elle avait, malgré cela Andrée n'avait jamais eu de relations charnelles avec Albertine et avait toujours ignoré qu'Albertine eût de tels goûts, c'est qu'Albertine ne les avait pas, et n'avait eu avec personne les relations que plus qu'avec aucune autre elle aurait eues avec Andrée. Aussi quand Andrée fut partie, je m'aperçus que son affirmation si nette m'avait apporté du calme. Mais peut-être était-elle dictée par le devoir, auquel Andrée

se croyait obligée envers la morte dont le souvenir
existait encore en elle, de ne pas laisser croire ce
qu'Albertine lui avait sans doute, pendant sa vie,
demandé de nier.

Ces plaisirs d'Albertine qu'après avoir si souvent
cherché à me les imaginer, j'avais cru un instant voir
en contemplant Andrée, une autre fois je crus surprendre leur présence autrement que par les yeux,
je crus les entendre. Dans une maison de passe j'avais
fait venir deux petites blanchisseuses d'un quartier
où allait souvent Albertine. Sous les caresses de l'une,
l'autre commença tout d'un coup à faire entendre
ce dont je ne pus distinguer d'abord ce que c'était,
car on ne comprend jamais exactement la signification
d'un bruit original, expressif d'une sensation que
nous n'éprouvons pas. Si on l'entend d'une pièce
voisine et sans rien voir, on peut prendre pour du
fou rire ce que la souffrance arrache à un malade qu'on
opère sans l'avoir endormi ; et quant au bruit qui
sort d'une mère à qui on apprend que son enfant
vient de mourir, il peut nous sembler, si nous ne
savons de quoi il s'agit, aussi difficile de lui appliquer
une traduction humaine, qu'au bruit qui s'échappe
d'une bête, ou d'une harpe. Il faut un peu de temps
pour comprendre que ces deux bruits-là expriment
ce que, par analogie avec ce que nous avons nous-
mêmes pu ressentir de pourtant bien différent, nous
appelons souffrance, et il me fallut du temps aussi
pour comprendre que ce bruit-ci exprimait ce que,
par analogie également avec ce que j'avais moi-même
ressenti de fort différent, j'appelai plaisir ; et celui-ci
devait être bien fort pour bouleverser à ce point
l'être qui le ressentait et tirer de lui ce langage inconnu
qui semble désigner et commenter toutes les phases

du drame délicieux que vivait la petite femme et que cachait à mes yeux le rideau baissé à tout jamais pour les autres qu'elle-même sur ce qui se passe dans le mystère intime de chaque créature. Ces deux petites ne purent d'ailleurs rien me dire, elles ne savaient pas qui était Albertine.

Les romanciers prétendent souvent dans une introduction qu'en voyageant dans un pays ils ont rencontré quelqu'un qui leur a raconté la vie d'une personne. Ils laissent alors la parole à cet ami de rencontre, et le récit qu'il leur fait c'est précisément leur roman. Ainsi la vie de Fabrice del Dongo fut racontée à Stendhal par un chanoine de Padoue. Combien nous voudrions, quand nous aimons, c'est-à-dire quand l'existence d'une autre personne nous semble mystérieuse, trouver un tel narrateur informé! Et certes il existe. Nous-même, ne racontons-nous pas souvent, sans aucune passion, la vie de telle ou telle femme à un de nos amis ou à un étranger qui ne connaissaient rien de ses amours et nous écoutent avec curiosité? L'homme que j'étais quand je parlais à Bloch de la princesse de Guermantes, de Mme Swann, cet être-là existait qui eût pu me parler d'Albertine, cet être-là existe toujours... mais nous ne le rencontrons jamais. Il me semblait que si j'avais pu trouver des femmes qui l'eussent connue, j'eusse appris tout ce que j'ignorais. Pourtant, à des étrangers il eût dû sembler que personne autant que moi ne pouvait connaître sa vie. Même ne connaissais-je pas sa meilleure amie, Andrée? C'est ainsi que l'on croit que l'ami d'un ministre doit savoir la vérité sur certaines affaires ou ne pourra pas être impliqué dans un procès. Seul, à l'user, l'ami a appris que chaque fois qu'il parlait politique au ministre, celui-ci

restait dans des généralités et lui disait tout au plus ce
qu'il y avait dans les journaux, ou que, s'il a eu quelque
ennui, ses démarches multipliées auprès du ministre
ont abouti chaque fois à un « Ce n'est pas en mon
pouvoir » sur lequel l'ami est lui-même sans pouvoir.
Je me disais : « Si j'avais pu connaître tels témoins! »
desquels, si je les avais connus, je n'aurais pu rien
obtenir plus que d'Andrée, dépositaire elle-même
d'un secret qu'elle ne voulait pas livrer. Différant
en cela encore de Swann qui, quand il ne fut plus
jaloux, cessa d'être curieux de ce qu'Odette avait
pu faire avec Forcheville, même après ma jalousie
passée, connaître la blanchisseuse d'Albertine, des
personnes de son quartier, y reconstituer sa vie, ses
intrigues, cela seul avait du charme pour moi. Et
comme le désir vient toujours d'un prestige préalable,
comme il était advenu pour Gilberte, pour la duchesse
de Guermantes, ce furent, dans ces quartiers où avait
autrefois vécu Albertine, des femmes de son milieu
que je recherchai et dont seules j'eusse pu désirer la
présence. Même sans rien pouvoir m'apprendre, les
seules femmes vers lesquelles je me sentais attiré
étaient celles qu'Albertine avait connues ou qu'elle
aurait pu connaître, les femmes de son milieu ou des
milieux où elle se plaisait, en un mot les femmes qui
avaient pour moi le prestige de lui ressembler ou d'être
de celles qui lui eussent plu. Et parmi ces dernières,
surtout les filles du peuple, à cause de cette vie si
différente de celle que je connaissais, et qui est la
leur. Sans doute, c'est seulement par la pensée qu'on
possède des choses, et on ne possède pas un tableau
parce qu'on l'a dans sa salle à manger si on ne sait
pas le comprendre, ni un pays parce qu'on y réside
sans même le regarder. Mais enfin j'avais autrefois

l'illusion de ressaisir Balbec, quand, à Paris, Albertine
venait me voir et que je la tenais dans mes bras ;
de même que je prenais un contact, bien étroit et
furtif d'ailleurs, avec la vie d'Albertine, l'atmosphère
des ateliers, une conversation de comptoir, l'âme des
taudis, quand j'embrassais une ouvrière. Andrée,
ces autres femmes, tout cela par rapport à Albertine
— comme Albertine avait été elle-même par rapport
à Balbec — étaient de ces substituts de plaisirs se
remplaçant l'un l'autre en dégradation successive,
qui nous permettent de nous passer de celui que nous
ne pouvons plus atteindre, voyage à Balbec ou amour
d'Albertine, de ces plaisirs (comme celui d'aller voir au
Louvre un Titien qui y fut jadis console de ne pouvoir aller à Venise) qui, séparés les uns des autres par
des nuances indiscernables, font de notre vie comme
une suite de zones concentriques, contiguës, harmoniques et dégradées, autour d'un désir premier qui a
donné le ton, éliminé ce qui ne se fond pas avec lui,
répandu la teinte maîtresse (comme cela m'était
arrivé aussi, par exemple, pour la duchesse de Guermantes et pour Gilberte). Andrée, ces femmes,
étaient pour le désir, que je savais ne plus pouvoir
exaucer, d'avoir auprès de moi Albertine ce qu'un
soir, avant que je connusse Albertine autrement que
de vue, avait été quand je croyais ne pouvoir jamais
exaucer le désir de l'avoir près de moi, l'ensoleil-
lement tortueux et frais d'une grappe de raisin. Me
rappelant ainsi soit Albertine elle-même, soit le type
pour lequel elle avait sans doute une préférence, ces
femmes éveillaient en moi un sentiment cruel, de
jalousie ou de regret, qui plus tard, quand mon chagrin
s'apaisa, se mua en une curiosité non exempte de
charme.

Associées maintenant au souvenir de mon amour,
les particularités physiques et sociales d'Albertine,
malgré lesquelles je l'avais aimée, orientaient au
contraire mon désir vers ce qu'il eût autrefois le
moins naturellement choisi : des brunes de la petite
bourgeoisie. Certes, ce qui commençait partiellement
à renaître en moi, c'était cet immense désir que mon
amour pour Albertine n'avait pu assouvir, cet immense
désir de connaître la vie que j'éprouvais autrefois sur
les routes de Balbec, dans les rues de Paris, ce désir
qui m'avait fait tant souffrir quand, supposant qu'il
existait aussi au cœur d'Albertine, j'avais voulu la
priver des moyens de le contenter avec d'autres que
moi. Maintenant que je pouvais supporter l'idée de
son désir, comme cette idée était aussitôt éveillée
par le mien, ces deux immenses appétits coïncidaient,
j'aurais voulu que nous pussions nous y livrer ensemble, je me disais : « Cette fille lui aurait plu », et par
ce brusque détour, pensant à elle et à sa mort, je me
sentais trop triste pour pouvoir poursuivre plus loin
mon désir. Comme autrefois le côté de Méséglise et
de Guermantes avaient établi les assises de mon goût
pour la campagne et m'eussent empêché de trouver
un charme profond dans un pays où il n'y aurait pas
eu de vieille église, de bleuets, de boutons d'or, c'est
de même en les rattachant en moi à un passé plein
de charme que mon amour pour Albertine me faisait
exclusivement rechercher un certain genre de femmes ; je recommençais, comme avant de l'aimer, à
avoir besoin d'harmoniques d'elle qui fussent inter-
changeables avec mon souvenir devenu peu à peu
moins exclusif. Je n'aurais pu me plaire maintenant
auprès d'une blonde et fière duchesse, parce qu'elle
n'eût éveillé en moi aucune des émotions qui partaient

d'Albertine, de mon désir d'elle, de la jalousie que j'avais eue de ses amours, de mes souffrances de sa mort. Car nos sensations pour être fortes ont besoin de déclencher en nous quelque chose de différent d'elles, un sentiment qui ne pourra pas trouver dans le plaisir sa satisfaction, mais qui s'ajoute au désir, l'enfle, le fait s'accrocher désespérément au plaisir. Au fur et à mesure que l'amour qu'avait pu éprouver Albertine pour certaines femmes ne me faisait plus souffrir, il rattachait ces femmes à mon passé, leur donnait quelque chose de plus réel, comme aux boutons d'or, aux aubépines le souvenir de Combray donnait plus de réalité qu'aux fleurs nouvelles. Même d'Andrée je ne me disais plus avec rage : « Albertine l'aimait », mais au contraire, pour m'expliquer à moi-même mon désir, d'un air attendri : « Albertine l'aimait bien. » Je comprenais maintenant les veufs qu'on croit consolés et qui prouvent au contraire qu'ils sont inconsolables, parce qu'ils se remarient avec leur belle-sœur.

Ainsi mon amour finissant semblait rendre possibles pour moi de nouvelles amours, et Albertine, comme ces femmes longtemps aimées pour elles-mêmes qui plus tard, sentant le goût de leur amant s'affaiblir, conservent leur pouvoir en se contentant du rôle d'entremetteuses, parait pour moi, comme la Pompadour pour Louis XV, de nouvelles fillettes. Autrefois, mon temps était divisé par périodes où je désirais telle femme, ou telle autre. Quand les plaisirs violents donnés par l'une étaient apaisés, je souhaitais celle qui donnait une tendresse presque pure jusqu'à ce que le besoin de caresses plus savantes ramenât le désir de la première. Maintenant ces alternances avaient pris fin, ou du moins l'une des périodes se prolongeait indéfiniment. Ce que j'aurais voulu, c'est que la nouvelle venue vînt habiter chez moi, et me donnât le soir, avant de me quitter, un baiser familial de sœur. De sorte que j'aurais pu croire — si je n'avais fait l'expérience de la présence insupportable d'une autre — que je regrettais plus un baiser que certaines lèvres, un plaisir qu'un amour, une habitude qu'une personne. J'aurais voulu aussi que la nouvelle venue pût me jouer du Vinteuil comme Albertine, causer comme elle avec moi d'Elstir. Tout cela était impossible. Leur amour ne vaudrait pas le sien, pensais-je ; soit qu'un amour auquel s'annexaient tous ces épisodes, des visites aux musées, des soirées au concert, toute une vie compliquée qui permet des correspondances, des conversations, un flirt préliminaire aux relations elles-mêmes, une amitié grave après, possède plus de ressources qu'un amour pour une femme qui ne sait que se donner, comme un orchestre plus qu'un piano ; soit que, plus profondément, mon besoin du même genre de tendresse que me donnait Albertine, la tendresse d'une fille assez cultivée et qui fût en même temps une sœur, ne fût — comme le besoin de femmes du même milieu qu'Albertine — qu'une reviviscence du souvenir d'Albertine, du souvenir de mon amour pour elle. Et j'éprouvais une fois de plus d'abord que le souvenir n'est pas inventif, qu'il est impuissant à désirer rien d'autre, même rien de mieux que ce que nous avons possédé ; ensuite qu'il est spirituel, de sorte que la réalité ne peut lui fournir l'état qu'il recherche ; enfin que, dérivant d'une personne morte, la renaissance qu'il incarne est moins celle du besoin d'aimer, auquel il fait croire, que celle du besoin de l'absente. De sorte que même la ressemblance de la femme que

j'avais choisie avec Albertine, la ressemblance, si j'arrivais à l'obtenir, de sa tendresse avec celle d'Albertine,
ne me faisaient que mieux sentir l'absence de ce que
j'avais, sans le savoir, cherché, et qui était indispensable pour que renaquît mon bonheur, ce que j'avais
cherché c'est-à-dire Albertine elle-même, le temps que
nous avions vécu ensemble, le passé à la recherche
duquel j'étais sans le savoir.

Certes, par les jours clairs Paris m'apparaissait
innombrablement fleuri de toutes les fillettes, non
que je désirais, mais qui plongeaient leurs racines
dans l'obscurité du désir et des soirées inconnues
d'Albertine. C'était telle de celles dont elle m'avait dit
tout au début, quand elle ne se méfiait pas de moi :
« Elle est ravissante, cette petite, comme elle a de
jolis cheveux! » Toutes les curiosités que j'avais eues
autrefois de sa vie quand je ne la connaissais encore
que de vue, et d'autre part tous mes désirs de la vie
se confondaient en cette seule curiosité, la manière
dont Albertine éprouvait du plaisir, la voir avec
d'autres femmes, peut-être parce qu'ainsi, elles
parties, je serais resté seul avec elle, le dernier et le
maître. Et en voyant ses hésitations s'il valait la
peine de passer la soirée avec telle ou telle, sa satiété
quand l'autre était partie, peut-être sa déception,
j'eusse éclairé, j'eusse ramené à de justes proportions la jalousie que m'inspirait Albertine, parce
que, la voyant ainsi les éprouver, j'aurais pris la
mesure et découvert la limite de ses plaisirs.

De combien de plaisirs, de quelle douce vie elle
nous a privés, me disais-je, par cette farouche obstination à nier son goût! Et comme une fois de plus je
cherchais quelle avait pu être la raison de cette
obstination, tout d'un coup le souvenir me revint

d'une phrase que je lui avais dite à Balbec le jour
où elle m'avait donné un crayon. Comme je lui repro-
chais de ne pas m'avoir laissé l'embrasser, je lui avais
dit que je trouvais cela aussi naturel que je trouvais
ignoble qu'une femme eût des relations avec une
autre femme. Hélas, peut-être Albertine s'était
rappelé.

Je ramenais avec moi les filles qui m'eussent le
moins plu, je lissais des bandeaux à la vierge, j'admirais un petit nez bien modelé, une pâleur espagnole.
Certes autrefois, même pour une femme que je ne
faisais qu'apercevoir sur une route de Balbec, dans
une rue de Paris, j'avais senti ce que mon désir avait
d'individuel, et que c'était le fausser que de chercher
à l'assouvir avec un autre objet. Mais la vie, en me
découvrant peu à peu la permanence de nos besoins,
m'avait appris que faute d'un être il faut se contenter
avec un autre, et je sentais que ce que j'avais demandé
à Albertine, une autre, Mlle de Stermaria, eût pu me
le donner. Mais ç'avait été Albertine ; et entre la
satisfaction de mes besoins de tendresse et les particularités de son corps un entrelacement de souvenirs
s'était fait si inextricable que je ne pouvais plus
arracher à un désir de tendresse toute cette broderie
des souvenirs du corps d'Albertine. Elle seule pouvait
me donner ce bonheur. L'idée de son unicité n'était
plus un a priori métaphysique puisé dans ce qu'Albertine avait d'individuel, comme jadis pour les passantes,
mais un a posteriori constitué par l'imbrication contin-
gente mais indissoluble de mes souvenirs. Je ne
pouvais plus désirer une tendresse sans avoir besoin
d'elle, sans souffrir de son absence. Aussi la ressemblance même de la femme choisie, de la tendresse

demandée, avec le bonheur que j'avais connu, ne me
faisait que mieux sentir tout ce qui leur manquait
pour qu'il pû renaître. Ce même vide que je sentais
dans ma chambre depuis qu'Albertine était partie
et que j'avais cru combler en serrant des femmes
contre moi, je le retrouvais en elles. Elles ne m'avaient
jamais parlé, elles, de la musique de Vinteuil, des
Mémoires de Saint-Simon, elles n'avaient pas mis
un parfum trop fort pour venir me voir, elles n'avaient
pas joué à mêler leurs cils aux miens, toutes choses
importantes parce qu'elles permettent, semble-t-il,
de rêver autour de l'acte sexuel lui-même et de se
donner l'illusion de l'amour, mais en réalité parce
qu'elles faisaient partie du souvenir d'Albertine et
que c'était elle que j'aurais voulu trouver. Ce que ces
femmes avaient d'Albertine me faisait mieux ressentir ce que d'elle il leur manquait, et qui était tout,
et qui ne serait plus jamais, puisque Albertine était
morte. Et ainsi mon amour pour Albertine, qui
m'avait attiré vers ces femmes, me les rendait indifférentes, et mon regret d'Albertine et la persistance
de ma jalousie, qui avaient déjà dépassé par leur durée
mes prévisions les plus pessimistes, n'auraient sans
doute jamais changé beaucoup si leur existence, isolée
du reste de ma vie, avait seulement été soumise au
jeu de mes souvenirs, aux actions et réactions d'une
psychologie applicable à des états immobiles, et
n'avait pas été entraînée vers un système plus vaste
où les âmes se meuvent dans le temps comme les corps
dans l'espace.

Comme il y a une géométrie dans l'espace, il y a
une psychologie dans le temps, où les calculs d'une
psychologie plane ne seraient plus exacts parce qu'on
n'y tiendrait pas compte du Temps et d'une des

formes qu'il revêt, l'oubli ; l'oubli dont je commençais à sentir la force et qui est un si puissant instrument d'adaptation à la réalité parce qu'il détruit
peu à peu en nous le passé survivant qui est en constante contradiction avec elle. Et j'aurais vraiment
bien pu deviner plus tôt qu'un jour je n'aimerais
plus Albertine. Quand, par la différence qu'il y avait
entre ce que l'importance de sa personne et de ses
actions était pour moi et pour les autres, j'avais compris
que mon amour était moins un amour pour elle qu'un
amour en moi, j'aurais pu déduire diverses conséquences de ce caractère subjectif de mon amour, et
qu'étant un état mental, il pouvait notamment survivre
assez longtemps à la personne, mais aussi que, n'ayant
avec cette personne aucun lien véritable, n'ayant
aucun soutien au dehors de soi, il devrait, comme
tout état mental, même les plus durables, se trouver
un jour hors d'usage, être « remplacé », et que, ce
jour-là, tout ce qui me semblait m'attacher si doucement, indissolublement, au souvenir d'Albertine,
n'existerait plus pour moi. C'est le malheur des êtres
de n'être pour nous que des planches de collections
fort usables dans notre pensée. Justement à cause de
cela on fonde sur eux des projets qui ont l'ardeur de
la pensée ; mais la pensée se fatigue, le souvenir se
détruit : le jour viendrait où je donnerais volontiers
à la première venue la chambre d'Albertine, comme
j'avais sans aucun chagrin donné à Albertine la bille
d'agate ou d'autres présents de Gilberte.

Ce n'était pas que je n'aimasse encore Albertine,
mais déjà pas de la même façon que les derniers
temps ; non, de la façon des temps plus anciens où
tout ce qui se rattachait à elle, lieux et gens, me faisait
éprouver une curiosité où il y avait plus de charme

que de souffrance. Et en effet je sentais bien maintenant qu'avant de l'oublier tout à fait, comme un voyageur qui revient par la même route au point d'où il est parti, il me faudrait, avant d'atteindre à l'indifférence initiale, traverser en sens inverse tous les sentiments par lesquels j'avais passé avant d'arriver à mon grand amour. Mais ces étapes, ces moments du passé ne sont pas immobiles, ils ont gardé la force terrible, l'ignorance heureuse de l'espérance qui s'élançait alors vers un temps devenu aujourd'hui le passé, mais qu'une hallucination nous fait un instant prendre rétrospectivement pour l'avenir. Je lisais une lettre d'elle où elle m'avait annoncé sa visite pour le soir, et j'avais une seconde la joie de l'attente. Dans ces retours par la même ligne d'un pays où l'on ne retournera jamais, où l'on reconnaît le nom, l'aspect de toutes les stations par où on a déjà passé à l'aller, il arrive que, tandis qu'on est arrêté à l'une d'elles, en gare, on a un instant l'illusion qu'on repart, mais dans la direction du lieu d'où l'on vient, comme l'on avait fait la première fois. Tout de suite l'illusion cesse, mais une seconde on s'était senti de nouveau emporté vers lui : telle est la cruauté du souvenir.

Et pourtant, si on ne peut pas, avant de revenir à l'indifférence d'où on était parti, se dispenser de couvrir en sens inverse les distances qu'on avait franchies pour arriver à l'amour, le trajet, la ligne qu'on suit, ne sont pas forcément les mêmes. Ils ont de commun de ne pas être directs, parce que l'oubli pas plus que l'amour ne progresse régulièrement. Mais ils n'empruntent pas forcément les mêmes voies. Et dans celle que je suivis au retour, il y eut, déjà bien près de l'arrivée, quatre étapes que je me rappelle particulièrement, sans doute parce que j'y aperçus

des choses qui ne faisaient pas partie de mon amour
d'Albertine, ou du moins qui ne s'y rattachaient que
dans la mesure où ce qui était déjà dans notre âme
avant un grand amour s'associe à lui, soit en le nourrissant, soit en le combattant, soit en faisant avec
lui, pour notre intelligence qui analyse, contraste et
image.

La première de ces étapes commença à un début
d'hiver, un beau dimanche de Toussaint où j'étais
sorti. Tout en approchant du Bois, je me rappelais
avec tristesse le retour d'Albertine venant me chercher du Trocadéro, car c'était la même journée, mais
sans Albertine. Avec tristesse et pourtant non sans
plaisir tout de même, car la reprise en mineur, sur
un ton désolé, du même motif qui avait empli ma
journée d'autrefois, l'absence même de ce téléphonage de Françoise, de cette arrivée d'Albertine, qui
n'était pas quelque chose de négatif mais la suppression dans la réalité de ce que je me rappelais, donnait
à la journée quelque chose de douloureux et en
faisait quelque chose de plus beau qu'une journée
unie et simple, parce que ce qui n'y était plus, ce qui
en avait été arraché, y restait imprimé comme en
creux. Je fredonnais des phrases de la sonate de
Vinteuil. Je ne souffrais plus beaucoup de penser
qu'Albertine me l'avait tant de fois jouée, car presque
tous mes souvenirs d'elle étaient entrés dans ce
second état chimique où ils ne causent plus d'anxieuse
oppression au cœur, mais de la douceur. Par moments,
dans les passages qu'elle jouait le plus souvent, où
elle avait l'habitude de faire telle réflexion qui me
paraissait alors charmante, de suggérer telle réminis-
cence, je me disais : « Pauvre petite », mais sans tristesse, mais en ajoutant seulement au passage musical

un prix de plus, un prix en quelque sorte historique
et curieux, comme celui que le tableau de Charles Ier
par Van Dyck, déjà si beau par lui-même, acquiert
encore de plus, du fait qu'il soit entré dans les collections nationales par la volonté de Mme du Barry
d'impressionner le Roi. Quand la petite phrase, avant
de disparaître tout à fait, se défit en ses divers éléments
où elle flotta encore un instant éparpillée, ce ne fut
pas pour moi, comme pour Swann, une messagère
d'Albertine qui disparaissait. Ce n'était pas tout à fait
les mêmes associations d'idées chez moi que chez
Swann que la petite phrase avait éveillées. J'avais
été surtout sensible à l'élaboration, aux essais, aux
reprises, au « devenir » d'une phrase qui se faisait
durant la sonate comme cet amour s'était fait durant
ma vie. Et maintenant, sachant combien chaque jour
un élément de plus de mon amour s'en allait, le côté
jalousie, puis tel autre, revenant, en somme, peu à peu
dans un vague souvenir à la faible amorce du début,
c'était mon amour qu'il me semblait, en la petite
phrase éparpillée, voir se désagréger devant moi.

Comme je suivais les allées séparées d'un sous-bois,
tendues d'une gaze chaque jour amincie, comme je
sentais le souvenir d'une promenade où Albertine
était à côté de moi dans la voiture, où elle était rentrée
avec moi, où je sentais qu'elle enveloppait ma vie,
flotter maintenant autour de moi, dans la brume
incertaine des branches assombries au milieu desquelles le soleil couchant faisait briller, comme
suspendue dans le vide, l'horizontalité clairsemée
des feuillages d'or *, je ne me contentais pas de les

---

* D'ailleurs, je tressaillais de moment en moment,
comme tous ceux auxquels une idée fixe donne à
toute femme arrêtée au coin d'une allée, la ressem-

voir avec les yeux de la mémoire, ils m'intéressaient, me touchaient comme ces pages purement descriptives au milieu desquelles un artiste, pour les rendre plus complètes, introduit une fiction, tout un roman ; et cette nature prenait ainsi le seul charme de mélancolie qui pouvait aller jusqu'à mon cœur. La raison de ce charme me parut être que j'aimais toujours autant Albertine, tandis que la raison véritable était au contraire que l'oubli continuait à faire en moi des progrès, que le souvenir d'Albertine ne m'était plus cruel, c'est-à-dire avait changé ; mais nous avons beau voir clair dans nos impressions, comme je crus alors voir clair dans la raison de ma mélancolie, nous ne savons pas remonter jusqu'à leur signification plus éloignée : comme ces malaises que le médecin écoute son malade lui raconter et à l'aide desquels il remonte à une cause plus profonde, ignorée du patient, de même nos impressions, nos idées, n'ont qu'une valeur de symptômes. Ma jalousie étant tenue à l'écart par l'impression de charme et de douce tristesse que je ressentais, mes sens se réveillaient. Une fois de plus, comme quand j'avais cessé de voir Gilberte, l'amour de la femme s'élevait de moi, débarrassé de toute association exclusive avec une certaine femme déjà aimée, et flottait comme ces essences qu'ont libérées des destructions antérieures et qui errent en suspens dans l'air printanier, ne demandant qu'à s'unir à une nouvelle créature. Nulle part il ne germe autant de fleurs, s'appelassent-elles « ne m'oubliez pas », que dans un cimetière. Je regardais les jeunes filles

blance, l'identité possible avec celle à qui on pense. « C'est peut-être elle! » On se retourne, la voiture continue à avancer et on ne revient pas en arrière.

dont était innombrablement fleuri ce beau jour,
comme j'eusse fait jadis de la voiture de Mme de Villeparisis ou de celle où j'étais, par un même dimanche,
venu avec Albertine. Aussitôt, au regard que je
venais poser sur telle ou telle d'entre elles s'appariait
immédiatement le regard curieux, furtif, entre-
prenant, reflétant d'insaisissables pensées, que leur
eût à la dérobée jeté Albertine et qui, géminant le
mien d'une aile mystérieuse, rapide et bleuâtre,
faisait passer dans ces allées jusque-là si naturelles,
le frisson d'un inconnu dont mon propre désir n'eût
pas suffi à les renouveler s'il fût demeuré seul, car lui,
pour moi, n'avait rien d'étranger.

Et parfois la lecture d'un roman un peu triste me
ramenait brusquement en arrière, car certains ro-
mans sont comme de grands deuils momentanés,
abolissent l'habitude, nous remettent en contact
avec la réalité de la vie, mais pour quelques heures
seulement, comme un cauchemar, car les forces de
l'habitude, l'oubli qu'elles produisent, la gaîté
qu'elles ramènent par l'impuissance du cerveau à
lutter contre elles et à recréer le vrai, l'emportent
infiniment sur la suggestion presque hypnotique
d'un beau livre, laquelle, comme toutes les suggestions
a des effets très courts.

D'ailleurs à Balbec, quand j'avais désiré connaître
Albertine, la première fois, n'était-ce pas parce qu'elle
m'avait semblé représentative de ces jeunes filles dont
la vue m'avait si souvent arrêté dans les rues, sur les
routes, et que pour moi elle pouvait résumer leur
vie ? Et n'était-il pas naturel que maintenant l'étoile
finissante de mon amour en lequel elles s'étaient
condensées, se dispersât de nouveau en cette poussière disséminée de nébuleuses ? Toutes me sem-

blaient des Albertine, l'image que je portais en moi
me la faisant retrouver partout, et même, au détour
d'une allée, l'une qui remontait dans une automobile
me la rappela tellement, était si exactement de la
même corpulence, que je me demandai un instant si
ce n'était pas elle que je venais de voir, si on ne
m'avait pas trompé en me faisant le récit de sa mort.
Je la revoyais ainsi dans un angle d'allée, peut-être
à Balbec, remontant en voiture de la même manière,
alors qu'elle avait tant de confiance dans la vie. Et
l'acte de cette jeune fille de remonter en automobile,
je ne le constatais pas seulement avec mes yeux
comme la superficielle apparence qui se déroule si
souvent au cours d'une promenade : devenu une
sorte d'acte durable, il me semblait s'étendre aussi
dans le passé, par ce côté qui venait de lui être sur-
ajouté et qui s'appuyait si voluptueusement, si tristement contre mon cœur.

Mais déjà la jeune fille avait disparu. Un peu plus
loin je vis un groupe de trois jeunes filles un peu plus
âgées, peut-être des jeunes femmes, dont l'allure
élégante et énergique correspondait si bien à ce qui
m'avait séduit le premier jour où j'avais aperçu
Albertine et ses amies, que j'emboîtai le pas à ces
trois nouvelles jeunes filles et au moment où elles
prirent une voiture, en cherchai désespérément une
autre dans tous les sens, et que je trouvai, mais trop
tard. Je ne les retrouvai pas. Mais quelques jours plus
tard, comme je rentrais, j'aperçus, sortant de sous
la voûte de notre maison, les trois jeunes filles que
j'avais suivies au Bois. C'était tout à fait, les deux
brunes surtout, et un peu plus âgées seulement,
de ces jeunes filles du monde qui souvent, vues
de ma fenêtre ou croisées dans la rue, m'avaient fait

faire mille projets, aimer la vie, et que je n'avais pu
connaître. La blonde avait un air un peu plus délicat,
presque souffrant, qui me plaisait moins. Ce fut
pourtant elle qui fut cause que je ne me contentai pas
de les considérer un instant, ayant pris racine, avec
ces regards qui, par leur fixité impossible à distraire,
leur application comme à un problème, semblent
avoir conscience qu'il s'agit d'aller bien au delà de ce
qu'on voit. Je les aurais sans doute laissées disparaître comme tant d'autres si, au moment où elles
passèrent devant moi, la blonde — était-ce parce
que je les contemplais avec cette attention ? — ne
m'eût lancé furtivement un premier regard, puis
m'ayant dépassé, et retournant la tête vers moi, un
second qui acheva de m'enflammer. Cependant,
comme elle cessa de s'occuper de moi et se remit à
causer avec ses amies, mon ardeur eût sans doute
fini par tomber, si elle n'avait été centuplée par le fait
suivant. Ayant demandé au concierge qui elles
étaient : « Elles ont demandé Mme la Duchesse, me
dit-il. Je crois qu'il n'y en a qu'une qui la connaisse
et que les autres l'avaient seulement accompagnée
jusqu'à la porte. Voici le nom, je ne sais pas si j'ai bien
écrit. » Et je lus : Mlle Déporcheville, que je rétablis
aisément : d'Éporcheville, c'est-à-dire le nom ou à
peu près, autant que je me souvenais, de la jeune fille
d'excellente famille, et apparentée vaguement aux
Guermantes, dont Robert m'avait parlé pour l'avoir
rencontrée dans une maison de passe et avec laquelle
il avait eu des relations. Je comprenais maintenant
la signification de son regard, pourquoi elle s'était retournée et cachée de ses compagnes. Que de fois
j'avais pensé à elle, me l'imaginant d'après le nom que
m'avait dit Robert ! Et voici que je venais de la voir,

nullement différente de ses amies, sauf par ce regard
dissimulé qui ménageait entre moi et elle une entrée
secrète dans des parties de sa vie qui évidemment
étaient cachées à ses amies, et qui me la faisaient
paraître plus accessible — presque a demi-mienne —
plus douce que ne sont d'habitude les jeunes filles de
l'aristocratie. Dans l'esprit de celle-ci, entre elle et moi
il y avait d'avance de commun les heures que nous
aurions pu passer ensemble, si elle avait la liberté de me
donner un rendez-vous. N'était-ce pas ce que son
regard avait voulu m'exprimer avec une éloquence
qui ne fut claire que pour moi ? Mon cœur battait de
toutes ses forces, je n'aurais pas pu dire exactement
comment était faite Mlle d'Éporcheville, je revoyais
vaguement un blond visage aperçu de côté, mais
j'étais amoureux fou d'elle. Tout d'un coup je m'avisai que je raisonnais comme si entre les trois,
Mlle d'Éporcheville était précisément la blonde qui
s'était retournée et m'avait regardé deux fois. Or le
concierge ne me l'avait pas dit. Je revins à sa loge,
l'interrogeai à nouveau, il me dit qu'il ne pouvait me
renseigner là-dessus, parce qu'elles étaient venues
aujourd'hui pour la première fois et pendant qu'il
n'était pas là. Mais il allait demander à sa femme qui
les avait déjà vues une fois. Elle était en train de faire
l'escalier de service. Qui n'a au cours de sa vie de ces
incertitudes, plus ou moins semblables à celles-là,
et délicieuses ? Un ami charitable à qui on a décrit
une jeune fille qu'on a vue au bal, a reconstitué
qu'elle devait être une de ses amies et vous invite
avec elle. Mais entre tant d'autres et sur un simple
portrait parlé, n'y aura-t-il pas eu d'erreur commise ?
La jeune fille que vous allez voir tout à l'heure ne
sera-t-elle pas une autre que celle que vous désirez ?

Ou au contraire n'allez-vous pas voir vous tendre la
main en souriant, précisément celle que vous sou-
haitiez qu'elle fût ? Cette dernière chance est assez
fréquente, et, sans être justifiée toujours par un
raisonnement aussi probant que celui qui concernait
Mlle d'Éporcheville, résulte d'une sorte d'intuition
et aussi de ce souffle de chance qui parfois nous
favorise. Alors, en la voyant, nous nous disons :
« C'était bien elle. » Je me rappelai que, dans la
petite bande de jeunes filles se promenant au bord
de la mer, j'avais deviné juste celle qui s'appelait
Albertine Simonet. Ce souvenir me causa une
douleur aiguë mais brève, et tandis que le concierge
cherchait sa femme, je songeais surtout — pensant
à Mlle d'Éporcheville et comme dans ces minutes
d'attente où un nom, un renseignement qu'on a on
ne sait pourquoi adapté à un visage, se trouve un
instant libre et flotte entre plusieurs, prêt, s'il adhère
à un nouveau, à rendre le premier sur lequel il vous
avait renseigné, rétrospectivement inconnu, innocent,
insaisissable — que le concierge allait peut-être m'apprendre que Mlle d'Éporcheville était au contraire
une des deux brunes. Dans ce cas s'évanouissait
l'être à l'existence duquel je croyais, que j'aimais déjà,
que je ne songeais plus qu'à posséder, cette blonde
et sournoise Mlle d'Éporcheville que la fatale réponse
allait alors dissocier en deux éléments distincts,
que j'avais arbitrairement unis à la façon d'un roman-
cier qui fond ensemble divers éléments empruntés
à la réalité pour créer un personnage imaginaire,
et qui, pris chacun à part — le nom ne corro-
borant pas l'intention du regard — perdaient toute
signification. Dans ce cas mes arguments se trouvaient détruits, mais combien ils se trouvèrent au

contraire fortifiés quand le concierge revint me dire
que Mlle d'Éporcheville était bien la blonde!

Dès lors je ne pouvais plus croire à une homonymie.
Le hasard eût été trop grand que sur ces trois jeunes
filles l'une s'appelât Mlle d'Éporcheville, que ce
fût justement (ce qui était une première vérification
topique de ma supposition) celle qui m'avait regardé
de cette façon, presque en me souriant, et que ce ne
fût pas celle qui allait dans les maisons de passe.

Alors commença une journée d'une folle agitation.
Avant même d'aller acheter tout ce que je croyais
propre à me parer pour produire une meilleure impression le surlendemain quand j'irais voir Mme de
Guermantes, chez qui je trouverais ainsi une jeune
fille facile et prendrais rendez-vous avec elle (car je
trouverais bien le moyen de l'entretenir un instant
dans un coin du salon), j'allai pour plus de sûreté
télégraphier à Robert pour lui demander le nom
exact et la description de la jeune fille, espérant
avoir sa réponse avant le surlendemain, où elle
devait, m'avait dit le concierge, revenir voir Mme de
Guermantes ; et (je ne pensais pas une seconde à
autre chose, même pas à Albertine) j'irais, quoi qu'il
pût m'arriver d'ici là, dussé-je m'y faire descendre
en chaise à porteur si j'étais malade, faire une visite
à la même heure à la duchesse. Si je télégraphiais à
Saint-Loup, ce n'était pas qu'il me restât des doutes
sur l'identité de la personne, et que la jeune fille vue
et celle dont il m'avait parlé fussent encore distinctes
pour moi. Je ne doutais pas qu'elles n'en fissent
qu'une seule. Mais dans mon impatience d'attendre
le surlendemain, il m'était doux, c'était déjà pour
moi comme un pouvoir secret sur elle, de recevoir
une dépêche la concernant, pleine de détails. Au

télégraphe, tout en rédigeant ma dépêche avec l'animation de l'homme qu'échauffe l'espérance, je remarquais combien j'étais moins désarmé maintenant que dans mon enfance, et vis-à-vis de M¹¹ᵉ d'Éporcheville que de Gilberte. A partir du moment où j'avais eu seulement la peine d'écrire ma dépêche, l'employé n'avait plus qu'à la prendre, les réseaux les plus rapides de communication électrique à la transmettre, l'étendue de la France et la Méditerranée, tout le passé noceur de Robert appliqué à identifier la personne que je venais de rencontrer, allaient être au service du roman que je venais d'ébaucher et auquel je n'avais même plus besoin de penser, car ils allaient se charger de le conclure dans un sens ou dans un autre avant que vingt-quatre heures fussent accomplies. Tandis qu'autrefois, ramené des Champs-Élysées par Françoise, nourrissant seul à la maison d'impuissants désirs, ne pouvant user des moyens pratiques de la civilisation, j'aimais comme un sauvage, ou même, car je n'avais pas la liberté de bouger, comme une fleur. A partir de ce moment, mon temps se passa dans la fièvre ; une absence de quarante-huit heures que mon père me demanda de faire avec lui et qui m'eût fait manquer la visite chez la duchesse me mit dans une rage et un désespoir tels que ma mère s'interposa et obtint de mon père de me laisser à Paris. Mais pendant plusieurs heures ma colère ne put s'apaiser, tandis que mon désir de M¹¹ᵉ d'Éporcheville avait été centuplé par l'obstacle qu'on avait mis entre nous, par la crainte que j'avais eue un instant que ces heures, auxquelles je souriais d'avance sans trêve, de ma visite chez Mᵐᵉ de Guermantes, comme à un bien certain que nul ne pourrait m'enlever, n'eussent pas lieu. Certains philosophes disent que le monde extérieur n'existe pas et que c'est en nous-même que nous développons notre vie. Quoi qu'il en soit, l'amour, même en ses plus humbles commencements, est un exemple frappant du peu qu'est la réalité pour nous. M'eût-il fallu dessiner de mémoire un portrait de Mlle d'Éporcheville, donner sa description, son signalement, cela m'eût été impossible, et même la reconnaître dans la rue. Je l'avais aperçue de profil, bougeante, elle m'avait semblé jolie, simple, grande et blonde, je n'aurais pas pu en dire davantage. Mais toutes les réactions du désir, de l'anxiété, du coup mortel frappé par la peur de ne pas la voir si mon père m'emmenait, tout cela, associé à une image qu'en somme je ne connaissais pas et dont il suffisait que je la susse agréable, constituait déjà un amour. Enfin le lendemain matin, après une nuit d'insomnie heureuse, je reçus la dépêche de Saint-Loup : « De l'Orgeville, *de* particule, *orge* la graminée, comme du seigle, *ville* comme une ville, petite, brune, boulotte, est en ce moment en Suisse. » Ce n'était pas elle.

Un moment après ma mère entrait dans ma chambre avec le courrier, le posait sur mon lit avec négligence, en ayant l'air de penser à autre chose, et se retirait aussitôt pour me laisser seul. Et moi, connaissant les ruses de ma chère maman, et sachant qu'on pouvait toujours lire dans son visage sans crainte de se tromper, si l'on prenait comme clef le désir de faire plaisir aux autres, je souris et pensai : « Il y a quelque chose d'intéressant pour moi dans le courrier, et maman a affecté cet air indifférent et distrait pour que ma surprise soit complète et pour ne pas faire comme les gens qui vous ôtent la moitié de votre plaisir en vous l'annonçant. Et elle n'est pas restée là

parce qu'elle a craint que par amour-propre je dissimule le plaisir que j'aurais, et ainsi le ressente moins
vivement. » Cependant, en allant vers la porte pour
sortir elle avait rencontré Françoise qui entrait chez
moi. Et ma mère avait forcé Françoise à rebrousser
chemin et l'avait entraînée dehors effarouchée et
surprise, car elle considérait que sa charge comportait
le privilège de pénétrer à toute heure dans ma chambre et d'y rester s'il lui plaisait. Mais déjà, sur son
visage, l'étonnement et la colère avaient disparu sous
le sourire noir et gluant d'une pitié transcendante et
d'une ironie philosophique, liqueur visqueuse que
sécrétait pour guérir sa blessure son amour-propre
lésé. Pour ne pas se sentir méprisée, elle nous mépri-
sait. Aussi bien savait-elle que nous étions des
maîtres, des êtres capricieux, qui ne brillent pas par
l'intelligence et qui trouvent leur plaisir à imposer
par la peur à des personnes spirituelles, à des domestiques, pour bien montrer qu'ils sont les maîtres,
des devoirs absurdes comme de faire bouillir l'eau
en temps d'épidémie, de laver une chambre avec un
linge mouillé, et d'en sortir au moment où on avait
justement l'intention d'y entrer. Ma mère dans sa
précipitation avait emporté la bougie. Je m'aperçus
qu'elle avait posé le courrier tout près de moi, pour
qu'il ne pût pas m'échapper. Mais je sentis que ce
n'était que des journaux. Sans doute y avait-il
quelque article d'un écrivain que j'aimais et qui,
écrivant rarement, serait pour moi une surprise.
J'allai à la fenêtre, j'écartai les grands rideaux.
Au-dessus du jour blême et brumeux, le ciel qui était
rose comme sont à cette heure dans les cuisines les
fourneaux qu'on allume, me remplit d'espérance
et du désir de passer la nuit et de m'éveiller à la petite

station montagnarde où j'avais vu la laitière aux joues roses.

J'ouvris *le Figaro*. Quel ennui! Justement le premier article avait le même titre que celui que j'avais envoyé et qui n'avait pas paru. Mais pas seulement le même titre, voici quelques mots absolument pareils. Cela, c'était trop fort. J'enverrais une protestation *. Mais ce n'était pas que quelques mots, c'était tout, c'était ma signature... C'était mon article qui avait enfin paru! Mais ma pensée qui, peut-être déjà à cette époque, avait commencé à vieillir et à se fatiguer un peu, continua un instant encore à raisonner comme si elle n'avait pas compris que c'était mon article, comme les vieillards qui sont obligés de terminer jusqu'au bout un mouvement commencé, même s'il est devenu inutile, même si un obstacle imprévu devant lequel il faudrait se retirer immédiatement, le rend dangereux. Puis je considérai le pain spirituel qu'est un journal, encore chaud et humide de la presse récente et du brouillard du matin où on le distribue dès l'aurore aux bonnes qui l'apportent à leur maître avec le café au lait, pain miraculeux, multipliable, qui est à la fois un et dix mille, et reste le même pour chacun tout en pénétrant à la fois, innombrable, dans toutes les maisons.

Ce que je tenais en main, ce n'est pas un certain exemplaire du journal, c'est l'un quelconque des

---

* Et j'entendais Françoise qui, indignée qu'on l'eût chassée de ma chambre où elle considérait qu'elle avait ses grandes entrées, grommelait : « Si c'est pas malheureux, un enfant qu'on a vu naître. Je ne l'ai pas vu quand sa mère le faisait, bien sûr. Mais quand je l'ai connu, pour bien dire, il n'y avait pas cinq ans qu'il était naquis! »

dix mille ; ce n'est pas seulement ce qui a été écrit
par moi, c'est ce qui a été écrit par moi et lu par tous.
Pour apprécier exactement le phénomène qui se
produit en ce moment dans les autres maisons, il faut
que je lise cet article non en auteur, mais comme un des
lecteurs du journal ; ce n'était pas seulement ce que
j'avais écrit, c'était le symbole de son incarnation
dans tant d'esprits. Aussi pour le lire, fallait-il que
je cesse un moment d'en être l'auteur, que je fusse
l'un quelconque des lecteurs du journal. Mais d'abord
une première inquiétude. Le lecteur non prévenu
verra-t-il cet article ? Je déplie distraitement le journal
comme ferait ce lecteur non prévenu, ayant même sur
ma figure l'air que je prends d'ignorer ce qu'il y a ce
matin dans mon journal et d'avoir hâte de regarder
les nouvelles mondaines ou la politique. Mais mon
article est si long que mon regard, qui l'évite (pour
rester dans la vérité et ne pas mettre la chance de
mon côté, comme quelqu'un qui attend compte trop
lentement exprès), en accroche un morceau au passage.
Mais beaucoup de ceux qui aperçoivent le premier
article, même qui le lisent, ne regardent pas la signature. Moi-même je serais bien incapable de dire de
qui était le premier article de la veille. Et je me
promets maintenant de les lire toujours et le nom de
leur auteur ; mais, comme un amant jaloux qui ne
trompe pas sa maîtresse pour croire à sa fidélité, je
songe tristement que mon attention future ne forcera,
n'a pas forcé en retour celle des autres. Et puis il y a
ceux qui sont partis à la chasse, ceux qui sont sortis
trop tôt de chez eux. Enfin, quelques-uns tout de
même le liront. Je fais comme ceux-là, je commence.
J'ai beau savoir que bien des gens qui liront cet
article le trouveront détestable, au moment où je lis,

ce que je vois dans chaque mot me semble être sur le
papier, je ne peux pas croire que chaque personne en
ouvrant les yeux ne verra pas directement ces images
que je vois, croyant que la pensée de l'auteur est
directement perçue par le lecteur, tandis que c'est
une autre pensée qui se fabrique dans son esprit,
avec la même naïveté que ceux qui croient que c'est
la parole même qu'on a prononcée qui chemine telle
quelle le long des fils du téléphone ; au moment même
où je veux être un lecteur quelconque, mon esprit
refait en auteur le travail de ceux qui liront mon
article. Si M. de Guermantes ne comprenait pas telle
phrase que Bloch aimerait, en revanche il pourrait
s'amuser de telle réflexion que Bloch dédaignerait.
Ainsi pour chaque partie que le lecteur précédent
semblait délaisser, un nouvel amateur se présentant,
l'ensemble de l'article se trouvait élevé aux nues par
une foule et s'imposait à ma propre défiance de moi-
même qui n'avais plus besoin de le soutenir. C'est
qu'en réalité il en est de la valeur d'un article, si
remarquable qu'il puisse être, comme de ces phrases
des comptes rendus de la Chambre où les mots « Nous
verrons bien » prononcés par le ministre, ne sont
qu'une partie, et peut-être la moins importante, de la
phrase qu'il faut lire ainsi : LE PRÉSIDENT DU CONSEIL,
MINISTRE DE L'INTÉRIEUR ET DES CULTES : « Nous
verrons bien » (*Vives exclamations à l'extrême-gauche.
Très bien ! très bien ! sur quelques bancs à gauche et au
centre*, fin plus belle que son milieu, digne de son
début) : une partie de sa beauté — et c'est la tare
originelle de ce genre de littérature, dont ne sont pas
exceptés les célèbres *Lundis* — réside dans l'impression
qu'elle produit sur les lecteurs. C'est une Vénus
collective, dont on n'a qu'un membre mutilé si l'on

s'en tient à la pensée de l'auteur, car elle ne se réalise complète que dans l'esprit de ses lecteurs. En eux elle s'achève. Et comme une foule, fût-elle une élite, n'est pas artiste, ce cachet dernier qu'elle lui donne garde toujours quelque chose d'un peu commun. Ainsi Sainte-Beuve, le lundi, pouvait se représenter Mme de Boigne dans son lit à hautes colonnes lisant son article du *Constitutionnel*, appréciant telle jolie phrase dans laquelle il s'était longtemps complu et qui ne serait peut-être jamais sortie de lui s'il n'avait jugé à propos d'en bourrer son feuilleton pour que le coup en portât plus loin. Sans doute le Chancelier, le lisant de son côté, en parlerait à sa vieille amie dans la visite qu'il lui ferait un peu plus tard. Et en l'emmenant ce soir dans sa voiture, le duc de Noailles en pantalon gris lui dirait ce qu'on en avait pensé dans la société, si un mot de Mme d'Arbouville ne le lui avait déjà appris. Et appuyant ma propre défiance de moi-même sur ces dix mille approbations qui me soutenaient, je puisais autant de sentiment de ma force et d'espoir de talent dans la lecture que je faisais en ce moment que j'y avais puisé de défiance quand ce que j'avais écrit ne s'adressait qu'à moi. Je voyais à cette même heure, pour tant de gens, ma pensée — ou même à défaut de ma pensée pour ceux qui ne pouvaient la comprendre, la répétition de mon nom et comme une évocation embellie de ma personne — briller sur eux, colorer leur pensée en une aurore qui me remplissait de plus de force et de joie triomphante que l'aurore innombrable qui en même temps se montrait rose à toutes les fenêtres *. Aussi, à peine

---

* Je voyais Bloch, les Guermantes, Legrandin, Andrée, M. X... tirer de chaque phrase les images qu'il y enferme au moment même où j'essaie d'être

eus-je fini cette lecture réconfortante, que moi qui
n'avais pas eu le courage de relire mon manuscrit, je
souhaitai de la recommencer immédiatement, n'y
ayant rien comme un vieil article de soi dont on puisse
dire que « quand on l'a lu on peut le relire ». Je me
promis d'en faire acheter d'autres exemplaires par
Françoise, pour donner à des amis, lui dirais-je, en
réalité pour toucher du doigt le miracle de la multiplication de ma pensée, et lire, comme si j'étais un

un lecteur quelconque, et je lis en auteur. Mais pour
que l'être impossible que j'essaie d'être réunisse tous
les contraires qui peuvent m'être le plus favorables,
si je lis en auteur je me juge en lecteur, sans aucune
des exigences que peut avoir pour un écrit celui qui y
confronte l'idéal qu'il a voulu y exprimer. Ces pages
qui, quand je les écrivis, étaient si pâles auprès de ma
pensée, si compliquées et opaques auprès de ma vision
harmonieuse et transparente, si pleines de lacunes
que je n'étais pas arrivé à remplir, que leur lecture
était pour moi une souffrance, elles n'avaient fait
qu'accroître en moi le sentiment de mon impuissance
et de mon manque incurable de talent. Mais maintenant, en m'efforçant d'être lecteur, je me décharge
sur les autres du devoir douloureux de me juger,
je réussis du moins à faire table rase de ce que j'avais
voulu faire en lisant ce que j'avais fait. Je lisais l'article
en m'efforçant de me persuader qu'il était d'un autre.
Alors toutes mes images, toutes mes réflexions, toutes
mes épithètes prises en elles-mêmes et sans le souvenir
de l'échec qu'elles représentaient pour mes visées,
me charmaient par leur éclat, leur imprévu, leur
profondeur. Et quand je sentais une défaillance trop
grande, me réfugiant dans l'âme du lecteur quelconque
émerveillé, je me disais : « Bah ! comment un lecteur
peut-il s'apercevoir de cela ? Il manque quelque chose
là, c'est possible. Mais sapristi, s'ils ne sont pas contents ! Il y a assez de jolies choses comme cela, plus
qu'ils n'en ont d'habitude. »

autre monsieur qui vient d'ouvrir *le Figaro*, dans un autre numéro, les mêmes phrases. Il y avait justement un temps infini que je n'avais vu les Guermantes, j'irais leur faire une visite où je me rendrais compte par eux de l'opinion qu'on avait de mon article.

Je pensais à telle lectrice dans la chambre de qui j'eusse tant aimé pénétrer et à qui le journal apporterait sinon ma pensée, qu'elle ne pouvait comprendre, du moins mon nom, comme une louange de moi qu'on lui aurait faite. Mais les louanges décernées à ce qu'on n'aime pas n'enchaînent pas plus le cœur, que les pensées d'un esprit qu'on ne peut pénétrer n'attirent l'esprit. Mais pour d'autres amis, je me disais que, si l'état de ma santé continuait à s'aggraver et si je ne pouvais plus les voir, il serait agréable de continuer à écrire, pour avoir encore par là accès auprès d'eux, pour leur parler entre les lignes, les faire penser à mon gré, leur plaire, être reçu dans leur cœur. Je me disais cela, parce que les relations mondaines ayant tenu jusqu'ici une place dans ma vie quotidienne, un avenir où elles ne figureraient plus m'effrayait, et que cet expédient qui me permettrait de retenir sur moi l'attention de mes amis, peut-être d'exciter l'admiration, jusqu'au jour où je serais assez bien pour recommencer à les voir, me consolait ; je me disais cela, mais je sentais bien que ce n'était pas vrai, que si j'aimais à me figurer leur attention comme l'objet de mon plaisir, ce plaisir était un plaisir intérieur, spirituel, volontaire, qu'eux ne pouvaient me donner et que je pouvais trouver non en causant avec eux, mais en écrivant loin d'eux ; et que, si je commençais à écrire pour les voir indirectement, pour qu'ils eussent une meilleure idée de moi, pour me préparer une meilleure situation dans le monde, peut-être

écrire m'ôterait l'envie de les voir, et la situation que
la littérature m'aurait peut-être faite dans le monde,
je n'aurais plus envie d'en jouir, car mon plaisir ne
serait plus dans le monde mais dans la littérature.

Aussi après le déjeuner, quand j'allai chez Mme de
Guermantes, fut-ce moins pour Mlle d'Éporcheville,
qui avait perdu, du fait de la dépêche de Saint-Loup,
le meilleur de sa personnalité, que pour voir en la
duchesse elle-même une de ces lectrices de mon
article qui pourraient me permettre d'imaginer ce
qu'avait pu penser le public, abonnés et acheteurs
du *Figaro*. Ce n'est pas du reste sans plaisir que
j'allais chez Mme de Guermantes. J'avais beau me
dire que ce qui différenciait pour moi ce salon des
autres, c'était le long stage qu'il avait fait dans mon
imagination, en connaissant les causes de cette différence je ne l'abolissais pas. Il existait d'ailleurs pour
moi plusieurs noms de Guermantes. Si celui que
ma mémoire n'avait inscrit que comme dans un
livre d'adresses ne s'accompagnait d'aucune poésie,
de plus anciens, ceux qui remontaient au temps où je
ne connaissais pas Mme de Guermantes, étaient
susceptibles de se reformer en moi, surtout quand
il y avait longtemps que je ne l'avais vue et que la
clarté crue de la personne au visage humain n'éteignait
pas les rayons mystérieux du nom. Alors de nouveau
je me remettais à penser à la demeure de Mme de Guermantes comme à quelque chose qui eût été au delà
du réel, de la même façon que je me remettais à
penser au Balbec brumeux de mes premiers rêves
et comme si depuis je n'avais pas fait ce voyage, au
train de une heure cinquante comme si je ne l'avais
pas pris. J'oubliais un instant la connaissance que
j'avais que tout cela n'existait pas, comme on pense

quelquefois à un être aimé en oubliant pendant un instant qu'il est mort. Puis l'idée de la réalité revint en entrant dans l'antichambre de la duchesse. Mais je me consolai en me disant qu'elle était malgré tout pour moi le véritable point d'intersection entre la réalité et le rêve.

En entrant dans le salon, je vis la jeune fille blonde que j'avais crue pendant vingt-quatre heures être celle dont Saint-Loup m'avait parlé. Ce fut elle-même qui demanda à la duchesse de me « représenter » à elle. Et en effet, depuis que j'étais entré, j'avais une impression de très bien la connaître, mais que dissipa la duchesse en me disant : « Ah! vous avez déjà rencontré Mlle de Forcheville ? » Or au contraire j'étais certain de n'avoir jamais été présenté à aucune jeune fille de ce nom, lequel m'eût certainement frappé, tant il était familier à ma mémoire depuis qu'on m'avait fait un récit rétrospectif des amours d'Odette et de la jalousie de Swann. En elle-même ma double erreur de nom, m'être rappelé « de l'Orgeville » comme étant « d'Éporcheville » et avoir reconstitué en « Éporcheville » ce qui était en réalité « Forcheville », n'avait rien d'extraordinaire. Notre tort est de présenter les choses telles qu'elles sont, les noms tels qu'ils sont écrits, les gens tels que la photographie et la psychologie donnent d'eux une notion immobile. Mais en réalité ce n'est pas du tout cela que nous percevons d'habitude. Nous voyons, nous entendons, nous concevons le monde tout de travers. Nous répétons un nom tel que nous l'avons entendu jusqu'à ce que l'expérience ait rectifié notre erreur, ce qui n'arrive pas toujours. Tout le monde à Combray parla pendant vingt-cinq ans à Françoise de Mme Sazerat et Françoise continua à dire Mme Sazerin, non

par cette volontaire et orgueilleuse persévérance dans
ses erreurs qui était habituelle chez elle, se renforçait
de notre contradiction et était tout ce qu'elle avait
ajouté chez elle à la France de Saint-André-des-
Champs des principes égalitaires de 1789 (elle ne
réclamait qu'un droit du citoyen, celui de ne pas
prononcer comme nous et de maintenir qu'hôtel,
été et air étaient du genre féminin), mais parce qu'en
réalité elle continua toujours d'entendre Sazerin.
Cette perpétuelle erreur, qui est précisément la « vie »,
ne donne pas ses mille formes seulement à l'univers
visible et à l'univers audible, mais à l'univers social,
à l'univers sentimental, à l'univers historique, etc.
La princesse de Luxembourg n'a qu'une situation de
cocotte pour la femme du Premier Président, ce qui du
reste est de peu de conséquence ; ce qui en a un peu
plus, Odette est une femme difficile pour Swann, d'où
il bâtit tout un roman qui ne devient que plus douloureux quand il comprend son erreur ; ce qui en a
encore davantage, les Français ne rêvent que la
Revanche aux yeux des Allemands. Nous n'avons de
l'univers que des visions informes, fragmentées et
que nous complétons par des associations d'idées
arbitraires, créatrices de dangereuses suggestions.
Je n'aurais donc pas eu lieu d'être très étonné en
entendant le nom de Forcheville (et déjà je me demandais si c'était une parente du Forcheville dont j'avais
tant entendu parler) si la jeune fille blonde ne m'avait
dit aussitôt, désireuse sans doute de prévenir avec
tact des questions qui lui eussent été désagréables :
« Vous ne vous souvenez pas que vous m'avez beaucoup connue autrefois, vous veniez à la maison, avec
votre amie Gilberte. J'ai bien vu que vous ne me
reconnaissiez pas. Moi je vous ai bien reconnu tout de

suite. » (Elle dit céla comme si elle m'avait reconnu
tout de suite dans le salon, mais la vérité est qu'elle
m'avait reconnu dans la rue et m'avait dit bonjour,
et plus tard Mme de Guermantes me dit qu'elle lui
avait raconté comme une chose très drôle et extraordinaire que je l'avais suivie et frôlée, la prenant
pour une cocotte.) Je ne sus qu'après son départ
pourquoi elle s'appelait Mlle de Forcheville. Après
la mort de Swann, Odette, qui étonna tout le monde
par une douleur profonde, prolongée et sincère, se
trouvait être une veuve très riche. Forcheville l'épousa,
après avoir entrepris une longue tournée de châteaux
et s'être assuré que sa famille recevrait sa femme.
(Cette famille fit quelques difficultés, mais céda
devant l'intérêt de ne plus avoir à subvenir aux
dépenses d'un parent besogneux qui allait passer d'une
quasi-misère à l'opulence.) Peu après, un oncle de
Swann, sur la tête duquel la disparition successive
de nombreux parents avait accumulé un énorme
héritage, mourut, laissant toute cette fortune à Gilberte qui devenait ainsi une des plus riches héritières
de France. Mais c'était le moment où des suites de
l'affaire Dreyfus était né un mouvement antisémite
parallèle à un mouvement de pénétration plus abon-
dant du monde par les Israélites. Les politiciens
n'avaient pas eu tort en pensant que la découverte
de l'erreur judiciaire porterait un coup à l'antisémi-
tisme. Mais, provisoirement au moins, un antisémi-
tisme mondain s'en trouvait au contraire accru et
exaspéré. Forcheville qui, comme le moindre noble,
avait puisé dans des conversations de famille la
certitude que son nom était plus ancien que celui de
La Rochefoucauld, considérait qu'en épousant la
veuve d'un juif il avait accompli le même acte de

charité qu'un millionnaire qui ramasse une prostituée dans la rue et la tire de la misère et de la fange. Il était prêt à étendre sa bonté jusqu'à la personne de Gilberte dont tant de millions aideraient, mais dont cet absurde nom de Swann gênerait le mariage. Il déclara qu'il l'adoptait. On sait que Mme de Guermantes, à l'étonnement — qu'elle avait d'ailleurs le goût et l'habitude de provoquer — de sa société, s'était, quand Swann s'était marié, refusée à recevoir sa fille aussi bien que sa femme. Ce refus avait été en apparence quelque chose de d'autant plus cruel que ce qu'avait pendant longtemps représenté à Swann son mariage possible avec Odette, c'était la présentation de sa fille à Mme de Guermantes. Et sans doute il eût dû savoir, lui qui avait déjà tant vécu, que ces tableaux qu'on se fait ne se réalisent jamais pour différentes raisons, mais parmi lesquelles il en est une qui fit qu'il pensa à regretter cette présentation. Cette raison est que, quelle que soit l'image, depuis la truite à manger au coucher du soleil qui décide un homme sédentaire à prendre le train, jusqu'au désir de pouvoir étonner un soir une orgueilleuse caissière en s'arrêtant devant elle en somptueux équipage, qui décide un homme sans scrupules à commettre un assassinat ou à souhaiter la mort et l'héritage des siens, selon qu'il est plus brave ou plus paresseux, qu'il va plus loin dans la suite de ses idées ou reste à en caresser le premier chaînon, l'acte qui est destiné à nous permettre d'atteindre l'image, que cet acte soit le voyage, le mariage, le crime, etc., cet acte nous modifie assez profondément pour que nous n'attachions plus d'importance, peut-être même que ne nous vienne plus une seule fois à l'esprit, l'image que formait celui qui n'était pas encore un voyageur,

ou un mari, ou un criminel, ou un isolé (qui s'est mis
au travail pour la gloire et s'est du même coup détaché
du désir de la gloire), etc. D'ailleurs, missions-nous
de l'obstination à ne pas avoir voulu agir en vain, il
est probable que l'effet de soleil ne se retrouverait pas,
qu'ayant froid à ce moment-là nous souhaiterions
un potage au coin du feu et non une truite en plein
air, que notre équipage laisserait indifférente la
caissière qui peut-être avait pour des raisons tout
autres une grande considération pour nous et dont
cette brusque richesse exciterait la méfiance. Bref nous
avons vu Swann marié attacher surtout de l'importance aux relations de sa femme et de sa fille avec
Mme Bontemps, etc.

A toutes les raisons, tirées de la façon Guermantes
de comprendre la vie mondaine, qui avaient décidé
la duchesse à ne jamais se laisser présenter Mme et
Mlle Swann, on peut ajouter aussi cette aisance
heureuse avec laquelle les gens qui n'aiment pas se
tiennent à l'écart de ce qu'ils blâment chez les amoureux et que l'amour de ceux-ci explique. « Oh! je ne
me mêle pas à tout ça ; si ça amuse le pauvre Swann
de faire des bêtises et de ruiner son existence, c'est
son affaire, mais on ne me prend pas avec ces choses-là,
tout ça peut très mal finir, je les laisse se débrouil-
ler. » C'est le *suave mari magno* que Swann lui-même
me conseillait à l'égard des Verdurin quand il avait
depuis longtemps cessé d'être amoureux d'Odette
et ne tenait plus au petit clan. C'est tout ce qui rend
si sages les jugements des tiers sur les passions qu'ils
n'éprouvent pas et les complications de conduite
qu'elles entraînent.

Mme de Guermantes avait même mis à exclure
Mme et Mlle Swann une persévérance qui avait

étonné. Quand Mme Molé, Mme de Marsantes
avaient commencé de se lier avec Mme Swann et de
mener chez elle un grand nombre de femmes du
monde, non seulement Mme de Guermantes était
restée intraitable, mais elle s'était arrangée pour
couper les ponts et que sa cousine la princesse
de Guermantes l'imitât. Un des jours les plus graves
de la crise où pendant le ministère Rouvier on crut
qu'il allait y avoir la guerre entre la France et l'Allemagne, comme je dînais seul chez Mme de Guermantes
avec M. de Bréauté, j'avais trouvé à la duchesse l'air
soucieux. J'avais cru, comme elle se mêlait volontiers
de politique, qu'elle voulait montrer par là sa crainte
de la guerre, comme, un jour où elle était venue à
table si soucieuse, répondant à peine par monosyl-
labes, à quelqu'un qui l'interrogeait timidement sur
l'objet de son souci elle avait répondu d'un air grave :
« La Chine m'inquiète. » Or au bout d'un moment,
Mme de Guermantes, expliquant elle-même l'air
soucieux que j'avais attribué à la crainte d'une
déclaration de guerre, avait dit à M. de Bréauté : « On
dit que Marie-Aynard veut faire une position aux
Swann. Il faut absolument que j'aille demain matin
voir Marie-Gilbert pour qu'elle m'aide à empêcher
ça. Sans cela il n'y a plus de société. C'est très joli,
l'affaire Dreyfus. Mais alors l'épicière du coin n'a
qu'à se dire nationaliste et à vouloir en échange être
reçue chez nous. » Et j'avais eu de ce propos, si frivole auprès de celui que j'attendais, l'étonnement du
lecteur qui, cherchant dans *le Figaro* à la place habituelle les dernières nouvelles de la guerre russo-
japonaise, tombe au lieu de cela sur la liste des personnes qui ont fait des cadeaux de noce à Mlle de
Mortemart, l'importance d'un mariage aristocratique

ayant fait reculer à la fin du journal les batailles sur terre et sur mer. La duchesse finissait d'ailleurs par éprouver de sa persévérance poursuivie au delà de toute mesure une satisfaction d'orgueil qui ne manquait pas une occasion de s'exprimer. « Babal, disait-elle, prétend que nous sommes les deux personnes les plus élégantes de Paris, parce qu'il n'y a que moi et lui qui ne nous laissions pas saluer par Mme et Mlle Swann. Or il assure que l'élégance est de ne pas connaître Mme Swann. » Et la duchesse riait de tout son cœur.

Cependant, quand Swann fut mort, il arriva que la décision de ne pas recevoir sa fille avait fini de donner à Mme de Guermantes toutes les satisfactions d'orgueil, d'indépendance, de self-government, de persécution qu'elle était susceptible d'en tirer et auxquelles avait mis fin la disparition de l'être qui lui donnait la sensation délicieuse qu'elle lui résistait, qu'il ne parvenait pas à lui faire rapporter ses décrets. Alors la duchesse avait passé à la promulgation d'autres décrets qui, s'appliquant à des vivants, pussent lui faire sentir qu'elle était maîtresse de faire ce que bon lui semblait. Elle ne pensait pas à la petite Swann, mais, quand on lui parlait d'elle, la duchesse ressentait une curiosité, comme d'un endroit nouveau que ne venait plus lui masquer à elle-même le désir de résister à la prétention de Swann. D'ailleurs, tant de sentiments différents peuvent contribuer à en former un seul qu'on ne saurait pas dire s'il n'y avait pas quelque chose d'affectueux pour Swann dans cet intérêt. Sans doute — car à tous les étages de la société une vie mondaine et frivole paralyse la sensibilité et ôte le pouvoir de ressusciter les morts — la duchesse était de celles qui ont besoin de la pré-

sence (de cette présence qu'en vraie Guermantes
elle excellait à prolonger) pour aimer vraiment,
mais aussi, chose plus rare, pour détester un peu.
De sorte que souvent ses bons sentiments pour les
gens, suspendus de leur vivant par l'irritation que
tels ou tels de leurs actes lui causaient, renaissaient
après leur mort. Elle avait presque alors un désir de
réparation, parce qu'elle ne les imaginait plus, très
vaguement d'ailleurs, qu'avec leurs qualités, et dépourvus des petites satisfactions, des petites prétentions qui l'agaçaient en eux quand ils vivaient.
Cela donnait parfois, malgré la frivolité de Mme de
Guermantes, quelque chose d'assez noble — mêlé
à beaucoup de bassesse — à sa conduite. Car, tandis
que les trois quarts des humains flattent les vivants
et ne tiennent plus aucun compte des morts, elle
faisait souvent après leur mort ce qu'auraient désiré
ceux qu'elle avait mal traités, vivants.

Quant à Gilberte, toutes les personnes qui l'aimaient
et avaient un peu d'amour-propre pour elle n'eussent
pu se réjouir du changement de dispositions de la
duchesse à son égard qu'en pensant que Gilberte,
en repoussant dédaigneusement des avances qui
venaient après vingt-cinq ans d'outrages, pût enfin
venger ceux-ci. Malheureusement, les réflexes mo-
raux ne sont pas toujours identiques à ce que le
bon sens imagine. Tel qui par une injure mal à propos
a cru perdre à tout jamais ses ambitions auprès d'une
personne à qui il tient, les sauve au contraire par là.
Gilberte, assez indifférente aux personnes qui étaient
aimables pour elle, ne cessait de penser avec admiration à l'insolente Mme de Guermantes, à se demander
les raisons de cette insolence ; même une fois, ce qui
eût fait mourir de honte pour elle tous les gens qui

avaient un peu d'amitié pour elle, elle avait voulu écrire à la duchesse pour lui demander ce qu'elle avait contre une jeune fille qui ne lui avait rien fait. Les Guermantes avaient pris à ses yeux des proportions que leur noblesse eût été impuissante à leur donner. Elle les mettait au-dessus non seulement de toute la noblesse, mais même de toutes les familles royales.

D'anciennes amies de Swann s'occupaient beaucoup de Gilberte. Dans l'aristocratie on apprit le dernier héritage qu'elle venait de faire, on commença à remarquer combien elle était bien élevée et quelle femme charmante elle ferait. On prétendait qu'une cousine de Mᵐᵉ de Guermantes, la princesse de Nièvre, pensait à elle pour son fils. Mᵐᵉ de Guermantes détestait Mᵐᵉ de Nièvre. Elle dit partout qu'un tel mariage serait un scandale. Mᵐᵉ de Nièvre effrayée assura qu'elle n'y avait jamais pensé. Un jour, après déjeuner, comme il faisait beau et que M. de Guermantes devait sortir avec sa femme, Mᵐᵉ de Guermantes arrangeait son chapeau dans la glace, ses yeux bleus se regardaient eux-mêmes et regardaient ses cheveux encore blonds, la femme de chambre tenait à la main diverses ombrelles entre lesquelles sa maîtresse choisirait. Le soleil entrait à flots par la fenêtre et ils avaient décidé de profiter de la belle journée pour aller faire une visite à Saint-Cloud. M. de Guermantes tout prêt, en gants gris perle et le tube sur la tête, se disait : « Oriane est vraiment encore étonnante. Je la trouve délicieuse. » Et voyant que sa femme avait l'air bien disposée : « A propos, dit-il, j'avais une commission à vous faire de Mᵐᵉ de Virelef. Elle voulait vous demander de venir lundi à l'Opéra. Mais comme elle a la petite

Swann, elle n'osait pas et m'a prié de tâter le terrain.
Je n'émets aucun avis, je vous transmets tout simplement. Mon Dieu, il me semble que nous pourrions... », ajouta-t-il évasivement, car, leur disposition
à l'égard d'une personne étant une disposition collective et naissant identique en chacun d'eux, il savait
par lui-même que l'hostilité de sa femme à l'égard
de Mlle Swann était tombée et qu'elle était curieuse
de la connaître. Mme de Guermantes acheva d'arranger son voile et choisit une ombrelle. « Mais
comme vous voudrez, que voulez-vous que ça me
fasse ? Je ne vois aucun inconvénient à ce que nous
connaissions cette petite. Vous savez bien que je n'ai
jamais rien eu *contre* elle. Simplement je ne voulais
pas que nous ayons l'air de recevoir les faux ménages
de mes amis. Voilà tout. — Et vous aviez parfaitement
raison, répondit le duc. Vous êtes la sagesse même,
Madame, et vous êtes, de plus, ravissante avec ce
chapeau. — Vous êtes fort aimable », dit Mme de Guermantes en souriant à son mari et en se dirigeant vers
la porte. Mais avant de monter en voiture, elle tint à
lui donner encore quelques explications : « Maintenant il y a beaucoup de gens qui voient la mère,
d'ailleurs elle a le bon esprit d'être malade les trois
quarts de l'année. Il paraît que la petite est très gentille. Tout le monde sait que nous aimions beaucoup
Swann. On trouvera cela tout naturel. » Et ils par-
tirent ensemble pour Saint-Cloud.

Un mois après, la petite Swann, qui ne s'appelait
pas encore Forcheville, déjeunait chez les Guermantes. On parla de mille choses ; à la fin du déjeuner, Gilberte dit timidement : « Je crois que
vous avez très bien connu mon père. — Mais je
crois bien », dit Mme de Guermantes sur un ton mé-

lancolique qui prouvait qu'elle comprenait le chagrin
de la fille et avec un excès d'intensité voulu qui lui
donnait l'air de dissimuler qu'elle n'était pas sûre
de se rappeler très exactement le père. « Nous l'avons
très bien connu, je me le rappelle *très bien*. » (Et elle
pouvait se le rappeler en effet, il était venu la voir
presque tous les jours pendant vingt-cinq ans.) « Je
sais très bien qui c'était, je vais vous dire, ajouta-t-elle
comme si elle avait voulu expliquer à la fille qui elle
avait eu pour père et donner à cette jeune fille des
renseignements sur lui, c'était un grand ami à ma
belle-mère et aussi il était très lié avec mon beau-frère
Palamède. — Il venait aussi ici, il déjeunait même ici,
ajouta M. de Guermantes par ostentation de modestie
et scrupule d'exactitude. Vous vous rappelez, Oriane.
Quel brave homme que votre père! Comme on sentait
qu'il devait être d'une famille honnête! Du reste
j'ai aperçu autrefois son père et sa mère. Eux et lui,
quelles bonnes gens! »

On sentait que s'ils avaient été, les parents et
le fils, encore en vie, le duc de Guermantes n'eût
pas eu d'hésitation à les recommander pour une place
de jardiniers. Et voilà comment le faubourg Saint-
Germain parle à tout bourgeois des autres bourgeois,
soit pour le flatter de l'exception faite, le temps
qu'on cause, en faveur de l'interlocuteur ou de l'inter-
locutrice, soit plutôt, ou en même temps, pour
l'humilier. C'est ainsi qu'un antisémite dit à un juif,
dans le moment même où il le couvre de son affabilité,
du mal des juifs, d'une façon générale qui permette
d'être blessant sans être grossier.

Mais reine de l'Instant, où elle savait vraiment
vous combler, où elle ne pouvait se résoudre à vous
laisser partir, Mme de Guermantes en était aussi

l'esclave. Swann avait pu parfois, dans l'ivresse de la conversation, donner à la duchesse l'illusion qu'elle avait de l'amitié pour lui, il ne le pouvait plus. « Il était charmant », dit la duchesse avec un sourire triste en posant sur Gilberte un regard très doux qui, à tout hasard, pour le cas où cette jeune fille serait sensible, lui montrerait qu'elle était comprise et que Mme de Guermantes, si elle se fût trouvée seule avec elle et si les circonstances l'eussent permis, eût aimé lui dévoiler toute la profondeur de sa sensibilité. Mais M. de Guermantes, soit qu'il pensât que précisément les circonstances s'opposaient à de telles effusions, soit qu'il considérât que toute exagération de sentiment était l'affaire des femmes et que les hommes n'avaient pas plus à y voir que dans leurs autres attributions, sauf la cuisine et les vins, qu'il s'était réservés, y ayant plus de lumières que la duchesse, crut bien faire de ne pas alimenter, en s'y mêlant, cette conversation qu'il écoutait avec une visible impatience. Du reste, Mme de Guermantes, cet accès de sensibilité passé, ajouta avec une frivolité mondaine, en s'adressant à Gilberte : « Tenez, je vais vous dire, c'était un gggrand ami à mon beau-frère Charlus, et aussi très ami avec Voisenon (le château du prince de Guermantes) », non seulement comme si le fait de connaître M. de Charlus et le prince avait été pour Swann un hasard, comme si le beau-frère et le cousin de la duchesse avaient été deux hommes avec qui Swann se fût trouvé se lier dans une certaine circonstance, alors que Swann était lié avec tous les gens de cette même société, mais encore comme si Mme de Guermantes avait voulu faire comprendre à Gilberte qui était à peu près son père, le lui « situer » par un de ces traits caractéristiques à l'aide desquels, quand on veut expliquer comment on se trouve en relations avec quelqu'un qu'on n'aurait pas à connaître, ou pour singulariser son récit, on invoque le parrainage particulier d'une certaine personne. Quant à Gilberte, elle fut d'autant plus heureuse de voir tomber la conversation qu'elle ne cherchait précisément qu'à en changer, ayant hérité de Swann ce tact exquis avec un charme d'intelligence que reconnurent et goûtèrent le duc et la duchesse, qui demandèrent à Gilberte de revenir bientôt. D'ailleurs, avec la minutie des gens dont la vie est sans but, tout à tour ils s'apercevaient, chez les gens avec qui ils se liaient, des qualités les plus simples, s'exclamant devant elles avec l'émerveillement naïf d'un citadin qui fait à la campagne la découverte d'un brin d'herbe, ou au contraire grossissant comme avec un microscope, commentant sans fin, prenant en grippe les moindres défauts, et souvent tour à tour chez une même personne. Pour Gilberte ce furent d'abord ses agréments sur lesquels s'exerça la perspicacité oisive de M. et de Mme de Guermantes : « Avez-vous remarqué la manière dont elle dit certains mots, dit après son départ la duchesse à son mari, c'était bien du Swann, je croyais l'entendre. — J'allais faire la même remarque que vous, Oriane. — Elle est spirituelle, c'est tout à fait le tour de son père. — Je trouve qu'elle lui est même très supérieure. Rappelez-vous comme elle a bien raconté cette histoire de bains de mer, elle a un brio que Swann n'avait pas. — Oh! il était pourtant bien spirituel. — Mais je ne dis pas qu'il n'était pas spirituel, je dis qu'il n'avait pas de brio », dit M. de Guermantes d'un ton gémissant, car sa goutte le rendait nerveux, et quand il n'avait personne d'autre à qui témoigner son agacement, c'est à la duchesse qu'il le manifestait. Mais incapable d'en bien comprendre les causes, il préférait prendre un air incompris.

Ces bonnes dispositions du duc et de la duchesse firent que maintenant on lui eût au besoin dit quelquefois un « votre pauvre père », qui ne put servir, Forcheville ayant précisément vers cette époque adopté la jeune fille. Elle disait « mon père » à Forcheville, charmait les douairières par sa politesse et sa distinction, et on reconnaissait que, si Forcheville s'était admirablement conduit avec elle, la petite avait beaucoup de cœur et savait l'en récompenser. Sans doute, parce qu'elle pouvait parfois et désirait montrer beaucoup d'aisance, elle s'était fait reconnaître par moi, et devant moi avait parlé de son véritable père. Mais c'était une exception et on n'osait plus devant elle prononcer le nom de Swann.

Justement je venais de remarquer en entrant dans le salon deux dessins d'Elstir qui autrefois étaient relégués dans un cabinet d'en haut où je ne les avais vus que par hasard. Elstir était maintenant à la mode. Mme de Guermantes ne se consolait pas d'avoir donné tant de tableaux de lui à sa cousine, non parce qu'ils étaient à la mode, mais parce qu'elle les goûtait maintenant. La mode est faite en effet de l'engouement d'un ensemble de gens dont les Guermantes sont représentatifs. Mais elle ne pouvait songer à acheter d'autres tableaux de lui, car ils étaient montés depuis quelque temps à des prix follement élevés. Elle voulait au moins avoir quelque chose d'Elstir dans son salon et y avait fait descendre ces deux dessins qu'elle déclarait « préférer à sa peinture ». Gilberte reconnut cette facture. « On dirait des Elstir, dit-elle. — Mais oui, répondit étourdiment la duchesse, c'est précisément vot... ce sont de nos amis qui nous les ont fait acheter. C'est admirable. A mon avis, c'est supérieur à sa peinture. » Moi qui n'avais pas entendu ce dialogue, j'allai regarder le dessin. « Tiens, c'est l'Elstir que... » Je vis les signes désespérés de Mme de Guermantes. « Ah! oui, l'Elstir que j'admirais en haut. Il est bien mieux que dans ce couloir. A propos d'Elstir je l'ai nommé hier dans un article du *Figaro*. Est-ce que vous l'avez lu ? — Vous avez écrit un article dans *le Figaro* ? s'écria M. de Guermantes avec la même violence que s'il s'était écrié : « Mais c'est ma cousine. » — Oui, hier. — Dans *le Figaro*, vous êtes sûr ? Cela m'étonnerait bien. Car nous avons chacun notre *Figaro*, et s'il avait échappé à l'un de nous l'autre l'aurait vu. N'est-ce pas, Oriane, il n'y avait rien. » Le duc fit chercher *le Figaro* et ne se rendit qu'à l'évidence, comme si, jusque-là, il y eût eu plutôt chance que j'eusse fait erreur sur le journal où j'avais écrit. « Quoi ? je ne comprends pas, alors vous avez fait un article dans *le Figaro* ? » me dit la duchesse, faisant effort pour parler d'une chose qui ne l'intéressait pas. « Mais voyons, Basin, vous lirez cela plus tard. — Mais non, le duc est très bien comme cela avec sa grande barbe sur le journal, dit Gilberte. Je vais lire cela tout de suite en rentrant. — Oui, il porte la barbe maintenant que tout le monde est rasé, dit la duchesse, il ne fait jamais rien comme personne. Quand nous nous sommes mariés, il se rasait non seulement la barbe mais la moustache. Les paysans qui ne le connaissaient pas ne croyaient pas qu'il était Français. Il s'appelait à ce moment le prince des Laumes. — Est-ce qu'il y a encore un

prince des Laumes ? » demanda Gilberte qui était
intéressée par tout ce qui touchait des gens qui
n'avaient pas voulu lui dire bonjour pendant si
longtemps. « Mais non, répondit avec un regard
mélancolique et caressant la duchesse. — Un si joli
titre ! Un des plus beaux titres français ! » dit Gilberte,
un certain ordre de banalités venant inévitablement,
comme l'heure sonne, dans la bouche de certaines
personnes intelligentes. « Hé bien oui, je regrette
aussi. Basin voudrait que le fils de sa sœur le relevât,
mais ce n'est pas la même chose ; au fond ça pourrait
être parce que ce n'est pas forcément le fils aîné, cela
peut passer de l'aîné au cadet. Je vous disais que
Basin était alors tout rasé ; un jour à un pèlerinage,
vous rappelez-vous, mon petit, dit-elle à son mari, à
ce pèlerinage à Paray-le-Monial, mon beau-frère
Charlus, qui aime assez causer avec les paysans,
disait à l'un, à l'autre : « D'où es-tu, toi ? » et comme
il est très généreux, il leur donnait quelque chose,
les emmenait boire. Car personne n'est à la fois plus
haut et plus simple que Mémé. Vous le verrez ne
pas vouloir saluer une duchesse qu'il ne trouve pas
assez duchesse, et combler un valet de chiens. Alors,
je dis à Basin : « Voyez, Basin, parlez-leur un peu
aussi. » Mon mari qui n'est pas toujours très inventif...
— Merci, Oriane, dit le duc sans s'interrompre de
la lecture de mon article où il était plongé — ... avisa
un paysan et lui répéta textuellement la question
de son frère : « Et toi, d'où es-tu ? — Je suis des
Laumes. — Tu es des Laumes ? Hé bien, je suis ton
prince. » Alors le paysan regarda la figure toute
glabre de Basin et lui répondit : « Pas vrai. Vous,
vous êtes un English. » On voyait ainsi dans ces
petits récits de la duchesse ces grands titres éminents,

comme celui de prince des Laumes, surgir, à leur place vraie, dans leur état ancien et leur couleur locale, comme dans certains livres d'heures on reconnaît, au milieu de la foule de l'époque, la flèche de Bourges.

On apporta des cartes qu'un valet de pied venait de déposer. « Je ne sais pas ce qui lui prend, je ne la connais pas. C'est à vous que je dois ça, Basin. Ça ne vous a pourtant pas si bien réussi ce genre de relations, mon pauvre ami », et se tournant vers Gilberte : « Je ne saurais même pas vous expliquer qui c'est, vous ne la connaissez certainement pas, elle s'appelle Lady Rufus Israël. » Gilberte rougit vivement : « Je ne la connais pas, dit-elle (ce qui était d'autant plus faux que Lady Israël s'était, deux ans avant la mort de Swann, réconciliée avec lui et qu'elle appelait Gilberte par son prénom), mais je sais très bien, par d'autres, qui c'est, la personne que vous voulez dire. »

J'appris qu'une jeune fille ayant, soit méchamment, soit maladroitement, demandé quel était le nom de son père, non pas adoptif mais véritable, dans son trouble et pour dénaturer un peu ce qu'elle avait à dire, elle avait prononcé au lieu de Souann Svann, changement qu'elle s'aperçut un peu après être péjoratif, puisque cela faisait de ce nom d'origine anglaise un nom allemand. Et même elle avait ajouté, s'avilissant pour se rehausser : « On a raconté beaucoup de choses très différentes sur ma naissance, moi, je dois tout ignorer. » Si honteuse que Gilberte dût être à certains instants, en pensant à ses parents (car même Mme Swann représentait pour elle et était une bonne mère), d'une pareille façon d'envisager la vie, il faut malheureusement penser que les éléments en étaient sans doute empruntés à ses parents, car nous ne nous faisons pas de toutes pièces nous-même. Mais à une certaine somme d'égoïsme qui existe chez la mère, un égoïsme différent, inhérent à la famille du père, vient s'ajouter, ce qui ne veut pas toujours dire s'additionner, ni même seulement servir de multiple, mais créer un égoïsme nouveau, infiniment plus puissant et redoutable. Et depuis le temps que le monde dure, que des familles où existe tel défaut sous une forme s'allient à des familles où le même défaut existe sous une autre, ce qui crée une variété particulièrement complète et détestable chez l'enfant, les égoïsmes accumulés (pour ne parler ici que de l'égoïsme) prendraient une puissance telle que l'humanité entière serait détruite, si du mal même ne naissaient, capables de le ramener à de justes proportions, des restrictions naturelles, analogues à celles qui empêchent la prolifération infinie des infusoires d'anéantir notre planète, la fécondation unisexuée des plantes d'amener l'extinction du règne végétal, etc. De temps à autre une vertu vient composer avec cet égoïsme une puissance nouvelle et désintéressée. Les combinaisons par lesquelles la chimie morale fixe ainsi et rend inoffensifs les éléments qui devenaient trop redoutables, sont infinies, et donneraient une passionnante variété à l'histoire des familles. D'ailleurs, avec ces égoïsmes accumulés, comme il devait y en avoir en Gilberte, coexiste telle vertu charmante des parents ; elle vient un moment faire toute seule un intermède, jouer son rôle touchant avec une sincérité complète. Sans doute, Gilberte n'allait pas toujours aussi loin que quand elle insinuait qu'elle était peut-être la fille naturelle de quelque grand personnage ; mais elle dissimulait le plus souvent ses origines. Peut-être lui était-il simplement trop désagréable de les confesser, et préférait-elle qu'on les apprît par d'autres. Peut-être croyait-elle vraiment les cacher, de cette croyance incertaine qui n'est pourtant pas le doute, qui réserve une possibilité à ce qu'on souhaite et dont Musset donne un exemple quand il parle de l'Espoir en Dieu.

« Je ne la connais pas personnellement », reprit Gilberte. Avait-elle pourtant, en se faisant appeler Mlle de Forcheville, l'espoir qu'on ignorerait qu'elle était la fille de Swann ? A l'égard peut-être de certaines personnes qu'elle espérait devenir, avec le temps, presque tout le monde. Elle ne devait pas se faire de grandes illusions sur leur nombre actuel, et elle savait sans doute que bien des gens devaient chuchoter : « C'est la fille de Swann. » Mais elle ne le savait que de cette même science qui nous parle de gens se tuant par misère pendant que nous allons au bal, c'est-à-dire une science lointaine et vague, à laquelle nous ne tenons pas à substituer une connaissance plus précise due à une impression directe. Comme l'éloignement rend pour nous les choses plus petites, plus incertaines, moins périlleuses, Gilberte préférait ne pas être près des personnes au moment où celles-ci faisaient la découverte qu'elle était née Swann *. Et comme on est près des personnes qu'on se représente, comme on peut se représenter les gens lisant leur journal, Gilberte préférait que les journaux l'appelas-

---

* Gilberte appartenait, ou du moins appartint, pendant ces années-là, à la variété la plus répandue des autruches humaines, celles qui cachent leur tête dans l'espoir, non de ne pas être vues, ce qu'elles croient peu vraisemblable, mais de ne pas voir qu'on les voit, ce qui leur paraît déjà beaucoup et leur permet de s'en remettre à la chance pour le reste.

sent Mlle de Forcheville. Il est vrai que pour les écrits dont elle avait elle-même la responsabilité, ses lettres, elle ménagea quelque temps la transition en signant G. S. Forcheville. La véritable hypocrisie dans cette signature était manifestée par la suppression bien moins des autres lettres du nom de Swann que de celles du nom de Gilberte. En effet, en réduisant le prénom innocent à un simple G, Mlle de Forcheville semblait insinuer à ses amis que la même amputation appliquée au nom de Swann n'était due aussi qu'à des motifs d'abréviation. Même elle donnait une importance particulière à l'S, et en faisait une sorte de longue queue qui venait barrer le G, mais qu'on sentait transitoire et destinée à disparaître comme celle qui, encore longue chez le singe, n'existe plus chez l'homme.

Malgré cela, dans son snobisme il y avait de l'intelligente curiosité de Swann. Je me souviens que cet après-midi-là elle demanda à Mme de Guermantes si elle n'aurait pas pu connaître M. du Lau, et la duchesse ayant répondu qu'il était souffrant et ne sortait pas, Gilberte demanda comment il était, car, ajouta-t-elle en rougissant légèrement, elle en avait beaucoup entendu parler. (Le marquis du Lau avait été, en effet, un des amis les plus intimes de Swann avant le mariage de celui-ci, et peut-être même Gilberte l'avait-elle entrevu, mais à un moment où elle ne s'intéressait pas à cette société.) « Est-ce que M. de Bréauté ou le prince d'Agrigente peuvent m'en donner une idée ? demanda-t-elle. — Oh ! pas du tout », s'écria Mme de Guermantes, qui avait un sentiment vif de ces différences provinciales et faisait des portraits sobres, mais colorés par sa voix dorée et rauque, sous le doux fleurissement de ses yeux de

violette. « Non, pas du tout. Du Lau c'était le gentil-
homme du Périgord, charmant, avec toutes les belles
manières et le sans-gêne de sa province. A Guermantes, quand il y avait le roi d'Angleterre avec qui
du Lau était très ami, il y avait après la chasse un
goûter ; c'était l'heure où du Lau avait l'habitude
d'aller ôter ses bottines et mettre de gros chaussons
de laine. Hé bien, la présence du roi Édouard et de
tous les grands-ducs ne le gênait en rien, il redescen-
dait dans le grand salon de Guermantes avec ses
chaussons de laine. Il trouvait qu'il était le marquis
du Lau d'Allemans qui n'avait en rien à se contraindre
pour le roi d'Angleterre. Lui et ce charmant Quasi-
modo de Breteuil, c'était les deux que j'aimais le plus.
C'était, du reste, des grands amis à... (elle allait dire
à votre père et s'arrêta net). Non, ça n'a aucun rapport
ni avec Gri-Gri ni avec Bréauté. C'est le vrai grand
seigneur du Périgord. Du reste Mémé cite une page
de Saint-Simon sur un marquis d'Allemans, c'est
tout à fait ça. » Je citai les premiers mots du portrait :
« M. d'Allemans, qui était un homme fort distingué
parmi la noblesse du Périgord, par la sienne et par
son mérite, et y était considéré par tout ce qui y
vivait comme un arbitre général à qui chacun avait
recours pour sa probité, sa capacité et la douceur de
ses manières, et comme un coq de province... — Oui,
il y a de cela, dit Mme de Guermantes, d'autant que
du Lau a toujours été rouge comme un coq. — Oui,
je me rappelle avoir entendu citer ce portrait », dit
Gilberte, sans ajouter que c'était par son père, lequel
était, en effet, grand admirateur de Saint-Simon.

Elle aimait aussi parler du prince d'Agrigente et
de M. de Bréauté pour une autre raison. Le prince
d'Agrigente l'était par héritage de la maison d'Aragon,

mais leur seigneurie est poitevine. Quant à son château, celui du moins où il résidait, ce n'était pas un
château de sa famille mais de la famille d'un premier
mari de sa mère, et il était situé à peu près à égale
distance de Martinville et de Guermantes. Aussi
Gilberte parlait-elle de lui et de M. de Bréauté comme
de voisins de campagne qui lui rappelaient sa vieille
province. Matériellement il y avait une part de
mensonge dans ces paroles, puisque ce n'est qu'à
Paris, par la comtesse Molé, qu'elle avait connu
M. de Bréauté, d'ailleurs vieil ami de son père. Quant
au plaisir de parler des environs de Tansonville, il
pouvait être sincère. Le snobisme est, pour certaines
personnes, analogue à ces breuvages agréables dans
lesquels ils mêlent des substances utiles. Gilberte
s'intéressait à telle femme élégante parce qu'elle avait
de superbes livres et des Nattiers que mon ancienne
amie n'eût sans doute pas été voir à la Bibliothèque
nationale et au Louvre, et je me figure que, malgré
la proximité plus grande encore, l'influence attrayante
de Tansonville se fût moins exercée pour Gilberte
sur Mme Sazerat ou Mme Goupil que sur M. d'Agrigente.

« Oh! pauvre Babal et pauvre Gri-Gri, dit Mme de
Guermantes, ils sont bien plus malades que du Lau,
je crains qu'ils n'en aient pas pour longtemps, ni
l'un ni l'autre. »

Quand M. de Guermantes eut terminé la lecture
de mon article, il m'adressa des compliments d'ailleurs
mitigés. Il regrettait la forme un peu poncive de ce
style où il y avait « de l'enflure, des métaphores comme
dans la prose démodée de Chateaubriand » ; par
contre il me félicita sans réserve de « m'occuper » :
« J'aime qu'on fasse quelque chose de ses dix doigts.

Je n'aime pas les inutiles qui sont toujours des importants ou des agités. Sotte engeance! »

Gilberte, qui prenait avec une rapidité extrême les manières du monde, déclara combien elle allait être fière de dire qu'elle était l'amie d'un auteur. « Vous pensez si je vais dire que j'ai le plaisir, *l'honneur* de vous connaître. »

« Vous ne voulez pas venir avec nous, demain, à l'Opéra-Comique ? » me dit la duchesse, et je pensai que c'était sans doute dans cette même baignoire où je l'avais vue la première fois et qui m'avait semblé alors inaccessible comme le royaume sous-marin des Néréides. Mais je répondis d'une voix triste : « Non, je ne vais pas au théâtre, j'ai perdu une amie que j'aimais beaucoup. » J'avais presque les larmes aux yeux en le disant, mais pourtant pour la première fois cela me faisait un certain plaisir d'en parler. C'est à partir de ce moment-là que je commençai à écrire à tout le monde que je venais d'avoir un grand chagrin, et à cesser de le ressentir.

Quand Gilberte fut partie Mme de Guermantes me dit : « Vous n'avez pas compris mes signes, c'était pour que vous ne parliez pas de Swann. » Et comme je m'excusais : « Mais je vous comprends très bien ; moi-même, j'ai failli le nommer, je n'ai eu que le temps de me rattraper, c'est épouvantable, heureusement que je me suis arrêtée à temps. Vous savez que c'est très gênant, Basin », dit-elle à son mari pour diminuer un peu ma faute en ayant l'air de croire que j'avais obéi à une propension commune à tous et à laquelle il était difficile de résister. « Que voulez-vous que j'y fasse ? répondit le duc. Vous n'avez qu'à dire qu'on remette ces dessins en haut, puisqu'ils vous font penser à Swann. Si vous ne pensez pas à Swann, vous ne parlerez pas de lui. »

Le lendemain je reçus deux lettres de félicitation qui m'étonnèrent beaucoup, l'une de Mme Goupil, dame de Combray que je n'avais pas revue depuis tant d'années et à qui, même à Combray, je n'avais pas trois fois adressé la parole. Un cabinet de lecture lui avait communiqué *le Figaro*. Ainsi, quand quelque chose vous arrive dans la vie qui retentit un peu, des nouvelles nous viennent de personnes situées si loin de nos relations et dont le souvenir est déjà si ancien que ces personnes semblent situées à une grande distance, surtout dans le sens de la profondeur. Une amitié de collège oubliée, et qui avait vingt occasions de se rappeler à vous, vous donne signe de vie, non sans compensations d'ailleurs. C'est ainsi que Bloch, dont j'eusse tant aimé savoir ce qu'il pensait de mon article, ne m'écrivit pas. Il est vrai qu'il avait lu cet article et devait me l'avouer plus tard, mais par un choc en retour. En effet il écrivit lui-même quelques années plus tard un article dans *le Figaro* et désira immédiatement me signaler cet événement. Comme ce qu'il considérait comme un privilège lui était aussi échu, l'envie qui lui avait fait feindre d'ignorer mon article cessant, comme un compresseur se soulève, il m'en parla, tout autrement qu'il désirait m'entendre parler du sien : « J'ai su que toi aussi, me dit-il, avais fait un article. Mais je n'avais pas cru devoir t'en parler, craignant de t'être désagréable, car on ne doit pas parler à ses amis des choses humiliantes qui leur arrivent. Et c'en est une évidemment que d'écrire dans le journal du sabre et du goupillon, des *five o'clock*, sans oublier le bénitier. » Son caractère restait le même, mais son style était devenu moins précieux, comme il arrive à certains écrivains qui quittent le

maniérisme quand, ne faisant plus de poèmes symbo-
listes, ils écrivent des romans-feuilletons.

Pour me consoler de son silence, je relus la lettre
de Mme Goupil ; mais elle était sans chaleur, car si
l'aristocratie a certaines formules qui font palissade,
entre elles, entre le « Monsieur » du début et les
« sentiments distingués » de la fin, des cris de joie,
d'admiration, peuvent jaillir comme des fleurs, et des
gerbes pencher par-dessus la palissade leur parfum
odorant. Mais le conventionalisme bourgeois enserre
l'intérieur même des lettres dans un réseau de « votre
succès si légitime », au maximum « votre beau succès ».
Des belles-sœurs, fidèles à l'éducation reçue et réser-
vées dans leur corsage comme il faut, croient s'être
épanchées dans le malheur ou l'enthousiasme si
elles ont écrit « mes meilleures pensées ». « Mère
se joint à moi » est un superlatif dont on est rarement gâté. Je reçus une autre lettre que celle de
Mme Goupil, mais le nom, Sanilon, m'était inconnu.
C'était une écriture populaire, un langage charmant.
Je fus navré de ne pouvoir découvrir qui m'avait
écrit.

Le surlendemain matin je me réjouis que Bergotte
fût un grand admirateur de mon article, qu'il n'avait
pu lire sans envie. Pourtant au bout d'un moment ma
joie tomba. En effet Bergotte ne m'avait absolument
rien écrit. Je m'étais seulement demandé s'il eût
aimé cet article, en craignant que non. A cette question que je me posais, Mme de Forcheville m'avait
répondu qu'il l'admirait infiniment, le trouvait d'un
grand écrivain. Mais elle me l'avait dit pendant
que je dormais : c'était un rêve. Presque tous répon-
dent aux questions que nous nous posons par des
affirmations complexes, mises en scène à plusieurs

personnages, mais qui n'ont pas de lendemain.

Quant à Mlle de Forcheville, je ne pouvais m'empêcher de penser à elle avec désolation. Quoi ? fille de Swann, qu'il eût tant aimé voir chez les Guermantes, que ceux-ci avaient refusé à leur grand ami de recevoir, ils l'avaient ensuite spontanément recherchée, le temps ayant passé qui renouvelle pour nous, insuffle une autre personnalité, d'après ce qu'on dit d'eux, aux êtres que nous n'avons pas vus depuis longtemps, depuis que nous avons fait nous-même peau neuve et pris d'autres goûts. Mais quand à cette fille Swann disait parfois, en la serrant contre lui et en l'embrassant : « C'est bon, ma chérie, d'avoir une fille comme toi ; un jour, quand je ne serai plus là, si on parle encore de ton pauvre papa, ce sera seulement avec toi et à cause de toi », Swann, en mettant ainsi pour après sa mort un craintif et anxieux espoir de survivance dans sa fille, se trompait autant que le vieux banquier qui, ayant fait un testament pour une petite danseuse qu'il entretient et qui a très bonne tenue, se dit qu'il n'est pour elle qu'un grand ami, mais qu'elle restera fidèle à son souvenir. Elle avait très bonne tenue tout en faisant du pied sous la table aux amis du vieux banquier qui lui plaisaient, mais tout cela très caché, avec d'excellents dehors. Elle portera le deuil de l'excellent homme, s'en sentira débarrassée, profitera non seulement de l'argent liquide, mais des propriétés, des automobiles qu'il lui a laissées, fera partout effacer le chiffre de l'ancien propriétaire qui lui cause un peu de honte, et à la jouissance du don n'associera jamais le regret du donateur. Les illusions de l'amour paternel ne sont peut-être pas moindres que celles de l'autre ; bien des filles ne considèrent leur père que comme le

vieillard qui leur laisse sa fortune. La présence de
Gilberte dans un salon, au lieu d'être une occasion
qu'on parlât encore quelquefois de son père, était un
obstacle à ce qu'on saisît celles, de plus en plus rares,
qu'on aurait pu avoir encore de le faire. Même à
propos des mots qu'il avait dits, des objets qu'il avait
donnés, on prit l'habitude de ne plus le nommer, et
celle qui aurait dû rajeunir, sinon perpétuer sa
mémoire, se trouva hâter et consommer l'œuvre de la
mort et de l'oubli.

Et ce n'est pas seulement à l'égard de Swann que
Gilberte consommait peu à peu l'œuvre de l'oubli :
elle avait hâté en moi cette œuvre de l'oubli à l'égard
d'Albertine. Sous l'action du désir, par conséquent
du désir de bonheur que Gilberte avait excité en
moi pendant les quelques heures où je l'avais crue une
autre qu'elle, un certain nombre de souffrances, de
préoccupations douloureuses, lesquelles il y a peu
de temps encore obsédaient ma pensée, s'étaient
échappées de moi, entraînant avec elles tout un bloc
de souvenirs, probablement effrités depuis longtemps
et précaires, relatifs à Albertine. Car si bien des
souvenirs, qui étaient reliés à elle, avaient d'abord
contribué à maintenir en moi le regret de sa mort, en
retour le regret lui-même avait fixé les souvenirs.
De sorte que la modification de mon état sentimental,
préparée sans doute obscurément jour par jour par
les désagrégations continues de l'oubli mais réalisée
brusquement dans son ensemble, me donna cette
impression, que je me rappelle avoir éprouvée ce
jour-là pour la première fois, du vide, de la suppression
en moi de toute une portion de mes associations
d'idées, qu'éprouve un homme dont une artère céré-
brale depuis longtemps usée s'est rompue et chez

lequel toute une partie de la mémoire est abolie ou
paralysée *.

La disparition de ma souffrance, et de tout ce
qu'elle emmenait avec elle, me laissait diminué comme
souvent la guérison d'une maladie qui tenait dans
notre vie une grande place. Sans doute c'est parce
que les souvenirs ne restent pas toujours vrais que
l'amour n'est pas éternel, et parce que la vie est faite
du perpétuel renouvellement des cellules. Mais ce
renouvellement, pour les souvenirs, est tout de même
retardé par l'attention qui arrête, qui fixe un moment
ce qui doit changer. Et puisqu'il en est du chagrin
comme du désir des femmes, qu'on grandit en y
pensant, avoir beaucoup à faire rendrait plus facile,
aussi bien que la chasteté, l'oubli.

Par une autre réaction, si (bien que ce fût la distraction — le désir de Mlle d'Éporcheville — qui
m'eût rendu tout d'un coup l'oubli effectif et sensible) il reste que c'est le temps qui amène progressivement l'oubli, l'oubli n'est pas sans altérer profondément la notion du temps. Il y a des erreurs optiques
dans le temps comme il y en a dans l'espace. La persistance en moi d'une velléité ancienne de travailler,
de réparer le temps perdu, de changer de vie, ou
plutôt de commencer à vivre, me donnait l'illusion que
j'étais toujours aussi jeune ; pourtant le souvenir de
tous les événements qui s'étaient succédé dans ma

---

* Je n'aimais plus Albertine. Tout au plus certains
jours, quand il faisait un de ces temps qui en modi-
fiant, en réveillant notre sensibilité, nous remettent
en rapport avec le réel, je me sentais cruellement
triste en pensant à elle. Je souffrais d'un amour qui
n'existait plus. Ainsi les amputés, par certains changements de temps, ont mal dans la jambe qu'ils ont
perdue.

vie — et aussi ceux qui s'étaient succédé dans mon
cœur, car, quand on a beaucoup changé, on est induit
à supposer qu'on a plus longtemps vécu — au cours
de ces derniers mois de l'existence d'Albertine, me
les avait fait paraître beaucoup plus longs qu'une
année, et maintenant cet oubli de tant de choses, me
séparant, par des espaces vides, d'événements tout
récents qu'ils me faisaient paraître anciens, puisque
j'avais eu ce qu'on appelle « le temps » de les oublier,
c'était son interpolation, fragmentée, irrégulière, au
milieu de ma mémoire — comme une brume épaisse
sur l'océan, et qui supprime les points de repère des
choses — qui détraquait, disloquait mon sentiment
des distances dans le temps, là rétrécies, ici distendues,
et me faisait me croire tantôt beaucoup plus loin,
tantôt beaucoup plus près des choses que je ne l'étais
en réalité. Et comme dans les nouveaux espaces, encore
non parcourus, qui s'étendaient devant moi, il n'y
aurait pas plus de traces de mon amour pour Albertine
qu'il n'y en avait eu, dans les temps perdus que je
venais de traverser, de mon amour pour ma grand'-
mère, — offrant une succession de périodes sous
lesquelles, après un certain intervalle, rien de ce qui
soutenait la précédente ne subsistait plus dans celle
qui la suivait, ma vie m'apparut comme quelque chose
de si dépourvu du support d'un moi individuel identique et permanent, quelque chose d'aussi inutile
dans l'avenir que long dans le passé, quelque chose
que la mort pourrait aussi bien terminer ici ou là,
sans nullement le conclure, que ces cours d'histoire
de France qu'en rhétorique on arrête indifféremment,
selon la fantaisie des programmes ou des professeurs,
à la révolution de 1830, à celle de 1848, ou à la fin du
Second Empire.

Peut-être alors la fatigue et la tristesse que je ressentis vinrent-elles moins d'avoir aimé inutilement ce que déjà j'oubliais que de commencer à me plaire avec de nouveaux vivants, de purs gens du monde, de simples amis des Guermantes, si peu intéressants par eux-mêmes. Je me consolais peut-être plus aisément de constater que celle que j'avais aimée n'était plus au bout d'un certain temps qu'un pâle souvenir que de retrouver en moi cette vaine activité qui nous fait perdre le temps à tapisser notre vie d'une végétation humaine vivace mais parasite, qui deviendra le néant aussi quand elle sera morte, qui déjà est étrangère à tout ce que nous avons connu et à laquelle pourtant cherche à plaire notre sénilité bavarde, mélancolique et coquette. L'être nouveau qui supporterait aisément de vivre sans Albertine avait fait son apparition en moi, puisque j'avais pu parler d'elle chez Mme de Guermantes en paroles affligées, sans souffrance profonde. Ces nouveaux moi qui devraient porter un autre nom que le précédent, leur venue possible, à cause de leur indifférence à ce que j'aimais, m'avait toujours épouvanté : jadis à propos de Gilberte quand son père me disait que si j'allais vivre en Océanie je n'en voudrais plus revenir, tout récemment quand j'avais lu avec un tel serrement de cœur les mémoires d'un écrivain médiocre qui, séparé par la vie d'une femme qu'il avait adorée jeune homme, vieillard la rencontrait sans plaisir, sans envie de la revoir. Or il m'apportait au contraire avec l'oubli une suppression presque complète de la souffrance, une possibilité de bien-être, cet être si redouté, si bienfaisant et qui n'était autre qu'un de ces moi de rechange que la destinée tient en réserve pour nous et que, sans plus écouter

nos prières qu'un médecin clairvoyant et d'autant
plus autoritaire, elle substitue malgré nous, par
une intervention opportune, au moi vraiment trop
blessé. Ce rechange, au reste, elle l'accomplit de
temps en temps, comme l'usure et la réfection des
tissus, mais nous n'y prenons garde que si l'ancien
contenait une grande douleur, un corps étranger
et blessant, que nous nous étonnons de ne plus
retrouver, dans notre émerveillement d'être devenu
un autre, un autre pour qui la souffrance de son
prédécesseur n'est plus que la souffrance d'autrui,
celle dont on peut parler avec apitoiement parce qu'on
ne la ressent pas. Même cela nous est égal d'avoir
passé par tant de souffrances, car nous ne nous
rappelons que confusément les avoir souffertes. Il
est possible que, de même, nos cauchemars la nuit
soient effroyables. Mais au réveil nous sommes une
autre personne qui ne se soucie guère que celle à
qui elle succède ait eu à fuir en dormant devant des
assassins.

Sans doute, ce moi gardait encore quelque contact
avec l'ancien, comme un ami, indifférent à un deuil,
en parle pourtant aux personnes présentes avec la
tristesse convenable, et retourne de temps en temps
dans la chambre où le veuf qui l'a chargé de recevoir
pour lui continue à faire entendre ses sanglots. J'en
poussais encore quand je redevenais pour un moment
l'ancien ami d'Albertine. Mais c'est dans un personnage nouveau que je tendais à passer tout entier.
Ce n'est pas parce que les autres sont morts que
notre affection pour eux s'affaiblit, c'est parce que
nous mourons nous-mêmes. Albertine n'avait rien
à reprocher à son ami. Celui qui en usurpait le nom
n'en était que l'héritier. On ne peut être fidèle qu'à

ce dont on se souvient, on ne se souvient que de ce qu'on a connu. Mon moi nouveau, tandis qu'il grandissait à l'ombre de l'ancien, l'avait souvent entendu parler d'Albertine ; à travers lui, à travers les récits qu'il en recueillait, il croyait la connaître, elle lui était sympathique, il l'aimait ; mais ce n'était qu'une tendresse de seconde main.

Une autre personne chez qui l'œuvre de l'oubli en ce qui concernait Albertine se fit probablement plus rapide à cette époque, et me permit par contre-coup de me rendre compte un peu plus tard d'un nouveau progrès que cette œuvre avait fait chez moi (et c'est là mon souvenir d'une seconde étape avant l'oubli définitif), ce fut Andrée. Je ne puis guère en effet ne pas donner l'oubli d'Albertine comme cause sinon unique, sinon même principale, au moins comme cause conditionnante et nécessaire, d'une conversation qu'Andrée eut avec moi à peu près six mois après celle que j'ai rapportée et où ses paroles furent si différentes de ce qu'elle m'avait dit la première fois. Je me rappelle que c'était dans ma chambre parce qu'à ce moment-là j'avais plaisir à avoir de demi-relations charnelles avec elle, à cause du côté collectif qu'avait eu au début et que reprenait maintenant mon amour pour les jeunes filles de la petite bande, longtemps indivis entre elles, et, un moment seulement, uniquement associé à la personne d'Albertine, pendant les derniers mois qui avaient précédé et suivi sa mort.

Nous étions dans ma chambre pour une autre raison encore qui me permet de situer très exactement cette conversation. C'est que j'étais expulsé du reste de l'appartement parce que c'était le jour de maman. Elle avait hésité à aller chez Mme Sazerat. Mais

comme, même à Combray, Mme Sazerat savait
toujours vous inviter avec des gens ennuyeux,
maman, certaine de ne pas s'amuser, avait compté
qu'elle pourrait sans manquer aucun plaisir rentrer
tôt. Elle était en effet revenue à temps et sans regrets,
Mme Sazerat n'ayant eu chez elle que des gens
assommants que glaçait déjà la voix particulière
qu'elle prenait quand elle avait du monde, ce que
maman appelait sa voix du mercredi. Ma mère,
du reste, l'aimait bien, la plaignait de son infortune
— suite des fredaines de son père ruiné par la duchesse de X... — infortune qui la forçait à vivre
presque toute l'année à Combray, avec quelques
semaines chez sa cousine à Paris et un grand « voyage
d'agrément » tous les dix ans.

Je me rappelle que la veille, sur ma prière répétée
depuis des mois, et parce que la princesse la réclamait
toujours, elle était allée voir la princesse de Parme
qui, elle, ne faisait pas de visites et chez qui on se
contentait d'habitude de s'inscrire, mais qui avait
insisté pour que ma mère vînt la voir, puisque le
protocole empêchait qu'Elle vînt chez nous. Ma mère
était revenue très mécontente : « Tu m'as fait faire
un pas de clerc, me dit-elle, la princesse de Parme
m'a à peine dit bonjour, elle s'est retournée vers les
dames avec qui elle causait sans s'occuper de moi,
et au bout de dix minutes, comme elle ne m'avait
pas adressé la parole, je suis partie sans qu'elle me
tendît même la main. J'étais très ennuyée ; en revanche, devant la porte, en m'en allant, j'ai rencontré
la duchesse de Guermantes qui a été très aimable
et qui m'a beaucoup parlé de toi. Quelle singulière
idée tu as eue de lui parler d'Albertine! Elle m'a
raconté que tu lui avais dit que sa mort avait été un

tel chagrin pour toi. (Je l'avais en effet dit à la duchesse, mais ne me le rappelais même pas et j'y
avais à peine insisté. Mais les personnes les plus
distraites font souvent une singulière attention à
des paroles que nous laissons échapper, qui nous
paraissent toutes naturelles, et qui excitent profondément leur curiosité.) Mais je ne retournerai jamais
chez la princesse de Parme. Tu m'as fait faire une
bêtise. »

Or le lendemain, jour de ma mère, Andrée vint
me voir. Elle n'avait pas grand temps, car elle devait
aller chercher Gisèle avec qui elle tenait beaucoup
à dîner. « Je connais ses défauts, mais c'est tout de
même ma meilleure amie et l'être pour qui j'ai le
plus d'affection », me dit-elle. Et elle parut même
avoir quelque effroi à l'idée que je pourrais lui demander de dîner avec elles. Elle était avide des
êtres, et un tiers qui la connaissait trop bien, comme
moi, en l'empêchant de se livrer, l'empêchait de
goûter auprès d'eux un plaisir complet.

Il est vrai que quand elle vint, je n'étais pas là ;
elle m'attendait, et j'allais passer par mon petit salon
pour aller la voir quand je m'aperçus, en entendant
une voix, qu'il y avait une autre visite pour moi.
Pressé de voir Andrée, qui était dans ma chambre,
ne sachant pas qui était l'autre personne, qui ne la
connaissait évidemment pas puisqu'on l'avait mise
dans une autre pièce, j'écoutai un instant à la porte
du petit salon ; car mon visiteur parlait, il n'était
pas seul ; il parlait à une femme : « *Oh ! ma chérie,
c'est dans mon cœur !* lui fredonnait-il, citant les vers
d'Armand Silvestre. Oui, tu resteras toujours ma
chérie malgré tout ce que tu as pu me faire :

> *Les morts dorment en paix dans le sein de la terre.*
> *Ainsi doivent dormir nos sentiments éteints.*
> *Ces reliques du cœur ont aussi leur poussière;*
> *Sur leurs restes sacrés ne portons pas les mains.*

C'est un peu vieux jeu, mais comme c'est joli! Et aussi ce que j'aurais pu te dire dès le premier jour :

> *Tu les feras pleurer, enfant belle et chérie...*

Comment, tu ne connais pas ça ?

> *... Tous ces bambins, hommes futurs,*
> *Qui suspendent déjà leur jeune rêverie*
> *Aux cils câlins de tes yeux purs.*

Ah! j'avais cru pouvoir me dire un instant :

> *Le premier soir qu'il vint ici*
> *De fierté je n'eus plus souci.*
> *Je lui disais : « Tu m'aimeras*
> *Aussi longtemps que tu pourras. »*
> *Je ne dormais bien qu'en ses bras.*

Curieux, dussé-je retarder d'un instant mon urgente visite à Andrée, à quelle femme s'adressait ce déluge de poèmes, j'ouvris la porte. Ils étaient récités par M. de Charlus à un militaire en qui je reconnus vite Morel et qui partait pour faire ses treize jours. Il n'était plus bien avec M. de Charlus, mais le revoyait de temps en temps pour lui demander un service. M. de Charlus, qui donnait d'habitude à l'amour une forme plus mâle, avait aussi ses langueurs. D'ailleurs dans son enfance, pour pouvoir comprendre et sentir les vers des poètes, il avait été obligé de les supposer adressés non à une belle infidèle mais à un jeune homme. Je les quittai le plus vite que je pus, quoique je sentisse que faire des visites avec Morel était une immense satisfaction

pour M. de Charlus, à qui cela donnait un instant
l'illusion de s'être remarié. Et il unissait d'ailleurs en
lui au snobisme des reines celui des domestiques.

Le souvenir d'Albertine était devenu chez moi si
fragmentaire qu'il ne me causait plus de tristesse
et n'était plus qu'une transition à de nouveaux désirs,
comme un accord qui prépare des changements
d'harmonie. Et même, toute idée de caprice sensuel
et passager étant écartée, en tant que j'étais encore
fidèle au souvenir d'Albertine, j'étais plus heureux
d'avoir auprès de moi Andrée que je ne l'aurais été
d'avoir Albertine miraculeusement retrouvée. Car
Andrée pouvait me dire plus de choses sur Albertine
que ne m'en avait dit Albertine elle-même. Or les
problèmes relatifs à Albertine restaient encore dans
mon esprit alors que ma tendresse pour elle, tant
physique que morale, avait déjà disparu. Et mon
désir de connaître sa vie, parce qu'il avait moins
diminué, était maintenant comparativement plus
grand que le besoin de sa présence. D'autre part,
l'idée qu'une femme avait peut-être eu des relations
avec Albertine ne me causait plus que le désir d'en
avoir moi aussi avec cette femme. Je le dis à Andrée
tout en la caressant. Alors, sans chercher le moins
du monde à mettre ses paroles d'accord avec celles
d'il y avait quelques mois, Andrée me dit en souriant
à demi : « Ah! oui, mais vous êtes un homme. Aussi
nous ne pouvons pas faire ensemble tout à fait les
mêmes choses que je faisais avec Albertine. » Et,
soit qu'elle pensât que cela accroissait mon désir
(dans l'espoir de confidences je lui avais dit autrefois
que j'aimerais avoir des relations avec une femme en
ayant eu avec Albertine), ou mon chagrin, ou peut-
être détruisait un sentiment de supériorité sur elle

qu'elle pouvait croire que j'éprouvais d'avoir été le seul à entretenir des relations avec Albertine : « Ah! nous avons passé toutes les deux de bonnes heures, elle était si caressante, si passionnée. Du reste ce n'était pas seulement avec moi qu'elle aimait prendre du plaisir. Elle avait rencontré chez Mme Verdurin un joli garçon, appelé Morel. Tout de suite ils s'étaient compris. Il se chargeait — ayant d'elle la permission d'y prendre aussi son plaisir, car il aimait les petites novices, et sitôt qu'il les avait mises sur le mauvais chemin, les laisser ensuite — il se chargeait de plaire à de petites pêcheuses d'une plage éloignée, de petites blanchisseuses, qui s'amourachaient d'un garçon mais n'eussent pas répondu aux avances d'une jeune fille. Aussitôt que la petite était bien sous sa domination, il la faisait venir dans un endroit tout à fait sûr, où il la livrait à Albertine. Par peur de perdre ce Morel, qui s'y mêlait du reste, la petite obéissait toujours, et d'ailleurs elle le perdait tout de même, car par peur des conséquences, et aussi parce qu'une ou deux fois lui suffisaient, il filait en laissant une fausse adresse. Il eut une fois l'audace d'en mener une, ainsi qu'Albertine, dans une maison de femmes à Couliville, où quatre ou cinq la prirent ensemble ou successivement. C'était sa passion, comme c'était aussi celle d'Albertine. Mais Albertine avait après d'affreux remords. Je crois que chez vous elle avait dompté sa passion et remettait de jour en jour de s'y livrer. Puis son amitié pour vous était si grande qu'elle avait des scrupules. Mais il était bien certain que si jamais elle vous quittait elle recommencerait. Seulement je crois qu'après vous avoir quitté, si elle se remettait à cette furieuse envie, après cela ses remords étaient bien plus grands. Elle espérait

que vous la sauveriez, que vous l'épouseriez. Au
fond, elle sentait que c'était une espèce de folie
criminelle, et je me suis souvent demandé si ce n'était
pas après une chose comme cela, ayant amené un
suicide dans une famille, qu'elle s'était elle-même
tuée. Je dois avouer que, tout à fait au début de son
séjour chez vous, elle n'avait pas entièrement renoncé
à ses jeux avec moi. Il y avait des jours où elle semblait
en avoir besoin, tellement qu'une fois, alors que
c'eût été si facile dehors, elle ne se résigna pas à me
dire au revoir avant de m'avoir mise auprès d'elle,
chez vous. Nous n'eûmes pas de chance, nous avons
failli être prises. Elle avait profité de ce que Françoise était descendue faire une course, et que vous
n'étiez pas rentré. Alors elle avait tout éteint pour que,
quand vous ouvririez avec votre clef, vous perdiez
un peu de temps avant de trouver le bouton, et elle
n'avait pas fermé la porte de sa chambre. Nous vous
avons entendu monter, je n'eus que le temps de
m'arranger, de descendre. Précipitation bien inutile,
car par un hasard incroyable vous aviez oublié
votre clef et avez été obligé de sonner. Mais nous
avons tout de même perdu la tête, de sorte que,
pour cacher notre gêne, toutes les deux, sans avoir
pu nous consulter, nous avons eu la même idée :
faire semblant de craindre l'odeur du seringa, que
nous adorions au contraire. Vous rapportiez avec
vous une longue branche de cet arbuste, ce qui me
permit de détourner la tête et de cacher mon trouble.
Cela ne m'empêcha pas de vous dire avec une maladresse absurde que peut-être Françoise était remontée
et pourrait vous ouvrir, alors qu'une seconde avant
je venais de vous faire le mensonge que nous venions
seulement de rentrer de promenade et qu'à notre

arrivée Françoise n'était pas encore descendue (ce qui était vrai). Mais le malheur fut — croyant que vous aviez votre clef — d'éteindre la lumière, car nous eûmes peur qu'en remontant vous la vissiez se rallumer ; ou du moins nous hésitâmes trop. Et pendant trois nuits Albertine ne put fermer l'œil parce qu'elle avait tout le temps peur que vous n'ayez de la méfiance et ne demandiez à Françoise pourquoi elle n'avait pas allumé avant de partir. Car Albertine vous craignait beaucoup, et par moments assurait que vous étiez fourbe, méchant, la détestant au fond. Au bout de trois jours elle comprit à votre calme que vous n'aviez pas eu l'idée de rien demander à Françoise, et elle put retrouver le sommeil. Mais elle ne reprit plus ses relations avec moi, soit par peur, ou par remords, car elle prétendait vous aimer beaucoup, ou bien aimait-elle quelqu'un d'autre. En tous cas on n'a plus pu jamais parler de seringa devant elle sans qu'elle devînt écarlate et passât la main sur sa figure en pensant cacher sa rougeur. »

Comme certains bonheurs, il y a certains malheurs qui viennent trop tard, ils ne prennent pas en nous toute la grandeur qu'ils auraient eue quelque temps plus tôt. Tel le malheur qu'était pour moi la terrible révélation d'Andrée. Sans doute, même quand de mauvaises nouvelles doivent nous attrister, il arrive que, dans le divertissement, le jeu équilibré de la conversation, elles passent devant nous sans s'arrêter, et que nous, préoccupés de mille choses à répondre, transformés, par le désir de plaire aux personnes présentes, en quelqu'un d'autre, protégés pour quelques instants dans ce cycle nouveau contre les affections, les souffrances que nous avons quittées

pour y entrer et que nous retrouverons quand le
court enchantement sera brisé, n'ayons pas le temps
de les accueillir. Pourtant, si ces affections, ces souffrances sont trop prédominantes, nous n'entrons
jamais que distraits dans la zone d'un monde nouveau
et momentané où, trop fidèles à la souffrance, nous ne
pouvons devenir autres ; alors les paroles se mettent
immédiatement en rapport avec notre cœur qui n'est
pas resté hors du jeu. Mais depuis quelque temps les
paroles concernant Albertine, comme un poison
évaporé, n'avaient plus leur pouvoir toxique. La
distance était déjà trop lointaine ; comme un prome-
neur qui voyant, l'après-midi, un croissant nuageux
dans le ciel, se dit que c'est cela, l'immense lune, je me
disais : « Comment! cette vérité que j'ai tant cherchée,
tant redoutée, c'est seulement ces quelques mots
dits dans une conversation, qu'on ne peut même pas
penser complètement parce qu'on n'est pas seul! »
Puis elle me prenait vraiment au dépourvu, je m'étais
beaucoup fatigué avec Andrée. Vraiment, une pareille
vérité, j'aurais voulu avoir plus de force à lui consacrer ; elle me restait extérieure, mais c'est que je ne
lui avais pas encore trouvé une place dans mon cœur.
On voudrait que la vérité nous fût révélée par des
signes nouveaux, non par une phrase, une phrase
pareille à celles qu'on s'était dites tant de fois.
L'habitude de penser empêche parfois d'éprouver
le réel, immunise contre lui, le fait paraître de la
pensée encore. Il n'y a pas une idée qui ne porte en
elle sa réfutation possible, un mot le mot contraire.

En tous cas, c'était maintenant, si c'était vrai, toute
cette inutile vérité sur la vie d'une maîtresse qui
n'est plus, et qui remonte des profondeurs, qui
apparaît une fois que nous ne pouvons plus rien en

faire. Alors (pensant sans doute à quelque autre que nous aimons maintenant et à l'égard de qui la même chose pourrait arriver, car de celle qu'on a oubliée on ne se soucie plus), on se désole. On se dit : « Si celle qui vit pouvait comprendre tout cela et que quand elle sera morte je saurai tout ce qu'elle me cache! » Mais c'est un cercle vicieux. Si j'avais pu faire qu'Albertine vécût, du même coup j'eusse fait qu'Andrée ne m'eût rien révélé. C'est un peu la même chose que l'éternel « Vous verrez quand je ne vous aimerai plus », qui est si vrai et si absurde, puisque en effet on obtiendrait beaucoup si on n'aimait plus, mais qu'on ne se soucierait pas d'obtenir. C'est même tout à fait la même chose. Car la femme qu'on revoit quand on ne l'aime plus, si elle vous dit tout, c'est qu'en effet ce n'est plus elle, ou que ce n'est plus vous : l'être qui aimait n'existe plus. Là aussi il y a la mort qui a passé, a rendu tout aisé et tout inutile. Je faisais ces réflexions, me plaçant dans l'hypothèse où Andrée était véridique — ce qui était possible — et amenée à la sincérité envers moi précisément parce qu'elle avait maintenant des relations avec moi, par ce côté Saint-André-des-Champs qu'avait eu au début avec moi Albertine. Elle y était aidée dans ce cas par le fait qu'elle ne craignait plus Albertine, car la réalité des êtres ne survit pour nous que peu de temps après leur mort, et au bout de quelques années ils sont comme ces dieux des religions abolies qu'on offense sans crainte parce qu'on a cessé de croire à leur existence. Mais qu'Andrée ne crût plus à la réalité d'Albertine pouvait avoir pour effet qu'elle ne redoutât plus (aussi bien que de trahir une vérité qu'elle avait promis de ne pas révéler) d'inventer un mensonge qui calom-

niait rétrospectivement sa prétendue complice. Cette
absence de crainte lui permettait-elle de révéler
enfin, en me disant cela, la vérité, ou bien d'inventer
un mensonge, si, pour quelque raison, elle me croyait
plein de bonheur et d'orgueil et voulait me peiner?
Peut-être avait-elle de l'irritation contre moi (irritation suspendue tant qu'elle m'avait vu malheureux,
inconsolé) parce que j'avais eu des relations avec
Albertine et qu'elle m'enviait peut-être — croyant
que je me jugeais à cause de cela plus favorisé qu'elle
— un avantage qu'elle n'avait peut-être pas obtenu,
ni même souhaité. C'est ainsi que je l'avais souvent
vue dire qu'ils avaient l'air très malades à des gens
dont la bonne mine, et surtout la conscience qu'ils
avaient de leur bonne mine, l'exaspérait, et dire,
dans l'espoir de les fâcher, qu'elle-même allait très
bien, ce qu'elle ne cessa de proclamer quand elle
était le plus malade, jusqu'au jour où, dans le détache-
ment de la mort, il ne lui soucia plus que les heureux
allassent bien et sussent qu'elle-même se mourait.
Mais ce jour-là était encore loin. Peut-être était-elle
irritée contre moi, je ne savais pour quelle raison,
comme jadis elle avait eu une rage contre le jeune
homme si savant dans les choses de sport, si ignorant
du reste, que nous avions rencontré à Balbec et qui
depuis vivait avec Rachel et sur le compte duquel
Andrée se répandait en propos diffamatoires, sou-
haitant être poursuivie en dénonciation calomnieuse
pour pouvoir articuler contre son père des faits
déshonorants dont il n'aurait pu prouver la fausseté.
Or peut-être cette rage contre moi la reprenait seulement, ayant sans doute cessé quand elle me voyait
si triste. En effet, ceux-là mêmes qu'elle avait, les
yeux étincelants de rage, souhaité déshonorer, tuer,

faire condamner, fût-ce sur de faux témoignages, si seulement elle les savait tristes, humiliés, elle ne leur voulait plus aucun mal, elle était prête à les combler de bienfaits. Car elle n'était pas foncièrement mauvaise, et si sa nature non apparente, un peu profonde, n'était pas la gentillesse qu'on croyait d'abord d'après ses délicates attentions, mais plutôt l'envie et l'orgueil, sa troisième nature, plus profonde encore, la vraie, mais pas entièrement réalisée, tendait vers la bonté et l'amour du prochain. Seulement comme tous les êtres qui dans un certain état en désirent un meilleur, mais, ne le connaissant que par le désir, ne comprennent pas que la première condition est de rompre avec le premier — comme les neurasthéniques ou les morphinomanes qui voudraient bien être guéris mais pourtant qu'on ne les privât pas de leurs manies ou de leur morphine, comme les cœurs religieux ou les esprits artistes attachés au monde qui souhaitent la solitude mais veulent se la représenter pourtant comme n'impliquant pas un renoncement absolu à leur vie antérieure — Andrée était prête à aimer toutes les créatures, mais à condition d'avoir réussi d'abord à ne pas se les représenter comme triomphantes, et pour cela de les humilier préalablement. Elle ne comprenait pas qu'il fallait aimer même les orgueilleux et vaincre leur orgueil par l'amour et non par un plus puissant orgueil. Mais c'est qu'elle était comme les malades qui veulent la guérison par les moyens mêmes qui entretiennent la maladie, qu'ils aiment et qu'ils cesseraient aussitôt d'aimer s'ils les renonçaient. Mais on veut apprendre à nager et pourtant garder un pied à terre.

En ce qui concerne le jeune homme sportif, neveu

des Verdurin, que j'avais rencontré dans mes deux
séjours à Balbec, il faut dire accessoirement, et par
anticipation, que, quelque temps après la visite
d'Andrée, visite dont le récit va être repris dans un
instant, il arriva des faits qui causèrent une assez
grande impression. D'abord ce jeune homme (peut-
être par souvenir d'Albertine que je ne savais pas
alors qu'il avait aimée) se fiança avec Andrée et
l'épousa, malgré le désespoir de Rachel dont il ne
tint aucun compte. Andrée ne dit plus alors (c'est-
à-dire quelques mois après la visite dont je parle) qu'il
était un misérable, et je m'aperçus plus tard qu'elle
n'avait dit qu'il l'était que parce qu'elle était folle
de lui et qu'elle croyait qu'il ne voulait pas d'elle.
Mais un autre fait frappa davantage. Ce jeune homme
fit représenter de petits sketches, dans des décors et
avec des costumes de lui, et qui ont amené dans l'art
contemporain une révolution au moins égale à celle
accomplie par les Ballets russes. Bref les juges les
plus autorisés considérèrent ses œuvres comme quelque
chose de capital, presque des œuvres de génie, et je
pense d'ailleurs comme eux, ratifiant ainsi, à mon
propre étonnement, l'ancienne opinion de Rachel.
Les personnes qui l'avaient connu à Balbec, attentif
seulement si la coupe des vêtements des gens qu'il
avait à fréquenter était élégante ou non, passer tout
son temps au baccara, aux courses, au golf ou au polo,
qui savaient que dans ses classes il avait toujours
été un cancre et s'était même fait renvoyer du lycée
(pour ennuyer ses parents, il avait été habiter deux
mois la grande maison de femmes où M. de Charlus
avait cru surprendre Morel), pensèrent que peut-être
ses œuvres étaient d'Andrée qui par amour voulait
lui en laisser la gloire, ou que plus probablement il

payait, avec sa grande fortune personnelle que ses folies avaient seulement ébréchée, quelque professionnel génial et besogneux pour les faire (ce genre de société riche — non décrassée par la fréquentation de l'aristocratie et n'ayant aucune idée de ce que c'est qu'un artiste qui est seulement pour eux soit un acteur qu'ils font venir débiter des monologues pour les fiançailles de leur fille en lui remettant tout de suite son cachet discrètement dans un salon voisin, soit un peintre chez qui ils la font poser une fois qu'elle est mariée, avant les enfants et quand elle est encore à son avantage — croyant volontiers que tous les gens du monde qui écrivent, composent ou peignent, font faire leurs œuvres et payent pour avoir une réputation d'auteur comme d'autres pour s'assurer un siège de député). Mais tout cela était faux ; et ce jeune homme était bien l'auteur de ces œuvres admirables. Quand je le sus, je fus obligé d'hésiter entre diverses suppositions. Ou bien il avait été, en effet, pendant de longues années la « brute épaisse » qu'il paraissait, et quelque cataclysme physiologique avait éveillé en lui le génie assoupi comme la Belle au bois dormant ; ou bien à cette époque de sa rhétorique orageuse, de ses recalages au bachot, de ses grosses pertes de jeu de Balbec, de sa crainte de monter dans le « tram » avec des fidèles de sa tante Verdurin à cause de leur vilain habillement, il était déjà un homme de génie, peut-être distrait de son génie, l'ayant laissé la clef sous la porte dans l'effervescence de passions juvéniles ; ou bien même, homme de génie déjà conscient, et, si dernier en classe, parce que pendant que le professeur disait des banalités sur Cicéron, lui lisait Rimbaud ou Gœthe. Certes, rien ne laissait

soupçonner cette hypothèse quand je le rencontrai
à Balbec, où ses préoccupations me parurent s'attacher uniquement à la correction des attelages et à
la préparation des cocktails. Mais ce n'est pas une
objection irréfutable. Il pouvait être très vaniteux,
ce qui peut s'allier au génie, et chercher à briller
de la manière qu'il savait propre à éblouir dans le
monde où il vivait et qui n'était nullement de prouver
une connaissance approfondie des *Affinités électives*,
mais bien plutôt de conduire à quatre. D'ailleurs je
ne suis pas sûr que même quand il fut devenu l'auteur de ces belles œuvres si originales, il eût beaucoup
aimé, hors des théâtres où il était connu, à dire bonjour à quelqu'un qui n'aurait pas été en smoking,
comme les fidèles dans leur première manière, ce qui
prouverait chez lui non de la bêtise mais de la vanité,
et même un certain sens pratique, une certaine
clairvoyance à adapter sa vanité à la mentalité des
imbéciles, à l'estime de qui il tenait et pour lesquels
le smoking brille peut-être d'un plus vif éclat que
le regard d'un penseur. Qui sait si, vu du dehors,
tel homme de talent, ou même un homme sans talent
mais aimant les choses de l'esprit, moi par exemple,
n'eût pas fait, à qui l'eût rencontré à Rivebelle, à
l'Hôtel de Balbec, sur la digue de Balbec, l'effet du
plus parfait et prétentieux imbécile? Sans compter
que pour Octave les choses de l'art devaient être
quelque chose de si intime, de vivant tellement
dans les plus secrets replis de lui-même, qu'il n'eût
sans doute pas eu l'idée d'en parler, comme eût fait
Saint-Loup par exemple, pour qui les arts avaient
le prestige que les attelages avaient pour Octave.
Puis il pouvait avoir la passion du jeu, et on dit qu'il
l'a gardée. Tout de même, si la piété qui fit revivre

l'œuvre inconnue de Vinteuil est sortie du milieu si
trouble de Montjouvain, je ne fus pas moins frappé
de penser que les chefs-d'œuvre peut-être les plus
extraordinaires de notre époque sont sortis non du
Concours général, d'une éducation modèle, acadé-
mique, à la Broglie, mais de la fréquentation des
« pesages » et des grands bars. En tous cas à cette
époque, à Balbec, les raisons qui faisaient désirer à
moi de le connaître, à Albertine et ses amies que je
ne le connusse pas, étaient également étrangères à
sa valeur, et auraient pu seulement mettre en lumière
l'éternel malentendu d'un « intellectuel » (représenté
en l'espèce par moi) et des gens du monde (représentés par la petite bande) au sujet d'une personne
mondaine (le jeune joueur de golf). Je ne pressentais
nullement son talent, et son prestige à mes yeux —
du même genre qu'autrefois celui de Mme Blatin —
était d'être, quoi qu'elles prétendissent, l'ami de
mes amies, et plus de leur bande que moi. D'autre
part Albertine et Andrée, symbolisant en cela l'inca-
pacité des gens du monde à porter un jugement
valable sur les choses de l'esprit et leur propension
à s'attacher dans cet ordre à de faux-semblants, non
seulement n'étaient pas loin de me trouver stupide
parce que j'étais curieux d'un tel imbécile, mais
s'étonnaient surtout que, joueur de golf pour joueur
de golf, mon choix se fût justement porté sur le plus
insignifiant. Si encore j'avais voulu me lier avec le
jeune Gilbert de Bellœuvre, en dehors du golf c'était
un garçon qui avait de la conversation, qui avait eu
un accessit au Concours général et faisait agréablement les vers (or il était en réalité plus bête qu'aucun).
Ou alors si mon but était de « faire une étude »,
« pour un livre », Guy Saumoy, qui était complètement

fou, avait enlevé deux jeunes filles, était au moins un type curieux qui pouvait m' « intéresser ». Ces deux-là, on me les eût « permis », mais l'autre, quel agrément pouvais-je lui trouver ? C'était le type de la « grande brute », de la « brute épaisse ».

Pour revenir à la visite d'Andrée, après la révélation qu'elle venait de me faire sur ses relations avec Albertine, elle ajouta que la principale raison pour laquelle Albertine m'avait quitté, c'était à cause de ce que pouvaient penser ses amies de la petite bande, et d'autres encore, de la voir ainsi habiter chez un jeune homme avec qui elle n'était pas mariée : « Je sais bien que c'était chez votre mère. Mais cela ne fait rien. Vous ne savez pas ce que c'est que tout ce monde de jeunes filles, ce qu'elles se cachent les unes des autres, comme elles craignent l'opinion des autres. J'en ai vu d'une sévérité terrible avec des jeunes gens simplement parce qu'ils connaissaient leurs amies et qu'elles craignaient que certaines choses ne fussent répétées, et celles-là même, le hasard me les a montrées tout autres, bien contre leur gré. » Quelques mois plus tôt, ce savoir que paraissait posséder Andrée des mobiles auxquels obéissent les filles de la petite bande m'eût paru le plus précieux du monde. Peut-être ce qu'elle disait suffisait-il à expliquer qu'Albertine, qui s'était donnée à moi ensuite à Paris, se fût refusée à Balbec où je voyais constamment ses amies, ce que j'avais l'absurdité de croire un tel avantage pour être au mieux avec elle. Peut-être même était-ce de voir quelques mouvements de confiance de moi avec Andrée, ou que j'eusse imprudemment dit à celle-ci qu'Albertine allait coucher au Grand Hôtel, qui faisait que celle-ci qui peut-être, une heure avant, était prête à me laisser prendre certains plaisirs comme la chose la plus simple, avait eu un revirement et avait menacé de sonner. Mais alors, elle avait dû être facile avec bien d'autres. Cette idée réveilla ma jalousie et je dis à Andrée qu'il y avait une chose que je voulais lui demander. « Vous faisiez cela dans cet appartement inhabité de votre grand'mère ? — Oh ! non, jamais, nous aurions été dérangées. — Tiens, je croyais, il me semblait... — D'ailleurs, Albertine aimait surtout faire cela à la campagne. — Où ça ? — Autrefois, quand elle n'avait pas le temps d'aller très loin, nous allions aux Buttes-Chaumont, elle connaissait là une maison, ou bien sous les arbres, il n'y a personne ; dans la grotte du petit Trianon aussi. — Vous voyez bien, comment vous croire ? Vous m'aviez juré, il n'y a pas un an, n'avoir rien fait aux Buttes-Chaumont. — J'avais peur de vous faire de la peine. » Comme je l'ai dit, je pensai, beaucoup plus tard seulement, qu'au contraire, cette seconde fois, le jour des aveux, Andrée avait cherché à me faire de la peine. Et j'en aurais eu tout de suite, pendant qu'elle parlait, l'idée, parce que j'en aurais éprouvé le besoin, si j'avais encore autant aimé Albertine. Mais les paroles d'Andrée ne me faisaient pas assez mal pour qu'il me fût indispensable de les juger immédiatement mensongères. En somme, si ce que disait Andrée était vrai, et je n'en doutai pas d'abord, l'Albertine réelle que je découvrais après avoir connu tant d'apparences diverses d'Albertine, différait fort peu de la fille orgiaque surgie et devinée, le premier jour, sur la digue de Balbec et qui m'avait successivement offert tant d'aspects, comme modifie tour à tour la disposition de ses édifices, jusqu'à écraser, à effacer le monument capital qu'on voyait

seul dans le lointain, une ville dont on approche, mais
dont finalement, quand on la connaît bien et qu'on
la juge exactement, les proportions vraies étaient
celles que la perspective du premier coup d'œil
avait indiquées, le reste, par où on avait passé, n'étant
que cette série successive de lignes de défense que
tout être élève contre notre vision et qu'il faut fran-
chir l'une après l'autre, au prix de combien de souffrances, avant d'arriver au cœur. D'ailleurs, si je
n'eus pas besoin de croire absolument à l'innocence
d'Albertine, parce que ma souffrance avait diminué,
je peux dire que réciproquement, si je ne souffris
pas trop de cette révélation, c'est que depuis quelque
temps, à la croyance que je m'étais forgée de l'innocence d'Albertine s'était substituée peu à peu, et
sans que je m'en rendisse compte, la croyance toujours présente en moi, la croyance en la culpabilité
d'Albertine. Or si je ne croyais plus à l'innocence
d'Albertine, c'est que je n'avais déjà plus le besoin, le
désir passionné d'y croire. C'est le désir qui engendre
la croyance, et si nous ne nous en rendons pas compte
d'habitude, c'est que la plupart des désirs créateurs
de croyances ne finissent — contrairement à celui
qui m'avait persuadé qu'Albertine était innocente —
qu'avec nous-même. A tant de preuves qui corro-
boraient ma version première, j'avais stupidement
préféré de simples affirmations d'Albertine. Pourquoi
l'avoir crue ? Le mensonge est essentiel à l'humanité.
Il y joue peut-être un aussi grand rôle que la recherche
du plaisir, et d'ailleurs est commandé par cette recherche. On ment pour protéger son plaisir, ou son
honneur si la divulgation du plaisir est contraire à
l'honneur. On ment toute sa vie, même, surtout,
peut-être seulement, à ceux qui nous aiment. Ceux-là

seuls, en effet, nous font craindre pour notre plaisir et désirer leur estime. J'avais d'abord cru Albertine coupable, et seul mon désir, employant à une œuvre de doute les forces de mon intelligence, m'avait fait faire fausse route. Peut-être vivons-nous entourés d'indications électriques, sismiques, qu'il nous faut interpréter de bonne foi pour connaître la vérité des caractères. S'il faut le dire, si triste malgré tout que je fusse des paroles d'Andrée, je trouvais plus beau que la réalité se trouvât enfin concorder avec ce que mon instinct avait d'abord pressenti, plutôt qu'avec le misérable optimisme auquel j'avais lâchement cédé par la suite. J'aimais mieux que la vie fût à la hauteur de mes intuitions. Celles-ci, du reste, que j'avais eues le premier jour sur la plage, quand j'avais cru que ces jeunes filles incarnaient la frénésie du plaisir, le vice, et aussi le soir où j'avais vu l'institu-trice d'Albertine faire rentrer cette fille passionnée dans la petite villa, comme on pousse dans sa cage un fauve que rien plus tard, malgré les apparences, ne pourra domestiquer, ne s'accordaient-elles pas à ce que m'avait dit Bloch quand il m'avait rendu la terre si belle, en m'y montrant, me faisant frissonner dans toutes mes promenades, à chaque rencontre, l'universalité du désir ? Peut-être malgré tout, ces intuitions premières, valait-il mieux que je ne les rencontrasse à nouveau, vérifiées, que maintenant. Tandis que durait tout mon amour pour Albertine, elles m'eussent trop fait souffrir, et il était mieux qu'il n'eût subsisté d'elles qu'une trace, mon per-pétuel soupçon de choses que je ne voyais pas et qui pourtant se passèrent continuellement si près de moi, et peut-être une autre trace encore, antérieure, plus vaste, qui était *mon amour lui-même*. N'était-ce pas en effet, malgré toutes les dénégations de ma raison, connaître dans toute sa hideur Albertine, que la choisir, l'aimer ? et même dans les moments où la méfiance s'assoupit, l'amour n'en est-il pas la persistance et une transformation ? n'est-il pas une preuve de clairvoyance (preuve inintelligible à l'amant lui-même) puisque le désir, allant toujours vers ce qui nous est le plus opposé, nous force d'aimer ce qui nous fera souffrir ? Il entre certainement dans le charme d'un être, dans ses yeux, dans sa bouche, dans sa taille, les éléments inconnus de nous qui sont susceptibles de nous rendre le plus malheureux, si bien que nous sentir attiré vers cet être, commencer à l'aimer, c'est, si innocent que nous le prétendions, lire déjà, dans une version différente, toutes ses trahisons et ses fautes.

Et ces charmes qui, pour m'attirer, matérialisaient ainsi les parties nocives, dangereuses, mortelles, d'un être, peut-être étaient-ils avec ces secrets poisons dans un rapport de cause à effet plus direct que ne le sont la luxuriance séductrice et le suc empoisonné de certaines fleurs vénéneuses ? C'est peut-être, me disais-je, le vice lui-même d'Albertine, cause de mes souffrances futures, qui avait produit chez Albertine ces manières bonnes et franches, donnant l'illusion qu'on avait avec elle la même camaraderie loyale et sans restriction qu'avec un homme, comme un vice parallèle avait produit chez M. de Charlus une finesse féminine de sensibilité et d'esprit. Au milieu du plus complet aveuglement la perspicacité subsiste sous la forme même de la prédilection et de la tendresse, de sorte qu'on a tort de parler en amour de mauvais choix, puisque, dès qu'il y a choix, il ne peut être que mauvais. « Est-ce

que ces promenades aux Buttes-Chaumont eurent
lieu quand vous veniez la chercher à la maison ? dis-je
à Andrée. — Oh! non, du jour où Albertine fut revenue de Balbec avec vous, sauf ce que je vous ai dit,
elle ne fit plus jamais rien avec moi. Elle ne me permettait même plus de lui parler de ces choses. —
Mais, ma petite Andrée, pourquoi mentir encore ?
Par le plus grand des hasards, car je ne cherche
jamais à rien connaître, j'ai appris jusque dans les
détails les plus précis, des choses de ce genre qu'Albertine faisait, je peux vous préciser, au bord de l'eau,
avec une blanchisseuse, quelques jours à peine avant
sa mort. — Ah! peut-être après vous avoir quitté,
cela je ne sais pas. Elle sentait qu'elle n'avait pu, ne
pourrait plus jamais regagner votre confiance. »
Ces derniers mots m'accablaient. Puis je repensais
au soir de la branche de seringa, je me rappelais
qu'environ quinze jours après, comme ma jalousie
changeait successivement d'objet, j'avais demandé à
Albertine si elle n'avait jamais eu de relations avec
Andrée, et qu'elle m'avait répondu : « Oh! jamais,
certes j'adore Andrée ; j'ai pour elle une affection
profonde, mais comme pour une sœur, et même si
j'avais les goûts que vous semblez croire, c'est la
dernière personne à qui j'aurais pensé pour cela. Je
peux vous le jurer sur tout ce que vous voudrez,
sur ma tante, sur la tombe de ma pauvre mère. » Je
l'avais crue. Et pourtant, même si je n'avais pas été
mis en méfiance par la contradiction entre ses demi-
aveux d'autrefois relativement à des choses qu'elle
avait niées ensuite dès qu'elle avait vu que cela ne
m'était pas égal, j'aurais dû me rappeler Swann
persuadé du platonisme des amitiés de M. de Charlus
et me l'affirmant le soir même du jour où j'avais vu

le giletier et le baron dans la cour ; j'aurais dû penser qu'il y a l'un devant l'autre deux mondes, l'un constitué par les choses que les êtres les meilleurs, les plus sincères, disent, et derrière lui le monde composé par la succession de ce que ces mêmes êtres font ; si bien que, quand une femme mariée vous dit d'un jeune homme : « Oh! c'est parfaitement vrai que j'ai une immense amitié pour lui, mais c'est quelque chose de très innocent, de très pur, je pourrais le jurer sur le souvenir de mes parents », on devrait soi-même, au lieu d'avoir une hésitation, se jurer à soi-même qu'elle sort probablement du cabinet de toilette où, après chaque rendez-vous qu'elle a eu avec ce jeune homme, elle se précipite, pour n'avoir pas d'enfants. La branche de seringa me rendait mortellement triste, et aussi qu'Albertine m'eût cru, m'eût dit, fourbe et la détestant ; plus que tout peut-être, ses mensonges si inattendus que j'avais peine à les assimiler à ma pensée. Un jour elle m'avait raconté qu'elle avait été à un camp d'aviation, qu'elle était amie de l'aviateur (sans doute pour détourner mes soupçons des femmes, pensant que j'étais moins jaloux des hommes) ; que c'était amusant de voir comme Andrée était émerveillée devant cet aviateur, devant tous les hommages qu'il rendait à Albertine, au point qu'Andrée avait voulu faire une promenade en avion avec lui. Or cela était inventé de toutes pièces, jamais Andrée n'était allée dans ce camp d'aviation, etc.

Quand Andrée fut partie, l'heure du dîner était arrivée. « Tu ne devineras jamais qui m'a fait une visite d'au moins trois heures, me dit ma mère. Je compte trois heures, c'est peut-être plus, elle était arrivée presque en même temps que la première

personne, qui était Mme Cottard, a vu successivement, sans bouger, entrer et sortir mes différentes
visites — et j'en ai eu plus de trente — et ne m'a
quittée qu'il y a un quart d'heure. Si tu n'avais pas
eu ton amie Andrée, je t'aurais fait appeler. — Mais
enfin qui était-ce ? — Une personne qui ne fait
jamais de visites. — La princesse de Parme ? —
Décidément, j'ai un fils plus intelligent que je ne
croyais. Ce n'est pas un plaisir de te faire chercher
un nom, car tu trouves tout de suite. — Elle ne s'est
pas excusée de sa froideur d'hier ? — Non, ça aurait
été stupide, sa visite était justement cette excuse ;
ta pauvre grand'mère aurait trouvé cela très bien. Il
paraît qu'elle avait fait demander vers deux heures par
un valet de pied si j'avais un jour. On lui a répondu
que c'était justement aujourd'hui, et elle est montée. »
Ma première idée, que je n'osai pas dire à maman,
fut que la princesse de Parme, entourée la veille de
personnes brillantes avec qui elle était très liée et
avec qui elle aimait à causer, avait ressenti de voir
entrer ma mère un dépit qu'elle n'avait pas cherché
à dissimuler. Et c'était tout à fait dans le genre des
grandes dames allemandes, qu'avaient du reste beaucoup adopté les Guermantes, cette morgue qu'on
croyait réparer par une scrupuleuse amabilité. Mais
ma mère crut, et j'ai cru ensuite comme elle, que
tout simplement la princesse de Parme ne l'avait pas
reconnue, n'avait pas cru devoir s'occuper d'elle,
qu'elle avait après le départ de ma mère appris qui
elle était, soit par la duchesse de Guermantes que
ma mère avait rencontrée en bas, soit par la liste des
visiteuses auxquelles les huissiers avant qu'elles
entrassent demandaient leur nom pour l'inscrire sur
un registre. Elle avait trouvé peu aimable de faire dire

ou de dire à ma mère : « Je ne vous ai pas reconnue »,
mais, ce qui n'était pas moins conforme à la politesse
des cours allemandes et aux façons Guermantes que
ma première version, avait pensé qu'une visite, chose
exceptionnelle de la part de l'Altesse, et surtout une
visite de plusieurs heures, fournirait à ma mère, sous
une forme indirecte et tout aussi persuasive, cette
explication, ce qui arriva en effet.

Mais je ne m'attardai pas à demander à ma mère
un récit de la visite de la princesse, car je venais de
me rappeler plusieurs faits relatifs à Albertine sur
lesquels je voulais et j'avais oublié d'interroger
Andrée. Combien peu, d'ailleurs, je savais, je saurais
jamais de cette histoire d'Albertine, la seule histoire
qui m'eût particulièrement intéressé, du moins qui
recommençait à m'intéresser à certains moments !
Car l'homme est cet être sans âge fixe, cet être qui a
la faculté de redevenir en quelques secondes de beaucoup d'années plus jeune, et qui entouré des parois
du temps où il a vécu, y flotte, mais comme dans un
bassin dont le niveau changerait constamment et
le mettrait à portée tantôt d'une époque, tantôt
d'une autre. J'écrivis à Andrée de revenir. Elle ne le
put qu'une semaine plus tard. Presque dès le début
de sa visite je lui dis : « En somme, puisque vous
prétendez qu'Albertine ne faisait plus ce genre de
choses quand elle vivait ici, d'après vous, c'est pour
les faire plus librement qu'elle m'a quitté, mais pour
quelle amie ? — Sûrement pas, ce n'est pas du tout
pour cela. — Alors parce que j'étais trop désagréable ?
— Non, je ne crois pas. Je crois qu'elle a été forcée
de vous quitter par sa tante qui avait des vues pour
elle sur cette canaille, vous savez, ce jeune homme
que vous appeliez « je suis dans les choux », ce jeune

homme qui aimait Albertine et l'avait demandée.
Voyant que vous ne l'épousiez pas, ils ont eu peur
que la prolongation choquante de son séjour chez vous
n'empêchât ce jeune homme de l'épouser. Mme Bontemps sur qui le jeune homme ne cessait de faire
agir, a rappelé Albertine. Albertine, au fond, avait
besoin de son oncle et de sa tante et quand elle a su
qu'on lui mettait le marché en mains, elle vous a
quitté. » Je n'avais jamais dans ma jalousie pensé à
cette explication, mais seulement aux désirs d'Albertine pour les femmes et à ma surveillance, j'avais
oublié qu'il y avait aussi Mme Bontemps qui pouvait
trouver étrange un peu plus tard ce qui avait choqué
ma mère dès le début. Du moins Mme Bontemps
craignait que cela ne choquât ce fiancé possible
qu'elle lui gardait comme une poire pour la soif, si
je ne l'épousais pas. Car Albertine, contrairement à
ce qu'avait cru autrefois la mère d'Andrée, avait en
somme trouvé un beau parti bourgeois. Et quand
elle avait voulu voir Mme Verdurin, quand elle lui
avait parlé en secret, quand elle avait été si fâchée
que j'y fusse allé en soirée sans la prévenir, l'intrigue
qu'il y avait entre elle et Mme Verdurin avait pour
objet de lui faire rencontrer non Mlle Vinteuil, mais
le neveu qui aimait Albertine et pour qui Mme Verdurin, avec cette satisfaction de certains mariages
qui surprennent de la part de certaines familles dans
la mentalité de qui on n'entre pas complètement, ne
tenait pas à un mariage riche. Or jamais je n'avais
repensé à ce neveu qui avait peut-être été le déniaiseur
grâce auquel j'avais été embrassé la première fois
par elle. Et à tout le plan des inquiétudes d'Albertine
que j'avais bâti, il fallait en substituer un autre, ou
le lui superposer, car peut-être il ne l'excluait pas,

le goût pour les femmes n'empêchant pas de se
marier. Ce mariage était-il vraiment la raison du
départ d'Albertine, et par amour-propre, pour ne
pas avoir l'air de dépendre de sa tante, ou de me
forcer à l'épouser, n'avait-elle pas voulu le dire? Je
commençais à me rendre compte que le système des
causes nombreuses d'une seule action, dont Albertine
était adepte dans ses rapports avec ses amies quand
elle laissait croire à chacune que c'était pour elle
qu'elle était venue, n'était qu'une sorte de symbole
artificiel, voulu, des différents aspects que prend
une action selon le point de vue où on se place.
L'étonnement et l'espèce de honte que je ressentais
de ne pas m'être une seule fois dit qu'Albertine était
chez moi dans une position fausse qui pouvait ennuyer sa tante, cet étonnement, ce n'était pas la première fois, ce ne fut pas la dernière fois, que je
l'éprouvai. Que de fois il m'est arrivé, après avoir
cherché à comprendre les rapports de deux êtres et
les crises qu'ils amènent, d'entendre tout d'un coup
un troisième m'en parler à son point de vue à lui, car
il a des rapports plus grands encore avec l'un des
deux, point de vue qui a peut-être été la cause de
la crise! Et si les actes restent ainsi incertains, comment
les personnes elles-mêmes ne le seraient-elles pas?
A entendre les gens qui prétendaient qu'Albertine
était une roublarde qui avait cherché à se faire
épouser par tel ou tel, il n'est pas difficile de supposer
comment ils eussent défini sa vie chez moi. Et pourtant, à mon avis elle avait été une victime, une victime peut-être pas tout à fait pure, mais dans ce cas
coupable pour d'autres raisons, à cause de vices dont
on ne parlait point.

Mais il faut surtout se dire ceci : d'une part, le

mensonge est souvent un trait de caractère ; d'autre part, chez des femmes qui ne seraient pas sans cela menteuses, il est une défense naturelle, improvisée, puis de mieux en mieux organisée, contre ce danger subit et qui serait capable de détruire toute vie : l'amour. D'autre part, ce n'est pas l'effet du hasard si les êtres intellectuels et sensibles se donnent toujours à des femmes insensibles et inférieures, et tiennent cependant à elles, si la preuve qu'ils ne sont pas aimés ne les guérit nullement de tout sacrifier à conserver près d'eux une telle femme. Si je dis que de tels hommes ont besoin de souffrir, je dis une chose exacte, en supprimant les vérités préliminaires qui font de ce besoin — involontaire en un sens — de souffrir, une conséquence parfaitement compréhensible de ces vérités. Sans compter que, les natures complètes étant rares, un être très intellectuel et sensible aura généralement peu de volonté, sera le jouet de l'habitude et de cette peur de souffrir dans la minute qui vient, qui voue aux souffrances perpétuelles, et que dans ces conditions il ne voudra jamais répudier la femme qui ne l'aime pas. On s'étonnera qu'il se contente de si peu d'amour, mais il faudrait plutôt se représenter la douleur que peut lui causer l'amour qu'il ressent. Douleur qu'il ne faut pas trop plaindre, car il en est de ces terribles commotions que nous donnent l'amour malheureux, le départ, la mort d'une amante, comme de ces attaques de paralysie qui nous foudroient d'abord, mais après lesquelles les muscles tendent peu à peu à reprendre leur élasticité, leur énergie vitales. De plus, cette douleur n'est pas sans compensation. Ces êtres intellectuels et sensibles sont généralement peu enclins au mensonge. Celui-ci les prend d'autant croyait tenu à cacher son secret. Et si ces indiscrétions sont fausses, inventées parce qu'elle n'est plus là pour démentir, on devrait craindre plus encore la colère de la morte si on croyait au ciel. Mais personne n'y croit.

De sorte qu'il était possible qu'un long drame se fût joué dans le cœur d'Albertine entre rester et me quitter, mais que me quitter fût à cause de sa tante, ou de ce jeune homme, et pas à cause de femmes auxquelles peut-être elle n'avait jamais pensé. Le plus grave pour moi fut qu'Andrée, qui n'avait pourtant plus rien à me cacher sur les mœurs d'Albertine, me jura qu'il n'y avait pourtant rien eu de ce genre entre Albertine d'une part, Mlle Vinteuil et son amie d'autre part (Albertine ignorait elle-même ses propres goûts quand elle les avait connues, et celles-ci, par cette peur de se tromper dans le sens qu'on désire, qui engendre autant d'erreurs que le désir lui-même, la considéraient comme très hostile à ces choses. Peut-être bien, plus tard, avaient-elles appris sa conformité de goûts avec elles, mais alors elles connaissaient trop Albertine et Albertine les connaissait trop, elles, pour pouvoir même songer à faire cela ensemble).

En somme je ne comprenais toujours pas davantage pourquoi Albertine m'avait quitté. Si la figure d'une femme est difficilement saisissable aux yeux qui ne peuvent s'appliquer à toute cette surface mouvante, aux lèvres, plus encore à la mémoire, si des nuages la modifient selon sa position sociale, selon la hauteur où l'on est situé, quel rideau plus épais encore est tiré entre les actions d'elle que nous voyons, et ses mobiles! Les mobiles sont dans un plan plus profond, que nous n'apercevons pas, et engendrent d'ailleurs

d'autres actions que celles que nous connaissons, et
souvent en absolue contradiction avec elles. A quelle
époque n'y a-t-il pas eu d'homme public, cru un
saint par ses amis, et qui est découvert avoir fait
des faux, volé l'État, trahi sa patrie? Que de fois un
grand seigneur est volé chaque année par un inten-
dant qu'il a élevé, dont il eût juré qu'il était un brave
homme, et qui l'était peut-être! Or, ce rideau tiré
sur les mobiles d'autrui, combien devient-il plus
impénétrable si nous avons de l'amour pour cette
personne! Car il obscurcit notre jugement et les
actions aussi de celle qui, se sentant aimée, cesse
tout d'un coup d'attacher du prix à ce qui en aurait
eu sans cela pour elle, comme la fortune par exemple.
Peut-être aussi le pousse-t-il à feindre en partie ce
dédain de la fortune dans l'espoir d'obtenir plus
en faisant souffrir. Le marchandage peut aussi se
mêler au reste ; et même des faits positifs de sa vie,
une intrigue qu'elle n'a confiée à personne de peur
qu'elle ne nous fût révélée, que beaucoup malgré
cela auraient peut-être connue s'ils avaient eu de la
connaître le même désir passionné que nous en
gardant plus de liberté d'esprit, en éveillant chez
l'intéressée moins de suspicions, une intrigue que
certains peut-être n'ont pas ignorée — mais certains
que nous ne connaissons pas et que nous ne saurions
où trouver. Et parmi toutes les raisons d'avoir avec
nous une attitude inexplicable, il faut faire entrer ces
singularités de caractère qui poussent un être, soit
par négligence de son intérêt, soit par haine, soit par
amour de la liberté, soit par de brusques impulsions
de colère, ou crainte de ce que penseront certaines
personnes, à faire le contraire de ce que nous pensions.
Et puis il y a les différences de milieu, d'éducation,

auxquelles on ne veut pas croire parce 'que, quand on cause tous les deux, on les efface dans les paroles, mais qui se retrouvent quand on est seul, pour diriger les actes de chacun d'un point de vue si opposé qu'il n'y a pas de véritable rencontre possible.

« Mais, ma petite Andrée, vous mentez encore. Rappelez-vous (vous-même me l'avez avoué, je vous ai téléphoné la veille, vous rappelez-vous ?) qu'Albertine avait tant voulu, et en me le cachant comme quelque chose que je ne devais pas savoir, aller à la matinée Verdurin où Mlle Vinteuil devait venir. — Oui, mais Albertine ignorait absolument que Mlle Vinteuil dût y venir. — Comment ? Vous-même m'avez dit que, quelques jours avant, elle avait rencontré Mme Verdurin. D'ailleurs, Andrée, inutile de nous tromper l'un l'autre. J'ai trouvé un papier, un matin, dans la chambre d'Albertine, un mot de Mme Verdurin la pressant de venir à la matinée. » Et je lui montrai ce mot qu'en effet Françoise s'était arrangée pour me faire voir en le plaçant tout au-dessus des affaires d'Albertine quelques jours avant son départ, et, je le crains, à laisser là pour faire croire à Albertine que j'avais fouillé dans ses affaires, lui faire savoir en tous cas que j'avais vu ce papier. Et je m'étais souvent demandé si cette ruse de Françoise n'avait pas été pour beaucoup dans le départ d'Albertine qui voyait qu'elle ne pouvait plus rien me cacher, et se sentait découragée, vaincue. Je lui montrai le papier : *Je n'ai aucun remords, tout excusée par ce sentiment si familial...* « Vous savez bien, Andrée, qu'Albertine avait toujours dit que l'amie de Mlle Vinteuil était, en effet, pour elle une mère, une sœur. — Mais vous avez

mal compris ce billet. La personne que Mme Verdurin
voulait faire rencontrer chez elle avec Albertine,
ce n'était pas du tout l'amie de Mlle Vinteuil, c'était
le fiancé, « je suis dans les choux », et le sentiment
familial est celui que Mme Verdurin portait à cette
crapule qui est en effet son neveu. Pourtant je crois
qu'ensuite Albertine a su que Mlle Vinteuil devait
venir, Mme Verdurin avait pu le lui faire savoir
accessoirement. Certainement l'idée qu'elle reverrait
son amie lui avait fait plaisir, lui rappelait un passé
agréable, mais comme vous seriez content, si vous
deviez aller dans un endroit, de savoir qu'Elstir y
est, mais pas plus, pas même autant. Non, si Albertine
ne voulait pas vous dire pourquoi elle voulait aller
chez Mme Verdurin, c'est qu'il y avait une répétition
où Mme Verdurin avait convoqué très peu de personnes, parmi lesquelles ce neveu à elle que vous
aviez rencontré à Balbec, que Mme Bontemps voulait
faire épouser à Albertine et avec qui Albertine
voulait parler. C'était une jolie canaille... Et puis il
n'y a pas besoin de chercher tant d'explications,
ajouta Andrée. Dieu sait combien j'aimais Albertine
et quelle bonne créature c'était, mais surtout depuis
qu'elle avait eu la fièvre typhoïde (une année avant
que vous ayez fait notre connaissance à toutes),
c'était un vrai cerveau brûlé. Tout à coup elle se
dégoûtait de ce qu'elle faisait, il fallait changer, et à
la minute même, et elle ne savait sans doute pas elle-
même pourquoi. Vous rappelez-vous la première
année où vous êtes venu à Balbec, l'année où vous
nous avez connues ? Un beau jour elle s'est fait
envoyer une dépêche qui la rappelait à Paris, c'est
à peine si on a eu le temps de faire ses malles. Or
elle n'avait aucune raison de partir. Tous les prétextes

qu'elle a donnés étaient faux. Paris était assommant pour elle à ce moment-là. Nous étions toutes encore à Balbec. Le golf n'était pas fermé, et même les épreuves pour la grande coupe qu'elle avait tant désirée n'étaient pas finies. Sûrement c'est elle qui l'aurait eue. Il n'y avait que huit jours à attendre. Hé bien, elle est partie au galop. Souvent je lui en ai reparlé depuis. Elle disait elle-même qu'elle ne savait pas pourquoi elle était partie, que c'était le mal du pays (le pays, c'est Paris, vous pensez si c'est probable), qu'elle se déplaisait à Balbec, qu'elle croyait qu'il y avait des gens qui se moquaient d'elle. » Et il y avait cela de vrai dans ce que disait Andrée que, si des différences entre les esprits expliquent les impressions différentes produites sur telle ou telle personne par une même œuvre, les différences de sentiment, l'impossibilité de persuader une personne qui ne vous aime pas, il y a aussi les différences entre les caractères, les particularités d'un caractère qui sont aussi une cause d'action. Puis je cessais de songer à cette explication et je me disais combien il est difficile de savoir la vérité dans la vie.

J'avais bien remarqué le désir et la dissimulation d'Albertine pour aller chez Mme Verdurin, et je ne m'étais pas trompé. Mais alors quand on a ainsi un fait, les autres, dont on n'a jamais que les apparences, se dérobent, et nous ne voyons passer que des silhouettes plates dont nous nous disons : c'est ceci, c'est cela ; c'est à cause d'elle, ou de telle autre. La révélation que Mlle Vinteuil devait venir m'avait paru l'explication, d'autant plus qu'Albertine, allant au-devant, m'en avait parlé. Et plus tard n'avait-elle pas refusé de me jurer que la présence de Mlle Vin-

teuil ne lui faisait aucun plaisir ? Et ici, à propos de ce
jeune homme, je me rappelai ceci que j'avais oublié.
Peu de temps auparavant, pendant qu'Albertine
habitait chez moi, je l'avais rencontré et il avait,
contrairement à son attitude à Balbec, été excessi-
vement aimable, même affectueux avec moi, m'avait
supplié de le laisser venir me voir, ce que j'avais
refusé pour beaucoup de raisons. Or maintenant je
comprenais que, tout bonnement, sachant qu'Albertine habitait à la maison, il avait voulu se mettre bien
avec moi pour avoir toutes facilités de la voir et de
me l'enlever, et je conclus que c'était un misérable.
Or quand, quelque temps après, me furent jouées les
premières œuvres de ce jeune homme, sans doute
je continuai à penser que s'il avait tant voulu venir
chez moi, c'était à cause d'Albertine, et tout en
trouvant cela coupable, je me rappelais que jadis si
j'étais parti pour Doncières, voir Saint-Loup, c'était
en réalité parce que j'aimais Mme de Guermantes.
Il est vrai que le cas n'était pas le même : Saint-Loup
n'aimant pas Mme de Guermantes, il y avait dans
ma tendresse peut-être un peu de duplicité, mais
nulle trahison. Mais je songeai ensuite que cette
tendresse qu'on éprouve pour celui qui détient le
bien que vous désirez, on l'éprouve aussi, si ce bien,
celui-là le détient même en l'aimant pour lui-même.
Sans doute il faut alors lutter contre une amitié
qui conduira tout droit à la trahison. Et je crois que
c'est ce que j'ai toujours fait. Mais pour ceux qui
n'en ont pas la force, on ne peut pas dire que chez eux
l'amitié qu'ils affectent pour le détenteur soit une
pure ruse ; ils l'éprouvent sincèrement et, à cause de
cela, la manifestent avec une ardeur qui, une fois
la trahison accomplie, fait que le mari ou l'amant

trompé peut dire avec une indignation stupéfiée :
« Si vous aviez entendu les protestations d'affection
que me prodiguait ce misérable! Qu'on vienne
voler un homme de son trésor, je le comprends
encore. Mais qu'on éprouve le besoin diabolique de
l'assurer d'abord de son amitié, c'est un degré
d'ignominie et de perversité qu'on ne peut imaginer. »
Or non, il n'y a pas là plaisir de perversité, ni même
mensonge tout à fait lucide.

L'affection de ce genre que m'avait manifestée
ce jour-là le pseudo-fiancé d'Albertine avait encore
une autre excuse, étant plus complexe qu'un simple
dérivé de l'amour pour Albertine. Ce n'est que
depuis peu qu'il se savait, qu'il s'avouait, qu'il
voulait être proclamé un intellectuel. Pour la première fois, les valeurs autres que sportives ou noceu-
ses existaient pour lui. Le fait que je fusse estimé
d'Elstir, de Bergotte, qu'Albertine lui eût peut-être
parlé de la façon dont je jugeais les écrivains et dont
elle se figurait que j'aurais pu écrire moi-même,
faisait que tout d'un coup j'étais devenu pour lui
(pour l'homme nouveau qu'il s'apercevait enfin
être) quelqu'un d'intéressant avec qui il eût plaisir
à être lié, à qui il eût voulu confier ses projets, peut-
être demander de le présenter à Bergotte. De sorte
qu'il était sincère en demandant à venir chez moi,
en m'exprimant une sympathie où des raisons
intellectuelles en même temps qu'un reflet d'Albertine mettaient de la sincérité. Sans doute ce n'était
pas *pour cela* qu'il tenait tant à venir chez moi et
eût tout lâché pour cela. Mais cette raison dernière,
qui ne faisait guère qu'élever à une sorte de paro-
xysme passionné les deux premières, il l'ignorait
peut-être lui-même, et les deux autres existaient

réellement, comme avait pu réellement exister chez Albertine, quand elle avait voulu aller, l'après-midi de la répétition, chez Mme Verdurin, le plaisir parfaitement honnête qu'elle aurait eu à revoir des amies d'enfance, qui pour elle n'étaient pas plus vicieuses qu'elle n'était pour celles-ci, à causer avec elles, à leur montrer, par sa seule présence chez les Verdurin, que la pauvre petite fille qu'elles avaient connue était maintenant invitée dans un salon marquant, le plaisir aussi qu'elle aurait peut-être eu à entendre de la musique de Vinteuil. Si tout cela était vrai, la rougeur qui était venue au visage d'Albertine quand j'avais parlé de Mlle Vinteuil venait de ce que je l'avais fait à propos de cette matinée qu'elle avait voulu me cacher à cause de ce projet de mariage que je ne devais pas savoir. Le refus d'Albertine de me jurer qu'elle n'aurait eu aucun plaisir à revoir à cette matinée Mlle Vinteuil avait à ce moment-là augmenté mon tourment, fortifié mes soupçons, mais me prouvait rétrospectivement qu'elle avait tenu à être sincère, et même pour une chose innocente, peut-être justement parce que c'était une chose innocente. Il restait pourtant ce qu'Andrée m'avait dit sur ses relations avec Albertine. Peut-être pourtant, même sans aller jusqu'à croire qu'Andrée les inventait entièrement pour que je ne fusse pas heureux et ne pusse pas me croire supérieur à elle, pouvais-je encore supposer qu'elle avait un peu exagéré ce qu'elle faisait avec Albertine, et qu'Albertine par restriction mentale diminuait aussi un peu ce qu'elle avait fait avec Andrée, se servant jésuitiquement de certaines définitions que stupidement j'avais formulées sur ce sujet, trouvant que ses relations avec Andrée ne rentraient pas dans ce qu'elle devait m'avouer et qu'elle pouvait les nier sans mentir. Mais pourquoi croire que c'était plutôt elle qu'Andrée qui mentait ? La vérité et la vie sont bien ardues, et il me restait d'elles, sans qu'en somme je les connusse, une impression où la tristesse était peut-être encore dominée par la fatigue.

Quant à la troisième fois où je me souviens d'avoir eu conscience que j'approchais de l'indifférence absolue à l'égard d'Albertine (et cette dernière fois jusqu'à sentir que j'y étais tout à fait arrivé), ce fut un jour, assez longtemps après la dernière visite d'Andrée, à Venise.

Ma mère m'y avait emmené passer quelques semaines et — comme il peut y avoir de la beauté, aussi bien que dans les choses les plus humbles, dans les plus précieuses — j'y goûtais des impressions analogues à celles que j'avais si souvent ressenties autrefois à Combray, mais transposées selon un mode entièrement différent et plus riche. Quand à dix heures du matin on venait ouvrir mes volets, je voyais flamboyer, au lieu du marbre noir que devenaient en resplendissant les ardoises de Saint-Hilaire, l'Ange d'or du campanile de Saint-Marc. Rutilant d'un soleil qui le rendait presque impossible à fixer, il me faisait avec ses bras grands ouverts, pour quand je serais une demi-heure plus tard sur la Piazzetta, une promesse de joie plus certaine que celle qu'il put être jadis chargé d'annoncer aux hommes de bonne volonté. Je ne pouvais apercevoir que lui, tant que j'étais couché, mais comme le monde n'est qu'un vaste cadran solaire où un seul segment ensoleillé nous permet de voir l'heure qu'il est, dès le premier matin je pensai aux boutiques de Combray, sur la place de l'Église, qui le dimanche étaient sur le point de fermer quand j'arrivais à la messe, tandis que la paille du marché sentait fort sous le soleil déjà chaud. Mais dès le second jour, ce que je vis en m'éveillant, ce pourquoi je me levai (parce que cela s'était substitué dans ma mémoire et dans mon désir aux souvenirs de Combray), ce furent les impressions de la première sortie à Venise, à Venise où la vie quotidienne n'était pas moins réelle qu'à Combray : comme à Combray le dimanche matin, on avait bien le plaisir de descendre dans une rue en fête, mais cette rue était toute en une eau de saphir, rafraîchie de souffles tièdes, et d'une couleur si résistante que mes yeux fatigués pouvaient, pour se détendre et sans craindre qu'elle fléchît, y appuyer leurs regards. Comme à Combray les bonnes gens de la rue de l'Oiseau, dans cette nouvelle ville aussi les habitants sortaient bien des maisons alignées l'une à côté de l'autre dans la grand'rue ; mais ce rôle de maisons projetant un peu d'ombre à leurs pieds était, à Venise, confié à des palais de porphyre et de jaspe, au-dessus de la porte cintrée desquels la tête d'un dieu barbu (en dépassant l'alignement, comme le marteau d'une porte à Combray) avait pour résultat de rendre plus foncé par son reflet, non le brun du sol mais le bleu splendide de l'eau. Sur la Piazza l'ombre qu'eussent développée à Combray la toile du magasin de nouveautés et l'enseigne du coiffeur, c'étaient les petites fleurs bleues que sème à ses pieds sur le désert du dallage ensoleillé le relief d'une façade Renaissance, non pas que, quand le soleil tapait fort, on ne fût obligé, à Venise

comme à Combray, de baisser, même au bord du
canal, des stores. Mais ils étaient tendus entre les
quadrilobes et les rinceaux de fenêtres gothiques.
J'en dirai autant de celle de notre hôtel, devant les
balustres de laquelle ma mère m'attendait en regardant le canal avec une patience qu'elle n'eût peut-être
pas montrée autrefois à Combray où, mettant en
moi des espérances qui depuis n'avaient pas été
réalisées, elle ne voulait pas me laisser voir combien
elle m'aimait. Maintenant elle sentait bien que sa
froideur apparente n'eût plus rien changé, et la
tendresse qu'elle me prodiguait était comme ces
aliments défendus qu'on ne refuse plus aux malades,
quand il est assuré qu'ils ne peuvent plus guérir.
Certes, les humbles particularités qui faisaient
individuelle la fenêtre de la chambre de ma tante
Léonie, sur la rue de l'Oiseau, son asymétrie à
cause de la distance inégale entre les deux fenêtres
voisines, la hauteur excessive de son appui de bois,
et la barre coudée qui servait à ouvrir les volets, les
deux pans de satin bleu et glacé qu'une embrasse
divisait et retenait écartés, tout cela existait aussi
à cet hôtel de Venise, où j'entendais ces mots si
particuliers et si éloquents qui nous font reconnaître
de loin la demeure où nous rentrons déjeuner, et
plus tard restent dans notre souvenir comme un
témoignage que pendant un certain temps cette
demeure fut la nôtre ; mais le soin de les dire était,
à Venise, dévolu, non comme il l'était à Combray
et comme il l'est un peu partout aux choses les plus
simples, voire les plus laides, mais à l'ogive encore
à demi arabe d'une façade qui est reproduite dans
tous les musées de moulages et tous les livres d'art
illustrés, comme un des chefs-d'œuvre de l'archi-

tecture domestique au moyen âge ; de bien loin
et quand j'avais à peine dépassé Saint-Georges-le-
Majeur, j'apercevais cette ogive qui m'avait vu, et
l'élan de ses arcs brisés ajoutait à son sourire de
bienvenue la distinction d'un regard plus élevé
et presque incompris. Et parce que derrière ses
balustres de marbre de diverses couleurs, maman
lisait en m'attendant, le visage contenu dans une
voilette en tulle d'un blanc aussi déchirant que
celui de ses cheveux pour moi qui sentais que ma
mère l'avait, en cachant ses larmes, ajoutée à son
chapeau de paille moins pour avoir l'air « habillé »
devant les gens de l'hôtel que pour me paraître
moins en deuil, moins triste, presque consolée ;
parce que, ne m'ayant pas reconnu tout de suite,
dès que de la gondole je l'appelais elle envoyait
vers moi, du fond de son cœur, son amour qui ne
s'arrêtait que là où il n'y avait plus de matière pour
le soutenir, à la surface de son regard passionné
qu'elle faisait aussi proche de moi que possible,
qu'elle cherchait à exhausser, à l'avancée de ses
lèvres, en un sourire qui semblait m'embrasser, dans
le cadre et sous le dais du sourire plus discret de
l'ogive illuminée par le soleil de midi — à cause de
cela, cette fenêtre a pris dans ma mémoire la douceur
des choses qui eurent, en même temps que nous,
à côté de nous, leur part dans une certaine heure qui
sonnait, la même pour nous et pour elles ; et, si
pleins de formes admirables que soient ses meneaux,
cette illustre fenêtre garde pour moi l'aspect intime
d'un homme de génie avec qui nous aurions passé
un mois dans une même villégiature, qui y aurait
contracté pour nous quelque amitié, et si depuis,
chaque fois que je vois le moulage de cette fenêtre

dans un musée, je suis obligé de retenir mes larmes, c'est tout simplement parce qu'elle ne me dit que la chose qui peut le plus me toucher : « Je me rappelle très bien votre mère. »

Et pour aller chercher maman qui avait quitté la fenêtre, j'avais bien en laissant la chaleur du plein air cette sensation de fraîcheur jadis éprouvée à Combray quand je montais dans ma chambre ; mais à Venise c'était un courant d'air marin qui l'entretenait, non plus dans un petit escalier de bois aux marches rapprochées, mais sur les nobles surfaces de degrés de marbre éclaboussées à tout moment d'un éclair de soleil glauque, et qui à l'utile leçon de Chardin, reçue autrefois, ajoutaient celle de Véronèse. Et puisque à Venise ce sont des œuvres d'art, les choses magnifiques, qui sont chargées de nous donner les impressions familières de la vie, c'est esquiver le caractère de cette ville, sous prétexte que la Venise de certains peintres est froidement esthétique dans sa partie la plus célèbre (exceptons les superbes études de Maxime Dethomas), de n'en représenter au contraire que les aspects misérables, là où ce qui fait sa splendeur s'efface, et, pour rendre Venise plus intime et plus vraie, de lui donner de la ressemblance avec Aubervilliers. Ce fut le tort de très grands artistes, par une réaction bien naturelle contre la Venise factice des mauvais peintres, de s'être attachés uniquement à la Venise, qu'ils trouvèrent plus réaliste, des humbles campi, des petits rii abandonnés.

C'était elle que j'explorais souvent l'après-midi, si je ne sortais pas avec ma mère. J'y trouvais plus facilement en effet de ces femmes d'un genre populaire, les allumettières, les enfileuses de perles, les

travailleuses du verre ou de la dentelle, les petites
ouvrières aux grands châles noirs à franges, que
rien ne m'empêchait d'aimer, parce que j'avais en
grande partie oublié Albertine, et qui me semblaient
plus désirables que d'autres, parce que je me la
rappelais encore un peu. Qui aurait pu me dire
exactement, d'ailleurs, dans cette recherche passionnée que je faisais des Vénitiennes, ce qu'il y
avait d'elles-mêmes, d'Albertine, de mon ancien
désir de jadis du voyage à Venise? Notre moindre
désir, bien qu'unique comme un accord, admet en
lui les notes fondamentales sur lesquelles toute notre
vie est construite. Et parfois, si nous supprimions
l'une d'elles, que nous n'entendons pas pourtant,
dont nous n'avons pas conscience, qui ne se rattache
en rien à l'objet que nous poursuivons, nous verrions
pourtant tout notre désir de cet objet s'évanouir.
Il y avait beaucoup de choses que je ne cherchais
pas à dégager dans l'émoi que j'avais à courir à la
recherche des Vénitiennes.

Ma gondole suivait les petits canaux ; comme la
main mystérieuse d'un génie qui m'aurait conduit
dans les détours de cette ville d'Orient, ils semblaient,
au fur et à mesure que j'avançais, me pratiquer un
chemin, creusé en plein cœur d'un quartier qu'ils
divisaient en écartant à peine, d'un mince sillon
arbitrairement tracé, les hautes maisons aux petites
fenêtres mauresques ; et comme si le guide magique
eût tenu une bougie entre ses doigts et m'eût éclairé
au passage, ils faisaient briller devant eux un rayon
de soleil à qui ils frayaient sa route. On sentait
qu'entre les pauvres demeures que le petit canal
venait de séparer, et qui eussent sans cela formé un
tout compact, aucune place n'avait été réservée.

De sorte que le campanile de l'église ou les treilles des jardins surplombaient à pic le rio, comme dans une ville inondée. Mais, pour les églises comme pour les jardins, grâce à la même transposition que dans le Grand Canal, la mer se prêtait si bien à faire la fonction de voie de communication, de rue, grande ou petite, que, de chaque côté du canaletto, les églises montaient de l'eau devenue un vieux quartier populeux et pauvre, comme des paroisses humbles et fréquentées, portant sur elles le cachet de leur nécessité, de la fréquentation de nombreuses petites gens ; que les jardins traversés par la percée du canal laissaient traîner jusque dans l'eau leurs feuilles ou leurs fruits étonnés, et que sur le rebord de la maison dont le grès grossièrement fendu était encore rugueux comme s'il venait d'être brusquement scié, des gamins surpris et gardant leur équilibre laissaient pendre à pic leurs jambes bien d'aplomb, à la façon de matelots assis sur un pont mobile dont les deux moitiés viennent de s'écarter et ont permis à la mer de passer entre elles. Parfois apparaissait un monument plus beau, qui se trouvait là comme une surprise dans une boîte que nous viendrions d'ouvrir, un petit temple d'ivoire avec ses ordres corinthiens et sa statue allégorique au fronton, un peu dépaysé parmi les choses usuelles au milieu desquelles il traînait, car nous avions beau lui faire de la place, le péristyle que lui réservait le canal gardait l'air d'un quai de débarquement pour maraîchers. J'avais l'impression, qu'augmentait encore mon désir, de ne pas être dehors, mais d'entrer de plus en plus au fond de quelque chose de secret, car à chaque fois je trouvais quelque chose de nouveau qui venait se placer de l'un ou de l'autre côté de moi, petit monument ou

campo imprévu, gardant l'air étonné des belles choses
qu'on voit pour la première fois et dont on ne comprend pas encore bien la destination et l'utilité. Je
revenais à pied par de petites calli, j'arrêtais des
filles du peuple comme avait peut-être fait Albertine
et j'aurais aimé qu'elle fût avec moi. Pourtant cela
ne pouvait pas être les mêmes ; à l'époque où Albertine avait été à Venise, elles eussent été des enfants
encore. Mais après avoir été autrefois, en un premier
sens et par lâcheté, infidèle à chacun de mes désirs
conçu comme unique, puisque j'avais recherché un
objet analogue, et non le même que je n'espérais
pas retrouver, maintenant c'est systématiquement
que je cherchais des femmes qu'Albertine n'avait pas,
elles-mêmes, connues, même que je ne recherchais
plus celles que j'avais autrefois désirées. Certes il
m'arrivait souvent de me rappeler, avec une violence
de désir inouïe, telle fillette de Méséglise ou de Paris,
la laitière que j'avais vue au pied d'une colline, le
matin, dans mon premier voyage vers Balbec. Mais
hélas! je me les rappelais telles qu'elles étaient
alors, c'est-à-dire telles que maintenant elles n'étaient
certainement plus. De sorte que si jadis j'avais été
amené à faire fléchir mon impression de l'unicité
d'un désir en cherchant à la place d'une couventine
perdue de vue une couventine analogue, maintenant pour retrouver les filles qui avaient troublé mon
adolescence ou celle d'Albertine, je devais consentir
une dérogation de plus au principe de l'individualité
du désir : ce que je devais chercher ce n'était pas
celles qui avaient seize ans alors, mais celles qui
avaient seize ans aujourd'hui, car maintenant, à
défaut de ce qu'il y avait de plus particulier dans la
personne et qui m'avait échappé, ce que j'aimais

c'était la jeunesse. Je savais que la jeunesse de celles
que j'avais connues n'existait plus que dans mon
souvenir brûlant, et que ce n'est pas elles, si désireux
que je fusse de les atteindre quand me les représentait
ma mémoire, et que je devais cueillir, si je voulais
vraiment moissonner la jeunesse et la fleur de l'année.

Le soleil était encore haut dans le ciel quand
j'allais retrouver ma mère sur la Piazzetta. Nous
appelions une gondole. « Comme ta pauvre grand'-
mère eût aimé cette grandeur si simple! me disait
maman en montrant le palais ducal qui considérait
la mer avec la pensée que lui avait confiée son archi-
tecte et qu'il gardait fidèlement dans la muette
attente des doges disparus. Elle aurait même aimé
la douceur de ces teintes roses, parce qu'elle est
sans mièvrerie. Comme ta grand'mère aurait aimé
Venise, et quelle familiarité qui peut rivaliser avec
celle de la nature elle aurait trouvée dans toutes ces
beautés si pleines de choses qu'elles n'ont besoin d'aucun arrangement, qu'elles se présentent telles quelles,
le palais ducal dans sa forme cubique, les colonnes
que tu dis être celles du palais d'Hérode, en pleine
Piazzetta, et, encore moins placés, mis là comme
faute d'autre endroit, les piliers de Saint-Jean-
d'Acre, et ces chevaux au balcon de Saint-Marc!
Ta grand'mère aurait eu autant de plaisir à voir le
soleil se coucher sur le palais des doges que sur une
montagne. » Et il y avait en effet une part de vérité
dans ce que disait ma mère, car, tandis que la gondole
pour nous ramener remontait le Grand Canal, nous
regardions la file des palais entre lesquels nous
passions refléter la lumière et l'heure sur leurs
flancs rosés, et changer avec elles, moins à la façon
d'habitations privées et de monuments célèbres que

comme une chaîne de falaises de marbre au pied de
laquelle on va le soir se promener en barque dans un
canal pour voir le soleil se coucher. Aussi, les demeures disposées des deux côtés du chenal faisaient
penser à des sites de la nature, mais d'une nature qui
aurait créé ses œuvres avec une imagination humaine. Mais en même temps (à cause du caractère des
impressions toujours urbaines que Venise donne
presque en pleine mer, sur ces flots où le flux et le
reflux se font sentir deux fois par jour, et qui tour à
tour recouvrent à marée haute et découvrent à marée
basse les magnifiques escaliers extérieurs des palais),
comme nous eussions fait à Paris sur les boulevards,
dans les Champs-Élysées, au Bois, dans toute large
avenue à la mode, nous croisions dans la lumière
poudroyante du soir, les femmes les plus élégantes,
presque toutes étrangères, qui, mollement appuyées
sur les coussins de leur équipage flottant, prenaient
la file, s'arrêtaient devant un palais où elles avaient
une amie à aller voir, faisaient demander si elle
était là, et tandis qu'en attendant la réponse elles
préparaient à tout hasard leur carte pour la laisser
comme elles eussent fait à la porte de l'hôtel de Guermantes, cherchaient dans leur guide de quelle époque,
de quel style était le palais, non sans être secouées,
comme au sommet d'une vague bleue, par le remous
de l'eau étincelante et cabrée, qui s'effarait d'être
resserrée entre la gondole dansante et le marbre re-
tentissant. Et ainsi les promenades même seulement
pour aller faire des visites et corner des cartes, étaient
triples et uniques à Venise, où les simples allées et
venues mondaines prennent en même temps la
forme et le charme d'une visite à un musée et d'une
bordée en mer.

Plusieurs des palais du Grand Canal étaient transformés en hôtels, et, par goût du changement ou par amabilité pour Mme Sazerat que nous avions retrouvée — la connaissance imprévue et inopportune qu'on rencontre chaque fois qu'on voyage — et que maman avait invitée, nous voulûmes un soir essayer de dîner dans un hôtel qui n'était pas le nôtre et où l'on prétendait que la cuisine était meilleure. Tandis que ma mère payait le gondolier et entrait avec Mme Sazerat dans le salon qu'elle avait retenu, je voulus jeter un coup d'œil sur la grande salle du restaurant aux beaux piliers de marbre et jadis couverte tout entière de fresques, depuis mal restaurées. Deux garçons causaient en un italien que je traduis :

« Est-ce que les vieux mangent dans leur chambre ? Ils ne préviennent jamais. C'est assommant, je ne sais jamais si je dois garder leur table (*non so se bisogna conservar loro la tavola*). Et puis, tant pis s'ils descendent et qu'ils la trouvent prise ! Je ne comprends pas qu'on reçoive des *forestieri* comme ça dans un hôtel aussi chic. C'est pas le monde d'ici. »

Malgré son dédain, le garçon aurait voulu savoir ce qu'il devait décider relativement à la table, et il allait faire demander au liftier de monter s'informer à l'étage quand, avant qu'il en eût le temps, la réponse lui fut donnée : il venait d'apercevoir la vieille dame qui entrait. Je n'eus pas de peine, malgré l'air de tristesse et de fatigue que donne l'appesantissement des années et malgré une sorte d'eczéma, de lèpre rouge qui couvrait sa figure, à reconnaître sous son bonnet, dans sa cotte noire faite chez W..., mais, pour les profanes, pareille à celle d'une vieille concierge, la marquise de Villeparisis. Le hasard fit

que l'endroit où j'étais, debout, en train d'examiner
les vestiges d'une fresque, se trouvait, le long des
belles parois de marbre, exactement derrière la table
où venait de s'asseoir Mme de Villeparisis.

« Alors M. de Villeparisis ne va pas tarder à descendre. Depuis un mois qu'ils sont ici, ils n'ont
mangé qu'une fois l'un sans l'autre », dit le garçon.

Je me demandais quel était celui de ses parents
avec lequel elle voyageait et qu'on appelait M. de Villeparisis, quand je vis, au bout de quelques instants,
s'avancer vers la table et s'asseoir à côté d'elle son
vieil amant, M. de Norpois.

Son grand âge avait affaibli la sonorité de sa voix,
mais donné en revanche à son langage, jadis si plein de
réserve, une véritable intempérance. Peut-être fallait-il en chercher la cause dans des ambitions qu'il
sentait ne plus avoir grand temps pour réaliser
et qui le remplissaient d'autant plus de véhémence et
de fougue ; peut-être dans le fait que, laissé à l'écart
d'une politique où il brûlait de rentrer, il croyait,
dans la naïveté de son désir, faire mettre à la retraite, par les sanglantes critiques qu'il dirigeait
contre eux, ceux qu'il se faisait fort de remplacer.
Ainsi voit-on des politiciens assurés que le cabinet
dont ils ne font pas partie n'en a pas pour trois jours.
Il serait, d'ailleurs, exagéré de croire que M. de Norpois avait perdu entièrement les traditions du langage diplomatique. Dès qu'il était question de
« grandes affaires » il se retrouvait, on va le voir,
l'homme que nous avons connu, mais le reste du temps
il s'épanchait sur l'un et sur l'autre avec cette violence sénile de certains octogénaires qui les jette sur
des femmes à qui ils ne peuvent plus faire grand
mal.

Mme de Villeparisis garda, pendant quelques minutes, le silence d'une vieille femme à qui la fatigue de la vieillesse a rendu difficile de remonter du ressouvenir du passé au présent. Puis, dans ces questions toutes pratiques où s'empreint le prolongement d'un mutuel amour :

— Êtes-vous passé chez Salviati ?

— Oui.

— Enverront-ils demain ?

— J'ai rapporté moi-même la coupe. Je vous la montrerai après le dîner. Voyons le menu.

— Avez-vous donné l'ordre de bourse pour mes Suez ?

— Non, l'attention de la Bourse est retenue en ce moment par les valeurs de pétrole. Mais il n'y a pas lieu de se presser, étant donné les excellentes dispositions du marché. Voilà le menu. Il y a comme entrée des rougets. Voulez-vous que nous en prenions ?

— Moi, oui, mais vous, cela vous est défendu. Demandez à la place du risotto, Mais ils ne savent pas le faire.

— Cela ne fait rien. Garçon, apportez-nous d'abord des rougets pour Madame et un risotto pour moi.

Un nouveau et long silence.

— Tenez, je vous apporte des journaux, le *Corriere della Sera*, la *Gazzetta del Popolo*, etc. Est-ce que vous savez qu'il est fortement question d'un mouvement diplomatique dont le premier bouc émissaire serait Paléologue, notoirement insuffisant en Serbie ? Il serait peut-être remplacé par Lozé et il y aurait à pourvoir au poste de Constantinople. Mais, s'empressa d'ajouter avec âcreté M. de Norpois, pour une ambassade d'une telle envergure et où il est de toute évidence que la Grande-Bretagne devra toujours, quoi qu'il arrive, avoir la première place à la table des délibérations, il serait prudent de s'adresser à des hommes d'expérience mieux outillés pour résister aux embûches des ennemis de notre alliée britannique que des diplomates de la jeune école qui donneraient tête baissée dans le panneau. » La volubilité irritée avec laquelle M. de Norpois prononça ces dernières paroles venait surtout de ce que les journaux, au lieu de prononcer son nom comme il leur avait recommandé de le faire, donnaient comme « grand favori » un jeune ministre plénipotentiaire. « Dieu sait si les hommes d'âge sont éloignés de se mettre, à la suite de je ne sais quelles manœuvres tortueuses, aux lieu et place de plus ou moins incapables recrues! J'en ai beaucoup connu de tous ces prétendus diplomates de la méthode empirique, qui mettaient tout leur espoir dans un ballon d'essai que je ne tardais pas à dégonfler. Il est hors de doute, si le gouvernement a le manque de sagesse de remettre les rênes de l'État en des mains turbulentes, qu'à l'appel du devoir un conscrit répondra toujours : présent. Mais qui sait (et M. de Norpois avait l'air de très bien savoir de qui il parlait) s'il n'en serait pas de même le jour où l'on irait chercher quelque vétéran plein de savoir et d'adresse ? A mon sens, chacun peut avoir sa manière de voir, le poste de Constantinople ne devrait être accepté qu'après un règlement de nos difficultés pendantes avec l'Allemagne. Nous ne devons rien à personne, et il est inadmissible que, tous les six mois, on vienne nous réclamer, par des manœuvres dolosives et à notre corps défendant, je ne sais quel quitus, toujours mis en avant par une presse de sportulaires. Il faut

que cela finisse, et naturellement un homme de
haute valeur et qui a fait ses preuves, un homme qui
aurait, si je puis dire, l'oreille de l'empereur, jouirait
de plus d'autorité que quiconque pour mettre le
point final au conflit. »

Un monsieur qui finissait de dîner salua M. de Norpois.

— Ah! mais c'est le prince Foggi, dit le marquis.

— Ah! je ne sais pas au juste qui vous voulez dire,
soupira Mme de Villeparisis.

— Mais parfaitement si. C'est le prince Odon.
C'est le propre beau-frère de votre cousine Doudeau-
ville. Vous vous rappelez bien que j'ai chassé avec
lui à Bonnétable?

— Ah! Odon, c'est celui qui faisait de la peinture?

— Mais pas du tout, c'est celui qui a épousé la
sœur du grand-duc N...

M. de Norpois disait tout cela sur le ton assez désagréable d'un professeur mécontent de son élève et, de
ses yeux bleus, regardait fixement Mme de Villeparisis.

Quand le prince eut fini son café et quitta sa table,
M. de Norpois se leva, marcha avec empressement
vers lui et, d'un geste majestueux, il s'écarta, et,
s'effaçant lui-même, le présenta à Mme de Villeparisis. Et pendant les quelques minutes que le
prince demeura debout auprès d'eux, M. de Norpois
ne cessa un instant de surveiller Mme de Villeparisis
de sa pupille bleue, par complaisance ou sévérité
de vieil amant, et surtout dans la crainte qu'elle ne
se livrât à un des écarts de langage qu'il avait goûtés,
mais qu'il redoutait. Dès qu'elle disait au prince
quelque chose d'inexact, il rectifiait le propos et
fixait les yeux de la marquise accablée et docile, avec
l'intensité continue d'un magnétiseur.

Un garçon vint me dire que ma mère m'attendait, je la rejoignis et m'excusai auprès de Mme Sazerat en disant que cela m'avait amusé de voir Mme de Villeparisis. A ce nom, Mme Sazerat pâlit et sembla près de s'évanouir. Cherchant à se dominer :

— Mme de Villeparisis, Mlle de Bouillon ? me dit-elle.

— Oui.

Est-ce que je ne pourrais pas l'apercevoir une seconde ? C'est le rêve de ma vie.

— Alors ne perdez pas trop de temps, Madame, car elle ne tardera pas à avoir fini de dîner. Mais comment peut-elle tant vous intéresser ?

— Mais Mme de Villeparisis, c'était en premières noces la duchesse d'Havré, belle comme un ange, méchante comme un démon, qui a rendu fou mon père, l'a ruiné et abandonné aussitôt après. Eh bien ! elle a beau avoir agi avec lui comme la dernière des filles, avoir été cause que j'ai dû, moi et les miens, vivre petitement à Combray, maintenant que mon père est mort, ma consolation c'est qu'il ait aimé la plus belle femme de son époque, et comme je ne l'ai jamais vue, malgré tout ce sera une douceur...

Je menai Mme Sazerat, tremblante d'émotion, jusqu'au restaurant et je lui montrai Mme de Villeparisis.

Mais comme les aveugles qui dirigent leurs yeux ailleurs qu'où il faut, Mme Sazerat n'arrêta pas ses regards à la table où dînait Mme de Villeparisis, et, cherchant un autre point de la salle :

— Mais elle doit être partie, je ne la vois pas où vous me dites.

Et elle cherchait toujours, poursuivant la vision détestée, adorée, qui habitait son imagination depuis si longtemps.

— Mais si, à la seconde table.

— C'est que nous ne comptons pas à partir du même point. Moi, comme je compte, la seconde table, c'est une table où il y a seulement, à côté d'un vieux monsieur, une petite bossue, rougeaude, affreuse.

— C'est elle!

Cependant, Mme de Villeparisis ayant demandé à M. de Norpois de faire asseoir le prince Foggi, une aimable conversation suivit entre eux trois, on parla politique, le prince déclara qu'il était indifférent au sort du cabinet, et qu'il resterait encore une bonne semaine à Venise. Il espérait que d'ici là toute crise ministérielle serait évitée. Le prince Foggi crut au premier instant que ces questions de politique n'intéressaient pas M. de Norpois, car celui-ci, qui jusque-là s'était exprimé avec tant de véhémence, s'était mis soudain à garder un silence presque angélique qui semblait ne pouvoir s'épanouir, si la voix revenait, qu'en un chant innocent et mélodieux de Mendelssohn ou de César Franck. Le prince pensait aussi que ce silence était dû à la réserve d'un Français qui, devant un Italien, ne veut pas parler des affaires de l'Italie. Or l'erreur du prince était complète. Le silence, l'air d'indifférence étaient restés chez M. de Norpois non la marque de la réserve mais le prélude coutumier d'une immixtion dans des affaires importantes. Le marquis n'ambitionnait rien de moins, comme nous l'avons vu, que Constantinople, avec un règlement préalable des affaires allemandes, pour lequel il comptait forcer la main au cabinet de Rome. Le marquis jugeait, en effet, que de sa part un acte d'une portée internationale pouvait être le digne couronnement de sa

carrière, peut-être même le commencement de
nouveaux honneurs, de fonctions difficiles auxquelles
il n'avait pas renoncé. Car la vieillesse nous rend
d'abord incapables d'entreprendre, mais non de
désirer. Ce n'est que dans une troisième période que
ceux qui vivent très vieux ont renoncé au désir,
comme ils ont dû abandonner l'action. Ils ne se
présentent même plus à des élections futiles où ils
tentèrent si souvent de réussir, comme celle de président de la République. Ils se contentent de sortir,
de manger, de lire les journaux, ils se survivent à
eux-mêmes.

Le prince, pour mettre le marquis à l'aise et lui
montrer qu'il le considérait comme un compatriote,
se mit à parler des successeurs possibles du président
du Conseil actuel. Successeurs dont la tâche serait
difficile. Quand le prince Foggi eut cité plus de
vingt noms d'hommes politiques qui lui semblaient
ministrables, noms que l'ancien ambassadeur écouta
les paupières à demi abaissées sur ses yeux bleus
et sans faire un mouvement, M. de Norpois rompit
enfin le silence pour prononcer ces mots qui devaient
pendant vingt ans alimenter la conversation des
chancelleries, et ensuite, quand on les eut oubliés,
être exhumés par quelque personnalité signant
« un Renseigné » ou « Testis » ou « Machiavel » dans
un journal où l'oubli même où ils étaient tombés
leur vaut le bénéfice de faire à nouveau sensation.
Donc le prince Foggi venait de citer plus de vingt
noms devant le diplomate aussi immobile et muet
qu'un homme sourd, quand M. de Norpois leva
légèrement la tête et, dans la forme où avaient été
rédigées ses interventions diplomatiques les plus
grosses de conséquence, quoique cette fois-ci avec

une audace accrue et une brièveté moindre, demanda
finement : « Et est-ce que personne n'a prononcé
le nom de M. Giolitti ? » A ces mots les écailles du
prince Foggi tombèrent ; il entendit un murmure
céleste. Puis aussitôt M. de Norpois se mit à parler
de choses et autres, ne craignit pas de faire quelque
bruit, comme, lorsque la dernière note d'une sublime
aria de Bach est terminée, on ne craint plus de parler
à haute voix, d'aller chercher ses vêtements au ves-
tiaire. Il rendit même la cassure plus nette en priant
le prince de mettre ses hommages aux pieds de
Leurs Majestés le Roi et la Reine quand il aurait
l'occasion de les voir, phrase de départ qui correspondait à ce qu'est, à la fin d'un concert, ces mots
hurlés : « Le cocher Auguste de la rue de Belloy ».
Nous ignorons quelles furent exactement les impressions du prince Foggi. Il était assurément ravi d'avoir
entendu ce chef-d'œuvre : « Et M. Giolitti, est-ce
que personne n'a prononcé son nom ? » Car M. de
Norpois, chez qui l'âge avait éteint ou désordonné
les qualités les plus belles, en revanche avait perfec-
tionné en vieillissant les « airs de bravoure », comme
certains musiciens âgés, en déclin pour tout le reste,
acquièrent jusqu'au dernier jour, pour la musique
de chambre, une virtuosité parfaite qu'ils ne possé-
daient pas jusque-là.

Toujours est-il que le prince Foggi, qui comptait
passer quinze jours à Venise, rentra à Rome le jour
même et fut reçu quelques jours après en audience
par le Roi au sujet de propriétés que, nous croyons
l'avoir déjà dit, le prince possédait en Sicile. Le
cabinet végéta plus longtemps qu'on n'aurait cru.
A sa chute, le Roi consulta divers hommes d'État
sur le chef qu'il convenait de donner au nouveau

cabinet. Puis il fit appeler M. Giolitti, qui accepta.
Trois mois après, un journal raconta l'entrevue du
prince Foggi avec M. de Norpois. La conversation
était rapportée comme nous l'avons fait, avec la
différence qu'au lieu de dire : « M. de Norpois
demanda finement », on lisait : « dit avec ce fin et
charmant sourire qu'on lui connaît ». M. de Norpois
jugea que « finement » avait déjà une force explosive
suffisante pour un diplomate et que cette adjonction
était pour le moins intempestive. Il avait bien demandé
que le quai d'Orsay démentît officiellement, mais le
quai d'Orsay ne savait où donner de la tête. En
effet, depuis que l'entrevue avait été dévoilée,
M. Barrère télégraphiait plusieurs fois par heure avec
Paris pour se plaindre qu'il y eût un ambassadeur
officieux au Quirinal et pour rapporter le mécontentement que ce fait avait produit dans l'Europe
entière. Ce mécontentement n'existait pas, mais les
divers ambassadeurs étaient trop polis pour démentir
M. Barrère leur assurant que sûrement tout le monde
était révolté. M. Barrère, n'écoutant que sa pensée,
prenait ce silence courtois pour une adhésion. Aussitôt il télégraphiait à Paris : « Je me suis entretenu
une heure durant avec le marquis Visconti-Venosta,
etc. » Ses secrétaires étaient sur les dents.

Pourtant M. de Norpois avait à sa dévotion un
très ancien journal français et qui même en 1870,
quand il était ministre de France dans un pays
allemand, lui avait rendu grand service. Ce journal
était (surtout le premier article, non signé) admirablement rédigé. Mais il intéressait mille fois davantage quand ce premier article (dit « premier-Paris »
dans ces temps lointains, et appelé aujourd'hui, on
ne sait pourquoi, « éditorial ») était au contraire

mal tourné, avec des répétitions de mots infinies.
Chacun sentait alors avec émotion que l'article
avait été « inspiré ». Peut-être par M. de Norpois,
peut-être par tel autre grand maître de l'heure. Pour
donner une idée anticipée des événements d'Italie,
montrons comment M. de Norpois se servit de ce
journal en 1870, inutilement trouvera-t-on, puisque
la guerre eut lieu tout de même ; très efficacement,
pensait M. de Norpois, dont l'axiome était qu'il
faut avant tout préparer l'opinion. Ses articles, où
chaque mot était pesé, ressemblaient à ces notes
optimistes que suit immédiatement la mort du
malade. Par exemple, à la veille de la déclaration de
guerre, en 1870, quand la mobilisation était presque
achevée, M. de Norpois (restant dans l'ombre
naturellement) avait cru devoir envoyer à ce journal
fameux l'éditorial suivant :

« L'opinion semble prévaloir dans les cercles
autorisés que, depuis hier, dans le milieu de l'après-
midi, la situation, sans avoir, bien entendu, un
caractère alarmant, pourrait être envisagée comme
sérieuse et même, par certains côtés, comme susceptible d'être considérée comme critique. M. le marquis
de Norpois aurait eu plusieurs entretiens avec le
ministre de Prusse afin d'examiner dans un esprit
de fermeté et de conciliation, et d'une façon tout à
fait concrète, les différents motifs de friction existants,
si l'on peut parler ainsi. La nouvelle n'a malheureusement pas été reçue par nous, à l'heure où nous
mettons sous presse, que Leurs Excellences aient
pu se mettre d'accord sur une formule pouvant
servir de base à un instrument diplomatique. »

Dernière heure : « On a appris avec satisfaction
dans les cercles bien informés, qu'une légère détente

20

semble s'être produite dans les rapports franco-prussiens. On attacherait une importance toute particulière au fait que M. de Norpois aurait rencontré « unter den Linden » le ministre d'Angleterre, avec qui il s'est entretenu une vingtaine de minutes. Cette nouvelle est considérée comme satisfaisante. » (On avait ajouté entre parenthèses, après « satisfaisante », le mot allemand équivalent : *befriedigend*.) Et le lendemain on lisait dans l'éditorial : « Il semblerait, malgré toute la souplesse de M. de Norpois, à qui tout le monde se plaît à rendre hommage pour l'habile énergie avec laquelle il a su défendre les droits imprescriptibles de la France, qu'une rupture n'a plus, pour ainsi dire, presque aucune chance d'être évitée. »

Le journal ne pouvait pas se dispenser de faire suivre un pareil éditorial de quelques commentaires, envoyés, bien entendu, par M. de Norpois. On a peut-être remarqué dans les pages précédentes que le « conditionnel » était une des formes grammaticales préférées de l'ambassadeur, dans la littérature diplomatique. (« On attacherait une importance particulière », pour « il paraît qu'on attache une importance particulière ».) Mais le présent de l'indicatif pris, non pas dans son sens habituel, mais dans celui de l'ancien optatif, n'était pas moins cher à M. de Norpois. Les commentaires qui suivaient l'éditorial étaient ceux-ci :

« Jamais le public n'a fait preuve d'un calme aussi admirable. [M. de Norpois aurait bien voulu que ce fût vrai, mais craignait tout le contraire.] Il est las des agitations stériles et a appris avec satisfaction que le gouvernement de Sa Majesté prendrait ses responsabilités selon les éventualités qui pourraient se produire. Le public n'en demande [optatif] pas davantage. A son beau sang-froid, qui est déjà un indice de succès, nous ajouterons encore une nouvelle bien faite pour rassurer l'opinion publique, s'il en était besoin. On assure, en effet, que M. de Norpois, qui, pour raison de santé, devait depuis longtemps venir faire à Paris une petite cure, aurait quitté Berlin où il ne jugeait plus sa présence utile. »

Dernière heure : « Sa Majesté l'Empereur a quitté ce matin Compiègne pour Paris, afin de conférer avec le marquis de Norpois, le ministre de la Guerre et le maréchal Bazaine en qui l'opinion publique a une confiance particulière. S. M. l'Empereur a décommandé le dîner qu'il devait offrir à sa belle-sœur la duchesse d'Albe. Cette mesure a produit partout, dès qu'elle a été connue, une impression particulièrement favorable. L'Empereur a passé en revue les troupes, dont l'enthousiasme est indescriptible. Quelques corps, sur un ordre de mobilisation lancé dès l'arrivée des souverains à Paris, sont, à toute éventualité, prêts à partir dans la direction du Rhin. »

Parfois au crépuscule en rentrant à l'hôtel je sentais que l'Albertine d'autrefois, invisible à moi-même, était pourtant enfermée au fond de moi comme aux « plombs » d'une Venise intérieure, dont parfois un incident faisait glisser le couvercle durci jusqu'à me donner une ouverture sur ce passé.

Ainsi par exemple un soir une lettre de mon coulissier rouvrit un instant pour moi les portes de la prison où Albertine était en moi vivante, mais si loin, si profond, qu'elle me restait inaccessible.

Depuis sa mort je ne m'étais plus occupé des spéculations que j'avais faites afin d'avoir plus d'argent
pour elle. Or le temps avait passé ; de grandes
sagesses de l'époque précédente étaient démenties
par celle-ci, comme il était arrivé autrefois de
M. Thiers disant que les chemins de fer ne pourraient
jamais réussir ; et les titres dont M. de Norpois
nous avait dit : « Leur revenu n'est pas très élevé
sans doute, mais du moins le capital ne sera jamais
déprécié », étaient souvent ceux qui avaient le plus
baissé. Rien que pour les consolidés anglais et les
Raffineries Say, il me fallait payer aux coulissiers
des différences si considérables, en même temps
que des intérêts et des reports que sur un coup de
tête je me décidai à tout vendre, et me trouvai tout
d'un coup ne plus posséder que le cinquième à
peine de ce que j'avais hérité de ma grand'mère et
que j'avais encore du vivant d'Albertine. On le
sut d'ailleurs à Combray dans ce qui restait de notre
famille et de nos relations, et comme on savait que je
fréquentais le marquis de Saint-Loup et les Guermantes, on se dit : « Voilà où mènent les idées de
grandeur. » On y eût été bien étonné d'apprendre
que c'était pour une jeune fille d'une condition aussi
modeste qu'Albertine, presque une protégée de
l'ancien professeur de piano de ma grand'mère,
Vinteuil, que j'avais fait ces spéculations. D'ailleurs,
dans cette vie de Combray où chacun est à jamais
classé dans les revenus qu'on lui connaît comme dans
une caste indienne, on n'eût pu se faire une idée de
cette grande liberté qui régnait dans le monde des
Guermantes, où on n'attachait aucune importance
à la fortune, où la pauvreté pouvait être considérée
comme aussi désagréable, mais comme nullement

plus diminuante, comme n'affectant pas plus la
situation sociale, qu'une maladie d'estomac. Sans
doute se figurait-on, au contraire, à Combray que
Saint-Loup et M. de Guermantes devaient être des
nobles ruinés, aux châteaux hypothéqués, à qui je
prêtais de l'argent, tandis que, si j'avais été ruiné,
ils eussent été les premiers à m'offrir, vainement,
de me venir en aide. Quant à ma ruine relative, j'en
étais d'autant plus ennuyé que mes curiosités vénitiennes s'étaient concentrées depuis peu sur une
jeune marchande de verrerie, à la carnation de
fleur qui fournissait aux yeux ravis toute une gamme
de tons orangés et me donnait un tel désir de la
revoir chaque jour que, sentant que nous quitterions
bientôt Venise ma mère et moi, j'étais résolu à
tâcher de lui faire à Paris une situation quelconque
qui me permît de ne pas me séparer d'elle. La beauté
de ses dix-sept ans était si noble, si radieuse, que
c'était un vrai Titien à acquérir avant de s'en aller.
Et le peu qui me restait de fortune suffirait-il à la
tenter assez pour qu'elle quittât son pays et vînt
vivre à Paris pour moi seul?

Mais, comme je finissais la lettre du coulissier,
une phrase où il disait : « Je soignerai vos reports »
me rappela une expression presque aussi hypocrite-
ment professionnelle, que la baigneuse de Balbec
avait employée en parlant à Aimé d'Albertine :
« C'est moi qui la soignais », avait-elle dit. Et ces
mots qui ne m'étaient jamais revenus à l'esprit
firent jouer comme un Sésame les gonds du cachot.
Mais au bout d'un instant ils se refermèrent sur
l'emmurée — que je n'étais pas coupable de ne pas
vouloir rejoindre puisque je ne parvenais plus à la
voir, à me la rappeler, et que les êtres n'existent pour

nous que par l'idée que nous avons d'eux — mais
que m'avait un instant rendue plus touchante le
délaissement, que pourtant elle ne savait pas : j'avais
l'espace d'un éclair envié le temps déjà bien lointain
où je souffrais nuit et jour du compagnonnage de
son souvenir. Une autre fois, à San Giorgio dei
Schiavoni, un aigle auprès d'un des apôtres, et
stylisé de la même façon, réveilla le souvenir et
presque la souffrance causée par ces deux bagues
dont Françoise m'avait découvert la similitude et
dont je n'avais jamais su qui les avait données à
Albertine.

Un soir pourtant, une circonstance telle se produisit qu'il sembla que mon amour aurait dû renaître.
Au moment où notre gondole s'arrêta aux marches de
l'hôtel, le portier me remit une dépêche que l'employé
du télégraphe était déjà venu trois fois pour m'apporter, car à cause de l'inexactitude du nom du desti-
nataire (que je compris pourtant à travers les défor-
mations des employés italiens être le mien), on
demandait un accusé de réception certifiant que le
télégramme était bien pour moi. Je l'ouvris dès que
je fus dans ma chambre, et jetant un coup d'œil
sur un libellé rempli de mots mal transmis, je pus
lire néanmoins : « Mon ami, vous me croyez morte,
pardonnez-moi, je suis très vivante, je voudrais vous
voir, vous parler mariage, quand revenez-vous ?
Tendrement. Albertine. » Alors il se passa, d'une
façon inverse, la même chose que pour ma grand'-
mère : quand j'avais appris en fait que ma grand'-
mère était morte je n'avais d'abord eu aucun chagrin.
Et je n'avais souffert effectivement de sa mort que
quand des souvenirs involontaires l'avaient rendue
vivante pour moi. Maintenant qu'Albertine dans ma

pensée ne vivait plus pour moi, la nouvelle qu'elle
était vivante ne me causa pas la joie que j'aurais cru.
Albertine n'avait été pour moi qu'un faisceau de
pensées, elle avait survécu à sa mort matérielle tant
que ces pensées vivaient en moi ; en revanche, maintenant que ces pensées étaient mortes, Albertine
ne ressuscitait nullement pour moi avec son corps.
Et en m'apercevant que je n'avais pas de joie qu'elle
fût vivante, que je ne l'aimais plus, j'aurais dû être
plus bouleversé que quelqu'un qui, se regardant
dans une glace, après des mois de voyage ou de
maladie, s'aperçoit qu'il a des cheveux blancs et une
figure nouvelle, d'homme mûr ou de vieillard. Cela
bouleverse parce que cela veut dire : l'homme que
j'étais, le jeune homme blond n'existe plus, je suis
un autre. Or n'est-ce pas un changement aussi
profond, une mort aussi totale du moi qu'on était,
la substitution aussi complète de ce moi nouveau,
que de voir un visage ridé surmonté d'une perruque
blanche qui a remplacé l'ancien ? Mais on ne s'afflige
pas plus d'être devenu un autre, les années ayant
passé et dans l'ordre de la succession des temps,
qu'on ne s'afflige, à une même époque, d'être tour
à tour les êtres contradictoires, le méchant, le sensible, le délicat, le mufle, le désintéressé, l'ambitieux qu'on est tour à tour chaque journée. Et la
raison pour laquelle on ne s'en afflige pas est la
même, c'est que le moi éclipsé — momentanément
dans le dernier cas et quand il s'agit du caractère,
pour toujours dans le premier cas et quand il s'agit
des passions — n'est pas là pour déplorer l'autre,
l'autre qui est à ce moment-là, ou désormais, tout
vous ; le mufle sourit de sa muflerie car on est le
mufle, et l'oublieux ne s'attriste pas de son manque

de mémoire, précisément parce qu'on a oublié.

J'aurais été incapable de ressusciter Albertine
parce que je l'étais de me ressusciter moi-même, de
ressusciter mon moi d'alors. La vie, selon son
habitude qui est, par des travaux incessants d'infiniment petits, de changer la face du monde,
ne m'avait pas dit au lendemain de la mort d'Albertine : « Sois un autre », mais, par des changements
trop imperceptibles pour me permettre de me rendre
compte du fait même du changement, avait presque
tout renouvelé en moi, de sorte que ma pensée
était déjà habituée à son nouveau maître — mon
nouveau moi — quand elle s'aperçut qu'il était
changé ; c'était à celui-ci qu'elle tenait. Ma tendresse
pour Albertine, ma jalousie tenaient, on l'a vu, à
l'irradiation, par association d'idées, de certains
noyaux d'impressions douces ou douloureuses, au
souvenir de Mlle Vinteuil à Montjouvain, aux doux
baisers du soir qu'Albertine me donnait dans le cou.
Mais au fur et à mesure que ces impressions s'étaient
affaiblies, l'immense champ d'impressions qu'elles
coloraient d'une teinte angoissante ou douce avait
repris des tons neutres. Une fois que l'oubli se fut
emparé de quelques points dominants de souffrance
et de plaisir, la résistance de mon amour était vaincue,
je n'aimais plus Albertine. J'essayais de me la rappeler. J'avais eu un juste pressentiment quand, deux
jours après le départ d'Albertine, j'avais été épouvanté
d'avoir pu vivre quarante-huit heures sans elle.
C'était comme quand j'écrivais auparavant à Gilberte
et que je me disais : si cela continue deux ans, je ne
l'aimerai plus. Et si, quand Swann m'avait demandé
de revoir Gilberte, cela m'avait paru l'incommodité
d'accueillir une morte, pour Albertine la mort —

ou ce que j'avais cru la mort — avait fait la même
œuvre que pour Gilberte la rupture prolongée. La
mort n'agit que comme l'absence. Le monstre à
l'apparition duquel mon amour avait frissonné,
l'oubli, avait bien, comme je l'avais cru, fini par le
dévorer. Non seulement cette nouvelle qu'elle était
vivante ne réveilla pas mon amour, non seulement
elle me permit de constater combien était déjà avancé
mon retour vers l'indifférence, mais elle lui fit ins-
tantanément subir une accélération si brusque que
je me demandai rétrospectivement si jadis la nouvelle
contraire, celle de la mort d'Albertine, n'avait pas
inversement, en parachevant l'œuvre de son départ,
exalté mon amour et retardé son déclin. Oui, maintenant que la savoir vivante et de pouvoir être réuni
à elle me la rendait tout d'un coup si peu précieuse,
je me demandais si les insinuations de Françoise, la
rupture elle-même, et jusqu'à la mort (imaginaire
mais crue réelle) n'avaient pas prolongé mon amour,
tant les efforts des tiers et même du destin pour nous
séparer d'une femme ne font que nous attacher à
elle. Maintenant c'était le contraire qui se produisait.
D'ailleurs j'essayai de me la rappeler, et peut-être parce
que je n'avais plus qu'un signe à faire pour l'avoir
à moi, le souvenir qui me vint fut celui d'une fille
déjà fort grosse, hommasse, dans le visage fané de
laquelle saillait déjà, comme une graine, le profil de
Mᵐᵉ Bontemps. Ce qu'elle avait pu faire avec Andrée
ou d'autres ne m'intéressait plus. Je ne souffrais plus
du mal que j'avais cru si longtemps inguérissable,
et au fond j'aurais pu le prévoir. Certes le regret
d'une maîtresse, la jalousie survivante sont des
maladies physiques au même titre que la tuberculose
ou la leucémie. Pourtant entre les maux physiques

il y a lieu de distinguer ceux qui sont causés par un agent purement physique, et ceux qui n'agissent sur le corps que par l'intermédiaire de l'intelligence. Surtout si la partie de l'intelligence qui sert de lien de transmission est la mémoire — c'est-à-dire si la cause est anéantie ou éloignée —, si cruelle que soit la souffrance, si profond que paraisse le trouble apporté dans l'organisme, il est bien rare, la pensée ayant un pouvoir de renouvellement ou plutôt une impuissance de conservation que n'ont pas les tissus, que le pronostic ne soit pas favorable. Au bout du même temps où un malade atteint de cancer sera mort, il est bien rare qu'un veuf, un père inconsolables ne soient pas guéris. Je l'étais. Est-ce pour cette fille que je revoyais en ce moment si bouffie et qui avait certainement vieilli comme avaient vieilli les filles qu'elle avait aimées, est-ce pour elle qu'il fallait renoncer à l'éclatante fille qui était mon souvenir d'hier, mon espoir de demain, à qui je ne pourrais plus donner un sou, non plus qu'à aucune autre, si j'épousais Albertine, renoncer à cette « Albertine nouvelle », « non point telle que l'ont vue les Enfers », « mais fidèle, mais fière et même un peu farouche » ? C'était elle qui était maintenant ce qu'Albertine avait été autrefois : mon amour pour Albertine n'avait été qu'une forme passagère de ma dévotion à la jeunesse. Nous croyons aimer une jeune fille, et nous n'aimons hélas ! en elle que cette aurore dont leur visage reflète momentanément la rougeur. La nuit passa. Au matin je rendis la dépêche au portier de l'hôtel en disant qu'on me l'avait remise par erreur et qu'elle n'était pas pour moi. Il me dit que maintenant qu'elle avait été ouverte il aurait des difficultés, qu'il valait mieux que je la gardasse ; je la remis dans ma poche mais je me promis de faire comme si je ne l'avais jamais reçue. J'avais définitivement cessé d'aimer Albertine. De sorte que cet amour, après s'être tellement écarté de ce que j'avais prévu d'après mon amour pour Gilberte, après m'avoir fait faire un détour si long et si douloureux, finissait lui aussi, après y avoir fait exception, par rentrer, tout comme mon amour pour Gilberte, dans la loi générale de l'oubli.

Mais alors je songeai : je tenais à Albertine plus qu'à moi-même ; je ne tiens plus à elle maintenant parce que pendant un certain temps j'ai cessé de la voir. Mon désir de ne pas être séparé de moi-même par la mort, de ressusciter après la mort, ce désir-là n'était pas comme le désir de ne jamais être séparé d'Albertine, il durait toujours. Mais cela tenait-il à ce que je me croyais plus précieux qu'elle, à ce que, quand je l'aimais, je m'aimais davantage ? Non, cela tenait à ce que, cessant de la voir, j'avais cessé de l'aimer, et que je n'avais pas cessé de m'aimer parce que mes liens quotidiens avec moi-même n'avaient pas été rompus comme l'avaient été ceux avec Albertine. Mais si ceux avec mon corps, avec moi-même l'étaient aussi... ? Certes il en serait de même. Notre amour de la vie n'est qu'une vieille liaison dont nous ne savons pas nous débarrasser. Sa force est dans sa permanence. Mais la mort qui la rompt nous guérira du désir de l'immortalité.

Après le déjeuner, quand je n'allais pas errer seul dans Venise, je me préparais pour sortir avec ma mère, et, pour prendre des cahiers où je prendrais des notes relatives à un travail que je faisais sur Ruskin, je montais dans ma chambre. Au coup brusque des coudes du mur qui lui faisaient rentrer

ses angles, je sentais les restrictions édictées par la
mer, la parcimonie du sol. Et en descendant pour
rejoindre ma mère qui m'attendait, à cette heure où
à Combray il faisait si bon goûter le soleil tout proche
dans l'obscurité conservée par les volets clos, ici du
haut en bas de l'escalier de marbre dont on ne savait
pas plus que dans une peinture de la Renaissance
s'il était dressé dans un palais ou sur une galère,
la même fraîcheur et le même sentiment de la splendeur du dehors étaient donnés grâce au velum qui
se mouvait devant les fenêtres perpétuellement ouvertes, et par lesquelles dans un incessant courant
d'air l'ombre tiède et le soleil verdâtre filaient comme
sur une surface flottante et évoquaient le voisinage
mobile, l'illumination, la miroitante instabilité du
flot. C'est le plus souvent pour Saint-Marc que je
partais, et avec d'autant plus de plaisir que, comme
il fallait d'abord prendre une gondole pour s'y rendre,
l'église ne se représentait pas à moi comme un simple
monument, mais comme le terme d'un trajet sur
l'eau marine et printanière avec laquelle Saint-Marc
faisait pour moi un tout indivisible et vivant. Nous
entrions, ma mère et moi, dans le baptistère, foulant
tous deux les mosaïques de marbre et de verre du
pavage, ayant devant nous les larges arcades dont
le temps a légèrement infléchi les surfaces évasées
et roses, ce qui donne à l'église, là où il a respecté
la fraîcheur de ce coloris, l'air d'être construite
dans une matière douce et malléable comme la cire
de géantes alvéoles ; là au contraire où il a racorni la
matière et où les artistes l'ont ajourée et rehaussée
d'or, d'être la précieuse reliure, en quelque cuir de
Cordoue, du colossal Évangile de Venise. Voyant
que j'avais à rester longtemps devant les mosaïques

qui représentent le baptême du Christ, ma mère,
sentant la fraîcheur glacée qui tombait dans le
baptistère, me jetait un châle sur les épaules. Quand
j'étais avec Albertine à Balbec, je croyais qu'elle
révélait une de ces illusions inconsistantes qui
remplissent l'esprit de tant de gens qui ne pensent
pas clairement, quand elle me parlait du plaisir —
selon moi ne reposant sur rien — qu'elle aurait à
voir telle peinture avec moi. Aujourd'hui, je suis au
moins sûr que le plaisir existe sinon de voir, du moins
d'avoir vu une belle chose avec une certaine personne. Une heure est venue pour moi où, quand je
me rappelle le baptistère, devant les flots du Jourdain
où saint Jean immerge le Christ, tandis que la gondole nous attendait devant la Piazzetta, il ne m'est pas
indifférent que dans cette fraîche pénombre, à côté
de moi, il y eût une femme drapée dans son deuil
avec la ferveur respectueuse et enthousiaste de la
femme âgée qu'on voit à Venise dans la *Sainte Ursule*
de Carpaccio, et que cette femme aux joues rouges,
aux yeux tristes, dans ses voiles noirs, et que rien
ne pourra plus jamais faire sortir pour moi de ce
sanctuaire doucement éclairé de Saint-Marc où je
suis sûr de la retrouver parce qu'elle y a sa place
réservée et immuable comme une mosaïque, ce soit
ma mère.

Carpaccio, que je viens de nommer et qui était
le peintre auquel, quand je ne travaillais pas à Saint-
Marc, nous rendions le plus volontiers visite, faillit
un jour ranimer mon amour pour Albertine. Je voyais
pour la première fois *le Patriarche di Grado exor-
cisant un possédé*. Je regardais l'admirable ciel incarnat
et violet sur lequel se détachent ces hautes cheminées
incrustées, dont la forme évasée et le rouge épa-

nouissement de tulipes fait penser à tant de Venises
de Whistler. Puis mes yeux allaient du vieux Rialto
en bois à ce Ponte Vecchio du XVe siècle aux palais de
marbre ornés de chapiteaux dorés, revenaient au
Canal où les barques sont menées par des adolescents
en vestes roses, en toques surmontées d'aigrettes,
semblables à s'y méprendre à tel qui évoquait vraiment Carpaccio dans cette éblouissante *Légende de
Joseph* de Sert, Strauss et Kessler. Enfin, avant de
quitter le tableau mes yeux revinrent à la rive où
fourmillent les scènes de la vie vénitienne de l'époque.
Je regardais le barbier essuyer son rasoir, le nègre
portant son tonneau, les conversations des musulmans,
des nobles seigneurs vénitiens en larges brocarts, en
damas, en toque de velours cerise, quand tout à coup
je sentis au cœur comme une légère morsure. Sur
le dos d'un des *Compagnons de la Calza*, reconnais-
sable aux broderies d'or et de perles qui inscrivent
sur leur manche ou leur collet l'emblème de la joyeuse
confrérie à laquelle ils étaient affiliés, je venais de
reconnaître le manteau qu'Albertine avait pris pour
venir avec moi en voiture découverte à Versailles, le
soir où j'étais loin de me douter qu'une quinzaine
d'heures me séparaient à peine du moment où elle
partirait de chez moi. Toujours prête à tout, quand
je lui avais demandé de partir, ce triste jour qu'elle
devait appeler dans sa dernière lettre « deux fois
crépusculaire puisque la nuit tombait et que nous
allions nous quitter », elle avait jeté sur ses épaules
un manteau de Fortuny qu'elle avait emporté avec
elle le lendemain et que je n'avais jamais revu depuis
dans mes souvenirs. Or c'était dans ce tableau de
Carpaccio que le fils génial de Venise l'avait pris,
c'est des épaules de ce *compagnon de la Calza*, qu'il

l'avait détaché pour le jeter sur celles de tant de
Parisiennes, qui certes ignoraient, comme je l'avais
fait jusqu'ici, que le modèle en existait dans un
groupe de seigneurs, au premier plan du *Patriarche
di Grado*, dans une salle de l'Académie de Venise.
J'avais tout reconnu, et, le manteau oublié m'ayant
rendu pour le regarder les yeux et le cœur de celui
qui allait ce soir-là partir à Versailles avec Albertine,
je fus envahi pendant quelques instants par un
sentiment trouble et bientôt dissipé de désir et de
mélancolie.

Enfin il y avait des jours où nous ne nous conten-
tions pas avec ma mère des musées et des églises de
Venise et c'est ainsi qu'une fois où le temps était
particulièrement beau, pour revoir ces « Vices »
et ces « Vertus » dont M. Swann m'avait donné les
reproductions, probablement accrochées encore dans
la salle d'études de la maison de Combray, nous
poussâmes jusqu'à Padoue ; après avoir traversé en
plein soleil le jardin de l'Arena, j'entrai dans la
chapelle des Giotto où la voûte entière et le fond des
fresques sont si bleus qu'il semble que la radieuse
journée ait passé le seuil elle aussi avec le visiteur,
et soit venue un instant mettre à l'ombre et au frais
son ciel pur, son ciel pur à peine un peu plus foncé
d'être débarrassé des dorures de la lumière, comme
en ces courts répits dont s'interrompent les plus
beaux jours, quand, sans qu'on ait vu aucun nuage,
le soleil ayant tourné ailleurs son regard pour un
moment, l'azur, plus doux encore, s'assombrit.
Dans ce ciel transporté sur la pierre bleuie volaient
des anges que je voyais pour la première fois, car
M. Swann ne m'avait donné de reproductions que
des Vertus et des Vices, et non des fresques qui

retracent l'histoire de la Vierge et du Christ. Hé bien,
dans le vol des anges, je retrouvais la même impression
d'action effective, littéralement réelle, que m'avaient
donnée les gestes de la Charité ou de l'Envie. Avec
tant de ferveur céleste, ou au moins de sagesse et
d'application enfantines, qu'ils rapprochent leurs
petites mains, les anges sont représentés à l'Arena,
mais comme des volatiles d'une espèce particulière
ayant existé réellement, ayant dû figurer dans l'histoire naturelle des temps bibliques et évangéliques.
Ce sont de petits êtres qui ne manquent pas de vol-
tiger devant les saints quand ceux-ci se promènent ;
il y en a toujours quelques-uns de lâchés au-dessus
d'eux, et comme ce sont des créatures réelles et
effectivement volantes, on les voit s'élevant, décrivant
des courbes, mettant la plus grande aisance à exécuter
des « loopings », fondant vers le sol la tête en bas à
grand renfort d'ailes qui leur permettent de se maintenir dans des positions contraires aux lois de la
pesanteur, et ils font beaucoup plutôt penser à une
variété disparue d'oiseaux ou à de jeunes élèves de
Garros s'exerçant au vol plané, qu'aux anges de l'art
de la Renaissance et des époques suivantes, dont les
ailes ne sont plus que des emblèmes et dont le maintien
est habituellement le même que celui de personnages
célestes qui ne seraient pas ailés.

En rentrant à l'hôtel je trouvais des jeunes femmes
qui, surtout d'Autriche, venaient à Venise passer
les premiers beaux jours de ce printemps sans
fleurs. Il y en avait une dont les traits ne ressemblaient
pas à ceux d'Albertine mais qui me plaisait par la
même fraîcheur de teint, le même regard rieur et
léger. Bientôt je sentis que je commençais à lui dire
les mêmes choses que je disais au début à Albertine,

que je lui dissimulais la même douleur quand elle
me disait qu'elle ne me verrait pas le lendemain,
qu'elle allait à Vérone, et aussitôt l'envie d'aller à
Vérone moi aussi. Cela ne dura pas, elle devait
repartir pour l'Autriche, je ne la reverrais jamais,
mais déjà, vaguement jaloux comme on l'est quand
on commence à être amoureux, en regardant sa
charmante et énigmatique figure je me demandais
si elle aussi aimait les femmes, si ce qu'elle avait
de commun avec Albertine, cette clarté du teint
et des regards, cet air de franchise aimable qui sé-
duisait tout le monde et qui tenait plus à ce qu'elle
ne cherchait nullement à connaître les actions des
autres qui ne l'intéressaient nullement, qu'à avouer
les siennes qu'elle dissimulait au contraire sous les
plus puérils mensonges, si tout cela constituait des
caractères morphologiques de la femme qui aime
les femmes. Était-ce cela qui en elle, sans que je
pusse saisir rationnellement pourquoi, exerçait sur
moi son attraction, causait mes inquiétudes (cause
plus profonde peut-être de mon attraction par ce
qui porte vers ce qui fera souffrir), me donnait
quand je la voyais tant de plaisir et de tristesse, comme
ces éléments magnétiques que nous ne voyons pas
et qui dans l'air de certaines contrées nous font
éprouver tant de malaises ? Hélas, je ne le saurais
jamais. J'aurais voulu, quand j'essayais de lire dans son
visage, lui dire : « Vous devriez me le dire, cela m'in-
téresserait pour me faire connaître une loi d'histoire
naturelle humaine », mais jamais elle ne me le dirait ;
elle professait pour ce qui ressemblait à ce vice une
horreur particulière, et gardait une grande froideur
avec ses amies femmes. C'était même peut-être
la preuve qu'elle avait quelque chose à cacher,

peut-être qu'elle avait été plaisantée ou honnie à
cause de cela, et que l'air qu'elle prenait pour éviter
qu'on crût cela d'elle était comme cet éloignement
révélateur que les animaux ont des êtres qui les ont
battus. Quant à s'informer de sa vie, c'était impossible ; même pour Albertine, que de temps j'avais
mis avant de savoir quelque chose! Il avait fallu la
mort pour délier les langues, tant Albertine gardait
dans sa conduite, comme cette jeune femme même,
de prudente circonspection! Et encore, même sur
Albertine, étais-je sûr de savoir quelque chose ? Et
puis, de même que les conditions de vie que nous
désirons le plus nous deviennent indifférentes si
nous cessons d'aimer la personne qui, à notre insu,
nous les faisait désirer parce qu'elles nous permet-
taient de vivre près d'elle, de lui plaire dans le possible, il en est de même de certaines curiosités intellectuelles. L'importance scientifique que je voyais à
savoir le genre de désir qui se cachait sous les pétales
faiblement rosés de ces joues, dans la clarté, claire
sans soleil comme le petit jour, de ces yeux pâles,
dans ces journées jamais racontées, s'en irait sans
doute quand je n'aimerais plus du tout Albertine ou
quand je n'aimerais plus du tout cette jeune femme.

Le soir je sortais seul, au milieu de la ville enchan-
tée où je me trouvais au milieu de quartiers nouveaux
comme un personnage des *Mille et une Nuits*. Il
était bien rare que je ne découvrisse pas au hasard
de mes promenades quelque place inconnue et
spacieuse dont aucun guide, aucun voyageur ne
m'avait parlé. Je m'étais engagé dans un réseau
de petites ruelles, de calli. Le soir, avec leurs hautes
cheminées évasées auxquelles le soleil donne les roses
les plus vifs, les rouges les plus clairs, c'est tout un

jardin qui fleurit au-dessus des maisons, avec des
nuances si variées qu'on eût dit, planté sur la ville,
le jardin d'un amateur de tulipes de Delft ou de
Haarlem. Et d'ailleurs l'extrême proximité des
maisons faisait de chaque croisée le cadre où rêvassait une cuisinière qui regardait par lui, d'une jeune
fille qui, assise, se faisait peigner les cheveux par une
vieille femme à figure, devinée dans l'ombre, de
sorcière, — faisait comme une exposition de cent
tableaux hollandais juxtaposés, de chaque pauvre
maison silencieuse et toute proche à cause de l'extrême étroitesse de ces calli. Comprimées les unes
contre les autres, ces calli divisaient en tous sens,
de leurs rainures, le morceau de Venise découpé
entre un canal et la lagune, comme s'il avait cristallisé suivant ces formes innombrables, ténues et minu-
tieuses. Tout à coup, au bout d'une de ces petites
rues, il semble que dans la matière cristallisée se
soit produite une distension. Un vaste et somptueux
campo à qui je n'eusse assurément pas, dans ce réseau
de petites rues, pu deviner cette importance, ni même
trouver une place, s'étendait devant moi, entouré de
charmants palais, pâle de clair de lune. C'était un
de ces ensembles architecturaux vers lesquels dans
une autre ville les rues se dirigent, vous conduisent
et le désignent. Ici, il semblait exprès caché dans
un entrecroisement de ruelles, comme ces palais
des contes orientaux où on mène la nuit un personnage qui, ramené avant le jour chez lui, ne doit
pas pouvoir retrouver la demeure magique où il
finit par croire qu'il n'est allé qu'en rêve.

Le lendemain je partais à la recherche de ma belle
place nocturne, je suivais des calli qui se ressemblaient toutes et se refusaient à me donner le moindre

renseignement, sauf pour m'égarer mieux. Parfois
un vague indice que je croyais reconnaître me faisait
supposer que j'allais voir apparaître, dans sa claustration, sa solitude et son silence, la belle place
exilée. A ce moment, quelque mauvais génie qui
avait pris l'apparence d'une nouvelle calle me faisait
rebrousser chemin malgré moi, et je me trouvais
brusquement ramené au Grand Canal. Et comme il
n'y a pas entre le souvenir d'un rêve et le souvenir
d'une réalité de grandes différences, je finissais par
me demander si ce n'était pas pendant mon sommeil
que s'était produit, dans un sombre morceau de
cristallisation vénitienne, cet étrange flottement qui
offrait une vaste place entourée de palais romantiques
à la méditation prolongée du clair de lune.

Mais le désir de ne pas perdre à jamais certaines
femmes, bien plus que certaines places, entretenait
chez moi à Venise une agitation qui devint fébrile
le jour où ma mère avait décidé que nous partirions,
quand à la fin de la journée, quand nos malles étaient
déjà parties en gondole pour la gare, je lus dans un
registre des étrangers attendus à l'hôtel : « Baronne
Putbus et suite. » Aussitôt, le sentiment de toutes les
heures de plaisir charnel que notre départ allait me
faire manquer éleva ce désir qui existait chez moi à
l'état chronique, à la hauteur d'un sentiment, et le
noya dans la mélancolie et le vague ; je demandai à
ma mère de remettre notre départ de quelques jours ;
et l'air qu'elle eut de ne pas prendre un instant en
considération ni même au sérieux ma prière réveilla
dans mes nerfs excités par le printemps vénitien
ce vieux désir de résistance à un complot imaginaire
tramé contre moi par mes parents qui s'imaginaient
que je serais bien forcé d'obéir, cette volonté de lutte

qui me poussait jadis à imposer brutalement ma
volonté à ceux que j'aimais le plus, quitte à me confor-
mer à la leur, après que j'avais réussi à les faire céder.
Je dis à ma mère que je ne partirais pas, mais elle,
croyant plus habile de ne pas avoir l'air de penser que
je disais cela sérieusement, ne me répondit même pas.
Je repris qu'elle verrait bien si c'était sérieux ou non.
Le portier vint apporter trois lettres, deux pour elle,
une pour moi que je mis dans mon portefeuille au
milieu de toutes les autres sans même regarder l'enveloppe. Et quand fut venue l'heure où, suivie de
toutes mes affaires, elle partit pour la gare, je me fis
porter une consommation sur la terrasse, devant
le canal, et m'y installai, regardant se coucher le
soleil tandis que sur une barque arrêtée en face de
l'hôtel un musicien chantait *Sole mio*.

Le soleil continuait de descendre. Ma mère ne
devait pas être maintenant bien loin de la gare.
Bientôt elle serait partie, je serais seul à Venise, seul
avec la tristesse de la savoir peinée par moi, et sans
sa présence pour me consoler. L'heure du train
s'avançait. Ma solitude irrévocable était si prochaine
qu'elle me semblait déjà commencée et totale. Car
je me sentais seul, les choses m'étaient devenues
étrangères, je n'avais plus assez de calme pour sortir
de mon cœur palpitant et introduire en elles quelque
stabilité. La ville que j'avais devant moi avait cessé
d'être Venise. Sa personnalité, son nom, me paraissaient comme des fictions mensongères que je n'avais
plus le courage d'inculquer aux pierres. Les palais
m'apparaissaient réduits à leurs simples parties et
quantités de marbre pareilles à toutes autres, et
l'eau comme une combinaison d'hydrogène et d'azote,
éternelle, aveugle, antérieure et extérieure à Venise,

ignorante des Doges et de Turner. Et cependant
ce lieu quelconque était étrange comme le lieu où on
arrive et qui ne vous connaît pas encore, comme un
lieu qu'on a quitté et qui vous a déjà oublié. Je ne
pouvais plus rien lui dire de moi, laisser rien de moi
se poser sur lui, il me contractait sur moi-même,
je n'étais plus qu'un cœur qui battait, et une attention
qui suivait anxieusement le développement de *Sole
mio*. J'avais beau raccrocher désespérément ma
pensée à la belle courbe caractéristique du Rialto,
il m'apparaissait avec la médiocrité de l'évidence
comme un pont non seulement inférieur, mais aussi
étranger à l'idée que j'avais de lui qu'un acteur dont,
malgré sa perruque blonde et son vêtement noir, nous
savons bien qu'en son essence il n'est pas Hamlet.
Tels les palais, le Canal, le Rialto, dévêtus de l'idée
qui faisait leur individualité et dissous en leurs
vulgaires éléments matériels. Mais en même temps
ce lieu médiocre me semblait moins lointain. Dans
le bassin de l'Arsenal, à cause d'un élément scientifique lui aussi, la làtitude, il y avait cette singularité
des choses qui, même semblables en apparence à
celles de notre pays, se révèlent étrangères, en exil
sous d'autres cieux ; je sentais que cet horizon si
voisin, que j'atteindrais en une heure de barque,
c'était une courbure de la terre tout autre que celle
de la France, une courbure lointaine qui se trouvait,
par l'artifice du voyage, amarrée près de moi et ne me
faisait que mieux éprouver que j'étais loin ; si bien
que ce bassin de l'Arsenal, à la fois insignifiant et
lointain, me remplissait de ce mélange de dégoût et
d'effroi que j'éprouvai la première fois que, tout
enfant, j'accompagnai ma mère aux bains Deligny,
et où, dans ce site fantastique d'une eau sombre que

ne couvraient pas le ciel ni le soleil et que cependant,
borné par des chambrettes, on sentait communiquer
avec d'invisibles profondeurs couvertes de corps
humains, je m'étais demandé si ces profondeurs,
cachées aux mortels par des baraquements qui ne les
laissaient pas soupçonner de la rue, n'étaient pas
l'entrée des mers glaciales qui commençaient là,
dans lesquelles les pôles étaient compris, et si cet
étroit espace n'était pas la mer libre du pôle ; et dans
ce site solitaire, irréel, glacial, sans sympathie pour
moi, où j'allais rester seul, le chant de *Sole mio*
s'élevait comme une déploration de la Venise que
j'avais connue, et semblait prendre à témoin mon
malheur. Sans doute il aurait fallu cesser de l'écouter
si j'avais voulu pouvoir rejoindre encore ma mère et
prendre le train avec elle ; il aurait fallu décider sans
perdre une seconde que je partais. Mais c'est justement ce que je ne pouvais pas ; je restais immobile,
sans être capable non seulement de me lever, mais
même de décider que je me lèverais. Ma pensée, pour
ne pas envisager la résolution à prendre, s'occupait
tout entière à suivre le déroulement des phrases
successives de *Sole mio*, à chanter mentalement avec
le chanteur, à prévoir l'élan que la phrase allait prendre, à le suivre avec elle, avec elle à retomber ensuite.
Sans doute ce chant insignifiant, entendu cent fois,
ne m'intéressait nullement. Je ne pouvais faire plaisir
à personne ni à moi-même en l'écoutant religieusement
jusqu'au bout comme si j'accomplissais un devoir.
Enfin aucune des phrases, connues d'avance par moi,
de la romance ne pouvait me fournir la résolution
dont j'avais besoin ; bien plus, chacune de ces phrases,
quand elle passait à son tour, devenait un obstacle à
prendre efficacement cette résolution, ou plutôt

elle m'obligeait à la résolution contraire de ne pas partir, car elle me faisait passer l'heure. Par là cette occupation, sans plaisir en elle-même, d'écouter *Sole mio* se chargeait d'une tristesse profonde, presque désespérée. Je sentais bien qu'en réalité, c'était la résolution de ne pas partir que je prenais par le fait que je restais là sans bouger ; mais me dire : « Je ne pars pas », qui ne m'était pas possible sous cette forme directe, me le devenait sous cette autre : « Je vais entendre encore une phrase de *Sole mio* » ; possible mais infiniment douloureux, car la signification pratique de ce langage figuré ne m'échappait pas, et tout en me disant : « Je ne fais en somme qu'écouter une phrase de plus », je savais que cela signifiait : « Je resterai seul à Venise. » Et c'est peut-être cette tristesse, comme une sorte de froid engourdissant, qui faisait le charme même, le charme désespéré mais fascinateur de ce chant. Chaque note que lançait la voix du chanteur avec une force et une ostentation presque musculaires venait me frapper en plein cœur. Quand la phrase était consommée en bas et que le morceau semblait fini, le chanteur n'en avait pas assez et reprenait en haut comme s'il avait besoin de proclamer une fois de plus ma solitude et mon désespoir. Et par une politesse stupide de mon attention à sa musique, je me disais : « Je ne peux me décider encore ; avant tout reprenons mentalement cette phrase en haut. » Et elle agrandissait ma solitude, où elle retombait en la faisant de minute en minute plus complète, bientôt irrévocable.

Ma mère ne devait pas être loin de la gare. Bientôt elle serait partie. Et c'était déjà la Venise où je resterais sans elle, qui s'étendait devant moi. Non seule-

ment elle ne contenait plus ma mère, mais comme je
n'avais plus assez de calme pour laisser ma pensée
se poser sur les choses qui étaient devant moi, elles
cessèrent de plus rien contenir de moi ; bien plus,
elles cessèrent d'être Venise ; comme si c'était moi
seul qui avais insinué une âme dans les pierres des
palais et l'eau du Canal.

Ainsi restais-je immobile, avec une volonté dis-
soute, sans décision apparente ; sans doute à ces
moments-là elle est déjà prise : nos amis eux-mêmes
peuvent souvent la prévoir. Mais nous, nous ne le
pouvons pas, sans quoi tant de souffrances nous
seraient épargnées.

Mais enfin, d'antres plus obscurs que ceux d'où
s'élance la comète qu'on peut prédire, — grâce à
l'insoupçonnable puissance défensive de l'habitude
invétérée, grâce aux réserves cachées que par une
impulsion subite elle jette au dernier moment dans
la mêlée, — mon action surgit enfin : je pris mes
jambes à mon cou et j'arrivai, les portières déjà
fermées, mais à temps pour retrouver ma mère
rouge d'émotion, se retenant pour ne pas pleurer, car
elle croyait que je ne viendrais plus. « Tu sais, dit-elle,
ta pauvre grand'mère le disait : C'est curieux, il
n'y a personne qui puisse être plus insupportable
ou plus gentil que ce petit-là. » Nous vîmes sur le
parcours Padoue puis Vérone venir au-devant du
train, nous dire adieu presque jusqu'à la gare, et
tandis que nous nous éloignions, regagner, elles qui
ne partaient pas et allaient reprendre leur vie, l'une
ses champs, l'autre sa colline.

Les heures passaient. Ma mère ne se pressa pas
de lire deux lettres qu'elle avait seulement ouvertes
et tâcha que moi-même je ne tirasse pas tout de suite

mon portefeuille pour prendre la lettre que le
concierge de l'hôtel m'avait remise. Elle craignait
toujours que je ne trouvasse les voyages trop longs,
trop fatigants, et reculait le plus tard possible, pour
m'occuper pendant les dernières heures, le moment où
elle déballerait les œufs durs, me passerait les journaux, déferait le paquet de livres qu'elle avait achetés
sans me le dire. Je regardai d'abord ma mère, qui
lisait sa lettre avec étonnement, puis elle levait la
tête, et ses yeux semblaient se poser tour à tour sur
des souvenirs distincts, incompatibles, et qu'elle ne
pouvait parvenir à rapprocher. Cependant j'avais
reconnu l'écriture de Gilberte sur mon enveloppe.
Je l'ouvris. Gilberte m'annonçait son mariage avec
Robert de Saint-Loup. Elle me disait qu'elle m'avait
télégraphié à ce sujet à Venise et n'avait pas eu de
réponse. Je me rappelai comme on m'avait dit
que le service des télégraphes y était mal fait. Je
n'avais jamais eu sa dépêche. Peut-être elle ne voudrait pas le croire. Tout d'un coup je sentis dans mon
cerveau un fait, qui y était installé à l'état de souvenir,
quitter sa place et la céder à un autre. La dépêche que
j'avais reçue dernièrement et que j'avais cru d'Albertine, cette dépêche était de Gilberte. Comme l'originalité assez factice de l'écriture de Gilberte consis-
tait principalement, quand elle écrivait une ligne, à
faire figurer dans la ligne supérieure les barres de *t* qui
avaient l'air de souligner les mots ou les points sur
les *i* qui avaient l'air d'interrompre les phrases de la
ligne d'au-dessus, et en revanche à intercaler dans
la ligne d'au-dessous les queues et arabesques des
mots qui leur étaient superposés, il était tout naturel
que l'employé du télégraphe eût lu les boucles d'*s*
ou d'*y* de la ligne supérieure comme un « ine » finis-

sant le mot de Gilberte. Le point sur l'*i* de Gilberte
était monté au-dessus faire point de suspension.
Quand à son *G*, il avait l'air d'un *A* gothique. Qu'en
dehors de cela deux ou trois mots eussent été mal lus,
pris les uns dans les autres (certains, d'ailleurs,
m'avaient paru incompréhensibles), cela était suffisant pour expliquer les détails de mon erreur, et
n'était même pas nécessaire. Combien de lettres lit
dans un mot une personne distraite et surtout pré-
venue, qui part de l'idée que la lettre est d'une certaine personne ? combien de mots dans la phrase ?
On devine en lisant, on crée ; tout part d'une erreur
initiale ; celles qui suivent (et ce n'est pas seulement
dans la lecture des lettres et des télégrammes, pas seulement dans toute lecture), si extraordinaires qu'elles
puissent paraître à celui qui n'a pas le même point
de départ, sont toutes naturelles. Une bonne partie
de ce que nous croyons, et jusque dans les conclu-
sions dernières c'est ainsi, avec un entêtement et
une bonne foi égales, vient d'une première méprise sur
les prémisses.

« Oh ! c'est inouï, me dit ma mère. Écoute, on ne
s'étonne plus de rien à mon âge, mais je t'assure qu'il
n'y a rien de plus inattendu que la nouvelle que
m'annonce cette lettre. — Écoute bien, répondis-je,
je ne sais pas ce que c'est, mais si étonnant que cela
puisse être, cela ne peut pas l'être autant que ce que
m'apprend celle-ci. C'est un mariage. C'est Robert
de Saint-Loup qui épouse Gilberte Swann. — Ah !
me dit ma mère, alors c'est sans doute ce que m'annonce l'autre lettre, celle que je n'ai pas encore
ouverte, car j'ai reconnu l'écriture de ton ami. » Et
ma mère me sourit avec cette légère émotion dont,
depuis qu'elle avait perdu sa mère, se revêtait pour

elle tout événement, si mince qu'il fût, qui intéressait des créatures humaines capables de douleur,
de souvenir, et ayant elles aussi leurs morts. Ainsi
ma mère me sourit et me parla d'une voix douce,
comme si elle eût craint, en traitant légèrement ce
mariage, de méconnaître ce qu'il pouvait éveiller
d'impressions mélancoliques chez la fille et la veuve
de Swann, chez la mère de Robert prête à se séparer
de son fils, et auxquelles ma mère par bonté, par
sympathie à cause de leur bonté pour moi, prêtait
sa propre émotivité filiale, conjugale et maternelle.
« Avais-je raison de te dire que tu ne trouverais rien
de plus étonnant ? lui dis-je. — Hé bien si ! répondit-
elle d'une voix douce, c'est moi qui détiens la nouvelle la plus extraordinaire, je ne te dirai pas la plus
grande, la plus petite, car cette citation de Sévigné
faite par tous les gens qui ne savent que cela d'elle
écœurait ta grand'mère autant que « la jolie chose
que c'est de faner ». Nous ne daignons pas ramasser
ce Sévigné de tout le monde. Cette lettre-ci m'annonce la mariage du petit Cambremer. — Tiens !
dis-je avec indifférence, avec qui ? Mais en tous cas
la personnalité du fiancé ôte déjà à ce mariage tout
caractère sensationnel. — A moins que celle de la
fiancée ne le lui donne. — Et qui est cette fiancée ?
— Ah ! si je te dis tout de suite, il n'y a pas de mérite,
voyons, cherche un peu », me dit ma mère, qui,
voyant qu'on n'était pas encore à Turin, voulait me
laisser un peu de pain sur la planche et une poire
pour la soif. « Mais comment veux-tu que je sache ?
Est-ce avec quelqu'un de brillant ? Si Legrandin et
sa sœur sont contents, nous pouvons être sûrs que
c'est un mariage brillant. — Legrandin je ne sais pas,
mais la personne qui m'annonce le mariage dit que

Mme de Cambremer est ravie. Je ne sais pas si tu
appelleras cela un mariage brillant. Moi, cela me fait
l'effet d'un mariage au temps où les rois épousaient
les bergères, et encore la bergère est-elle moins
qu'une bergère, mais d'ailleurs charmante. Cela eût
stupéfié ta grand'mère et ne lui eût pas déplu. —
Mais enfin qui est cette fiancée ? — C'est Mlle d'Oloron. — Cela m'a l'air immense et pas bergère du tout,
mais je ne vois pas qui cela peut être. C'est un titre
qui était dans la famille des Guermantes. — Justement, et M. de Charlus l'a donné, en l'adoptant, à
la nièce de Jupien. C'est elle qui épouse le petit
Cambremer. — La nièce de Jupien! Ce n'est pas
possible! — C'est la récompense de la vertu. C'est
un mariage à la fin d'un roman de Mme Sand », dit
ma mère. « C'est le prix du vice, c'est un mariage à
la fin d'un roman de Balzac », pensai-je. « Après
tout, dis-je à ma mère, en y réfléchissant, c'est assez
naturel. Voilà les Cambremer ancrés dans ce clan
des Guermantes où ils n'espéraient pas pouvoir
jamais planter leur tente ; de plus, la petite, adoptée
par M. de Charlus, aura beaucoup d'argent, ce qui
était indispensable depuis que les Cambremer ont
perdu le leur ; et en somme elle est la fille adoptive et,
selon les Cambremer, probablement la fille véritable
— la fille naturelle — de quelqu'un qu'ils considèrent
comme un prince du sang. Un bâtard de maison
presque royale, cela a toujours été considéré comme
une alliance flatteuse par la noblesse française et
étrangère. Sans remonter même si loin de nous,
aux Lucinge, pas plus tard qu'il y a six mois, tu te
rappelles le mariage de l'ami de Robert avec cette
jeune fille dont la seule raison d'être sociale était
qu'on la supposait, à tort ou à raison, fille naturelle

d'un prince souverain. » Ma mère, tout en maintenant
le côté castes de Combray, qui eût fait que ma grand'-
mère eût dû être scandalisée de ce mariage, voulant
avant tout montrer la valeur du jugement de sa
mère, ajouta : « D'ailleurs, la petite est parfaite, et
ta chère grand'mère n'aurait même pas eu besoin
de son immense bonté, de son indulgence infinie
pour ne pas être sévère au choix du jeune Cambremer.
Te souviens-tu combien elle avait trouvé cette petite
distinguée, il y a bien longtemps, un jour qu'elle
était entrée se faire recoudre sa jupe ? Ce n'était
qu'une enfant alors. Et maintenant, bien que très
montée en graine et vieille fille, elle est une autre
femme, mille fois plus parfaite. Mais ta grand'mère
d'un coup d'œil avait discerné tout cela. Elle avait
trouvé la petite nièce d'un giletier plus « noble »
que le duc de Guermantes. » Mais plus encore que
louer grand'mère, il fallait à ma mère trouver «mieux»
pour elle qu'elle ne fût plus là. C'était la suprême
finalité de sa tendresse et comme si elle lui épargnait
un dernier chagrin. « Et pourtant, crois-tu tout de
même, me dit ma mère, si le père Swann — que tu
n'as pas connu, il est vrai — avait pu penser qu'il
aurait un jour un arrière-petit-fils ou une arrière-
petite-fille où couleraient confondus le sang de la
mère Moser qui disait : « Ponchour Mezieurs » et
le sang du duc de Guise! — Mais remarque, maman,
que c'est beaucoup plus étonnant que tu ne dis.
Car les Swann étaient des gens très bien et, avec la
situation qu'avait leur fils, sa fille, s'il avait fait un
bon mariage, aurait pu en faire un très beau. Mais
tout était retombé à pied d'œuvre puisqu'il avait
épousé une cocotte. — Oh! une cocotte, tu sais,
on était peut-être méchant, je n'ai jamais tout cru.

— Si, une cocotte, je te ferai même des révélations...
familiales un autre jour. » Perdue dans sa rêverie, ma
mère disait : « La fille d'une femme que ton père
n'aurait jamais permis que je salue, épousant le
neveu de Mme de Villeparisis que ton père ne me
permettait pas, au commencement, d'aller voir
parce qu'il la trouvait d'un monde trop brillant
pour moi! » Puis : « Le fils de Mme de Cambremer
pour qui Legrandin craignait tant d'avoir à nous
donner une recommandation parce qu'il ne nous
trouvait pas assez chic, épousant la nièce d'un homme
qui n'aurait jamais osé monter chez nous que par
l'escalier de service!... Tout de même, ta pauvre
grand'mère avait raison, tu te rappelles, quand elle
disait que la grande aristocratie faisait des choses
qui choqueraient de petits bourgeois, et que la
reine Marie-Amélie lui était gâtée par les avances
qu'elle avait faites à la maîtresse du prince de Condé
pour qu'elle le fît tester en faveur du duc d'Aumale.
Tu te souviens, elle était choquée que depuis des
siècles des filles de la maison de Gramont, qui furent
de véritables saintes, aient porté le nom de Corisande
en mémoire de la liaison d'une aïeule avec Henri IV.
Ce sont des choses qui se font peut-être aussi dans
la bourgeoisie, mais on les cache davantage. Crois-tu
que cela l'eût amusée, ta pauvre grand'mère! »
disait maman avec tristesse — car les joies dont
nous souffrions que ma grand'mère fût écartée,
c'étaient les joies les plus simples de la vie, une
nouvelle, une pièce, moins que cela, une « imitation »,
qui l'eussent amusée. « Crois-tu qu'elle eût été
étonnée! Je suis sûre pourtant que cela eût choqué ta
grand'mère, ces mariages, que cela lui eût été pénible,
je crois qu'il vaut mieux qu'elle ne les ait pas sus »,

reprit ma mère, car, en présence de tout événement, elle aimait à penser que ma grand'mère en eût reçu une impression toute particulière qui eût tenu à la merveilleuse singularité de sa nature et qui avait une importance extraordinaire. Devant tout événement triste qu'on n'eût pu prévoir autrefois, la disgrâce ou la ruine d'un de nos vieux amis, quelque calamité publique, une épidémie, une guerre, une révolution, ma mère se disait que peut-être valait-il mieux que grand'mère n'eût rien vu de tout cela, que cela lui eût fait trop de peine, que peut-être elle n'eût pu le supporter. Et quand il s'agissait d'une chose choquante comme celles-ci, ma mère, par le mouvement du cœur inverse de celui des méchants qui se plaisent à supposer que ceux qu'ils n'aiment pas ont plus souffert qu'on ne croit, ne voulait pas, dans sa tendresse pour ma grand'mère, admettre que rien de triste, de diminuant eût pu lui arriver. Elle se figurait toujours ma grand'mère comme au-dessus des atteintes même de tout mal qui n'eût pas dû se produire, se disait que la mort de ma grand'mère avait peut-être été, en somme, un bien en épargnant le spectacle trop laid du temps présent à cette nature si noble qui n'aurait pas su s'y résigner. Car l'optimisme est la philosophie du passé. Les événements qui ont eu lieu étant, entre tous ceux qui étaient possibles, les seuls que nous connaissions, le mal qu'ils ont causé nous semble inévitable, et le peu de bien qu'ils n'ont pas pu ne pas amener avec eux, c'est à eux que nous en faisons honneur, et nous nous imaginons que sans eux il ne se fût pas produit. Elle cherchait en même temps à mieux deviner ce que ma grand'mère eût éprouvé en apprenant ces nouvelles et à croire en même temps que c'était

impossible à deviner pour nos esprits moins élevés
que le sien. « Crois-tu! me dit d'abord ma mère,
combien ta pauvre grand'mère eût été étonnée! »
Et je sentais que ma mère souffrait de ne pas pouvoir
le lui apprendre, regrettant que ma grand'mère ne
pût le savoir, et trouvant quelque chose d'injuste à
ce que la vie amenât au jour des faits que ma grand'-
mère n'aurait pu croire, rendant ainsi rétrospectivement la connaissance que celle-ci avait emportée
des êtres et de la société, fausse et incomplète, le
mariage de la petite Jupien avec le neveu de Legrandin ayant été de nature à modifier les notions générales de ma grand'mère, autant que la nouvelle —
si ma mère avait pu la lui faire parvenir — qu'on
était parvenu à résoudre le problème, cru par ma
grand'mère insoluble, de la navigation aérienne et
de la télégraphie sans fil. Mais on va voir que ce
désir de faire partager à ma grand'mère les bienfaits de notre science sembla bientôt encore trop
égoïste à ma mère *.

＊ Ce que j'appris — car je n'avais pu assister à
tout cela de Venise — c'est que Mlle de Forcheville
avait été demandée par le duc de Châtellerault et
par le prince de Silistrie, cependant que Saint-Loup
cherchait à épouser Mlle d'Entragues, fille du duc de
Luxembourg. Voici ce qui s'était passé. Mlle de
Forcheville ayant cent millions, Mme de Marsantes
avait pensé que c'était un excellent mariage pour son
fils. Elle eut le tort de dire que cette jeune fille était
charmante, qu'elle ignorait absolument si elle était
riche ou pauvre, qu'elle ne voulait pas le savoir, mais
que, même sans dot, ce serait une chance pour le
jeune homme le plus difficile d'avoir une femme
pareille. C'était beaucoup d'audace pour une femme
tentée seulement par les cent millions qui lui fermaient
les yeux sur le reste. Aussitôt on comprit qu'elle y

Ces fiançailles excitèrent de vifs commentaires dans les mondes les plus différents.

Plusieurs amies de ma mère, qui avaient vu Saint-Loup à la maison, vinrent à son « jour » et s'informèrent si le fiancé était bien celui qui était mon ami. Certaines personnes allaient jusqu'à prétendre, en ce qui concernait l'autre mariage, qu'il ne s'agissait pas des Cambremer-Legrandin. On le tenait de bonne source, car la marquise née Legrandin l'avait démenti la veille même du jour où les fiançailles furent publiées. Je me demandais de mon côté pourquoi M. de Charlus d'une part, Saint-Loup de l'autre, lesquels avaient eu l'occasion de m'écrire peu auparavant, m'avaient parlé de projets si amicaux de voyages et

pensait pour son fils. La princesse de Silistrie jeta partout les hauts cris, se répandit sur les grandeurs de Saint-Loup, et clama que si Saint-Loup épousait la fille d'Odette et d'un juif, il n'y avait plus de faubourg Saint-Germain. Mme de Marsantes, si sûre d'elle-même qu'elle fût, n'osa pas pousser alors plus loin et se retira devant les cris de la princesse de Silistrie, qui fit aussitôt faire la demande pour son propre fils. Elle n'avait crié qu'afin de se réserver Gilberte. Cependant Mme de Marsantes, ne voulant pas rester sur un échec, s'était aussitôt tournée vers Mlle d'Entragues, fille du duc de Luxembourg. N'ayant que vingt millions, celle-ci lui convenait moins, mais elle dit à tout le monde qu'un Saint-Loup ne pouvait épouser une Mlle Swann (il n'était même plus question de Forcheville). Quelque temps après, quelqu'un disant étourdiment que le duc de Châtellerault pensait à épouser Mlle d'Entragues, Mme de Marsantes, qui était pointilleuse plus que personne, le prit de haut, changea ses batteries, revint à Gilberte, fit faire la demande pour Saint-Loup, et les fiançailles eurent lieu immédiatement.

dont la réalisation eût dû exclure la possibilité de ces
cérémonies, ne m'avaient parlé de rien. J'en concluais,
sans songer au secret que l'on garde jusqu'à la fin
sur ces sortes de choses, que j'étais moins leur ami
que je n'avais cru, ce qui, pour ce qui concernait Saint-Loup, me peinait. Aussi pourquoi, ayant
remarqué que l'amabilité, le côté plain-pied, « pair
à compagnon » de l'aristocratie était une comédie,
m'étonnais-je d'en être excepté ? Dans la maison
de femmes — où on procurait de plus en plus des
hommes — où M. de Charlus avait surpris Morel
et où la « sous-maîtresse », grande lectrice du *Gaulois*,
commentait les nouvelles mondaines, cette patronne,
parlant à un gros monsieur qui venait chez elle boire
sans arrêter du champagne avec des jeunes gens,
parce que, déjà très gros, il voulait devenir assez
obèse pour être certain de ne pas être « pris » si
jamais il y avait une guerre, déclara : « Il paraît que
le petit Saint-Loup est « comme ça » et le petit
Cambremer aussi. Pauvres épouses ! En tous cas, si
vous connaissez ces fiancés, il faut nous les envoyer,
ils trouveront ici tout ce qu'ils voudront, et il y a
beaucoup d'argent à gagner avec eux. » Sur quoi le
gros monsieur, bien qu'il fût lui-même « comme ça »,
se récria, répliqua, étant un peu snob, qu'il rencontrait souvent Cambremer et Saint-Loup chez ses
cousins d'Ardonvillers, et qu'ils étaient grands
amateurs de femmes et tout le contraire de « ça ».
« Ah ! » conclut la sous-maîtresse d'un ton sceptique,
mais ne possédant aucune preuve et persuadée qu'en
notre siècle la perversité des mœurs le disputait
à l'absurdité calomniatrice des cancans. Certaines
personnes que je ne vis pas m'écrivirent et me
demandèrent « ce que je pensais » de ces deux mariages,

absolument comme elles eussent ouvert une enquête
sur la hauteur des chapeaux des femmes au théâtre
ou sur le roman psychologique. Je n'eus pas le courage de répondre à ces lettres. De ces deux mariages
je ne pensais rien, mais j'éprouvais une immense
tristesse, comme quand deux parties de votre existence passée, amarrées auprès de vous, et sur lesquelles
on fonde peut-être paresseusement au jour le jour,
quelque espoir inavoué, s'éloignent définitivement,
avec un claquement joyeux de flammes, pour des
destinations étrangères, comme deux vaisseaux.
Pour les intéressés eux-mêmes, ils eurent à l'égard
de leur propre mariage une opinion bien naturelle,
puisqu'il s'agissait non des autres mais d'eux. Ils
n'avaient jamais eu assez de railleries pour ces
« grands mariages » fondés sur une tare secrète. Et
même les Cambremer, de maison si ancienne et de
prétentions si modestes, eussent été les premiers à
oublier Jupien et à se souvenir seulement des grandeurs inouïes de la maison d'Oloron, si une exception
ne s'était produite en la personne qui eût dû être le
plus flattée de ce mariage, la marquise de Cambremer-
Legrandin. Mais méchante de nature, elle faisait
passer le plaisir d'humilier les siens avant celui de
se glorifier elle-même. Aussi, n'aimant pas son
fils et ayant tôt fait de prendre en grippe sa future
belle-fille, déclara-t-elle qu'il était malheureux pour
un Cambremer d'épouser une personne qui sortait
on ne savait d'où, en somme, et avait des dents si
mal rangées. Quant à la propension du jeune Cambremer à fréquenter des gens de lettres comme Bergotte
par exemple et même Bloch, on pense bien qu'une
si brillante alliance n'eut pas pour effet de le rendre
plus snob, mais que se sentant maintenant le succes-

seur des ducs d'Oloron, « princes souverains » comme
disaient les journaux, il était suffisamment persuadé
de sa grandeur pour pouvoir frayer avec n'importe
qui. Et il délaissa la petite noblesse pour la bourgeoisie
intelligente, les jours où il ne se consacrait pas aux
Altesses. Ces notes des journaux, surtout en ce qui
concernait Saint-Loup, donnèrent à mon ami, dont
les ancêtres royaux étaient énumérés, une grandeur
nouvelle mais qui ne fit que m'attrister, comme s'il
était devenu quelqu'un d'autre, le descendant de
Robert le Fort plutôt que l'ami qui s'était mis si
peu de temps auparavant sur le strapontin de la
voiture afin que je fusse mieux au fond ; n'avoir
pas soupçonné d'avance son mariage avec Gilberte,
qui était apparu soudain, dans ma lettre, si différent
de ce que je pouvais penser de chacun d'eux la veille,
inopiné comme un précipité chimique, me faisait
souffrir, alors que j'eusse dû penser qu'il avait eu
beaucoup à faire et que d'ailleurs dans le monde les
mariages se font souvent ainsi tout d'un coup,
pour se substituer à une combinaison différente qui
a échoué. Et la tristesse, morne comme un déména-
gement, amère comme une jalousie, que me causèrent
par la brusquerie, par l'accident de leur choc, ces
deux mariages, fut si profonde, que plus tard on me
la rappela, en m'en faisant absurdement gloire,
comme ayant été tout le contraire de ce qu'elle fut
au moment même, un double et même triple et
quadruple pressentiment.

Les gens du monde qui n'avaient fait aucune
attention à Gilberte me dirent d'un air gravement
intéressé : « Ah! c'est elle qui épouse le marquis de
Saint-Loup » et jetaient sur elle le regard attentif des
gens non seulement friands des événements de la

vie parisienne, mais aussi qui cherchent à s'instruire
et croient à la profondeur de leur regard. Ceux qui
n'avaient au contraire connu que Gilberte regardèrent
Saint-Loup avec une extrême attention, me demandèrent (souvent des gens qui me connaissaient à
peine) de les présenter et revenaient de la présentation au fiancé parés des joies de la festivité en me
disant : « Il est très bien de sa personne. » Gilberte
était convaincue que le nom de marquis de Saint-
Loup était plus grand mille fois que celui de duc
d'Orléans, mais comme elle appartenait avant tout
à sa génération spirituelle, elle ne voulut pas avoir
l'air d'avoir moins d'esprit que les autres, et se plut
à dire *mater semita*, à quoi elle ajoutait pour avoir
l'air tout à fait spirituelle : « Pour moi en revanche
c'est mon *pater*. »

« Il paraît que c'est la princesse de Parme qui a
fait le mariage du petit Cambremer », me dit maman.
Et c'était vrai. La princesse de Parme connaissait
depuis longtemps, par les œuvres, d'une part Legrandin qu'elle trouvait un homme distingué, de
l'autre Mme de Cambremer qui changeait la conversation quand la princesse lui demandait si elle était
bien la sœur de Legrandin. La princesse savait le
regret qu'avait Mme de Cambremer d'être restée à
la porte de la haute société aristocratique, où personne
ne la recevait. Quand la princesse de Parme, qui
s'était chargée de trouver un parti pour Mlle d'Oloron,
demanda à M. de Charlus s'il savait qui était un
homme aimable et instruit qui s'appelait Legrandin
de Méséglise (c'était ainsi que se faisait appeler
maintenant Legrandin), le baron répondit d'abord
que non, puis tout d'un coup un souvenir lui revint
d'un voyageur avec qui il avait fait connaissance en

wagon une nuit et qui lui avait laissé sa carte. Il eut un vague sourire. « C'est peut-être le même », se dit-il. Quand il apprit qu'il s'agissait du fils de la sœur de Legrandin, il dit : « Tiens, ce serait vraiment extraordinaire! S'il tenait de son oncle, après tout ce ne serait pas pour m'effrayer, j'ai toujours dit qu'ils faisaient les meilleurs maris. — Qui ils? demanda la princesse. — Oh! Madame, je vous expliquerais bien si nous nous voyions plus souvent. Avec vous on peut causer. Votre Altesse est si intelligente », dit Charlus pris d'un besoin de confidences qui pourtant n'alla pas plus loin. Le nom de Cambremer lui plut, bien qu'il n'aimât pas les parents, mais il savait que c'était une des quatre baronnies de Bretagne et tout ce qu'il pouvait espérer de mieux pour sa fille adoptive ; c'était un nom vieux, respecté, avec de solides alliances dans sa province. Un prince eût été impossible et d'ailleurs pas désirable. C'était ce qu'il fallait. La princesse fit ensuite venir Legrandin. Il avait, physiquement, passablement changé, et assez à son avantage, depuis quelque temps. Comme les femmes qui sacrifient résolument leur visage à la sveltesse de leur taille et ne quittent plus Marienbad, Legrandin avait pris l'aspect désinvolte d'un officier de cavalerie. Au fur et à mesure que M. de Charlus s'était alourdi et alenti, Legrandin était devenu plus élancé et rapide, effet contraire d'une même cause. Cette vélocité avait d'ailleurs des raisons psychologiques. Il avait l'habitude d'aller dans certains mauvais lieux où il aimait qu'on ne le vît ni entrer, ni sortir, il s'y engouffrait. Quand la princesse de Parme lui parla des Guermantes, de Saint-Loup, il déclara qu'il les avait toujours connus, faisant une espèce de mélange entre le fait d'avoir

toujours connu de *nom* les châtelains de Guermantes
et d'avoir rencontré en *personne*, chez ma tante,
Swann, le père de la future Mme de Saint-Loup,
Swann dont Legrandin d'ailleurs ne voulait à Combray
fréquenter ni la femme ni la fille. « J'ai même voyagé
dernièrement avec le frère du duc de Guermantes,
M. de Charlus. Il a spontanément engagé la conversation, ce qui est toujours bon signe, car cela prouve
que ce n'est ni un sot gourmé, ni un prétentieux.
Oh! je sais tout ce qu'on dit de lui. Mais je ne crois
jamais ces choses-là. D'ailleurs, la vie privée des
autres ne me regarde pas. Il m'a fait l'effet d'un
sensible, d'un cœur bien cultivé. » Alors la princesse
de Parme parla de Mlle d'Oloron. Dans le milieu des
Guermantes on s'attendrissait sur la noblesse de
cœur de M. de Charlus qui, bon comme il avait
toujours été, faisait le bonheur d'une jeune fille
pauvre et charmante. Et le duc de Guermantes,
souffrant de la réputation de son frère, laissait entendre que, si beau que cela fût, c'était fort naturel
« Je ne sais si je me fais bien entendre, tout est
naturel dans l'affaire », disait-il maladroitement à
force d'habileté. Mais son but était d'indiquer que
la jeune fille était une enfant de son frère qu'il
reconnaissait. Du même coup cela expliquait Jupien.
La princesse de Parme insinua cette version pour
montrer à Legrandin qu'en somme le jeune Cambremer épouserait quelque chose comme Mlle de
Nantes, une de ces bâtardes de Louis XIV qui
ne furent dédaignées ni par le duc d'Orléans ni par
le prince de Conti.

Ces deux mariages dont nous parlions avec ma
mère dans le train qui nous ramenait à Paris eurent
sur certains des personnages qui ont figuré jusqu'ici

dans ce récit des effets assez remarquables. D'abord
sur Legrandin ; inutile de dire qu'il entra en ouragan
dans l'hôtel de M. de Charlus, absolument comme
dans une maison mal famée où il ne faut pas être vu,
et aussi tout à la fois pour montrer sa bravoure et
cacher son âge — car nos habitudes nous suivent
même là où elles ne nous servent plus à rien — et
presque personne ne remarqua qu'en lui disant
bonjour M. de Charlus lui adressa un sourire difficile à percevoir, plus encore à interpréter ; ce sourire
était pareil en apparence — et au fond était exactement
l'inverse — de celui que deux hommes qui ont
l'habitude de se voir dans la bonne société échangent
si par hasard ils se rencontrent dans un mauvais
lieu (par exemple l'Élysée où le général de Frober-
ville, quand il y rencontrait jadis Swann, avait en
apercevant Swann le regard d'ironique et mystérieuse
complicité de deux habitués de la princesse des
Laumes qui se commettent chez M. Grévy). Mais ce
qui fut assez remarquable, ce fut la réelle amélio-
ration de sa nature. Legrandin cultivait obscurément
depuis bien longtemps — et dès le temps où j'allais
tout enfant passer à Combray mes vacances — des
relations aristocratiques productives tout au plus
d'une invitation isolée à une villégiature inféconde.
Tout à coup, le mariage de son neveu était venu
rejoindre entre eux ces tronçons lointains, Legrandin
eut une situation mondaine à laquelle rétroactive-
ment ses relations anciennes avec des gens qui ne
l'avaient fréquenté que dans le particulier mais
intimement, donnèrent une sorte de solidité. Des
dames à qui on croyait le présenter racontèrent que
depuis vingt ans il passait quinze jours à la campagne
chez elles, et que c'était lui qui leur avait donné le

beau baromètre ancien du petit salon. Il avait par
hasard été pris dans des « groupes » où figuraient
des ducs qui lui étaient maintenant apparentés. Or,
dès qu'il eut cette situation mondaine, il cessa d'en
profiter. Ce n'est pas seulement parce que, maintenant qu'on le savait reçu, il n'éprouvait plus de
plaisir à être invité, c'est que des deux vices qui se
l'étaient longtemps disputé, le moins naturel, le
snobisme, cédait la place à un autre moins factice,
puisqu'il marquait du moins une sorte de retour,
même détourné, vers la nature. Sans doute ils ne
sont pas incompatibles, et l'exploration d'un faubourg
peut se pratiquer en quittant le raout d'une duchesse.
Mais le refroidissement de l'âge détournait Legrandin
de cumuler tant de plaisirs, de sortir autrement
qu'à bon escient, et aussi rendait pour lui ceux de
la nature assez platoniques, consistant surtout en
amitiés, en causeries qui prennent du temps, et
lui faisant passer presque tout le sien dans le peuple,
lui en laissait peu pour la vie de société. Mme de Cambremer elle-même devint assez indifférente à l'amabilité de la duchesse de Guermantes. Celle-ci, obligée
de fréquenter la marquise, s'était aperçue, comme il
arrive chaque fois qu'on vit davantage avec des êtres
humains, c'est-à-dire mêlés de qualités qu'on finit
par découvrir et de défauts auxquels on finit par
s'habituer, que Mme de Cambremer était une femme
douée d'une intelligence et pourvue d'une culture
que pour ma part j'appréciais peu, mais qui parurent
remarquables à la duchesse. Elle vint donc souvent
à la tombée du jour voir Mme de Cambremer et lui
faire de longues visites. Mais le charme merveilleux
que celle-ci se figurait exister chez la duchesse de Guermantes s'évanouit dès qu'elle s'en vit recherchée.

Elle la recevait plutôt par politesse que par plaisir.

Un changement plus frappant se manifesta chez Gilberte, à la fois symétrique et différent de celui qui s'était produit chez Swann marié. Certes, les premiers mois Gilberte avait été heureuse de recevoir chez elle la société la plus choisie. Ce n'est sans doute qu'à cause de l'héritage qu'on invitait les amis intimes auxquels tenait sa mère, mais à certains jours seulement où il n'y avait qu'eux, enfermés à part, loin des gens chics, et comme si le contact de Mme Bontemps ou de Mme Cottard avec la princesse de Guermantes ou la princesse de Parme eût pu, comme celui de deux poudres instables, produire des catastrophes irréparables. Néanmoins les Bontemps, les Cottard et autres, quoique déçus de dîner entre eux, étaient fiers de pouvoir dire : « Nous avons dîné chez la marquise de Saint-Loup », d'autant plus qu'on poussait quelquefois l'audace jusqu'à inviter avec eux Mme de Marsantes, qui se montrait véritable grande dame, avec un éventail d'écaille et de plumes, dans l'intérêt de l'héritage. Elle avait seulement soin de faire de temps en temps l'éloge des gens discrets qu'on ne voit jamais que quand on leur fait signe, avertissement moyennant lequel elle adressait aux bons entendeurs du genre Cottard, Bontemps, etc., son plus gracieux et hautain salut. Peut-être à cause de ma « petite amie de Balbec », de la tante de qui j'aimerais être vu dans ce milieu, j'eusse préféré être de ces séries-là. Mais Gilberte, pour qui j'étais maintenant surtout un ami de son mari et des Guermantes (et qui — peut-être bien dès Combray, où mes parents ne fréquentaient pas sa mère — m'avait, à l'âge où nous n'ajoutons pas seulement tel ou tel avantage aux choses mais où nous les classons par espèces, doué de ce prestige

qu'on ne perd plus ensuite), considérait ces soirées-là
comme indignes de moi et quand je partais me disait :
« J'ai été très contente de vous voir, mais venez plutôt
après-demain, vous verrez ma tante Guermantes,
Mme de Poix ; aujourd'hui c'était des amies de maman,
pour faire plaisir à maman. » Mais ceci ne dura que
quelques mois, et très vite tout fut changé de fond
en comble. Était-ce parce que la vie sociale de Gilberte devait présenter les mêmes contrastes que celle
de Swann ? En tous cas, Gilberte n'était que depuis
peu de temps marquise de Saint-Loup (et bientôt
après, comme on le verra, duchesse de Guermantes)
que, ayant atteint ce qu'il y avait de plus éclatant et
de plus difficile, pensant que le nom de Guermantes
s'était maintenant incorporé à elle comme un émail
mordoré et que, qui qu'elle fréquentât, elle resterait
pour tout le monde duchesse de Guermantes (ce qui
était une erreur, car la valeur d'un titre de noblesse,
aussi bien que de bourse, monte quand on le demande
et baisse quand on l'offre) *, partageant en un mot

---

* Tout ce qui nous semble impérissable tend à la
destruction ; une situation mondaine, tout comme autre
chose, n'est pas créée une fois pour toutes, mais
aussi bien que la puissance d'un empire se reconstruit
à chaque instant par une sorte de création perpétuellement continue, ce qui explique les anomalies appa-
rentes de l'histoire mondaine ou politique au cours
d'un demi-siècle. La création du monde n'a pas eu
lieu au début, elle a lieu tous les jours. La marquise
de Saint-Loup se disait : « Je suis la marquise de
Saint-Loup », elle savait qu'elle avait refusé la veille
trois dîners chez des duchesses. Mais si dans une
certaine mesure son nom relevait le milieu aussi peu
aristocratique que possible qu'elle recevait, par un
mouvement inverse le milieu que recevait la marquise
dépréciait le nom qu'elle portait. Rien ne résiste à de

l'opinion de ce personnage d'opérette qui déclare :
« Mon nom me dispense, je pense, d'en dire plus
long », elle se mit à afficher son mépris pour ce qu'elle
avait tant désiré, à déclarer que tous les gens du faubourg Saint-Germain étaient idiots, infréquentables,
et, passant de la parole à l'action, cessa de les fréquenter. Des gens qui n'ont fait sa connaissance qu'après
cette époque, et pour leurs débuts auprès d'elle, l'ont
entendue, cette duchesse de Guermantes, se moquer
drôlement du monde qu'elle eût pu si aisément voir,
ne pas recevoir une seule personne de cette société,
et si l'une, voire la plus brillante, s'aventurait chez
elle, lui bâiller ouvertement au nez, rougissent rétrospectivement d'avoir pu, eux, trouver quelque prestige
au grand monde, et n'oseraient jamais confier ce
secret humiliant de leurs faiblesses passées à une
femme qu'ils croient, par une élévation essentielle
de sa nature, avoir été de tout temps incapable de
comprendre celles-ci. Ils l'entendent railler avec
tant de verve les ducs, et la voient, chose plus signi-
ficative, mettre si complètement sa conduite en
accord avec ses railleries! Sans doute ne songent-ils
pas à rechercher les causes de l'accident qui fit de

tels mouvements, les plus grands noms finissent par
succomber. Swann n'avait-il pas connu une princesse
de la maison de France dont le salon, parce que n'importe qui y était reçu, était tombé au dernier rang?
Un jour que la princesse des Laumes était allée par
devoir passer un instant chez cette Altesse, où elle
n'avait trouvé que des gens de rien, en entrant ensuite
chez Mme Leroi elle avait dit à Swann et au marquis de
Modène : « Enfin je me retrouve en pays ami. Je viens
de chez Mme la comtesse de X..., il n'y avait pas trois
figures de connaissance. »

Mlle Swann Mlle de Forcheville, et de Mlle de Forcheville la marquise de Saint-Loup puis la duchesse
de Guermantes. Peut-être ne songent-ils pas non plus
que cet accident ne servirait pas moins par ses effets
que par ses causes à expliquer l'attitude ultérieure de
Gilberte, la fréquentation des roturiers n'étant pas
tout à fait conçue de la même façon qu'elle l'eût été
par Mlle Swann, par une dame à qui tout le monde
dit « Madame la Duchesse », et ces duchesses qui
l'ennuient « ma cousine ». On dédaigne volontiers un
but qu'on n'a pas réussi à atteindre, ou qu'on a atteint
définitivement. Et ce dédain nous paraît faire partie
des gens que nous ne connaissons pas encore. Peut-
être, si nous pouvions remonter le cours des années,
les trouverions-nous déchirés, plus frénétiquement
que personne, par ces mêmes défauts qu'ils ont
réussi si complètement à masquer ou à vaincre que
nous les estimons incapables non seulement d'en
avoir jamais été atteints en eux-mêmes, mais même
de les excuser jamais chez les autres, faute d'être
capables de les concevoir. D'ailleurs bientôt le salon
de la nouvelle marquise de Saint-Loup prit son aspect
définitif (au moins au point de vue mondain, car on
verra quels troubles devaient y sévir par ailleurs).
Or cet aspect était surprenant en ceci. On se rappelait
encore que les plus pompeuses, les plus raffinées des
réceptions de Paris, aussi brillantes que celles de la
princesse de Guermantes, étaient celles de Mme de
Marsantes, la mère de Saint-Loup. D'autre part,
dans les derniers temps le salon d'Odette, infiniment
moins bien classé, n'en avait pas moins été éblouissant
de luxe et d'élégance. Or Saint-Loup, heureux d'avoir,
grâce à la grande fortune de sa femme, tout ce qu'il
pouvait désirer de bien-être, ne songeait qu'à être

tranquille après un bon dîner où des artistes venaient
lui faire de la bonne musique. Et ce jeune homme qui
avait paru à une époque si fier, si ambitieux, invitait
à partager son luxe des camarades que sa mère n'aurait
pas reçus. Gilberte, de son côté, mettait en pratique
la parole de Swann : « La qualité m'importe peu,
mais je crains la quantité. » Et Saint-Loup fort à
genoux devant sa femme, et parce qu'il l'aimait et
parce qu'il lui devait précisément ce luxe extrême,
n'avait garde de contrarier ces goûts si pareils aux
siens. De sorte que les grandes réceptions de Mme de
Marsantes et de Mme de Forcheville, données pendant
des années surtout en vue de l'établissement éclatant
de leurs enfants, ne donnèrent lieu à aucune réception
de M. et de Mme de Saint-Loup. Ils avaient les plus
beaux chevaux pour monter ensemble à cheval, le
plus beau yacht pour faire des croisières — mais où on
n'emmenait que deux invités. A Paris on avait tous
les soirs trois ou quatre amis à dîner, jamais plus ;
de sorte que par une régression imprévue et pourtant
naturelle, chacune des deux immenses volières mater-
nelles avait été remplacée par un nid silencieux.

La personne qui profita le moins de ces deux unions
fut la jeune Mlle d'Oloron, qui, déjà atteinte de la
fièvre typhoïde le jour du mariage religieux, se traîna
péniblement à l'église et mourut quelques semaines
après. La lettre de faire-part, quelque temps après
sa mort, mêlait à des noms comme celui de Jupien
presque tous les plus grands de l'Europe, comme ceux
du vicomte et de la vicomtesse de Montmorency,
de S. A. R. la comtesse de Bourbon-Soissons, du
prince de Modène-Este, de la vicomtesse d'Edumea,
de lady Essex, etc. Sans doute, même pour qui savait
que la défunte était la fille de Jupien, le nombre de

toutes ces grandes alliances ne pouvait surprendre.
Le tout en effet est d'avoir une grande alliance. Alors,
le *casus fœderis* venant à jouer, la mort de la petite
roturière met en deuil toutes les familles princières
de l'Europe. Mais bien des jeunes gens des nouvelles
générations et qui ne connaissaient pas les situations
réelles, outre qu'ils pouvaient prendre Marie-
Antoinette d'Oloron, marquise de Cambremer, pour
une dame de la plus haute naissance, auraient pu
commettre bien d'autres erreurs en lisant cette lettre
de faire-part. Ainsi, pour peu que leurs randonnées
à travers la France leur eussent fait connaître un peu
le pays de Combray, en voyant que Mme L. de Méséglise, que le comte de Méséglise faisaient part dans
les premiers, et tout près du duc de Guermantes, ils
auraient pu n'éprouver aucun étonnement : le côté
de Méséglise et le côté de Guermantes se touchent.
« Vieille noblesse de la même région, peut-être alliée
depuis des générations, eussent-ils pu se dire. Qui
sait ? C'est peut-être une branche des Guermantes
qui porte le nom de comtes de Méséglise. » Or, le
comte de Méséglise n'avait rien à voir avec les Guermantes et ne faisait même pas part du côté Guermantes, mais du côté Cambremer, puisque le comte
de Méséglise, qui par un avancement rapide, n'était
resté que deux ans Legrandin de Méséglise, c'était
notre vieil ami Legrandin. Sans doute, faux titre pour
faux titre, il en était peu qui eussent pu être aussi
désagréables aux Guermantes que celui-là. Ils
avaient été alliés autrefois avec les vrais comtes de
Méséglise, desquels il ne restait plus qu'une femme,
fille de gens obscurs et dégradés, mariée elle-même
à un gros fermier enrichi de ma tante qui lui avait
acheté Mirougrain et, nommé Ménager, se faisait

appeler maintenant Ménager de Mirougrain, de
sorte que quand on disait que sa femme était née de
Méséglise, on pensait qu'elle devait être plutôt née
à Méséglise et qu'elle était de Méséglise comme son
mari de Mirougrain.

Tout autre titre faux eût donné moins d'ennuis aux
Guermantes. Mais l'aristocratie sait les assumer, et
bien d'autres encore, du moment qu'un mariage jugé
utile, à quelque point de vue que ce soit, est en jeu.
Couvert par le duc de Guermantes, Legrandin fut
pour une partie de cette génération-là, et sera pour
la totalité de celle qui la suivra, le véritable comte
Méséglise.

Une autre erreur encore que tout jeune lecteur peu
au courant eût été porté à faire eût été de croire que le
baron et la baronne de Forcheville faisaient part en
tant que parents et beaux-parents du marquis de
Saint-Loup, c'est-à-dire du côté Guermantes. Or de
ce côté ils n'avaient pas à figurer puisque c'était
Robert qui était parent des Guermantes et non Gilberte. Non, le baron et la baronne de Forcheville,
malgré cette fausse apparence, figuraient du côté
de la mariée, il est vrai, et non du côté Cambremer,
à cause non pas des Guermantes mais de Jupien, dont
notre lecteur plus instruit sait qu'Odette était la
cousine germaine.

Toute la faveur de M. de Charlus se porta après
le mariage de sa fille adoptive sur le jeune marquis de
Cambremer ; les goûts de celui-ci, qui étaient pareils
à ceux du baron, du moment qu'ils n'avaient pas
empêché qu'il le choisît pour mari de M[11e] d'Oloron,
ne firent naturellement que le lui faire apprécier
davantage quand il fut veuf. Ce n'est pas que le
marquis n'eût d'autres qualités qui en faisaient un

charmant compagnon pour M. de Charlus. Mais
même quand il s'agit d'un homme de haute valeur,
c'est une qualité que ne dédaigne pas celui qui l'admet
dans son intimité et qui le lui rend particulièrement
commode s'il sait jouer aussi le whist. L'intelligence
du jeune marquis était remarquable et, comme on
disait déjà à Féterne où il n'était encore qu'enfant,
il était tout à fait « du côté de sa grand'mère », aussi
enthousiaste, aussi musicien. Il en reproduisait
aussi certaines particularités, mais celles-là plus par
imitation, comme toute la famille, que par atavisme.
C'est ainsi que quelques temps après la mort de sa
femme, ayant reçu une lettre signée Léonor, prénom
que je ne me rappelais pas être le sien, je compris
seulement qui m'écrivait quand j'eus lu la formule
finale : « Croyez à ma sympathie vraie ». Ce *vraie* « mis
en sa place » ajoutait au prénom Léonor le nom de
Cambremer.

Le train entrait en gare de Paris que nous parlions
encore avec ma mère de ces deux nouvelles que,
pour que la route ne me parût pas trop longue, elle
eût voulu réserver pour la seconde partie du voyage
et ne m'avait laissé apprendre qu'après Milan. Ma
mère était bien vite revenue au point de vue qui pour
elle était vraiment le seul, celui de ma grand'mère.
Ma mère s'était d'abord dit que ma grand'mère eût
été surprise, puis qu'elle eût été attristée, ce qui
était simplement une manière de dire que ma grand'-
mère eût pris plaisir à un événement aussi surprenant,
et que ma mère, ne pouvant pas admettre que ma
grand'mère eût été privée d'un plaisir, aimait mieux
penser que tout était pour le mieux, cette nouvelle
étant de celles qui n'eussent pu que lui faire du chagrin. Mais nous étions à peine rentrés à la maison,

que déjà ma mère trouvait encore trop égoïste ce
regret de ne pouvoir faire participer ma grand'mère
à toutes les surprises qu'amène la vie. Elle aima encore
mieux supposer qu'elles n'en eussent pas été pour ma
grand'mère, dont elles ne faisaient que ratifier les
prévisions. Elle voulut voir en celles-ci la confirma-
tion des vues divinatoires de ma grand'mère, la
preuve que ma grand'mère avait encore été un esprit
plus profond, plus clairvoyant, plus juste, que nous
n'avions pensé. Aussi ma mère, pour en venir à ce
point de vue d'admiration pure, ne tarda-t-elle pas
à ajouter : « Et pourtant, qui sait si ta pauvre grand'-
mère n'eût pas approuvé ? Elle était si indulgente.
Et puis tu sais, pour elle la condition sociale n'était
rien, c'était la distinction naturelle. Or rappelle-toi,
rappelle-toi, c'est curieux, toutes les deux lui avaient
plu. Tu te souviens de cette première visite à Mme de
Villeparisis, quand elle était revenue et nous avait
dit comme elle avait trouvé M. de Guermantes
commun, en revanche quels éloges pour ces Jupien.
Pauvre mère, tu te rappelles ? elle disait du père : Si
j'avais une autre fille, je la lui donnerais, et sa
fille est encore mieux que lui. Et la petite Swann !
Elle disait : Je dis qu'elle est charmante, vous verrez
qu'elle fera un beau mariage. Pauvre mère, si elle
pouvait voir cela, comme elle a deviné juste ! Jusqu'à
la fin, même n'étant plus là, elle nous donnera des
leçons de clairvoyance, de bonté, de juste apprécia-
tion des choses. » Et comme les joies dont nous
souffrions de voir ma grand'mère privée, c'était
toutes les humbles petites joies de la vie : une intona-
tion d'acteur qui l'eût amusée, un plat qu'elle aimait,
un nouveau roman d'un auteur préféré, maman
disait : « Comme elle eût été surprise, comme cela

l'eût amusée! Quelle jolie lettre elle eût répondue! »
Et ma mère continuait : « Crois-tu, ce pauvre Swann
qui désirait tant que Gilberte fût reçue chez les
Guermantes, serait-il heureux s'il pouvait voir sa
fille devenir une Guermantes! — Sous un autre nom
que le sien, conduite à l'autel comme Mlle de Forcheville? crois-tu qu'il en serait si heureux? — Ah!
c'est vrai, je n'y pensais pas. — C'est ce qui fait que
je ne peux pas me réjouir pour cette petite « rosse »; cette
pensée qu'elle a eu le cœur de quitter le nom de son
père qui était si bon pour elle. — Oui, tu as raison,
tout compte fait, il est peut-être mieux qu'il ne l'ait
pas su. » Tant, pour les morts, comme pour les
vivants, on ne peut savoir si une chose leur ferait plus
de joie ou plus de peine! « Il paraît que les Saint-
Loup vivront à Tansonville. Le père Swann, qui
désirait tant montrer son étang à ton pauvre grand-
père, aurait-il jamais pu supposer que le duc de Guermantes le verrait souvent, surtout s'il avait su le
mariage infamant de son fils? Enfin, toi qui as tant
parlé à Saint-Loup des épines roses, des lilas et des
iris de Tansonville, il te comprendra mieux. C'est
lui qui les possédera. » Ainsi se déroulait dans notre
salle à manger, sous la lumière de la lampe dont elles
sont amies, une de ces causeries où la sagesse non
des nations mais des familles, s'emparant de quelque
événement, mort, fiançailles, héritage, ruine, et le
glissant sous le verre grossissant de la mémoire, lui
donne tout son relief, dissocie, recule et situe en
perspective à différents points de l'espace et du temps
ce qui, pour ceux qui n'ont pas vécu, semble amalgamé sur une même surface, les noms des décédés,
les adresses successives, les origines de la fortune
et ses changements, les mutations de propriété. Cette

sagesse-là n'est-elle pas inspirée par la Muse qu'il
convient de méconnaître le plus longtemps possible
si l'on veut garder quelque fraîcheur d'impressions
et quelque vertu créatrice, mais que ceux-là mêmes
qui l'ont ignorée rencontrent au soir de leur vie dans
la nef de la vieille église provinciale, à une heure où
tout à coup ils se sentent moins sensibles à la beauté
éternelle exprimée par les sculptures de l'autel qu'à
la conception des fortunes diverses qu'elles subirent,
passant dans une illustre collection particulière,
dans une chapelle, puis dans un musée, puis ayant
fait retour à l'église ; ou qu'à sentir qu'en marchant
ils y foulent un pavé presque pensant, qui est fait
de la dernière poussière d'Arnauld ou de Pascal ;
ou tout simplement à déchiffrer, imaginant peut-
être le visage d'une fraîche provinciale, sur la plaque
de cuivre du prie-Dieu de bois, les noms des filles
du hobereau ou du notable, la Muse qui a
recueilli tout ce que les muses plus hautes de la philosophie et de l'art ont rejeté, tout ce qui n'est pas
fondé en vérité, tout ce qui n'est que contingent
mais révèle aussi d'autres lois : c'est l'Histoire.

D'anciennes amies de ma mère, plus ou moins de
Combray, vinrent la voir pour lui parler du mariage
de Gilberte, lequel ne les éblouissait nullement. « Vous
savez ce que c'est que Mlle de Forcheville, c'est tout
simplement Mlle Swann. Et le témoin de son mariage,
le « Baron » de Charlus, comme il se fait appeler, c'est
ce vieux qui entretenait déjà la mère autrefois au vu
et au su de Swann qui y trouvait son intérêt. — Mais
qu'est-ce que vous dites ? protestait ma mère, Swann,
d'abord, était extrêmement riche. — Il faut croire
qu'il ne l'était pas tant que ça pour avoir besoin de
l'argent des autres. Mais qu'est-ce qu'elle a donc,

cette femme-là, pour tenir ainsi ses anciens amants ?
Elle a trouvé le moyen de se faire épouser par le
premier, puis par le troisième et elle retire à moitié
de la tombe le deuxième pour qu'il serve de témoin
à la fille qu'elle a eue du premier ou d'un autre, car
comment se reconnaître dans la quantité ? elle n'en
sait plus rien elle-même ! Je dis le troisième, c'est
le trois centième qu'il faudrait dire. Du reste vous
savez que si elle n'est pas plus Forcheville que vous
et moi, cela va bien avec le mari qui naturellement
n'est pas noble. Vous pensez bien qu'il n'y a qu'un
aventurier pour épouser cette fille-là. Il paraît que
c'est un Monsieur Dupont ou Durand quelconque.
S'il n'y avait pas maintenant un maire radical à
Combray, qui ne salue même pas le curé, j'aurais su
le fin de la chose. Parce que, vous comprenez bien,
quand on a publié les bans il a bien fallu dire le vrai
nom. C'est très joli, pour les journaux et pour le
papetier qui envoie les lettres de faire-part, de se
faire appeler le marquis de Saint-Loup. Ça ne fait
mal à personne, et si ça peut leur faire plaisir à ces
bonnes gens, ce n'est pas moi qui y trouverai à redire,
en quoi ça peut-il me gêner ? Comme je ne fréquen-
terai jamais la fille d'une femme qui a fait parler d'elle,
elle peut bien être marquise long comme le bras pour
ses domestiques. Mais dans les actes de l'état civil
ce n'est pas la même chose. Ah ! si mon cousin Sazerat
était encore premier adjoint, je lui aurais écrit, à moi
il m'aurait dit sous quel nom il avait fait faire les
publications. »

Je vis d'ailleurs pas mal à cette époque Gilberte,
avec laquelle je m'étais de nouveau lié : car notre vie,
dans sa longueur, n'est pas calculée sur la vie de nos
amitiés. Qu'une certaine période de temps s'écoule

et l'on voit reparaître (de même qu'en politique d'anciens ministères, au théâtre des pièces oubliées qu'on reprend) des relations d'amitié renouées entre les mêmes personnes qu'autrefois, après de longues années d'interruption, et renouées avec plaisir. Au bout de dix ans les raisons que l'un avait de trop aimer, l'autre de ne pouvoir supporter un trop exigeant despotisme, ces raisons n'existent plus. La convenance seule subsiste, et tout ce que Gilberte m'eût refusé autrefois, elle me l'accordait aisément, sans doute parce que je ne le désirais plus. Ce qui lui avait semblé intolérable, impossible, sans que nous nous fussions jamais dit la raison du changement, elle était toujours prête à venir à moi, jamais pressée de me quitter ; c'est que l'obstacle avait disparu : mon amour.

J'allai d'ailleurs passer un peu plus tard quelques jours à Tansonville *, parce que j'avais appris que

---

* Ce déplacement me gênait assez, car j'avais à Paris une jeune fille qui couchait dans le pied-à-terre que j'avais loué. Comme d'autres de l'arôme des forêts ou du murmure d'un lac, j'avais besoin de son sommeil à côté de moi, et, le jour, de l'avoir toujours à côté de moi, dans ma voiture. Car un amour a beau s'oublier, il peut déterminer la forme de l'amour qui le suivra. Déjà au sein même de l'amour précédent des habitudes quotidiennes existaient, et dont nous ne nous rappelions pas nous-même l'origine ; c'est une angoisse d'un premier jour qui nous avait fait souhaiter passionnément, puis adopter d'une manière fixe, comme les coutumes dont on a oublié le sens, ces retours en voiture jusqu'à la demeure même de l'aimée, ou sa résidence dans notre demeure, notre présence ou celle de quelqu'un en qui nous avons confiance dans toutes ses sorties : toutes ces habitudes, sorte de grandes voies uniformes par où passe chaque jour notre

Gilberte était malheureuse, trompée par Robert, mais pas de la manière que tout le monde croyait, que peut-être elle-même croyait encore, qu'en tous cas elle disait. Mais l'amour-propre, le désir de tromper les autres, de se tromper soi-même, la connaissance d'ailleurs imparfaite des trahisons, qui est celle de tous les êtres trompés, d'autant plus que Robert, en vrai neveu de M. de Charlus, s'affichait avec des femmes qu'il compromettait, que le monde croyait et qu'en somme Gilberte croyait ses maîtresses... On trouvait même dans le monde qu'il ne se gênait pas assez, ne lâchant pas d'une semelle dans les soirées telle femme qu'il ramenait ensuite, laissant Mme de Saint-Loup rentrer comme elle pouvait. Qui eût dit que l'autre femme qu'il compromettait ainsi n'était pas en réalité sa maîtresse, eût passé pour un naïf, aveugle devant l'évidence. Mais j'avais été malheureusement aiguillé vers la vérité, vers la vérité qui me fit une peine infinie, par quelques mots échappés à Jupien. Quelle n'avait pas été ma stupéfaction quand, étant allé, quelques mois avant mon départ pour Tansonville, prendre des nouvelles de M de Char-

amour et qui furent fondues jadis dans le feu volcanique d'une émotion ardente. Mais ces habitudes survivent à la femme, même au souvenir de la femme. Elles deviennent la forme, sinon de tous nos amours, du moins de certains de nos amours qui alternent entre eux. Et ainsi ma demeure avait exigé, en souvenir d'Albertine oubliée, la présence de ma maîtresse actuelle, que je cachais aux visiteurs et qui remplissait ma vie comme jadis Albertine. Et pour aller à Tansonville, je fus tenu d'obtenir d'elle qu'elle se laissât garder par un de mes amis qui n'aimait pas les femmes pendant quelques jours.

lus, chez lequel certains troubles cardiaques s'étaient
manifestés non sans causer de grandes inquiétudes,
et parlant à Jupien que j'avais trouvé seul d'une
correspondance amoureuse adressée à Robert et
signée Bobette que Mme de Saint-Loup avait surprise,
j'avais appris par l'ancien factotum du baron que la
personne qui signait Bobette n'était autre que le vio-
loniste-chroniqueur dont nous avons parlé et qui avait
joué un assez grand rôle dans la vie de M. de Charlus! Jupien n'en parlait pas sans indignation : « Ce
garçon pouvait agir comme bon lui semblait, il était
libre. Mais s'il y a un côté où il n'aurait pas dû
regarder, c'est le côté du neveu du baron. D'autant
plus que le baron aimait son neveu comme son fils ;
il a cherché à désunir le ménage, c'est honteux. Et
il a fallu qu'il y mette des ruses diaboliques, car
personne n'était plus opposé de nature à ces choses-
là que le marquis de Saint-Loup. A-t-il fait assez de
folies pour ses maîtresses! Non, que ce misérable
musicien ait quitté le baron comme il l'a quitté, sale-
ment, on peut bien le dire, c'était son affaire. Mais
se tourner vers le neveu! Il y a des choses qui ne se
font pas. » Jupien était sincère dans son indignation ;
chez les personnes dites immorales, les indignations
morales sont tout aussi fortes que chez les autres et
changent seulement un peu d'objet. De plus, les
gens dont le cœur n'est pas directement en cause,
jugeant toujours les liaisons à éviter, les mauvais
mariages, comme si on était libre de choisir ce qu'on
aime, ne tiennent pas compte du mirage délicieux
que l'amour projette et qui enveloppe si entièrement
et si uniquement la personne dont on est amoureux
que la « sottise » que fait un homme en épousant une
cuisinière ou la maîtresse de son meilleur ami est

en général le seul acte poétique qu'il accomplisse au cours de son existence.

Je compris qu'une séparation avait failli se produire entre Robert et sa femme (sans que Gilberte se rendît bien compte encore de quoi il s'agissait) et c'était Mme de Marsantes, mère aimante, ambitieuse et philosophe qui avait arrangé, imposé la réconciliation. Elle faisait partie de ces milieux où le mélange des sangs qui vont se recroisant sans cesse et l'appauvrissement des patrimoines font refleurir à tout moment dans le domaine des passions, comme dans celui des intérêts, les vices et les compromissions héréditaires. C'est avec la même énergie qu'autrefois elle avait protégé Mme Swann, le mariage de la fille de Jupien, et fait le mariage de son propre fils avec Gilberte, usant ainsi pour elle-même, avec une résignation douloureuse, de cette même sagesse atavique dont elle faisait profiter tout le Faubourg. Et peut-être n'avait-elle à un certain moment bâclé le mariage de Robert avec Gilberte, ce qui lui avait certainement donné moins de mal et coûté moins de pleurs que de le faire rompre avec Rachel, que dans la peur qu'il ne commençât avec une autre cocotte — ou peut-être avec la même, car Robert fut long à oublier Rachel — un nouveau collage qui eût peut-être été son salut. Maintenant je comprenais ce que Robert avait voulu me dire chez la princesse de Guermantes : « C'est malheureux que ta petite amie de Balbec n'ait pas la fortune exigée par ma mère, je crois que nous nous serions bien entendus tous les deux. » Il avait voulu dire qu'elle était de Gomorrhe comme lui de Sodome, ou peut-être, s'il n'en était pas encore, ne goûtait-il plus que les femmes qu'il pouvait aimer d'une certaine manière et avec d'autres femmes.

Gilberte aussi eût pu me renseigner sur Albertine. Si donc, sauf en de rares retours en arrière, je n'avais perdu la curiosité de rien savoir sur mon amie, j'aurais pu interroger sur elle non seulement Gilberte mais son mari. Et en somme c'était le même fait qui nous avait donné à Robert et à moi le désir d'épouser Albertine (à savoir qu'elle aimait les femmes). Mais les causes de notre désir, comme ses buts aussi, étaient opposés. Moi, c'était par le désespoir où j'avais été de l'apprendre ; Robert par la satisfaction ; moi pour l'empêcher grâce à une surveillance perpétuelle de s'adonner à son goût ; Robert pour le cultiver, et par la liberté qu'il lui laisserait afin qu'elle lui amenât des amies.

Si Jupien faisait ainsi remonter à très peu de temps la nouvelle orientation, si divergente de la primitive, qu'avaient prise les goûts charnels de Robert, une conversation que j'eus avec Aimé et qui me rendit fort malheureux, me montra que l'ancien maître d'hôtel de Balbec faisait remonter cette divergence, cette inversion, beaucoup plus haut.

L'occasion de cette conversation avait été quelques jours que j'avais été passer à Balbec, où Saint-Loup lui-même, qui avait une longue permission, était venu avec sa femme que, dans cette première phase, il ne quittait d'un seul pas. J'avais admiré comme l'influence de Rachel se faisait encore sentir sur Robert. Un jeune marié qui a eu longtemps une maîtresse sait seul ôter le manteau de sa femme avant d'entrer dans un restaurant, avoir avec elle les égards qu'il convient. Il a reçu pendant sa liaison l'instruction que doit avoir un bon mari. Non loin de lui, à une table voisine de la mienne, Bloch, au milieu de prétentieux jeunes universitaires, prenait des airs faussement

à l'aise, et criait très fort à un de ses amis, en lui passant
avec ostentation la carte avec un geste qui renversa
deux carafes d'eau : « Non, non, mon cher, comman-
dez! De ma vie je n'ai jamais su faire un menu. Je
n'ai jamais su commander! » répéta-t-il avec un
orgueil peu sincère, et, mêlant la littérature à la gour-
mandise, opina tout de suite pour une bouteille
de champagne qu'il aimait à voir « d'une façon tout
à fait symbolique » orner une causerie. Saint-Loup,
lui, savait commander. Il était assis à côté de Gilberte
déjà grosse (il ne devait pas cesser par la suite de lui
faire des enfants) comme il couchait à côté d'elle dans
leur lit commun à l'hôtel. Il ne parlait qu'à sa femme,
le reste de l'hôtel n'avait pas l'air d'exister pour lui,
mais au moment où un garçon prenait une commande,
était tout près, il levait rapidement ses yeux clairs
et jetait sur lui un regard qui ne durait pas plus de
deux secondes, mais dans sa limpide clairvoyance
semblait témoigner d'un ordre de curiosités et de
recherches entièrement différent de celui qui aurait
pu animer n'importe quel client regardant même
longtemps un chasseur ou un commis pour faire sur
lui des remarques humoristiques ou autres qu'il
communiquerait à ses amis. Ce petit regard court,
désintéressé, montrant que le garçon l'intéressait
en lui-même, révélait à ceux qui l'eussent observé
que cet excellent mari, cet amant jadis passionné de
Rachel avait dans sa vie un autre plan et qui lui
paraissait infiniment plus intéressant que celui sur
lequel il se mouvait par devoir. Mais on ne le voyait
que dans celui-là. Déjà ses yeux étaient revenus sur
Gilberte qui n'avait rien vu, il lui présentait un ami
au passage et partait se promener avec elle. Or Aimé
me parla à ce moment d'un temps bien plus ancien,

celui où j'avais fait la connaissance de Saint-Loup par
Mme de Villeparisis, en ce même Balbec.

— Mais oui, Monsieur, me dit-il, c'est archi-
connu, il y a bien longtemps que je le sais. La première année que Monsieur était à Balbec, M. le marquis s'enferma avec mon liftier, sous prétexte de
développer des photographies de Madame la grand'-
mère de Monsieur. Le petit voulait se plaindre, nous
avons eu toutes les peines du monde à étouffer la
chose. Et tenez, Monsieur, Monsieur se rappelle sans
doute ce jour où il est venu déjeuner au restaurant
avec M. le marquis de Saint-Loup et sa maîtresse,
dont M. le marquis se faisait un paravent. Monsieur
se rappelle sans doute que M. le marquis s'en alla
en prétextant une crise de colère. Sans doute je ne
veux pas dire que Madame avait raison. Elle lui en
faisait voir de cruelles. Mais ce jour-là on ne m'ôtera
pas de l'idée que la colère de M. le marquis était
feinte et qu'il avait besoin d'éloigner Monsieur et
Madame. » Pour ce jour-là du moins, je sais bien que
si Aimé ne mentait pas sciemment, il se trompait
du tout au tout. Je me rappelais trop l'état dans
lequel était Robert, la gifle qu'il avait donnée au
journaliste. Et d'ailleurs pour Balbec c'était de
même : ou le liftier avait menti, ou c'était Aimé qui
mentait. Du moins je le crus ; une certitude, je ne
pouvais l'avoir : on ne voit jamais qu'un côté des
choses, et si cela ne m'eût pas fait tant de peine,
j'eusse trouvé une certaine beauté à ce que, tandis
que pour moi la course du lift chez Saint-Loup avait
été le moyen commode de lui faire porter une lettre
et d'avoir sa réponse, pour lui cela avait été de faire
la connaissance de quelqu'un qui lui avait plu. Les
choses, en effet, sont pour le moins doubles. Sur

l'acte le plus insignifiant que nous accomplissons,
un autre homme embranche une série d'actes entièrement différents. Il est certain que l'aventure de Saint-
Loup et du liftier, si elle eut lieu, ne me semblait
pas plus contenue dans le banal envoi de ma lettre
que quelqu'un qui ne connaîtrait de Wagner que le
duo de *Lohengrin* ne pourrait prévoir le prélude de
Tristan. Certes pour les hommes, les choses n'offrent
qu'un nombre restreint de leurs innombrables attri-
buts, à cause de la pauvreté de leurs sens. Elles sont
colorées parce que nous avons des yeux ; combien
d'autres épithètes ne mériteraient-elles pas si nous
avions des centaines de sens ? Mais cet aspect différent qu'elles pourraient avoir nous est rendu plus
facile à comprendre par ce qu'est dans la vie un événement même minime dont nous connaissons une partie
que nous croyons le tout, et qu'un autre regarde comme
par une fenêtre percée de l'autre côté de la maison
et qui donne sur une autre vue. Dans le cas où Aimé
ne se fût pas trompé, la rougeur de Saint-Loup quand
Bloch lui avait parlé du lift ne venait peut-être pas
seulement de ce que celui-ci prononçait « laïft ». Mais
j'étais persuadé que l'évolution physiologique de
Saint-Loup n'était pas commencée à cette époque et
qu'alors il aimait encore uniquement les femmes. A
plus qu'à aucun autre signe, je pus le discerner rétrospectivement à l'amitié que Saint-Loup m'avait
témoignée à Balbec. Ce n'est que tant qu'il aima les
femmes qu'il fut vraiment capable d'amitié. Après
cela, au moins pendant quelque temps, les hommes
qui ne l'intéressaient pas directement, il leur manifestait une indifférence, sincère je le crois en partie, car
il était devenu très sec, et qu'il exagérait aussi pour
faire croire qu'il ne faisait attention qu'aux femmes.

Mais je me rappelle tout de même qu'un jour à Doncières, comme j'allais dîner chez les Verdurin et comme il venait de regarder d'une façon un peu prolongée Charlie, il m'avait dit : « C'est curieux, ce petit, il a des choses de Rachel. Cela ne te frappe pas ? Je trouve qu'ils ont des choses identiques. En tous cas cela ne peut pas m'intéresser. » Et tout de même ses yeux étaient ensuite restés longtemps perdus à l'horizon, comme quand on pense, avant de se remettre à une partie de cartes ou de partir dîner en ville, à un de ces lointains voyages qu'on pense qu'on ne fera jamais mais dont on a éprouvé un instant la nostalgie. Mais si Robert trouvait quelque chose de Rachel à Charlie, Gilberte, elle, cherchait à avoir quelque chose de Rachel, afin de plaire à son mari, mettait comme elle des nœuds de soie ponceau, ou rose, ou jaune, dans ses cheveux, se coiffait de même, car elle croyait que son mari l'aimait encore et elle en était jalouse. Que l'amour de Robert eût été par moments sur les confins qui séparent l'amour d'un homme pour une femme et l'amour d'un homme pour un homme, c'était possible. En tous cas le souvenir de Rachel ne jouait plus à cet égard qu'un rôle esthétique. Il n'est même pas probable qu'il eût pu en jouer d'autres. Un jour, Robert était allé lui demander de s'habiller en homme, de laisser pendre une longue mèche de ses cheveux, et pourtant il s'était contenté de la regarder, insatisfait. Il ne lui restait pas moins attaché et lui faisait scrupuleusement mais sans plaisir la rente énorme qu'il lui avait promise, et qui ne l'empêcha pas d'avoir pour lui par la suite les plus vilains procédés. De cette générosité envers Rachel Gilberte n'eût pas souffert si elle avait su qu'elle était seulement l'accomplissement résigné d'une promesse à laquelle ne correspondait plus aucun amour. Mais de l'amour, c'est au contraire ce qu'il feignait de ressentir pour Rachel. Les homosexuels seraient les meilleurs maris du monde s'ils ne jouaient pas la comédie d'aimer les femmes. Gilberte ne se plaignait d'ailleurs pas. C'est d'avoir cru Robert aimé, si longtemps aimé, par Rachel, qui le lui avait fait désirer, l'avait fait renoncer pour lui à des partis plus beaux ; il semblait qu'il lui fît une sorte de concession en l'épousant. Et de fait, les premiers temps, des comparaisons entre les deux femmes (pourtant si inégales comme charme et comme beauté) ne furent pas en faveur de la délicieuse Gilberte. Mais celle-ci grandit ensuite dans l'estime de son mari pendant que Rachel diminuait à vue d'œil.

Une autre personne se démentit : ce fut Mme Swann. Si pour Gilberte, Robert avant le mariage était déjà entouré de la double auréole que lui créaient d'une part sa vie avec Rachel perpétuellement dénoncée par les lamentations de Mme de Marsantes, d'autre part ce prestige que les Guermantes avaient toujours eu pour son père et qu'elle avait hérité de lui, Mme de Forcheville en revanche eût préféré un mariage plus éclatant, peut-être princier (il y avait des familles royales pauvres et qui eussent accepté l'argent — qui se trouva d'ailleurs être fort inférieur aux quatre-vingts millions promis — décrassé qu'il était par le nom de Forcheville), et un gendre moins démonétisé par une vie passée loin du monde. Elle n'avait pu triompher de la volonté de Gilberte, s'était plainte amèrement à tout le monde, flétrissant son gendre. Un beau jour, tout avait été changé, le gendre était devenu un ange, on ne se moquait plus de lui qu'à

la dérobée. C'est que l'âge avait laissé à Mme Swann
(devenue Mme de Forcheville) le goût qu'elle avait
toujours eu d'être entretenue, mais, par la désertion
des admirateurs, lui en avait retiré les moyens. Elle
souhaitait chaque jour un nouveau collier, une
nouvelle robe brochée de brillants, une plus luxueuse
automobile, mais elle avait peu de fortune, Forcheville ayant presque tout mangé, et — quel ascendant
israélite gouvernait en cela Gilberte ? — elle avait
une fille adorable, mais affreusement avare,
comptant
l'argent à son mari, naturellement bien plus à sa mère.
Or, tout à coup le protecteur elle l'avait flairé, puis
trouvé en Robert. Qu'elle ne fût plus de la première
jeunesse était de peu d'importance aux yeux d'un
gendre qui n'aimait pas les femmes. Tout ce qu'il
demandait à sa belle-mère, c'était d'aplanir telle ou
telle difficulté entre lui et Gilberte, d'obtenir d'elle
le consentement qu'il fît un voyage avec Morel.
Odette s'y était-elle employée qu'aussitôt un magni-
fique rubis l'en récompensait. Pour cela il fallait
que Gilberte fût plus généreuse envers son mari.
Odette le lui prêchait avec d'autant plus de chaleur
que c'était elle qui devait bénéficier de la générosité.
Ainsi grâce à Robert pouvait-elle, au seuil de la
cinquantaine (d'aucuns disaient de la soixantaine),
éblouir chaque table où elle allait dîner, chaque soirée
où elle paraissait, d'un luxe inouï sans avoir besoin
d'avoir comme autrefois un « ami » qui maintenant
n'eût plus casqué, voire marché. Aussi était-elle
entrée, pour toujours semblait-il, dans la période
de la chasteté finale, et elle n'avait jamais été aussi
élégante.

Ce n'était pas seulement la méchanceté, la rancune
de l'ancien pauvre contre le maître qui l'a enrichi

24

et lui a d'ailleurs (c'était dans le caractère, et plus encore dans le vocabulaire de M. de Charlus) fait sentir la différence de leurs conditions, qui avait poussé Charlie vers Saint-Loup afin de faire souffrir davantage le baron. C'était peut-être aussi l'intérêt. J'eus l'impression que Robert devait lui donner beaucoup d'argent. Dans une soirée où j'avais rencontré Robert avant que je ne partisse pour Combray, et où la façon dont il s'exhibait à côté d'une femme élégante qui passait pour être sa maîtresse, où il s'attachait à elle, ne faisant qu'un avec elle, enveloppé en public dans sa jupe, me faisait penser, avec quelque chose de plus nerveux, de plus tressautant, à une sorte de répétition involontaire d'un geste ancestral que j'avais pu observer chez M. de Charlus, comme enrobé dans les atours de Mme Molé, bannière d'une cause *gynophile* qui n'était pas la sienne, mais qu'il aimait, bien que sans droit, à arborer ainsi, soit qu'il la trouvât protectrice ou esthétique, j'avais été frappé, au retour, combien ce garçon, si généreux quand il était bien moins riche, était devenu économe. Qu'on ne tienne qu'à ce qu'on possède, et que tel qui semait l'or qu'il avait si rarement thésaurise celui dont il est pourvu, c'est sans doute un phénomène assez général, mais qui pourtant me parut prendre là une forme plus particulière. Saint-Loup refusa de prendre un fiacre, et je vis qu'il avait gardé une correspondance de tramway. Sans doute en ceci Saint-Loup déployait-il, pour des fins différentes, des talents qu'il avait acquis au cours de sa liaison avec Rachel. Un jeune homme qui a longtemps vécu avec une femme n'est pas aussi inexpérimenté que le puceau pour qui celle qu'il épouse est la première. Il suffisait, les rares

fois où Robert emmena sa femme déjeuner au restaurant, de voir la façon adroite et respectueuse dont
il lui enlevait ses affaires, son art de commander le
dîner et de se faire servir, l'attention avec laquelle
il aplatissait les manches de Gilberte avant qu'elle
remît sa jaquette, pour comprendre qu'il avait été
longtemps l'amant d'une femme avant d'être le mari
de celle-ci. Pareillement, ayant eu à s'occuper dans
les plus minutieux détails du ménage de Rachel,
d'une part parce que celle-ci n'y entendait rien,
ensuite parce qu'à cause de sa jalousie il voulait
garder la haute main sur la domesticité, il put, dans
l'administration des biens de sa femme et l'entretien du ménage, continuer ce rôle habile et entendu
que peut-être Gilberte n'eût pas su tenir et qu'elle
lui abandonnait volontiers. Mais sans doute le
faisait-il surtout pour faire bénéficier Charlie des
moindres économies de bouts de chandelle, l'entre-
tenant en somme richement sans que Gilberte s'en
aperçût ni en souffrît. Peut-être même, croyant le
violoniste dépensier « comme tous les artistes »
(Charlie s'intitulait ainsi sans conviction et sans
orgueil pour s'excuser de ne pas répondre aux lettres,
d'une foule de défauts qu'il croyait faire partie de
la psychologie incontestée des artistes). Personnellement je trouvais absolument indifférent au point de
vue de la morale qu'on trouvât son plaisir auprès
d'un homme ou d'une femme, et trop naturel et
humain qu'on le cherchât là où on pouvait le trouver.
Si donc Robert n'avait pas été marié, sa liaison avec
Charlie n'eût dû me faire aucune peine. Et pourtant
je sentais bien que celle que j'éprouvais eût été aussi
vive si Robert était resté célibataire. De tout autre,
ce qu'il faisait m'eût été bien indifférent. Mais je

pleurais en pensant que j'avais eu autrefois pour un
Saint-Loup différent une affection si grande et que
je sentais bien, à ses nouvelles manières froides et
évasives, qu'il ne me rendait plus, les hommes,
depuis qu'ils étaient devenus susceptibles de lui
donner des désirs, ne pouvant plus lui inspirer
d'amitié. Comment cela avait-il pu naître chez un
garçon qui avait tellement aimé les femmes que je
l'avais vu désespéré jusqu'à craindre qu'il se tuât
parce que « Rachel quand du Seigneur » avait voulu
le quitter ? La ressemblance entre Charlie et Rachel
— invisible pour moi — avait-elle été la planche qui
avait permis à Robert de passer des goûts de son
père à ceux de son oncle, afin d'accomplir l'évolution
physiologique qui, même chez ce dernier, s'était
produite assez tard ? Parfois pourtant les paroles
d'Aimé revenaient m'inquiéter ; je me rappelais
Robert cette année-là à Balbec ; il avait en parlant
au liftier une façon de ne pas faire attention à lui
qui rappelait beaucoup celle de M. de Charlus
quand il adressait la parole à certains hommes. Mais
Robert pouvait très bien tenir cela de M. de Charlus,
d'une certaine hauteur et attitude physique des
Guermantes, et nullement des goûts spéciaux au
baron. C'est ainsi que le duc de Guermantes, qui
n'avait aucunement ces goûts, avait la même manière
nerveuse que M. de Charlus de tourner son poignet,
comme s'il crispait autour de celui-ci une manchette
de dentelles, et aussi dans la voix des intonations
pointues et affectées, toutes manières auxquelles
chez M. de Charlus on eût été tenté de donner une
autre signification, auxquelles il en avait donné
une autre lui-même, l'individu exprimant ses particularités à l'aide de traits impersonnels et ataviques

qui ne sont peut-être d'ailleurs que des particularités anciennes fixées dans le geste et dans la voix.
Dans cette dernière hypothèse, qui confine à l'histoire naturelle, ce ne serait pas M. de Charlus qu'on
pourrait appeler un Guermantes affecté d'une tare
et l'exprimant en partie à l'aide des traits de la race
des Guermantes, mais le duc de Guermantes qui
serait, dans une famille pervertie, l'être d'exception
que le mal héréditaire a si bien épargné que les
stigmates extérieurs qu'il a laissés sur lui y perdent
tout sens. Je me rappelai que le premier jour où
j'avais aperçu Saint-Loup à Balbec, si blond, d'une
matière si précieuse et rare, faisant voler son monocle
devant lui, je lui avais trouvé un air efféminé, qui
n'était certes pas l'effet de ce que j'apprenais de lui
maintenant, mais de la grâce particulière aux Guermantes, la finesse de cette porcelaine de Saxe en
laquelle la duchesse était modelée aussi. Je me
rappelais aussi son affection pour moi, sa manière
tendre, sentimentale de l'exprimer et je me disais
que cela non plus, qui eût pu tromper quelque autre,
signifiait alors tout autre chose, même tout le contraire, de ce que j'apprenais aujourd'hui. Mais
de quand cela datait-il? Si de l'année où j'étais
retourné à Balbec, comment n'était-il pas venu
une seule fois voir le lift, ne m'avait-il jamais parlé
de lui? Et quant à la première année, comment
eût-il pu faire attention à lui, passionnément amoureux de Rachel comme il était alors? Cette première
année-là, j'avais trouvé Saint-Loup particulier,
comme étaient les vrais Guermantes. Or il était
encore plus spécial que je ne l'avais cru. Mais ce
dont nous n'avons pas eu l'intuition directe, ce que
nous avons appris seulement par d'autres, nous

n'avons plus aucun moyen, l'heure est passée de le
faire savoir à notre âme ; ses communications avec
le réel sont fermées ; aussi ne pouvons-nous jouir
de la découverte, il est trop tard. Du reste, de toutes
façons, pour que j'en pusse jouir spirituellement
celle-là me faisait trop de peine. Sans doute depuis
ce que m'avait dit M. de Charlus chez Mme Verdurin
à Paris, je ne doutais plus que le cas de Robert ne
fût celui d'une foule d'honnêtes gens, et même pris
parmi les plus intelligents et les meilleurs. L'apprendre de n'importe qui m'eût été indifférent, de n'importe qui excepté de Robert. Le doute que me
laissaient les paroles d'Aimé ternissait toute notre
amitié de Balbec et de Doncières, et bien que je
ne crusse pas à l'amitié, ni en avoir jamais vérita-
blement éprouvé pour Robert, en repensant à ces
histoires du lift et du restaurant où j'avais déjeuné
avec Saint-Loup et Rachel j'étais obligé de faire un
effort pour ne pas pleurer.

DU MÊME AUTEUR

Aux Éditions Gallimard

À LA RECHERCHE DU TEMPS PERDU, *roman*.
   DU CÔTÉ DE CHEZ SWANN.
   À L'OMBRE DES JEUNES FILLES EN FLEURS.
   LE CÔTÉ DE GUERMANTES.
   SODOME ET GOMORRHE.
   LA PRISONNIERE.
   ALBERTINE DISPARUE.
   LE TEMPS RETROUVÉ.

PASTICHES ET MÉLANGES.

LES PLAISIRS ET LES JOURS, *chroniques*.

CHRONIQUES.

MORCEAUX CHOISIS.

UN AMOUR DE SWANN, *roman*.

LETTRES À LA N.R.F.

JEAN SANTEUIL, *roman*.

CONTRE SAINTE-BEUVE *suivi de* NOUVEAUX
   MÉLANGES, *essai*.

LETTRES À REYNALDO HAHN.

TEXTES RETROUVÉS.

CORRESPONDANCE AVEC JACQUES RIVIÈRE.

LE CARNET DE 1908, *notes*.

Dernières parutions

Impression Bussière à Saint-Amand (Cher),
le 20 décembre 1984.
Dépôt légal : décembre 1984.
1ᵉʳ dépôt légal dans la collection : juin 1972.
Numéro d'imprimeur : 2971.
ISBN 2-07-036146-2./Imprimé en France.